NORMA E FORMA

COLEÇÃO **a**

Teorias da arte moderna — H. B. Chipp
Intuição e intelecto na arte — R. Arnheim
Escultura — R. Wittkower
Conceitos fundamentais da história da arte — H. Wölfflin
História da história da arte — G. Bazin
Saber ver a arquitetura — Bruno Zevi
Pedagogia da Bauhaus — R. Wick
Diários — P. Klee
Pintura e sociedade — P. Francastel
A arte antiga — E. Faure
A arte medieval — E. Faure
A arte clássica — H. Wölfflin
Norma e forma — E. H. Gombrich

Próximos lançamentos

A renascença — E. Faure
A arte moderna — E. Faure
O espiritual na arte — Kandinsky
Olhar sobre o passado — Kandinsky

NORMA E FORMA

ESTUDOS SOBRE A ARTE DA RENASCENÇA

E. H. GOMBRICH

TRADUÇÃO
JEFFERSON LUIZ VIEIRA

Martins Fontes

Título original: NORM AND FORM
1ª edição brasileira: junho de 1990

Tradução: Jefferson Luiz Camargo
Revisão da tradução: Silvana Vieira
Revisão tipográfica: Maria Corina Rocha
Elaine M. dos Santos
Maurício B. Leal

Produção gráfica: Geraldo Alves
Composição: Antonio José da Cruz Pereira
Oswaldo Voivodic
Arte-final: Moacir K. Matsusaki

Capa — Projeto: Alexandre Martins Fontes
Arte-Final: Moacir K. Matsusaki
Ilustração: Leonardo da Vinci, *Santa Ana, a Virgem, o menino Jesus e o jovem São João.* (detalhe)

LIVRARIA MARTINS FONTES EDITORA LTDA.
Rua Conselheiro Ramalho, 330/340 — Tel.: 239-3677
01325 — São Paulo — SP — Brasil

ÍNDICE

PREFÁCIO

No Prefácio de meu livro *Meditations on a Hobby Horse and other Essays on the Theory of Art* (Reflexões sobre um cavalinho de brinquedo e outros ensaios sobre a teoria da arte) expressei minha gratidão aos editores, por permitirem que em seguida fosse publicada uma coletânea de ensaios meus sobre o Renascimento italiano. Como havia mais ensaios do que poderia caber convenientemente em um único volume, aceitei a sugestão do editor, Michael Baxandall, para dividi-los em dois grupos: um abordando o simbolismo renascentista (em preparo) e o outro abordando problemas de estilo, patrocínio e gosto. É este segundo volume que o leitor tem diante de si. Creio que, ao longo dos diferentes ensaios, pode-se perceber um tema mais unificado do que sugere esta rápida descrição. Todos tratam de algo a que se pode chamar clima renascentista de opiniões sobre a arte, além da influência desse clima sobre a prática e a crítica da arte. Essa abordagem opõe-se a um pressuposto corrente de que a arte está sempre muito à frente do pensamento sistemático, com o crítico acompanhando os artistas a distância e tentando, o melhor que pode, registrar e explicar as manifestações da criação inconsciente. Este livro tenta comprovar a hipótese oposta, a partir de diferentes ângulos. Não há intenção alguma de minimizar a criatividade do artista, muito menos de negá-la: o livro tenta mostrar que essa criatividade só pode desabrochar sob determinado clima, e que esse clima exerce tanta influência sobre as obras de arte resultantes quanto o clima geográfico sobre a forma e o tipo de vegetação. O leitor perceberá que essa metáfora desencoraja a idéia de um determinismo rígido. O melhor clima do mundo será incapaz de produzir uma árvore, se não houver uma semente ou um broto saudáveis. Além do mais, um clima bom para as árvores, das quais gostamos, também pode favorecer a disseminação de ervas daninhas ou pragas, que abominamos. Portanto, qualquer que seja o número de mapas do tempo, não serão suficientes para que possamos predizer a flora de uma região, e menos ainda a forma individual das plantas. E contudo — deixando a metáfora de lado — parece legítimo estudar os padrões críticos explícitos e implícitos, aceitos no âmbito de uma determinada tradição tanto pelos artistas quanto pelos patronos, e perguntar qual a influência dessas normas sobre as formas produzidas por mestres de talentos variados.

Assim, o primeiro ensaio deste livro, *A concepção renascentista de progresso artístico e suas conseqüências*, indaga que influência concreta uma idéia como essa pode ter exercido sobre escultores e pintores. *Renascimento e Idade de Ouro* levanta uma questão semelhante sobre o efeito que um mito literário pode ter tido sobre os patronos, e portanto, indiretamente, sobre as artes do período. *O método de Leonardo para esboçar composicões* (publicado pela primeira vez em francês) tenta mostrar quão estreitamente o estilo de desenho desse mestre estava ligado a suas convicções quanto à proposição da pintura como uma Arte Liberal. Um quarto ensaio, *A teoria renascentista da arte e a ascensão da paisagem*, tenta demonstrar que os humanistas do Renascimento já falavam da pintura de paisagens antes que a prática artística os alcançasse; o ensaio sobre *O estilo al'antica: imitação e assimilação* examina a teoria humanista da "imitação" como um caminho para a perfeição artística e ilustra a maneira como essa teoria funcionava na prática. Também achei conveniente incluir um ensaio sobre *Teoria e prática da imitação de Reynolds*, que vai buscar o último elo de uma tradição que tem origem no Renascimento e pertence a sua órbita.

Entre esses seis estudos encaixam-se outros dois, que versam mais sobre questões de gosto do que sobre formulações teóricas. O ensaio sobre *Apollonio di Giovanni* aborda, como informa o subtítulo, um ateliê florentino de *cassoni* visto pelos olhos de um poeta humanista. Espero que esse estudo lance alguma luz sobre o gosto de um humanista menor que nada via de irreconciliável entre o amor a Virgílio e a admiração pela ilustração do gótico tardio. O outro, *Os primeiros Medici como protetores das artes*, trata da influência que as diferentes personalidades de três membros da família Medici parecem ter exercido sobre as obras de arte que patrocinavam.

Se os dois últimos ensaios versam sobre normas não formuladas, os três estudos restantes tratam do outro extremo do espectro. São dedicados a uma avaliação das normas em si. O ensaio-título, *Norma e forma*, analisa o predomínio da norma renascentista sobre as nossas noções de estilo, mesmo entre os críticos que (como

Wölfflin) contestaram sua pretensa validade geral. O breve ensaio sobre os antecedentes históricos do conceito de *Maneirismo* discute o caso especial da emergência e da avaliação, à luz dessa norma, de uma categoria estilística particularmente controversa, enquanto a conferência sobre *Madonna della Sedia*, de Rafael, investiga o significado e algumas das implicações filosóficas e psicológicas da norma por meio de um exemplo outrora famoso. Existem ligações anteriores e posteriores entre esta conferência e alguns outros estudos do livro, e fiquei satisfeito ao constatar que muitos dos temas interagiam e que algumas notas remissivas faziam-se necessárias. Não pretendo dizer com isso que este livro se conforma à norma clássica de configurar "um todo harmônico". Tenho consciência das muitas lacunas em sua estrutura e argumento e ainda estou tentando resolvê-las. Continuo trabalhando nas duas frentes, a teoria e a prática da arte, e espero mostrar, em estudos futuros, que ambas são de fato inseparáveis.

Resta-me apenas agradecer aos muitos amigos e colegas que me ajudaram ao longo dos anos em que estive desenvolvendo esses temas, às comissões que me convidaram a expor meus artigos em congressos, ou a fazer conferências, e aos editores que permitiram a reedição dos ensaios — entre eles meus companheiros organizadores do *Journal of the Warburg and Courtauld Institutes*; o amigo Michael Baxandall, que se encarregou da tarefa ingrata de acompanhar a impressão do livro; e o dr. I. Grafe, da Phaidon Press, que mais uma vez demonstrou seu empenho, pesquisando ilustrações e colaborando, de várias maneiras, com todo o trabalho. Gostaria, finalmente, de reiterar meus agradecimentos ao sr. Harvey Miller, pelo interesse por esses estudos.

E. H. GOMBRICH
Londres, maio de 1966

Nota bibliográfica

No Prefácio escrito em 1966, expressei minha esperança de vir a mostrar, em estudos futuros, que a teoria e a prática da arte são realmente inseparáveis. Deixo a cargo de meus leitores a confirmação, em catálogos e bibliografias de bibliotecas, do quanto consegui avançar no cumprimento de tão audaciosa promessa. Quero reportar-me aqui às obras de outros autores que deram continuidade às linhas de pesquisa e sugeriram revisões. Incorporá-las ao texto teria exigido uma dispendiosa recomposição, e preferi, assim, acatar a sugestão do editor de relacioná-las aqui, em forma de notas. A paginação refere-se ao corpo do livro.

O ensaio sobre *Apollonio di Giovanni* (pp. 15-36) resultou, felizmente, em uma monografia sobre o artista, até então esquecido (Ellen Callmann, *Apollonio di Giovanni*, Oxford, 1974), e também em algumas atribuições recentes, que não é possível relacionar aqui.

Os acréscimos e revisões mais importantes referem-se ao ensaio *Os primeiros Medici como protetores das artes*, publicado inicialmente em 1960 e reimpresso aqui, às pp. 45-73. O objetivo era pôr de lado relatos posteriores e concentrar a atenção naquilo que podemos inferir a partir das fontes primárias, de contemporâneos e documentos de arquivos. Ao tentar, assim, sintetizar a situação do nosso conhecimento há cerca de 25 anos, eu estava consciente da possibilidade de que o quadro se modificasse à medida que a pesquisa avançasse. Tive a sorte de encontrar na dra. Caroline Elam uma historiadora com interesses comuns, responsável por muitos trabalhos originais realizados nos arquivos de Florença e que, com generosidade exemplar, leu todo meu ensaio e chamou minha atenção para uma vasta bibliografia, acumulada ao longo desse tempo, acerca dos temas abordados por mim. É desnecessário dizer que ela não é responsável pelos pontos que decidi mencionar, uma vez que desejava restringi-los à informação factual. Proponho-me relacionar esses itens na ordem em que eu os teria apresentado, se tivesse sido possível reformular e recompor o ensaio em questão. A paginação refere-se ao ensaio conforme se encontra neste volume.

p. 47. O importante livro de Martin Wackernagel tem, agora, uma tradução de A. Luchs, *The World of the Florentine Renaissance Artist* (O mundo da arte florentina renascentista) (Princeton, 1981), com uma boa bibliografia e algumas correções dos erros cometidos pelo autor. Já dispomos de um pouco mais de informações sobre Giovanni di Bicci, pai de Cosimo:

C. STINGER, "Ambrogio Traversari and the Tempio degli Scolari at S. Maria degli Angeli", *Essays presented to Myron P. Gilmore*, ed. S. Bertelli e G. Ramakus, Florença, 1978,

I, pp. 271-86. (Giovanni di Bicci deu cem florins para a construção de um novo dormitório em S. Maria degli Angeli).

E. BATTISTI, *Brunelleschi, The Complete Work*, Londres, 1981, p. 352, n. 1: cita o inventário da casa de Giovanni di Bicci, em 1417/8 (data erroneamente fornecida como 1471), inclusive de obras de arte "invariavelmente religiosas".

COSIMO

Mais algumas referências avulsas sobre as relações de Cosimo com os artistas vieram à luz:

R. DE ROOVER: *Rise and Decline of the Medici Bank*, Cambridge, Mass., 1963, p. 62 & n. 46, p. 421 & p. 461, n. 116, cita um documento de 1426, em que Cosimo de Medici usa o banco de um primo seu de Pisa para pagar pequenos adiantamentos a Donatello, para a compra de mármore de Carrara e dois pares de meias. Ver também pp. 229-30.

A. D. FRAZER-JENKINS: "Cosimo de Medici's patronage of architecture and the theory of Magnificence", *Journal of the Warburg and Courtauld Institutes*, XXXIII, 1970, pp. 162-70, cita uma carta de 1437, enviada pela confraria dos florentinos em Veneza a Cosimo e Lorenzo de Medici, pedindo dinheiro para ajudar a construir uma capela no Frari. (N. B. Recentemente, comprovou-se que a data do São João Batista de madeira de Donatello, no Frari, é 1438; ver F. Ames-Lewin in *Art History* II, 2, 1979).

p. 54. Quanto à construção do mosteiro de San Marco, parece que Vespasiano não é inteiramente confiável, mas investigações recentes confirmam o caráter fragmentário das inovações de Michelozzo (Hans Teubner, "San Marco in Florenz: Umbauten vor 1500", *Mitteilungen des Kunsthistorischen Instituts in Florenz*, XXIII, 1979, pp. 240-71). O mesmo caráter fragmentário foi amplamente confirmado na reconstrução da igreja de San Lorenzo, por Cosimo (não há prova documental do envolvimento de seu irmão Lorenzo). Ele nunca se comprometera a reconstruir a igreja toda. (V. Herzner, "Zur Baugeschichte von S. Lorenzo in Florenz", *Zeitschrift für Kungstgeschichte*, XXXVII, 2, 1973, pp. 89-115, e P. Roselli e O. Superchi, "*L'Edificazione della Basilica di S. Lorenzo*", Florença, 1980.)

p. 57. Os documentos "estranhamente ambíguos" ali referidos não têm nada a ver com Cosimo, mas sim com o conflito entre os frades e os *operai* designados pelo Estado. Cosimo realmente financiou a construção do Noviciado de Santa Croce, mas não do dormitório.

pp. 57-8. Deixando de lado a fantástica descrição do Palácio Medici aqui citada, alguns estudos recentes desse edifício devem ser mencionados: Isabelle Hyman, *Fifteenth Century Florentine Studies: The Palazzo Medici and a Ledger for the Church of San Lorenzo*, Nova Iorque, 1976; D. V. e F. W. Kent, "Two comments of March 1445 on the Medici Palace", *Burlington Magazine*, CXXI, 1979, e Rab Hatfield, "Some unknown descriptions of the Medici Palace in 1459", *Art Bulletin*, LII, set. 1970, pp. 246-8. Sobre o palácio original, ver o inventário mencionado à p. 36, em relação a Giovanni di Bicci.

p. 58. Com relação à Abadia de Fiesole, ver também agora U. Procacci, "Cosimo de Medici e la costruzione della Badia Fiesolana", *Commentari* N.S. 1968, e F. Borsi, G. Morolli, S. Landucci, E. Balducci, *La Badia Fiesolana*, Florença, 1976.

PIERO

p. 58. Três documentos menores, acerca das atividades de Piero em 1451-5, devem ser aqui inseridos. Em 1451, patrocinou o teto de uma sala para o Palácio Medici, de Arduino da Baisio, confirmando assim sua preocupação com a decoração interior (W. A. Bulst, "Die ursprüngliche innere Aufteilung des Palazzo Medici in Florenz", *Mitteilungen des Kunsthistorischen Instituts in Florenz*, dez. 1970, pp. 369-92; e P. Foster, "Donatello notices in Medici letters", *Art Bulletin*, LXII, 1980, pp. 148-60, mostrando que Piero remeteu alguns pertences de Donatello para Florença, em 1454, e que no ano seguinte efetuou alguns pagamentos ao artista, em nome de seu irmão Giovanni, referentes a algumas Madonas e peças de mármore para um *scrittoio* na Villa em Fiesole).

p. 65. A dra. Elam mostra, com razão, que a configuração no teto que descrevi como "a estrela" é o emblema de S. Bernardino, mas ainda me pergunto se o contexto não sugere a estrela-guia.

p. 66-7. Há uma vasta literatura recente sobre a famosa coleção Medici, à qual só me referi de passagem. A avaliação mais completa encontra-se nos capítulos XI e XII de Joseph Alsop, *The Rare Art Traditions*, Nova Iorque, 1982 (obra resenhada por mim no *New York Review of Books*, 2 dez. 1982), onde o autor pede uma completa reavaliação das provas relativas aos preços arrolados nos inventários. Ver também:

LUIGI BESCHI, "Le antichità di Lorenzo il Magnifico: caratteri e vicende", in *Gli Uffizi, Convegno Internacionale di Studi*, Florença, 1982, publicado em Florença, 1983, vol. I, pp. 161-176.

NICOLE DACOS, ANTONIO GIULIANO, ULRICO PANNUTI: *Il Tesoro di Lorenzo il Magnifico: Le Geme*, Florença, 1973.

DETLEF HEIKAMP e ANDREAS GROTE: *Il Tesoro di Lorenzo il Magnifico: I Vasi*, Florença, 1974 (com nova documentação).

G. PAMPALONI (ed.): "I ricordi segreti del mediceo Francesco di Agostino Cegia", *Archivio Storico Italiano*, CXV, 1957, pp. 188-234.

LORENZO

p. 67. Compreensivelmente, muitas pesquisas têm sido feitas sobre a brilhante figura de Lorenzo, cuja correspondência completa está sendo agora editada por uma equipe de historiadores sob a direção geral de Nicolai Rubinstein. *Lorenzo de' Medici e la società artistica del suo tempo*, de Enrico Barfucci, foi publicado numa edição revisada, muito necessária, de Luisa Becherucci (Florença, 1964): ver também o estudo introdutório da bibliografia recente, na 3ª edição de André Chastel *Art et Humanisme à Florence au temps de Laurent le Magnifique* (Paris, 1982) e Edmund Fryde, "Lorenzo de' Medici's finances and their influence on his patronage of art", *Studi in memoria de Federigo Melis* (Florença, 1978), vol. 3, pp. 453-67. A breve relação de suas encomendas, que forneci à p. 67, talvez necessite de mais comentários e correções: ver F. W. Kent, "New light on Lorenzo de' Medici's convent at Porta San Gallo", *Burlington Magazine*, CXXIV, 1982, pp. 292-4, e R. Lightbown, *Botticelle* (Londres, 1978), pp. 97 ss., com relação aos murais de Spedaletto, que, a propósito, não se situavam perto de Arezzo, mas sim às margens do Volterrano, no Val d'Era. Recentemente, porém, surgiram esclarecimentos mais importantes sobre as atividades de construção de Lorenzo em Poggio a Caiano. Suas casas de campo são discutidas por P. Foster, "Lorenzo de' Medici's Cascina at Poggio a Caiano", *Mitteilungen des Kunsthistorischen Instituts in Florenz*, junho de 1969, pp. 47-66. Minha observação de que a Villa de Poggio a Caiano foi "concluída e transformada pelos sucessores de Lorenzo" deve ser ponderada, tendo em vista que P. Foster demonstrou, em *A Study of Lorenzo de' Medici's Villa at Poggio a Caiano* (New Haven, 1978), que a declaração de imposto de renda dos Medici relativa ao ano de 1495 informa sobre a existência de uma maquete completa da *villa*. Há duas referências anteriores a essa maquete de Giuliano da Sangallo, uma das quais mostra que o arquiteto levou-a para Milão, a pedido de Ludovico, o Mouro (L. H. Heydenreich, "Giuliano da Sangallo in Vigevano", *Scritti in onore di Ugo Procacci*, Milão, 1977, II, pp. 321-3, e M. Martelli, "I Pensieri Architettonici del Magnifico", *Commentari*, 1966, pp. 107-11). Com relação a outro documento sugestivo, apesar de enigmático, da época em que Lorenzo adquiriu a propriedade, ver F. W. Kent, "Lorenzo de' Medici's acquisition of Poggio a Caiano and an early reference to his architectural expertise", *Journal of the Warburg and Courtauld Institutes*, 42, 1979, pp. 250-6.

p. 69. Dois dos artigos acima mencionados também confirmam minha discussão sobre o prestígio de Lorenzo como árbitro de questões relativas à arquitetura; Martelli, in *Commentari*, publicou uma carta mostrando com que impaciência Lorenzo esperou pela publicação de *De Architectura*, de Alberti, e Kent mostra-o discutindo detalhes arquitetônicos com o proprietário anterior de Poggio a Caiano. Piero Morselli e Gino Corti, *La Chiesa di Santa Maria delle Carceri in Prato: Contributo di Lorenzo de' Medici e Giuliano da Sangallo alla progettazione* (Florença, 1982), documentam a influência de Lorenzo sobre o projeto. A propósito, os conselhos de Lorenzo foram de fato solicitados com relação a S. Spirito, como afirmo, porém diziam respeito à fachada (se deveria ter três ou quatro portas), e não à sacristia.

Outra intervenção arquitetônica (mal-sucedida) de Lorenzo pode ser encontrada no artigo de Franco Buselli, "Fra Sarzana e Sarzanello", *Necropoli*, 6-7, 1969-70, pp. 61-8, com provas de que Lorenzo apoiou o projeto de Giuliano e Antonio da Sangallo para a fortaleza de Sarzana, que não chegou a ser concluída.

p. 71. Devo retratar-me de uma observação irrefletida que aí fiz, ou modificá-la. Repeti a história de que, em 1491, Lorenzo submeteu à apreciação um projeto que ele mesmo fizera para a fachada da catedral de Florença, tentando manobrar para que o mesmo fosse aceito. No entanto, no artigo "Lorenzo de' Medici and the Florence Cathedral Façade", *Art Bulletin*, XXIII, set. 1981, pp. 495-500, P. Foster debruçou-se novamente sobre os documentos, cuja interpretação acabou rejeitando como uma difamação posterior. As manobras não podem ser negadas, mas Lorenzo talvez tenha desejado assegurar a encomenda a seu favorito (que pode muito bem ter sido extremamente maleável aos desejos dele).

A relação apresentada aqui é longa mas, após um exame de consciência, não creio que o artigo original deva ser posto de lado, pois a caracterização que fiz das três gerações de patronos parece-me ter resistido ao teste do tempo. Espero poder afirmar o mesmo quanto aos outros estudos deste livro.

E. H. GOMBRICH
Londres, setembro de 1984

A CONCEPÇÃO RENASCENTISTA DE PROGRESSO ARTÍSTICO E SUAS CONSEQÜÊNCIAS*

Estamos familiarizados com a concepção renascentista de progresso artístico desde as *Vidas* de Vasari. Lemos, ali, sobre a ascensão das artes, desde suas grosseiras origens até a perfeição, primeiro na Antigüidade clássica e depois, uma vez mais, após o desastre gótico, ao longo dos três estágios de "bom", "melhor" e "supremo", até o ponto culminante da arte de Michelangelo. É um quadro histórico que ainda exerce fascínio, embora sua validade venha sendo questionada há um século e meio. Os românticos, nazarenos e pré-rafaelitas atacaram a escala de valores subjacente, que equipara a maior habilidade com a melhor arte; Alois Riegl e seus seguidores levaram-nos mesmo a duvidar se temos direito a nos referir a um avanço em termos de habilidade, quando a própria intenção está sujeita a mudanças; substituiu "Können" por "Kunstwollen". Os croceanos, finalmente, questionaram se é possível afirmar que a arte tem mesmo uma "história". Insistiram na "insularidade", na unicidade de cada verdadeira obra de arte, que não deveria ser degradada à condição de um simples elo numa cadeia de "desenvolvimento". E, no entanto, os críticos que assumem as posições mais radicais nessas questões são exatamente aqueles que mais gostam de falar em movimentos "progressistas" da arte — referindo-se, em geral, aos movimentos que se rebelam contra as idéias renascentistas de progresso.

Não tenho, aqui, a intenção de colocar, e muito menos resolver, os diversos problemas que surgem desses paradoxos. Não desejo questionar se existe, ou não, algo a que possamos chamar de progresso artístico — creio que isso depende, em grande parte, do mo-

---

* Este ensaio foi uma contribuição para o *XVIIe Congrès International d'Histoire de l'Art*, Amsterdam, julho de 1952.

do como se decide empregar os próprios termos — e nem mesmo se o conceito renascentista estava inteiramente livre de contradições. A questão de que trato é histórica. Assim, meu ponto de partida será um antigo texto renascentista que nos mostra a concepção de Vasari *in statu nascendi*; indagarei, a seguir, qual deve ter sido o efeito de tal concepção (seja verdadeira ou falsa) entre os artistas que compartilhavam dela. Meu texto provém de uma epístola dedicatória escrita pelo humanista florentino Alamanno Rinuccini em maio de 1473, para prefaciar uma tradução, do grego para o latim, da *Vida de Apolônio*, de Filostrato, feita para Federigo da Montefeltre. Embora tenha sido publicada no final do século XVIII[1], os historiadores da arte aparentemente a ignoraram. Citarei apenas os trechos relevantes ao presente argumento, remetendo o leitor a um apêndice (pp. 203-5) relativo a seções do texto original e a algumas notas adicionais:

> Todas as vezes que observei os homens de nossa própria época, comparando-os com os do passado — meu mui magnânimo príncipe Federigo —, sempre considerei absurdas as opiniões daqueles que só acreditam poder louvar os feitos e a sabedoria dos antigos caluniando o estilo do seu próprio tempo, condenando seus talentos, rebaixando seus homens e deplorando a infelicidade que os fez nascer neste século tão carente de probidade, tão desprovido de engenhosidade e — como costumam dizer — sem qualquer interesse pelas belas-artes. ... Quanto a mim, às vezes gosto de exaltar o fato de ter nascido nesta época, que gerou um incontável número de homens tão notáveis em diversas artes e profissões, que podem perfeitamente enfrentar uma comparação com os antigos.
>
> Começando pelas coisas menores, para então alcançar as questões de maior importância: as artes da Escultura e da Pintura, agraciadas, nos tempos antigos, pelos gênios de Cimabue, Giotto e Taddeo Gaddi, foram elevadas a uma tal grandeza e excelência por pintores que floresceram em nossa própria época, que eles muito fazem por merecer sua menção ao lado dos mestres antigos.
>
> Muito próximo ao nosso período houve Masaccio, cujo pincel podia expressar com tanta perfeição o aspecto de qualquer coisa na natureza, que temos a impressão de estar olhando não para imagens de coisas, mas para as próprias coisas.
>
> E o que pode ser mais atraente que as pinturas de Domenico Veneziano? O que há de mais admirável que os quadros de Filippo, o Monge [Filippo Lippi]? Onde encontrar imagens mais ornadas que as produzidas por João da Ordem dos Pregadores [Fra Angelico]? Todos eles diferem entre si pelos vários estilos, e no entanto são considerados muito semelhantes quanto à excelência e qualidade.

Quanto aos escultores, embora eu pudesse mencionar muitos que seriam considerados ilustres caso tivessem nascido um pouco antes de nosso tempo, Donatello de tal forma sobrepujou todos os demais, que é quase o único nesse campo. Luca della Robbia e Lorenzo di Bartoluccio [Ghiberti] também não devem ser desprezados, como nos dá testemunho a grande reputação de suas obras.

Devo deixar de lado o elogio de Rinuccini a Brunelleschi e Alberti, tanto como engenheiros quanto como arquitetos, e selecionar, de seu longo relato da ascensão das Artes Liberais em seu tempo, só mais um trecho em que a idéia de progresso é expressa de forma particularmente clara:

> O emprego da oratória clássica e de um estilo latino impecável nasceu, mais uma vez, um pouco antes de nossa época: em nossa época, essa prática tem sido cultivada e aprimorada de um modo que nunca floresceu nos tempos de Lactantius e São Jerônimo. Isto pode ser facilmente constatado pelos escritos daqueles que buscaram o conhecimento de muitos dos grandes temas, no período entre as épocas acima mencionadas, mas que tinham um estilo áspero — um fato que não me surpreende, uma vez que muitos dos livros de Cícero estavam ocultos na obscuridade, impedindo, assim, a imitação. No início, então, Coluccio Salutati elevou-se um pouco, deixando entrever um estilo de retórica dotado de certa elegância e, na verdade, merecedor dos mais altos elogios, pois fora ele quem abrira o caminho para a eloqüência — um caminho há tanto tempo fechado — e indicara, aos que vieram depois dele, a trajetória que deveriam seguir rumo à ascensão. Foi seguido por Poggio e Leonardo Aretino, que deram um novo brilho àquela eloqüência que havia sido interrompida e quase abolida.

Após uma recapitulação de sábios e estadistas gregos, Rinuccini dá a sua carta o desvio elegante e esperado: Por que devo esforçarme tanto para provar que somos tão bons quanto os antigos? Basta dirigirmos a vós nosso olhar, meu príncipe e senhor, para que se confirme a grandeza de nossa época.

Rinuccini, por certo, não tinha a pretensão de ser original. Sua carta dedicatória limita-se a oferecer variações novas a temas comuns a sua época e ambiente. Um deles é a idéia de que o estado da eloqüência e o estado das artes estão, de certa forma, associados, sendo ambas um índice da grandeza de uma época[2]. É essa convicção que dá cor às concepções de tantos humanistas do Renascimento e ainda influencia a visão que temos da época deles. Na verdade, não só da época deles. Continuamos inclinados a aceitar o estado das artes como o mais seguro indício da grandeza de um período, embora talvez tenhamos que admitir, após alguma reflexão, que se trata de um teste da mais duvidosa validade.

No que diz respeito às artes, essa importante idéia talvez tenha surgido pela primeira vez na famosa introdução a *Della pittura*, de Alberti, que sem dúvida nenhuma inspirou a carta de Rinuccini. Alberti nos diz que compartilhara da crença melancólica de que a Natureza estava em declínio e não mais produzia gigantes ou grandes mentes, até que, ao voltar a Florença, depois de seu exílio, a mera existência de Brunelleschi, Donatello, Masaccio, Ghiberti e Luca della Robbia restituiu-lhe a fé na vida[3]. Mas Alberti vê esses artistas isoladamente. Rinuccini os vê como parte de um movimento que, para ele, se prolonga até seu próprio tempo. A possibilidade de tal movimento deve ter sido familiar a todos os humanistas. Não apenas Plínio, mas os grandes tratados sobre eloqüência recentemente redescobertos, *Brutus*, de Cícero, *Instituto Oratoria*, de Quintiliano, descreviam o lento e gradual desenvolvimento das artes na Antigüidade, desde as primitivas origens à perfeição consumada[4]. A imagem, portanto, encontrava-se à mão. Além do mais, era quase natural o fato de que fosse possível aplicá-la às condições de Florença. Não afirmara Dante que a fama de Giotto obscurecera a de Cimabue[5]? E os artistas florentinos não se sentiam especialmente orgulhosos, como sabemos a partir de Cennini, por cultivarem a tradição viva daquele gigante entre os artistas[6]? Aqui, então, encontramos a concepção de história de Vasari prefigurada no Quattrocento. Tratava-se, obviamente, de uma idéia que estivera "no ar" por muito tempo. Nunca poderia ter-se desenvolvido se Giotto ou Masaccio não tivessem caminhado firmemente em direção ao realismo. Creio, porém, que a idéia de progresso não é apenas uma conseqüência de acontecimentos reais no campo da arte, mas deve ter provocado reações na arte e nos artistas, de um modo que merece um estudo mais aprofundado.

O que tenho em mente não é o efeito psicológico dessa crença. Não há dúvida de que deve ter sido estimulante, para um jovem artista, viver numa época e numa cidade que se orgulhavam da própria arte; sem dúvida alguma, a idéia de progresso podia atuar como um estímulo e um desafio. "É desprezível o discípulo que não supera seu mestre", escreveu Leonardo[7], que só tinha discípulos assim desprezíveis. O que desejo enfatizar é que, muito além de qualquer efeito psicológico, a idéia de progresso resultou no que poderíamos chamar de uma nova estrutura institucional para a arte. Na Idade Média, como sempre nos lembram os historiadores sociais, o artista era realmente um artesão, ou melhor — já que essa palavra adquiriu um certo brilho romântico —, um comerciante que fazia pinturas e esculturas por encomenda, e cujos padrões eram aqueles das organizações comerciais a que pertencia, da guilda. A idéia de progresso introduz um elemento inteiramente novo. Ora, de um ponto de vista epigramático, o artista tinha que pensar não apenas em sua comissão, mas também em sua missão. Essa missão consistia em ampliar a glória da época por meio do progresso artístico.

Todos sabemos que o contraste entre a Idade Média e o Renascimento pode ser facilmente exagerado. Mas esse sistema de referências parece ter, de fato, criado um novo contexto para a arte. Novo, ao menos, se tomarmos a palavra "arte" em nossa moderna acepção. O ilustre adágio *ars longa, vita brevis* lembra-nos que essa concepção é relativamente recente. Pois a "arte" que é mais longa que a vida humana é a de Esculápio; o provérbio e o sentimento provêm da medicina grega[8]. Pode ser verdade que a noção de progresso que predominava no mundo antigo fosse diferente da nossa[9]. Nossa concepção provém da máquina, com sua promessa de perfeição infinita, e a deles vinha do organismo, cujo desenvolvimento chega ao fim quando suas "potencialidades" se realizaram. O *locus classicus* dessa concepção é o relato da evolução da tragédia, de Aristóteles. Mesmo essa idéia, contudo, eleva aqueles que a compartilham acima das realidades banais da existência. O artista que acredita no progresso das artes está automaticamente distanciado do nexo social de compra e venda. Sua obrigação é mais com a Arte do que com o cliente[10]. Ele deve manter viva a chama, dar sua contribuição; faz parte do fluxo da história — um fluxo que os historiadores põem em movimento.

Gostaria, agora, de acompanhar o impacto dessa nova concepção de arte num exemplo bastante conhecido — a mudança da primeira porta do Batistério, de Ghiberti, para a segunda, também dele. Não há nenhuma evidência de que, enquanto trabalhava em sua primeira porta (a segunda do Batistério), Ghiberti via a si próprio como algo mais que um artífice que recebera uma importante incumbência. A concorrência organizada para a escolha do artista em 1401 é, por certo, sintomática do orgulho dos florentinos pelo nível de sua arte e do desejo deles de viverem à altura de sua grandiosa tradição[11]. A forma assumida pela incumbência, porém, deve terse ainda amoldado à concepção tradicional da arte. Podemos supor que Ghiberti pretendia que sua porta se assemelhasse à outra já existente, de Andrea Pisano (figs. 2-3), considerando-a como seu "símile", seu modelo. Sabemos, a partir dos documentos, que Andrea Pisano, por sua vez, também recebera um tal modelo. No esboço geral, ele deveria imitar as portas de Bonannus em Pisa (fig. 1), enquanto usava os Mosaicos do Batistério (figs. 8-9) e alguns dos afrescos de Giotto como fonte autorizada a respeito de como narrar os episódios da vida de São João Batista[12]. O objetivo principal de Ghiberti parece ter sido manter-se à altura do elevado padrão estabelecido por seu famoso antecessor (figs. 4-5). Originalidade e progresso, de qualquer forma, certamente não eram valores aos quais ele se sentisse inclinado a corresponder. Como todos os artistas de seu tempo, baseava-se nas fórmulas tradicionais para as cenas individuais da vida e paixão de Cristo, concentrando sua ambição em representá-las com o mais alto requinte de "amor e perseverança", como ele mesmo afirma em sua autobiografia. Isso, por certo, não exclui uma certa expressão de preferências pessoais na forma de execução. Os ideais de Ghiberti, na época, parecem fortemente influenciados pelos ourives mais importantes do Estilo Internacional, talvez pelo "Gusmin" borgonhês, cuja existência foi comprovada pelo trabalho brilhante e revelador do prof. Krautheimer[13]. Mas a descrição do próprio Gusmin, da forma como se encontra nas páginas dos *Commentarii* de Ghiberti, mostra que o ideal da juventude de Ghiberti era um artista que entrou para um mosteiro para cumprir penitência por sua vã busca da glória.

Não preciso alongar-me sobre a imensa revolução representada pela segunda porta de Ghiberti (fig. 13). Trata-se de uma transformação que transcende em muito as modificações estilísticas a que os artistas estão sujeitos após contatos com outros artistas. Parece-me que o próprio sistema de referências em que Ghiberti trabalhava se modificara. Pois, neste caso, ele estava claramente tentando não apenas alcançar o elevado padrão do passado, mas também progredir, progredir até mesmo para além de suas próprias obras anteriores. Sua intenção foi inteiramente apreendida e aceita por seus contemporâneos. Seu primeiro esforço já fora sentido como um avanço sobre o velho Andrea Pisano, cuja porta teve que ceder à de Ghiberti o lugar de honra, voltado para a catedral. A própria primeira porta de Ghiberti teve de ser removida, para dar lugar à obra-prima que atualmente conhecemos pelo nome de "Porta do Paraíso". Sugiro que essas portas devem sua existência ao contato de Ghiberti com a nova concepção humanista de progresso artístico. Tenho consciência de que tal hipótese ajusta-se muito mal à imagem tradicional da personalidade de Ghiberti — imagem certamente tingida pela versão partidária e pessoal do conflito entre Ghiberti e Brunelleschi, difundida pelo biógrafo deste último e atenuada, mas não erradicada, por Vasari. Mesmo Schlosser, que mais do que qualquer outro estudioso tem se esforçado para ressuscitar a arte e os escritos do mestre, ainda o representa, de certo modo, à luz de um artesão autodidata tentando a duras penas, em seus anos de decadência, acompanhar o saber humanista[14]. Deve-se admitir que o texto dos *Commentarii*, da forma como o conhecemos, corrobora essa interpretação, mas o texto é uma cópia, e talvez nunca saibamos quanto da ignorância que ele revela deve ser atribuída ao copista, em vez de ao autor. A esse respeito, uma breve referência contemporânea a Ghiberti (até aqui negligenciada pelos historiadores da arte) pode adquirir alguma importância. A referência se encontra na correspondência de Aurispa, o grande colecionador de manuscritos gregos[15]. Em 1424, Aurispa tinha, entre seus tesouros, "um grande volume sobre equipamentos de cerco, com ilustrações das máquinas... um antigo códice, com as figuras não muito bem desenhadas, mas facilmente inteligíveis". Em 1430 (2 de janeiro), Aurispa escreve a Ambrogio Traversari, o grande monge humanista:

"Enviarei a Laurentius, esse extraordinário escultor, o volume sobre equipamentos de cerco, mas quero em troca aquele antigo Virgílio que sempre desejei ter e o *Orator* e *Brutus*, o que me parece uma troca bastante justa"; e em 15 de março de 1430: "Tenho comigo o engenho de cerco, e assim, se aquele escultor puder dar-me em troca o antigo Virgílio que tendes em vosso mosteiro e a cópia perfeita da *Antoniana* de Cícero, recentemente descoberta, mandarei o Ateneu."

Não sabemos que fim levou a troca, mas sabemos — assim como Schlosser — que Ghiberti abre seus *Commentarii* com uma longa introdução retórica que é uma tradução do próprio Ateneu que ele cobiçava[16]. Não há nenhuma necessidade de supervalorizar essa referência, mas ela de fato mostra que os interesses humanistas de Ghiberti remontam ao período de sua vida em que ele trabalhava nos relevos para as "Portas do Paraíso"[17]. Vê-lo, em 1430, como membro daquele grupo que trocava códices, do qual faziam parte Aurispa, Traversari, Niccolò Niccoli e Poggio Bracciolini, é ver um Ghiberti um tanto diferente[18]. Apenas nisso repousa minha justificativa para discutir esse documento no presente contexto. Reforça minha tese o fato de que Ghiberti, ao fazer a segunda porta, encontrava-se, como seus amigos humanistas, no fluxo da história, deliberadamente reevocando e revivendo o passado e lançando-se em direção a um futuro novo. Creio que os escritos do próprio Ghibeti revelam alguns indícios que confirmam essa interpretação de sua mudança de estilo.

O primeiro livro dos *Commentarii* de Ghiberti é, certamente, pouco mais que uma paráfrase do relato de Plínio sobre a ascensão da arte antiga. Foi em Plínio que Ghiberti pôde ler a respeito da contribuição de cada artista ao progresso da arte, e deve ter lido com especial interesse o relato bastante enigmático de Plínio acerca do maior dos antigos escultores em bronze, Lisipo[19]. As primeiras linhas desse parágrafo teriam colocado Ghiberti frente a uma concepção da arte em violenta contradição com tudo que ele aprendera e praticara, pois a Lisipo se credita a declaração (mais tarde atribuída a Caravaggio) de que só a Natureza deve ser imitada, e não a obra de outros artistas. Plínio prossegue (parafraseando, por sua vez, a obra de um crítico desaparecido sobre o progresso da arte)[20]:

> Afirma-se que suas principais contribuições para a arte da escultura consistem na sua representação dos cabelos, em fazer as cabeças menores e os corpos mais esguios e menos corpulentos do que os velhos artistas haviam feito, o que dava a suas figuras uma aparência mais alta. A língua latina não tem uma palavra capaz de expressar a *symmetria* que ele se empenhou tanto em cultivar, modificando as proporções angulosas dos artistas mais antigos, sem prejudicar a harmonia; várias vezes afirmou que os artistas antigos haviam representado os homens como eram, ao passo que ele os representava como pareciam ser.[21]

Se examinarmos, agora, as proporções estranhamente alongadas das figuras da segunda porta, em comparação com as figuras da primeira porta (figs. 11-12), ou seu Adão em relação ao de Andrea Pisano (figs. 6-7), acharemos difícil evitar a suspeita de que Ghiberti, aqui, tentava deliberadamente reproduzir o papel de Lisipo e mudar o cânone. Creio que a suspeita pode ser reforçada por um detalhe significativo do famoso trecho sobre Gusmin. Em meio a todas as palavras de elogio que Ghiberti dirige ao devoto artista do Norte, surge uma breve crítica — "*le sue statue erano un poco corte*", suas estátuas eram um pouco atarracadas. Isso se ajusta à identificação, feita por Krautheimer, de Gusmin como borgonhês, uma vez que, na arte borgonhesa, é muito comum que as figuras sejam descritas, precisamente, como *un poco corte* (fig. 10). Sendo Gusmin o artista cuja vida precede a do próprio Ghiberti no segundo livro dos *Commentarii*, tem-se a impressão de que Ghiberti estava ansioso por reservar a si o papel de segundo Lisipo.

Se Ghiberti de fato decidiu seguir um novo cânone em direção ao progresso que encontrou indicado em Plínio fica mais fácil compreender a completa modificação na estrutura da segunda porta. Sabemos que não se tratava de uma mudança estipulada na encomenda original. O projeto escrito por Leonardo Bruni prevê uma porta nos moldes das duas anteriores[22], e a orgulhosa afirmação de Ghiberti de que lhe fora permitido fazê-la da forma que lhe parecesse mais perfeita, expressiva e ornamentada, talvez seja indício de um anterior choque de opiniões[23]. Agora, porém, Ghiberti aprendera que "se devia seguir o exemplo da natureza, e não dos outros artistas", e que ele devia representar os homens "não como são, mas como parecem ser". Se lermos a descrição do próprio Ghiberti sobre o método que adotou, tendo em mente essas palavras, será quase inevitável concluirmos que ele se sentia um outro Lisipo.

"*Ingegnai cercare imitare la natura quanto a me fu possibile*", diz ele, e, para que não tomemos essa frase como mais uma expressão rotineira da estética renascentista, ele parece esforçar-se por explicar, com uma terminologia pouco desenvolvida, que o que ele buscava era exatamente a imitação da "aparência" e da "simetria", uma harmonia de dimensões.

"Esforcei-me, de todas as formas possíveis, para imitar a natureza o melhor que pudesse, com todas as linhas que nela se encontram... são todas estruturadas, de tal forma que o olho pode discerni-las, e tão reais que, a distância, parecem estar em atividade. Apresentam-se em relevo muito baixo, e no plano as figuras mais próximas parecem maiores, e as que estão mais afastadas, menores, como na natureza. E foi com base nessas dimensões (*con dette misure*) que realizei todo o trabalho."[24]

E, enquanto na obra anterior enfatiza seu "amor e perseverança", ao resumir a descrição de sua *chef'doeuvre* volta a salientar que "*con ogni arte e misura e ingegno è stata finita*" (foi concluída com toda habilidade, harmonia e criatividade que possuo).

Examinemos uma vez mais a paráfrase de Plínio feita por Ghiberti, para vermos o que se acha aí implícito. Há um trecho em que o artista propõe uma revisão de sua fonte. Ghiberti leu em Plínio que Apeles e Protogenes competiram entre si, para verem quem era capaz de desenhar uma linha mais fina. "Falando como artista", diz ele, "creio tratar-se de um teste muito pobre." Ele acha que provavelmente a competição entre os dois tinha por objetivo encontrar soluções para um difícil problema de perspectiva. E está certo de que o painel em que Apeles finalmente demonstrou a solução que levara Protogenes a declarar-se vencido deve ter sido elogiado e admirado por todos, mas "em especial pelos pintores, escultores e outros especialistas"[25].

Parece-me que essa reveladora correção feita por Ghiberti introduz-nos, com toda força, na mentalidade engendrada pela concepção de progresso. O artista trabalha como um cientista. Suas obras não existem apenas por existirem, mas também para demonstrarem certas soluções de problemas. Ele as cria para que sejam admiradas por todos, mas, sobretudo, tem um olho voltado para os companheiros artistas e para os conhecedores, capazes de apreciar a inventividade da solução encontrada. Isso nos lembra os painéis perdidos de Brunelleschi representando construções florentinas, cujo único propósito era comprovar a validade de sua construção em perspectiva. Alberti também projetou alguns tipos de *peepshow** para demonstrar o poder da arte em criar ilusões. Ele e seu biógrafo dão a esses exercícios o nome de "*dimostrationi*"[26].

Um pouco desse espírito de experimentação também se encontra exemplificado na Segunda Porta. O edifício arredondado na história de José (fig. 14) em nada contribui para a narrativa. Ao contrário, chega mesmo a confundi-la. Contudo, está colocado no centro da obra como uma *dimostratione*, um indício da habilidade do mestre em geometria aplicada, que, podemos supor, sobrepujava tudo o que até então se fizera no gênero.

Eu não afirmaria que demonstrações de habilidade só ocorrem dentro do círculo mágico da arte humanista. Basta lermos Facius, a respeito de Jan van Eyck, para constatarmos que os artistas do Norte também introduziam em suas obras características que mais serviam a uma exibição de virtuosismo, que contribuíam para a narrativa. A diferença talvez se encontre no fato de que as soluções imaginadas e exemplificadas por Ghiberti são demonstráveis; realmente contribuem para o corpo do conhecimento. Uma vez que Ghiberti tivesse demonstrado a construção em perspectiva de um edifício arredondado, este podia tornar-se, como de fato se tornava, propriedade comum. Em outras palavras, quanto mais forte a introdução da ciência na arte, mais justificável a reivindicação de progresso.

O próprio Ghiberti mal percebeu que a nova concepção de arte adotada por ele significava a condenação de seu amado ofício. Uma demonstração, uma solução intelectual de um problema, não necessita da superfície maravilhosamente cinzelada e da suntuosa douração da Segunda Porta. O painel de Apeles foi considerado valioso sem esses atrativos externos. Assim, a porta de Ghiberti é, realmente, um divisor de águas entre os dois mundos. Trata-se da última obra de ourivesaria a colocar-se por inteiro na vanguarda do pro-

---

* *Peepshow*: caixa iluminada, contendo várias imagens vistas por um buraco ajustado a uma lente que as faz parecer maiores. (N. T.)

gresso artístico. A partir daí, haverá um abismo crescente entre a busca intelectual da Arte e a "arte aplicada" do artesão. Cria-se uma nova hierarquia, pela qual a verdadeira nobreza em arte não tem mais necessidade de "deleitar os olhos" ou utilizar atrativos de superfície. Pelo contrário — a atenção dedicada a uma superfície polida é, em si, o sintoma de uma mente menos ambiciosa. É possível imaginar que essa escala de valores tenha sido assimilada por Donatello, cuja arte austera situa-se, inequivocamente, na nova vertente, tornando-se assim "o único que conta", como afirma Rinuccini, já um tanto inseguro quanto à posição ocupada por Ghiberti na história[27].

Escolhi propositalmente um exemplo antigo para ilustrar aquilo que acredito ser a influência decisiva da concepção renascentista de progresso artístico. Todos sabemos, por certo, que o conceito de arte passou por uma profunda modificação durante o Alto Renascimento, mas até agora essa modificação foi quase sempre descrita em termos da estética neoplatônica e, de fato, atribuída à influência do platonismo, que mal existia na época de Ghiberti[28]. É claro que essa influência tornou-se importante, mas parece-me que só poderia atuar sobre artistas que já se sentissem parte da comunidade ideal das mentes ilustres. Há um episódio na vida de Leonardo que ilustra essa atitude. Vasari nos conta que Filippino Lippi recebera a encomenda de pintar uma *Santa Ana* para a SS. Annunziata de Florença, mas afastou-se do projeto quando soube que Leonardo, de volta de Milão, tinha intenções de fazer uma pintura semelhante[29]. Filippino pode ter tido alguma razão para esse ato incomum de generosidade[30], mas podemos considerar esse fato como um símbolo da consciência de que a um Leonardo deve-se dar a oportunidade de fazer sua contribuição, com ou sem encomenda.

Para Leonardo, por sua vez, era natural que o artista cria não para satisfazer seus clientes, mas, como ele diz, "para agradar aos primeiros pintores", os únicos capazes de julgar sua obra. "Aqueles que não o fizerem não conseguirão dar a seus quadros o escorço, o relevo e o movimento que constituem a glória da pintura."[31] A *Santa Ana* (fig. 15), por certo, tem tudo isso e, aparentemente, não perdeu o valor pelo fato de nunca ter sido levada ao altar para o qual fora encomendada. O cartão, e até mesmo a "invenção", foram suficientes.

Em alguns aspectos, então, uma obra como a *Santa Ana* de Leonardo compartilha o espírito da "*dimostratione*". Propõe-se a mostrar a maneira incomum e engenhosa pela qual o grande mestre soluciona o problema artístico desse tema tradicional. O mesmo fermento da "*dimostratione*" é responsável por grande parte daquilo que chamamos de "Maneirismo", pois este atinge seu ponto culminante no momento em que as ambigüidades intrínsecas à concepção renascentista de progresso artístico tornam-se aparentes — no momento em que, por consenso geral, Michelangelo alcança a "perfeição" ao realizar as mais altas potencialidades de sua arte. Segundo essa interpretação, trata-se de uma crise na concepção da arte, mais do que uma crise enraizada no "espírito da época"[32].

As conseqüências da concepção renascentista de progresso estendem-se, contudo, para muito além da perturbação local do Maneirismo, pois pertence à classe de idéias cuja atuação se assemelha a comer da árvore do conhecimento — uma vez que se tenha uma noção do bem e do mal, está-se para sempre excluído do Paraíso da Inocência. Sabemos que a concepção de progresso teve um efeito igualmente fatal no campo da política. Assim que a idéia ganhou terreno, na época da Revolução Francesa, as pessoas só podiam declarar-se a favor ou contra ela, à direita ou à esquerda, e, por mais que protestemos contra esse arranjo unidimensional dos *terribles simplificateurs*, será muito difícil livrarmo-nos dela[33].

Penso que a história da arte mostra um processo de polarização semelhante. Uma vez que as regras do jogo chamado arte foram reexaminadas em Florença, passando a incluir a exigência de uma "contribuição", uma solução de problemas, nenhuma outra concepção de arte tinha muita chance de opor-se a isso. Assim, quando Vasari identificou a história da arte quase que inteiramente com a história da arte em Florença (levando em conta algumas contribuições tangíveis provenientes do Norte, como a "invenção" da pintura a óleo), não estava se deixando levar apenas por um patriotismo provinciano. Estava escrevendo a história do novo jogo que, de fato, se originara em Florença, e essa nova concepção atuava como um vórtice cujo alcance e impulso se ampliavam cada vez mais. A escola de Siena, por exemplo, deixou de preocupar-se com os problemas do centro e se tornou provinciana, um lugar retrógrado, sem dúvida fascinante na superfície, mas pagando por sua recusa em tornar-se florentina, como fizera Urbino, sendo desligada do trem do progresso. Veneza, é verdade, recusou-se a submeter-se, mas ao fazê-lo criou sua própria ideologia, sua própria contribuição específica à cor, admitidas de má vontade pelos Guardiães do Livro das Regras — embora essa variedade tenha ocupado uma posição inferior à da contribuição mais intelectualizada, e portanto mais "nobre", às questões relativas ao "*disegno*". Apesar de algumas revoltas malogradas, a idéia principal, a idéia de que a arte recomeçara com Giotto e de que os grandes florentinos é que a estavam levando adiante, tinha a seu lado toda a força dinâmica. Dürer a repete e a endossa[34], e o mesmo fazem as cortes e os patronos que não podem correr o risco de serem considerados "góticos" e "retrógrados". Em breve, ou se está em contato com a corrente principal do progresso, ou se está inteiramente "por fora". Assim, viajar para a Itália tornou-se uma necessidade, pois ali se encontrava o ponto de referência que se tornara a medida de todas as artes. Seria possível lançar uma reação contrária, insistir nas potencialidades negligenciadas da pintura, como a arte do *genre* e da paisagem, características do Norte[35], mas mesmo tais protestos, como podíamos ler na arte de Brueghel, referem-se ainda, *enquanto protestos*, ao caminho aberto por Florença. E assim tem sido desde então. O centro do vórtice podia transferir-se de Florença para Roma, de Roma para Paris, de Paris para Nova Iorque; os problemas de interesse podiam passar do realismo à expressão ou à articulação do inconsciente, mas o impulso da revolução iniciada em Florença nunca se consumiu. É uma revolução que tem seus mártires, os quais fizeram a arte pela arte, afastando-se cada vez mais da procura por parte do público[36]. E, apesar de todas as fraquezas, continua sendo inspiradora a idéia da humanidade engajada na criação de um universo autônomo de valores, que, de certo modo, podemos conceber como existindo para além da contribuição e da compreensão individuais. Está ligada à idéia da "contribuição", da "*dimostratione*". Há um elemento da "*dimostratione*" num monte de feno pintado por Monet, tanto quanto numa natureza-morta cubista de Picasso. Mesmo os produtos mais disparatados do Dadaísmo derivam qualquer significado que possam ter do gesto de desafio ao mundo em geral, isto é, de sua referência à idéia de Arte da qual escarnece. Mesmo em 1951, um importante porta-voz do Movimento Moderno como Herbert Read podia escrever que "para um pintor, ignorar as descobertas de um Cézanne ou Picasso equivale a um cientista ignorar as descobertas de um Einstein ou um Freud"[37].

Penso ser este o ponto máximo até onde o historiador precisa e pode chegar. Não lhe compete fazer nenhum julgamento entre essa concepção extrema e a de Hazlitt, que, em 1814, negou que as artes podiam ser "progressivas", pois essa idéia "aplica-se à ciência, não à arte"[38]. Talvez a arte progrida menos como ciência do que se pode dizer que progride uma peça de música, com cada uma de suas frases ou motivos adquirindo seu significado e expressão a partir do que veio antes, das expectativas que surgiram e são agora consumadas, desprezadas ou negadas[39]. Sem a idéia de Uma Arte que progrida ao longo dos séculos, não haveria história da arte. Assim nós, os historiadores da arte, poderíamos fazer coisas piores do que evocar homens como Alamanno Rinuccini, o humanista florentino com cujo trecho iniciei este ensaio.

APOLLONIO DI GIOVANNI

Um ateliê florentino de *cassoni* visto pelos olhos de um poeta humanista*

No início deste século, uma cópia dos registros de um ateliê florentino de *cassoni* foi descoberto por Heinrich Brockhaus entre a *Carte Strozziane*. Havia nela uma relação completa das arcas de casamento e outras obras fornecidas ao longo de dezessete anos, entre 1446 e 1463, pelos proprietários do estabelecimento, Marco del Buono Giamberti e Apollonio di Giovanni[1]. Sabendo que Warburg estava particularmente interessado em *cassoni*, esses eloqüentes documentos do gosto e das tendências dos mercadores florentinos, Brockhaus chamou-lhe a atenção para o documento[2]. Warburg mandou copiá-lo, esperando que fosse possível identificar produtos do ateliê em questão entre os *cassoni* existentes. Da relação sempre constavam os nomes das noivas cujos enxovais seriam guardados nas arcas, e também os de seus prováveis maridos. Uma vez que era hábito colocar nesses móveis o escudo de armas das famílias que se uniam pelo casamento, as perspectivas de identificação pareciam boas. Warburg, de fato, procedeu à identificação dos casamentos enumerados na relação a partir de outras fontes. Produziu uma versão totalmente comentada da relação, mas, apesar de todo esse empenho, a sorte parecia estar contra ele; o ateliê continuava indefinível. Na época em que P. Schubring preparava seu *corpus* de *cassoni*, os interesses de Warburg tinham se voltado para uma documentação visual mais estimulante. Prontamente autorizou a publicação de sua relação comentada no *corpus* de Schubring[3]. Mesmo assim, a lista continuou suspensa no vazio. Não se conseguia encontrar nenhum *cassone* que tivesse sido produto daquela que fora, obviamente, uma das empresas mais ativas e elegantes do ramo, uma firma

---

* Este estudo foi publicado no *Journal of the Warburg and Courtauld Institutes*, em 1955.

de cujos livros constavam todas as grandes famílias de Florença, os Medici, os Rucellai, os Albizzi e os Strozzi. Permanecia mera especulação saber qual dos grupos de pintura em *cassone* que Schubring tentava identificar devia ser atribuído a Marco del Buono e Apollonio di Giovanni.

A situação ficou ainda mais torturante quando Schubring conseguiu determinar os antecedentes de pelo menos um *cassone*, que tinha o indispensável escudo de armas e correspondia a um dos últimos registros da relação — o casamento, em 1463, da filha de Giovanni Rucellai com Piero di Francesco di Pagolo Vettori. O catálogo de vendas da coleção Toscanelli, de Florença, 1883, relacionou o *cassone* com o escudo de armas dessas famílias, mas seus paradeiros eram desconhecidos. Mudaram de dono muitas vezes, e quando a conexão com nosso ateliê foi finalmente identificada, a guerra impediu sua divulgação. Uma dessas peças, trazida de Budapeste para a Inglaterra por seu proprietário, dr. Wittman, foi destruída durante um ataque alemão em Bath, e dela restou apenas uma.foto (fig. 17). A outra foi comprada pelo Allen Memorial Art Museum de Oberlin, Ohio, e publicada de uma maneira exemplar pelo professor W. Stechow no boletim daquela instituição (figs. 16, 18)[4]. O professor Stechow foi o primeiro a chamar, publicamente, a atenção de todos os interessados pelo frágil encanto dos pintores florentinos de móveis para a importância dessa única peça remanescente.

O painel de Oberlin, com as armas dos Vettori e Rucellai profusamente espalhadas pela cena, provou, sem deixar margem a quaisquer dúvidas, que Marco del Buono e Apollonio di Giovanni foram, de fato, os mestres de algumas das mais famosas e atraentes peças de todo o *genre*. Como declarou o professor Stechow, o painel enquadra-se no grupo estilístico que Schubring chamou de "Mestre em Dido", ao qual a literatura também se refere como "Mestre em Virgílio" ou "Mestre dos *cassoni* de Jarves"[5]. Todos esses nomes provêm da obra mais elaborada do grupo, duas frentes de *cassone* com cenas da *Eneida* de Virgílio, que se encontram na Coleção Jarves da Universidade de Yale, New Haven, Conn. (figs. 19-20). Os maneirismos estilísticos desse mestre são tão acentuados, que as figuras fazendo gestos, aglomeradas em grandes cenas panorâmicas, dificilmente podem ser confundidas. Só uma questão permaneceu em aberto. Como o ateliê pertenceu a dois mestres, Marco del Buono e Apollonio di Giovanni, qual dos dois é o "Mestre em Dido"?

A resposta a essa pergunta é dada por um poema que se encontra entre os epigramas e as elegias de um dos mais produtivos versificadores latinos do Quattrocento florentino — o escrivão e humanista Ugolino Verino (1438-1516)[6]. Sua primeira obra, um pequeno volume de elegias de amor e outros epigramas, intitulada *Flameta*, foi escrita entre 1458 e 1464[7]. Dela faz parte um epigrama laudatório sobre "O ilustre pintor Apollonius":

> Uma vez Homero cantou os muros da Tróia de Apolo, incendiada em piras gregas, e, de novo, a grande obra de Virgílio proclamou a astúcia dos gregos e as ruínas de Tróia. Mas hoje, sem dúvida, o toscano Apelles Apollonius conseguiu retratar Tróia em chamas ainda melhor. E também pintou, com espantosa habilidade, a fuga de Enéias e a ira da iníqua Juno, com as jangadas agitando-se violentamente; e com igual talento as ameaças de Netuno, singrando os altos mares e controlando e acalmando os ventos agitados. Pintou Enéias, em companhia do fiel Acates, entrando disfarçadamente em Cartago; sua partida, bem como os funerais do infeliz Dido também podem ser vistos na pintura feita pela mão de Apollonius.[8]

É sempre satisfatório ver que os métodos de descoberta da história às vezes levam a resultados que podem, então, ser confirmados por provas independentes. O argumento em quatro etapas, que leva da cópia, no século XVII, de um documento do Quattrocento à identificação, por meio de evidências heráldicas, do painel de Oberlin, e daí, através de comparações puramente estilísticas, às pinturas virgilianas do "Mestre em Dido" da Coleção Jarves, é confirmado por esse testemunho literário aclamando Apollonio como o pintor de cenas virgilianas. A maior parte dos incidentes enumerados por Verino como componentes do tema da pintura de Apollonio de fato se encontram nas duas frentes de *cassone* da Coleção Jarves. São eles, nas palavras do poeta: (1) a ira da iníqua Juno, com as jangadas agitando-se violentamente, (2) as ameaças de Netuno, enquanto acalma os ventos, (3) Enéias, em companhia de Acates, entrando disfarçadamente em Cartago. O que está faltando nos *cassoni* de Jarves, assim como em suas pinturas irmãs de Hanover[9], são a primeira e a última cenas. "Tróia em chamas e a fuga de Enéias", no início do ciclo, e "a partida de Enéias e os funerais do infeliz Dido", no final. Em vez disso, o *cassone* Jarves prefere a chegada de Enéias no Lácio e a fundação de Roma.

Contudo, as cenas da destruição de Tróia e a fuga de Enéias, da forma como foram visualizadas por Apollonio, acham-se de fato preservadas. Constituem a parte principal das ilustrações para o Manuscrito de Virgílio, na Riccardiana (Cod. 492), já há muito reconhecidas como obra do mestre que pintou os *cassoni* Jarves[10]. A ligação não se restringe ao estilo ou ao tema. Algumas das cenas dos *cassoni* reaparecem no códice, sem alterações significativas.

O fato de sabermos que Apollonio repetiu suas cenas virgilianas várias vezes, e com técnicas diversas, suscita uma questão interessante. Verino não descreve vários painéis, mas uma "*picta tabella*" combinando uma longa seqüência de episódios. O singular por ele usado será mera licença poética, ou um painel assim grande pode de fato ter existido? Se essa pintura existiu, não está arrolada nos registros do ateliê, que incluem pelo menos uma outra obra executada apenas por Apollonio ("Apollonio fa il Ritratto al naturale in su la Cartapecora di Giovanni Bartolomeo Quaratesi") e não se restringem aos *cassoni* ("A Giovanni di Pagolo Rucellai dipingono nel Cielo della Loggia 1451, Fl 97"). Por outro lado, a relação também omite as ilustrações do Virgílio da Riccardiana, o que poderia ser explicado pelo fato de nunca terem sido concluídas. Em todas essas questões, porém, temos que fazer uso de evidências internas, pois os registros do ateliê parecem interromper-se uns dois anos antes da morte de Apollonio[11]; e quem sabe se não foi nesses dois últimos anos que ele começou a estender-se para novos campos?

Em um aspecto, entretanto, a identificação do "Mestre em Virgílio" com Apollonio deve confundir por completo o quadro da situação, delineado por Schubring cerca de quarenta anos atrás. Schubring acreditava que o "Mestre em Dido" tinha sido um miniaturista cujo ponto de partida fora o códice de Virgílio na Riccardiana, e que então empenhou sua habilidade narrativa na criação de alguns *cassoni*. É impossível continuar sustentando essa hipótese. Está claro que a principal atividade de Apollonio eram os *cassoni*, e é mais que provável que foi nesse tipo de trabalho que ele se especializou. Esse fato, por si só, demonstra que Schubring provavelmente estava errado ao datar o códice *anteriormente* aos *cassoni* com cenas virgilianas. Além do mais, uma comparação entre ambos confirma a prioridade dos *cassoni*. No primeiro *cassone* de Yale, por exemplo, temos uma narrativa contínua perfeitamente equilibrada, que parte da visita de Juno a Éolo, passa pela tempestade e pelo "Quos ego" e vai além, até a intervenção de Vênus na praia (fig. 19). No códice (fig. 21), a visita de Juno a Éolo é adaptada à forma retangular das miniaturas pelo acréscimo da prisão dos ventos, mas todos os ventos sopram para a direita — como fazem, naturalmente, no *cassone* em que provocam a tempestade. A composição resultante quase implora por uma continuação à direita, sugerindo, como outros exemplos, que o *cassone* é a versão originalmente concebida.

Schubring, por certo, não tinha como saber que o pintor do códice de Virgílio era realmente um dos mais ativos mestres de *cassoni*, mas tinha uma razão suplementar para sugerir a primazia das miniaturas. Acreditava ter descoberto, no códice, um indício que lhe permitia datá-lo do início da década de 1450. Se os *cassoni* virgilianos precederam o códice, sua data deveria ser remontada à década de 1440, o que até mesmo Schubring, cujas datas são geralmente tão precoces, deve ter percebido ser impossível. O método de Schubring para datar o códice, porém, mal resiste a um exame crítico. Afirmava que a construção de Cartago, ilustrada ao fundo de uma das miniaturas (fig. 22), representava a edificação do Palazzo de Medici. Como essas operações devem ter sido concluídas por volta de 1452[12], o mais tardar, a data do códice deve ser anterior a essa época. Schubring sabia que esse argumento era precário, pois sabemos, por Warburg, que o copista que escreveu o texto do códice e assinou, no colofão, "Nicolaus Riccius, Spinosus vocatus" nasceu em 1433[13]. A menos que admitamos que se tratava de uma criança prodígio, não podemos remontar a data para além de, digamos, 1450, quando o copista tinha dezessete anos. O argumento de Schubring é equivocado. Trata-se de mais um dos argumentos apresentados pelos estudiosos da geração dele, que ansiavam por ver a "verdadeira vida" do Quattrocento refletida na arte da época. Aqui, como em geral acontece nesses casos, o desejo foi pai da idéia. A arte do Quattrocento não faz nenhum relato dos lugares e personagens da época, pois opera com tipos e padrões, e não com descrições individualistas.

Os estereótipos e fórmulas usados nos panos de fundo arquitetônicos não constituem uma exceção. É interessante notar, a esse respeito, que um palácio com o andar térreo em estilo rústico, mais ou menos ao estilo do Palácio Medici, já aparece no segundo plano da predela de Gentile da Fabriano, que se encontra no Louvre (fig. 24). Ao atualizar essa fórmula para a representação de edifícios — completos ou incompletos — na nobre cidade de Cartago, Apollonio bem pode ter utilizado o tipo do Palácio Medici (figs. 22-23), mas esse fato não transforma suas miniaturas em vistas topográficas. Por último, devemos pensar que o grau de incompleteza de Cartago nos permite remontar à história da construção de Florença.

Portanto, o único *terminus ante* seguro que podemos aceitar para o códice de Virgílio é o da morte de Apollonio em 1465. Na verdade, parece muito mais provável que as miniaturas remontem a uma data recente, pois a explicação mais natural para o estado incompleto das mesmas seria a de que Apollonio morreu antes de completar seu trabalho. Podemos ver que ele planejou a continuação das miniaturas, algumas das quais ainda em bico de pena, outras já com algumas cores aplicadas. Se tudo isso tivesse sido feito no início da década de 1450, por que ele não teria dado prosseguimento? Deve ter sido o sucesso dos *cassoni* virgilianos que deu a um de seus patronos a idéia de encomendar essas ilustrações a Apollonio. O mesmo sucesso teria dado origem à idéia de uma pintura panorâmica, a "*picta tabella*" do poema de Ugolino Verino? Ou Verino simplesmente escreveu de memória e introduziu as cenas que esperava encontrar? Na ausência de qualquer prova em contrário, parece mais seguro, em termos gerais, assumir que ele quis dizer aquilo que disse e que a pintura existiu. Talvez pudéssemos imaginá-la sobre algum lambril, onde os florentinos estavam acostumados a ver tapeçarias flamengas com episódios semelhantes, extraídos da História de Tróia. O próprio Apollonio nos dá uma idéia do possível aspecto e do arranjo dessa pintura, ao ilustrar o Templo de Juno em Cartago, na qual Enéias e Acates descobrem representações dos Iliupersis (figs. 20 e 22). A pintura a que Verino se refere deve ter sido concluída por volta de 1464, o ano em que o poeta terminou a compilação da *Flameta*. A Apollonio, portanto, devem ser atribuídos os créditos pela realização da mais antiga pintura mitológica em escala monumental.

Ao publicar o painel de Oberlin, o professor Stechow sugeriu que, dos dois proprietários do ateliê, Marco del Buono parecia ser o candidato mais provável ao título de "Mestre em Dido" — uma vez que, segundo ele, conhecemos muitos *cassoni* daquele grupo que, por razões de estilo, deveriam ser datados posteriormente a 1465, ano da morte de Apollonio. O epigrama de Verino permite-nos retificar a hipótese. Sabemos agora como era o estilo de Apollonio. Isso também nos ajudaria a ter uma idéia do estilo de seu sócio? Aqui nos deparamos com um problema bem mais complexo. O professor Stechow nos advertiu, com razão, contra qualquer tentativa de desenredar o caos que envolve a autoria dos *cassoni* com base apenas em fotografias. Sem dúvida alguma, as fotografias são quase sempre pequenas e indistintas demais para que se possa detectar características individuais nessas aglomeradas multidões de triunfos e batalhas. Também é muito provável que os restauradores do século XIX, que reconstituíam frentes de *cassoni* para colecionadores, tenham nivelado as peculiaridades estilísticas que por certo existiam. No entanto, mesmo levando tudo isso em consideração, resta ainda um problema de método: será inteiramente certo afirmar que o estilo dos *cassoni* sempre foi tão claramente delimitado quanto o dos retábulos? A julgar pelos registros do ateliê, Marco del Buono e Apollonio di Giovanni produziam *cassoni* para mais ou menos 23 enxovais por ano[14]. A maior parte das encomendas deve ter sido feita aos pares[15], o que significa que, em média, um ou dois produtos acabados devem ter deixado o ateliê a cada semana. Tal produção, por certo, pressupõe um número razoável de assistentes independentes, alguns dos quais talvez tenham aberto seus próprios ateliês mais tarde, levando moldes consigo ou copiando as fórmulas de Apollonio. Talvez os patronos também encomendassem cópias de suas peças favoritas a outros ateliês. Acrescente-se a essas diversas possibilidades o fato documentado de que o ateliê era dirigido por dois mestres que podem ter colaborado entre si de inúmeras maneiras, e não é de estranhar que os *cassoni* tantas vezes escapem às metódicas classificações dos colecionadores, tão caras a eles.

Há, no entanto, um ponto claro: as divisões de Schubring não podem mais ser mantidas. É preciso lembrar que ele só dispunha de uma reduzida lista de *cassoni*, que atribuiu ao "Mestre em Dido" — nove registros, dos quais três formavam pares. No que diz respeito a esse mestre, o professor Offner[16] já há muito contestou essa lista, em bases puramente estilísticas. Argumentou, de forma convincente, que dois outros belos *cassoni* da Coleção Jarves devem ser atribuídos ao mesmo ateliê. Um deles é o painel com um Torneio na Piazza S. Croece (fig. 25), identificado por Schubring com uma disputa realizada em 1439, em honra do Conselho da União. Não há provas a favor dessa identificação, e todas as evidências se opõem a uma data tão remota[17]. Schubring atribuiu oito itens ao mestre desse painel, mas estes constituem um grupo bastante mal ordenado. Entretanto, o torneio em si é certamente uma *chef-d'oeuvre* do ateliê. Por último, há o belo painel da Coleção Jarves representando a visita da rainha de Sabá a Salomão (fig. 26). Essa peça concluída foi atribuída por Schubring a um outro ateliê, por ele chamado de ateliê do "Mestre em *cassone*", ao qual atribui vinte itens de seu *corpus*. Também nesse ponto Offner desfere um golpe na nomenclatura de Schubring, reivindicando o painel para o mesmo ateliê que também produziu as cenas virgilianas e o Torneio. À primeira vista, essa identificação parece menos convincente. As figuras desse *cassone* acham-se dispostas num cenário pictórico convencional do Quattrocento, bem ao contrário das composições panorâmicas de Apollonio. O chão é quadriculado para fazer sobressair a perspectiva, e o pano de fundo está repleto de acessórios arquitetônicos que revelam um grande interesse por formas decorativas *all'antica*. Características semelhantes, porém, podem ser observadas no painel com o Assassinato de César (fig. 27), que Offner atribuiu ao mesmo mestre e que, de fato, remonta às miniaturas do Virgílio da Riccardiana. As semelhanças são extraordinárias, tanto nos detalhes decorativos quanto na disposição e na atitude das personagens (fig. 29). A identificação de seu mestre em Virgílio com Apollonio também reforça a atribuição de Offner de um grupo de Madonas ao mesmo mestre. Pelo menos uma Madona encontra-se arrolada entre os produtos do ateliê, *una nostra Donna in un tondo*, feita em 1455 para Pierfrancesco di Lorenzo de Medici, o pai do patrono de Botticelli. Além do mais, essa identificação também explica por que, como diz Offner, "podem-se encontrar frentes de *cassoni* estampadas com o estilo [desse ateliê] em quase todos os museus, dissimuladas, é verdade, sob uma grande variedade de designações". Afinal de contas, os registros de nosso ateliê arrolam cerca de 170 encomendas, o que pode corresponder a aproximadamente 300 *cassoni*. O ateliê pode perfeitamente ter monopolizado uma grande parcela do mercado. O único outro grupo que parece ter fisionomia própria é o do "Mestre em Anghiari" de Schubring, muito embora mesmo aqui uma terra-de-ninguém bastante descaracterizada estenda-se entre seu ateliê e o nosso.

O grupo reunido por Offner certamente pareceria constituir a mais segura base estratégica para se explorar mais uma vez o material coletado por Schubring. Esse reexame extrapola os objetivos deste ensaio, mas dois bons exemplos, que não foram discutidos por esses autores, podem ser incluídos aqui para demonstrar a amplitude do problema. Um deles é o *cassone* com mais uma cena virgiliana (fig. 28), Enéias desembarcando no Lácio, a refeição na praia e o recebimento, por Latino, do livro VII da *Eneida*[18]. A julgar pela paisagem e pelas figuras (Latino lembra os reis das antigas cartas de baralho), esse *cassone* exemplifica a versão mais arcaica do estilo e pode bem datar das décadas de 1430 e 1440. Ao contrário, a pintura com o triunfo de César (fig. 30)[19] representa uma fase próxima àquela do *cassone* de Oxford e talvez, também, a do Torneio de S. Croce, com o qual estabelece outro vínculo. As figuras são maiores, e a organização espacial muito mais firme. Assim, seria tentador dividir outra vez os grupos entre os dois proprietários da oficina, Apollonio e Marco del Buono.

Infelizmente, os fatos contradizem essa divisão metódica. Apesar das dúvidas de Berenson[20], as miniaturas da Riccardiana parecem-me ser obra de um só mestre; e esse mestre, que só pode ser Apollonio, tinha um repertório que incluía os desenhos semelhantes a frisos das ilustrações épicas e os cenários mais compactos dos painéis sobre César. Portanto, a questão acerca de onde encaixar Marco del Buono ainda espera uma solução. O professor Stechow certamente indicou o caminho ao afirmar que qualquer produto de nosso ateliê que se possa provar ter sido pintado depois de 1465, ano da morte de Apollonio, seria um candidato à autoria do sócio dele. Alguns *cassoni* correspondem a essa descrição, mas nenhuma imagem muito clara emergiu deles. Há, por exemplo, o *cassone* da coleção Perry, em Highnam[21], que Schubring atribuiu ao mestre do Torneio em S. Croce, mas que mostra figuras de arqueiros que parecem ter sido tomadas de empréstimo ao *São Sebastião* de Pollaiuolo, pintado em 1475. Essa obra, porém, tem qualidades artísticas muito pouco acentuadas para ser o centro de um grupo. O mesmo se pode dizer das suntuosas arcas nupciais da coleção de Lorde Lee[22]. Seu estilo por certo aponta para uma data bem posterior a 1465, mas alguns de seus temas, como o episódio de Breno (fig. 33), lembram as cenas romanas e os cenários de nosso ateliê. Há, de fato, poucas dúvidas sobre o fato de que essas invenções continuaram a ser exploradas ainda por muito tempo depois da morte de Apollonio[23], e imagina-se que Marco del Buono tenha levado adiante a tradição comum a ambos. Porém, embora tenha sobrevivido a Apollonio por 24 anos, convém lembrar que ele era quinze anos mais velho e que pode ter influenciado seu sócio mais jovem nos anos anteriores. A situação assemelha-se a de outras parcerias mais famosas, como as de Hubert e Jan van Eyck, ou Masolino e Masaccio. *Vestigia terrent.*

Com Apollonio surgindo como um dos mais importantes mestres do negócio de *cassoni*, talvez seja proveitoso investigar mais uma vez as origens de seu estilo. Essa investigação poderia levar-nos a rever uma opinião freqüentemente emitida nas discussões sobre a arte do Quattrocento — a opinião de que o estilo dos *cassoni* reflete as realizações dos grandes mestres, em particular as de Uccello e Domenico Veneziano. É verdade que os empréstimos acontecem, mas, de um modo geral, é admirável verificar o quanto seu idioma permanece independente daquilo que consideramos a corrente principal da arte florentina. É como se Masaccio ou Donatello nunca tivessem existido, e o Estilo Internacional, do modo como foi representado por Gentile da Fabriano, tivesse podido desenvolver-se, imperturbável, em meio à geração seguinte[24]. Com relação a isso, é ilustrativo comparar as cenas de caça do *cassone* Jarves (fig. 31) com a caçada de Uccello (fig. 32). Apollonio, com suas graciosas silhuetas de veados em fuga e cães em perseguição, preserva inteiramente o caráter de tapeçaria do Gótico Internacional, enquanto Uccello tenta, de forma muito clara, traduzir as mesmas fórmulas para o idioma do novo estilo tridimensional. É este mesmo caráter tridimensional que distingue os vigorosos caçadores de Uccello das personagens gestuais de Apollonio. Enquanto Ucello afasta suas figuras do observador, deixando-as perseguir sua caça nas profundezas da floresta, os esforços de Apollonio buscam sempre preservar uma silhueta de fácil leitura. É esse esforço para evitar escorços difíceis na representação de figuras dotadas de um temperamento verdadeiramente italiano que explica as curiosas contorções tão freqüentes nas composições de Apollonio. Há algo de quase egípcio na maneira como seus modelos se espalham pela cena toda; sempre que possível, devem mostrar tanto os braços quanto as pernas, num esforço que confere às figuras em movimento o aspecto curiosamente agitado e instável que é uma das marcas do estilo de Apollonio — a cujo propósito narrativo, entretanto, esse recurso se prestava admiravelmente bem. Dessa forma, Apollonio fazia com que suas figuras principais se sobressaíssem claramente nos agitados panoramas de suas histórias em imagens, guiando o observador de uma cena a outra. Algumas dessas poses se repetem com uma monotonia ingênua, que nos leva a pensar em alguém movimentando soldados de chumbo. Assim, o estereótipo do homem que anda com as pernas muito abertas e tem mãos de marionete, sempre visto por trás, serve também para representar Ascânio partindo de Tróia (fig. 34), ou um garçom carregando pratos no banquete de Dido (fig. 35). É usado, com ligeiras variações, para um marinheiro na proa do barco de Enéias (fig. 31) e para um espectador espiando o Torneio por trás de uma cerca (fig. 36). Mas talvez não seja muito justo usar essas repetições de fórmulas contra o artista, pois também nesses casos ele estava apenas seguindo uma prática tradicional. Seu verdadeiro método, que observamos nas cenas virgilianas, de usar e adaptar a mesma fórmula pictórica a diferentes ambientes e contextos, revela o ponto de vista do artesão medieval, que sabe como administrar seus recursos.

O processo de produção em tal escala dependia da existência de uma provisão disponível de modelos para a representação de cidades, navios, campos, carruagens triunfais, cavalos caídos ou homens em combate. Naturalmente, há *cassoni* em que os riscos mais óbvios da produção em massa se fazem sentir; esses riscos, porém, residem menos na ausência de criação original do que na execução irrefletida e apressada por assistentes pouco familiarizados com as intenções do mestre. Nas composições mais ambiciosas do ateliê, como as cenas da *Eneida* ou da *Odisséia*, os padrões de habilidade artesanal costumam ser elevados. Contudo, poder-se-ia argumentar que a própria atenção ao detalhe, a própria vivacidade da narrativa às vezes tornam os estereótipos e maneirismos do estilo mais inoportunos.

Um ilustrador de um romance do século XIV podia permitir-se repetir seus clichês com impunidade, pois os aceitamos como pictogramas. Mas o mundo de Apollonio, tão adornado com todos os detalhes realistas acumulados pelo Gótico Internacional, e estendendo-se para a plausibilidade racional do cenário pictórico renascentista, participa por demais do caráter do mundo real para que ignoremos suas inconsistências e seus maneirismos. É esse realismo de superfície, a atenção dedicada a tecidos e cenários e a intromissão de traços realistas, como as sombras das figuras, que fazem a narrativa parecer "ingênua". Por esse motivo, a impressão se desfaz quando olhamos para as miniaturas inacabadas do MS. de Virgílio (fig. 37). Aqui, onde há menos detalhes realistas a nos induzirem a uma abordagem diferente, Apollonio aparece como um autêntico praticante do Estilo Internacional, usando as convenções góticas com habilidade e elegância, sem jamais esconder a ambição de transcendê-las, mesmo que à custa de algum risco. O grupo de cavalos (fig. 38) é um caso ilustrativo.

A habilidade com que Apollonio emprega os padrões da tradição gótica para uma representação plausível do mundo real fica mais clara do que nunca no *Torneio de S. Croce* (fig. 25). Já vimos que Schubring tratou essa obra como uma *reportage*, e é de fato bem possível que as insígnias e os nomes dos cavalos identifiquem uma disputa verdadeira[25]. No entanto, a despeito de todos os espirituosos pormenores episódicos, a fórmula básica só desenvolve um esquema tradicional para a representação de torneios, o qual era empregado pelos ilustradores de romances (fig. 39)[26]. Em vista desse tradicionalismo, é interessante observar que Apollonio não é, de modo algum, indiferente ao fascínio do mundo clássico. Seu ateliê não só possuía paisagens de Roma e Constantinopla, revelando um interesse considerável pelos marcos clássicos dessas cidades[27], como ele até podia improvisar um relevo *all'antica* onde o contexto o sugerisse, como no painel de César (fig. 41). Seu estilo de retratar pessoas, porém, é livre dessas adaptações visíveis[28]. Nesse caso, o interesse arqueológico resulta apenas na adoção de trajes "gregos" (isto é, bizantinos) para os homens — uma convenção que também remete a Gozzoli e Piero della Francesca e é explicada pela observação de Vespasiano da Bisticci, segundo o qual, no Oriente, a moda relativa ao vestuário não se modificou desde os tempos antigos[29].

Por tudo isso, não deixa de ser um pouco picante o fato de que um dos primeiros mestres florentinos a receber um tributo poético da pena de um humanista florentino tenha se revelado um representante daquilo que nos parece ser um estilo bastante "retrógrado". Ainda gostamos de pensar no Renascimento em termos de um "progresso" uniforme, e essa imagem coloca juntos, na vanguarda, os humanistas e os artistas antigóticos. Na análise complexa que Warburg faz da situação, por volta de 1460, o estilo gótico, a que ele gostava de acrescentar o rótulo de "*alla franzese*", representa o elemento retardador contra o qual o verdadeiro humanismo "*all'antica*" tem de usar todas as energias. Mas Warburg também sabia quão inextricavelmente esses rumos e tendências estavam misturados na mente das pessoas submetidas a essas tensões. Enfatizava a presença, na arte gótica, de um desejo autêntico de ver as histórias antigas reconstituídas como se fossem eventos contemporâneos, e percebeu, no manuscrito de Virgílio e nas correspondentes cenas dos *cassoni*, as tentativas de dar à Vênus um aspecto clássico genuíno. A Warburg, portanto, teria agradado a aliança entre um pintor que contava a história virgiliana à maneira medieval e um poeta que, com tanta freqüência, emprega formas virgilianas para narrar uma história medieval. Pois, assim como as cenas de Virgílio constituem a *chef-d'oeuvre* de Apollonio, as *Carliades* são a obra a que Verino consagrou sua vida, um épico imitando a *Eneida*, que celebra Carlos Magno e seus paladinos. A mistura de estilos, em ambos os artistas, é surpreendentemente parecida. Um poeta que podia escrever[30]

"En ille Orlandus, Francorum magnus Achilles"

também podia louvar Apollonio como o igual de Homero e Virgílio. As concepções acerca da propriedade ou conveniência de aplicar-se a forma ao conteúdo jamais parecem ter confundido a mente de ambos. Se o estilo de Apollonio dava continuidade à tradição gótica, o mesmo se podia dizer de Gozzoli, na época decorando a capela dos Medici. Além do mais, o famoso elogio de Facius a van Eyck, Rogier, Gentile da Fabriano e Pisanello nos adverte contra a identificação do gosto dos humanistas com uma arte *all'antica*. Se nos soa estranho ouvir Apollonio aclamado como "um segundo Apeles", pode ser bom lembrar que dois outros florentinos, Fra Angelico e Benozzo Gozzoli[31], também receberam esse rótulo em epigramas latinos.

Não deve haver dúvidas, então, de que Verino estava descompassado em relação a seus companheiros humanistas, no que diz respeito ao gosto artístico. Na verdade, temos provas convincentes de que ele estava mais verdadeiramente interessado pela pintura do que qualquer um de seus contemporâneos literatos. Ao contrário de Manetti e Rinuccini, fazia questão de dedicar seu talento literário aos artistas vivos de sua época, e talvez tenha recebido menos créditos do que merecia por ter percebido, tão precocemente, que "talvez Leonardo da Vinci supere todos os outros"[32]. Contudo, se os humanistas empregaram qualquer padrão crítico consciente, este foi, por certo, o da verdade para com a natureza, a respeito do qual podiam ler nos autores antigos. O realismo gótico parecia ajustar-se bem a esse padrão. No geral, porém, seus interesses eram predominantemente literários, e, a seus olhos, o tema a ser ilustrado era visivelmente mais importante do que aquilo que chamamos de tratamento formal. O documento mais expressivo de que dispomos, de autoria de um dos primeiros humanistas, diz respeito aos princípios que deveriam orientar a escolha desses temas — e talvez sirva a este contexto. É a famosa carta de Leonardo Bruni, aconselhando sobre o "programa" a ser adotado para a terceira porta do Batistério.

> Sou de opinião que as vinte histórias das novas portas, que — como haveis decidido — devem ser extraídas do Velho Testamento, apresentem, basicamente, duas qualidades: por um lado, que mostrem esplendor; por outro, que tenham significado. Por esplendor, quero dizer que a variedade do desenho deve oferecer uma festa para os olhos; por significado, refiro-me a tudo o que, pela importância, valha a pena ser lembrado... é preciso que o artista que as projete esteja muito bem informado sobre cada história, para que possa distribuir convenientemente as personagens e suas ações, e que ele seja elegante e entenda de ornamentação. ...[33]

Se compararmos a arte de Apollonio, a partir dessas concepções — que são as do modelo humanista —, com a arte de seus companheiros mais progressistas, ele sai facilmente vencedor. Sua obra não só apresenta "esplendor" maior, a oferecer "uma festa para os olhos", do que, digamos, os trabalhos de Castagno ou Uccello; podem, inclusive, revelar um entendimento maior de "significado" do que aquelas cujos artistas normalmente se restringem a temas tradicionais. No caso da pintura em *cassoni*, a exigência humanista de temas que "valham a pena ser lembrados" corresponde parcialmente à exigência popular de um tema apropriado à ocasião auspiciosa. O *cassone*, afinal, não era só uma peça de mobiliário vivamente decorada; sua encomenda e entrega faziam parte dos costumes nupciais dos florentinos educados. Deve, como tal, ter sido pensado como um mensageiro de bons augúrios. O significado particular fica especialmente claro nas pinturas da parte interna das tampas (figs. 42-3), representando as figuras ideais de um belo jovem e sua donzela, às vezes apontados como "Páris" e "Helena"[34]. Qual outro poderia ser o propósito de exibir esses modelos de beleza aos olhos da noiva, a não ser o de uma fórmula encantada que lhe assegurasse uma prole abundante? A crença de que as pinturas vistas durante a gravidez influenciam a criança é universal[35]. Na sociedade florentina do Quattrocento a confiança no "efeito" das imagens talvez se mesclasse, imperceptivelmente, com concepções astrológicas e filosóficas a respeito da eficácia de uma ação a distância[36]. Em outras palavras, nessas imagens de beleza, "esplendor" e "significado" se fundiriam.

Mesmo as pinturas da parte externa eram sempre escolhidas por sua conveniência às esperanças e aspirações da família. Duas das obras de Apollonio, das quais até hoje não se conhece suficientemente o tema, podem servir para ilustrar esse ponto. Uma delas é o *cassone* cujo fragmento se encontra no Ashmolean Museum de Oxford[37], onde está classificada como um grupo de acrobatas em ação (fig. 44). O catálogo nos remete a uma outra peça do mesmo painel, atualmente na Galeria Nacional da Escócia[38], descrita como *As noivas venezianas* (fig. 45). A tradição de "significado" das pinturas em *cassoni* facilita a identificação do verdadeiro tema. Trata-se do rapto das sabinas, tantas vezes representado nas arcas nupciais como um tema auspicioso para o surgimento de uma nova linhagem. Encontramos os acrobatas em ação representados de forma semelhante no *cassone* da Coleção Harewood[39] (fig. 46), onde entretêm as sabinas, que de nada desconfiam. O painel de Edimburgo representa, por certo, o momento do ataque de surpresa ao grupo.

Ainda mais interessante é o "significado" que patrono e artista devem ter encontrado no par de *cassoni* que se tornou o ponto de partida para a identificação do ateliê — o painel de Oberlin, com a invasão de Xerxes, e a peça desaparecida que o acompanhava, com o triunfo dos líderes gregos (figs. 17-18). Vê-las apenas como ilustrações históricas equivale a subestimar sua importância geral. A história, de fato, é bastante simplificada e, às vezes, se rende ao romance. Se podemos confiar nas inscrições, não apenas Cimon e Temístocles aparecem entre os defensores da Grécia contra os persas, mas também Péricles. No entanto, alguma simplificação era necessária para que Apollonio destacasse não só o "esplendor" da armada invasora de Xerxes, mas também o "significado" de sua derrocada, pois o destino de Xerxes foi um famoso *exemplum* de orgulho ferido. A partir do material deixado por autores como Justino e Orósio, Boccaccio narrara, com eloqüência, a história da *hubris* do governante persa e de sua ruína final[40]; o que poderia ajustar-se melhor ao tema geral da "Queda dos Príncipes" do que a história desse espetacular fracasso? E, assim, Boccaccio faz todo esforço possível para narrar a formação de um exército de mais de um milhão de soldados, o cruzamento do Helesponto numa ponte flutuante e o desembarque na Grécia. Pois, quanto maior o empreendimento, mais vergonhoso o desastre. Primeiro, Xerxes sofreu a resistência dos homens de Leônidas e, ferido em sua vergonhosa fuga, teve que beber com as mãos de um rio poluído pelo sangue pútrido de seus próprios soldados mortos; uma bebida que a necessidade lhe fez parecer mais doce do que todas as coisas que já provara antes. A seguir, seus homens foram dispersos, quando tentavam destruir o templo de Apolo em Delfos, e ele finalmente foi emboscado com sua esquadra, em Salamina, e derrotado por Temístocles. Voltou só para sua terra, tremendo na barca de um pescador, e ali teve notícia do destino de seu exército, comandado por Mardônio, da fuga de sua esquadra e da destruição final, por Címon, dos remanescentes do exército persa, próximo ao rio Eurimedonte. Impotente e debilitado, foi assassinado por seu capitão Artabano. A essa história extraordinária, em que tudo se subordina à lição moral, Boccaccio ainda acrescenta um sermão "contra a cegueira dos mortais", no qual se estende sobre cada uma dessas injúrias como um exemplo de advertência. "Se buscássemos em toda a história, não acharíamos ninguém mais famoso pelas pompas reais, pelas maiores riquezas ou pela obediência de mais povos... inchado pelo orgulho desse esplendor único, ele foi espoliado pelo pequeno grupo de Leônidas... e privado, por Temístocles e Címon, de todos os navios com os quais percorrera todos os mares... ele, que estava habituado a comandar os reis, suplicou humildemente ao barqueiro que o levasse para o outro lado, ele, que pouco tempo antes estivera à frente de tão grandioso exército, atravessou sozinho o oceano na minúscula barca de um pescador... o que mais poderíamos dizer? o que mais perguntar, para que se perceba de que valem as riquezas, o poder e domínio temporais?... não teria sido melhor para Xerxes que não tivesse tido tudo isso?... por que, então, não afastamos de nossos olhos as brumas da ignorância... e, erguendo os olhos e a mente para os céus, abrimos nossos ouvidos às palavras de Deus... pois Deus dispõe de inúmeros Temístocles e Leônidas — mesmo que tivéssemos mais soldados que Xerxes, seríamos despojados dos exércitos terrenos, seríamos expulsos e, arrasados, suplicaríamos em vão ao inexorável barqueiro, não àquele das praias do Helesponto, mas ao outro, nu, das margens do Aqueronte, onde nos encontraríamos sós e aflitos, chorando para sempre a perda da vida superior."

É praticamente certo que a versão de Boccaccio oferece o cenário geral para o painel de Oberlin. À direita, vemos Xerxes a cavalo, atravessando o Helesponto com um fabuloso exército de carruagens e camelos. Em segundo plano, para assinalar o mar Negro, podemos discernir Constantinopla com alguns de seus marcos principais, como a coluna de Teodósio. O velho na barca do pescador, tão visível no primeiro plano, pode ser Xerxes de novo, em sua fuga humilhante. Enquanto isso, à esquerda se desenrola a tragédia do exército persa. Címon, diante de sua barraca, recebe um grupo de nobres prisioneiros persas. Em primeiro plano, um dos persas parece apunhalar-se, talvez depois de ter recebido uma mensagem. O único traço enigmático é a presença de Péricles entre os gregos, mas, segundo a tradição das crônicas mundiais, Péricles era de fato conhecido como um general ateniense que viveu na época de Sófocles[41], e, uma vez que o painel sintetiza o triunfo da Grécia, sua presença não é totalmente ilógica. Segundo se afirma, a peça que acompanhava esse painel mostrava, apropriadamente, o triunfo de Címon e Temístocles e um terceiro líder (fig. 17). Talvez fosse Péricles, novamente, que prestava serviços a Leônidas, já que este, tendo sido morto nas Termópilas, não podia ser mostrado dessa maneira. No lado esquerdo e ao fundo parece que se pretendeu representar a batalha de Salamina.

Se os Rucellai encomendaram a história da queda de Xerxes e dos triunfos dos gregos, é provável que tivessem em mente um "significado" que transcendia até mesmo o significado da mais dramática narrativa admoestatória do mundo. Pois, em 1463, a história e seu cenário geográfico fariam o espectador lembrar-se não só da travessia do Estige, como aconteceu com Boccaccio, mas também de uma ameaça muito mais próxima. O que poderia ser mais reconfortante, na década em que Constantinopla caiu, do que lembrar que os orgulhosos conquistadores asiáticos podiam perfeitamente tornar-se vítimas de si mesmos[42]?

Essa concepção moralista da pintura da história também pode ser cotejada com as obras de nossa principal testemunha, Ugolino Verino. Suas *Carliades* começam com uma adaptação do primeiro livro da *Eneida* que presta honras ao admirador do "Mestre em Dido''. O maravilhoso é todo idêntico, com a exceção de que não é a esquadra de Enéias a ser devastada pela ira de Juno, mas sim a de Carlos Magno, cujo vitorioso retorno da conquista da Terra Santa é impedido pelo Demônio[43]. Mais uma vez os marinheiros exaustos desembarcam numa praia desconhecida e descobrem uma cidade rica e amistosa — Butroto, no Épiro, governada por Justino. Ao descrever as paredes da residência de Justino, o poeta não pode deixar de mencionar a obrigatória *ekphrasis*, e assim Verino aproveita a oportunidade para prestar uma pequena homenagem aos artistas de seu tempo — até então ignorados. Os ''emblemas'' à esquerda, diz ele, foram pintados por ''Alexandre, o sucessor de Apeles''. No manuscrito de Paris, a essa observação acrescenta-se uma nota à margem, com a caligrafia de Verino: ''Alexander pictor florentinos'', ou seja, Botticelli. A história à direita, conforme lemos, foi pintada pelo toscano Pulo, a saber (como explica a nota à margem), ''pitor pullus florentinos'', ou Pollaiuolo.

A referência (sem as notas à margem) já aparece no primeiro rascunho do poema de que se tem notícia — o autógrafo na Magliabecchiana. O colofão dessa primeira versão nos informa que o 15º e último livro foi concluído em Pisa, a 3 de dezembro de 1480, às duas da madrugada. Seu início remonta ao final da década de 1460[44]. Portanto, a referência a Botticelli e Pollaiuolo deve situar-se em algum ponto entre as duas datas, o que nos dá uma agradável confirmação da crescente fama dos dois mestres num momento relativamente precoce de suas carreiras. Assim, é interessante verificar o que Ugolino imagina que esses artistas tenham pintado (ou desenhado) para as paredes da fictícia residência de Justino. Aqui está o texto da mais antiga versão[45]:

> À esquerda Alexandre, o sucessor de Apeles de Cós, pintou Xerxes, refreando o oceano com uma ponte, e a travessia do monte Atos, além dos leitos secos dos rios e os persas bebendo de regatos exauridos; e os ferozes atenienses, depois da destruição da cidade de Palas, vingando as ruínas de sua cidade ancestral no mar. Platéia banhada por um caudal de sangue, e a riqueza dos medos derrotados, e, não muito distante, o líder guerreiro grego [Temístocles], expulso de Atenas, chegando à corte de seu inimigo.
>
> À direita, o grande herói da raça Pelleian [Alexandre, o Grande] destruíra Dario, capturara sua esposa e filhos numa tríplice campanha, entregando às chamas o séquito real e os despojos; ele foi o primeiro a ameaçar o plácido fluxo do Hidaspes, e aqui o rei arriscou-se dos altos parapeitos da parede. Por toda parte o feroz Poros, cavalgando um elefante negro e protegido por uma serpente escamosa,

lançava-se à batalha e inflamava os desalentados hindus ao combate. Não longe dali o Eufrate passa bem ao meio da Babilônia, onde, diante dos portões do palácio, jaz o líder guerreiro, um cadáver lívido, sem honra, maculando o solo: ele, a cujas vitórias todo o mundo certa vez se rendera. Tudo isso o toscano Pulo pintou, com prodigiosa habilidade.

A pintura imaginária de Botticelli representava episódios das conquistas e da derrota dos persas liderados por Xerxes, as cenas de Pollaiuolo eram extraídas das campanhas de Alexandre. A maneira como as duas se harmonizam deixa claro que, aqui, Verino segue a tradição que vê nas vitórias de Alexandre a punição final da invasão da Grécia pelos persas. Além do mais, o espírito de toda a narrativa aproxima-se daquele de Boccaccio[46]. A cada triunfo segue-se uma queda; cada momento de glória revela-se vão e fútil. Se nos perguntamos como Verino pode ter visualizado essas cenas, constatamos, ligeiramente chocados, que deve tê-las concebido segundo o estilo de Apollonio para a pintura em *cassoni*. Só assim seria possível aglomerar esses episódios desconexos em duas pinturas confrontantes. Aquela com as conquistas de Xerxes é, de fato, surpreendentemente parecida com o par de Apollonio que representa a ponte sobre o Helesponto e as batalhas de Platéia e Salamina. O encontro de Alexandre com a família de Dario também faz parte de grandes composições panorâmicas em *cassoni*, no estilo de Apollonio (fig. 47)[47].

Tendo percebido a relativa independência da tradição dos *cassoni vis-à-vis* as realizações da arte monumental, pode parecer duvidosamente incompatível ver Verino misturando os nomes de Botticelli e Pollaiuolo com os estilos e temas desses ilustradores. Mas não haverá, realmente, nenhum tipo de ligação entre nosso Apollonio, "tuscus Apelles", e Botticelli "choi successor Apellis"? De forma bastante estranha, os documentos nos revelam que alguma espécie de ponte, embora frágil, deve de fato ter existido. Na primavera de 1481, pouco depois de Verino ter completado o primeiro rascunho das *Carliades*, Botticelli fez um contrato com a igreja de S. Martino para a pintura de um afresco da Anunciação, agora recuperado da caiação que o encobria[48]. As testemunhas desse acordo foram Marco del Buono, o primeiro parceiro de Apollonio, e um certo Francesco di Michele, marceneiro, que bem pode ter sido o novo sócio de Marco no negócio dos *cassoni*. Quaisquer que sejam as implicações dessa relação pessoal, ela nos mostra Botticelli, às vésperas de sua partida para Roma, em algum tipo de contato com o proprietário remanescente do ateliê de *cassoni* que se especializara em ilustrações clássicas. A ligação, bem como a escolha de nomes de Verino, talvez seja de fato fortuita, mas ainda assim pode abrir nossos olhos para alguns aspectos da arte de Botticelli — seu estilo narrativo. Não sabemos quem foi o responsável pelo projeto e programa dos afrescos da capela Sistina, mas vale a pena notar que, de todos os artistas ali empregados, Botticelli foi o que adotou tratamento mais episódico. Sua história de Moisés não se desenvolve de forma diferente de uma pintura em *cassone*, com uma cena principal no centro e uma miscelânea de outros seis incidentes espalhando-se ao redor. Uma disposição semelhante na Tentação de Cristo (fig. 48) forçou-o, inclusive, a inserir um motivo central sem qualquer ligação aparente com o tema principal do ciclo, a vida de Cristo. Tendo colocado Cristo no pináculo do templo, preenche o espaço em primeiro plano com uma cena de "esplendor e significado" que é muito difícil de interpretar[49]. Há, por certo, um mundo de diferenças entre essa enigmática composição, de que até mesmo Rafael tirou proveito[50], e os macetes do ofício empregados por Apollonio ao dispor suas composições ao redor de um casal que se encontra (fig. 37). E, no entanto, se um retorno às afinidades "góticas" pode ser observado em Botticelli, isso talvez se deva, entre outras coisas, à sobrevivência do Estilo Internacional que é representado pelo ateliê de Apollonio.

Se o fato de Verino ter escolhido Botticelli é, assim, menos incongruente do que poderia parecer à primeira vista, como poderemos entender sua menção a Pollaiuolo como o mestre da peça que acompanhava este painel? Será que Pollaiuolo significava tanto assim para o admirador de Apollonio? Por mais curioso que pareça, há indicações de que não era bem assim, e de que Verino se sentiu um pouco apreensivo ao escolher esse nome. Só os dois primeiros rascunhos das *Carliades* o mencionam: ao rever o poema, provavelmente na década de 1490, conservou o nome de Botticelli, mas mudou o de "Pullus" para "Philippus" — Filippino Lippi[51]. A admiração de Verino por esse artista é bem conhecida a partir dos epigramas[52]. Além do mais, os irmãos Pollaiuolo tinham ido para Roma, e a fama deles associava-se cada vez mais à escultura, e não à pintura. Não obstante, parece estranhamente conveniente que, ao tentar manter seu épico atualizado, Verino tenha selecionado o nome de um artista em cujo estilo os elementos góticos e clássicos estão, novamente, tão intimamente ligados, que escapam às metódicas categorias dos historiadores evolucionistas.

A *ekphrasis* de Verino é um exercício literário típico, e qualquer tentativa de buscar paralelos na arte viva da época pode parecer um tanto forçada. Ainda assim, vale a pena lembrar que sua visão de duas obras históricas confrontantes, pintadas pelos dois mestres mais importantes da cidade, não permaneceu como um sonho pessoal. Quase se concretizou no Salão do Grande Conselho, onde Leonardo e Michelangelo iriam representar episódios significativos do passado da cidade[53]. Será que se deve a um mero acaso o fato de o primeiro tema escolhido, a Batalha de Anghiari, ter começado sua vida num *cassone* florentino?[54]

Ugolino Verino sobreviveu por muitos anos à *débâcle* dessa grandiosa encomenda. Viveu o suficiente para saudar seu antigo discípulo Leão X, de volta a Florença no final de 1515. Tem-se discutido se, na época, a comitiva do papa incluía Rafael, que acabara de completar seu *Incendio del Borgo*, repleto de reminiscências virgilianas. Ficamos a imaginar o que o idoso humanista pensou ao repassar sua *juvenilia* e deparar-se com seu epigrama em louvor a Apollonio, *tuscus Apelles*.

Apêndice: Excertos das obras de Ugolino Verino

I. De *Flametta*, Livro II
De Apollonio Pictore insigni

Maeonides quondam phoebeae moenia Troiae
Cantarat grais esse cremata rogis,
Atque iterum insidias Danaum Troiaeque ruinam
Altiloqui cecinit grande Maronis opus.
Sed certo melius nobis nunc tuscus Apelles
Pergamon incensum pinxit Apollonius;
Aeneaeque fugam atque iram Iunonis iniquae
Et mira quassas pinxerta arte rates,
Neptunique minas summum dum pervolat aequor,
A rapidis mulcet dum freta versa notis;
Pinxit ut Aeneas fido comitatus Achate
Urbem Phoenissae dissimulanter adit,
Discessumque suum, miserae quoque funus Elissae
Monstrat Apolloni picta tabella manu.

II. Das *Carliades*, Livro I

(a) Primeira versão, Florença, Bibl. Naz. (Magl. 7-977, ff. 8r-8v)

Regia porphireis spectabat nixa columnis,
Undique quam pario cingebat porticus ingens
Subfultus lapide: et paries embremate pictus:
A leva xerxem frenantem nerea ponte
Pinxit alexander choi successor apellis
Subfossumque athon: siccoque arentia fundo
Flumina: que exhaustas persis potantibus undas.
Thesidasque feros: subversa palladis urbe
Insunt et pelago patrias pensare ruinas:
Et largo undantes plateas sanguine: caesis
Medorum numis: nec longe expulsus athenis
Hostilem graius ductor migrabat in aulam.
A dextra magnus pellei seminis heros
Exuerat ternis castris: et coniuge capta
Cum natis darium: carrusque et regia flammis
Mandabat spolia: et placidum minabat idaspem
Primus: rex alto sese dabat aggere muri
Parte ferox alia super atri tergera barri
Squamosa tectus serpente in bella ruebat
Porus: et exanimos in proelia concitat indos:
Nec procul euphrates mediam babilona secabat
Pro foribusque aulae liventi corpore ductor
Enxanguis foedabat humum: sine honore iacebat
Cui victus quondam bellanti cesserat orbis:
Haec mira pullus tyrrhenus pinxerat arte.

(b) Versão revista na cópia dedicada a Carlos VIII (Florença, Bibl. Riccard. 838)

Regia marmoreis spectabat nixa columnis
Undique quam pario cingebat porticus ingens
Marmore suffulta et paries embremate pictus
A leva xerxem frenantem nerea ponte
Atque athon effossum siccoque haerentia fundo
Flumina et exhaustos persis potantibus amnes.
Palladaque iratam subversis pinxit athenis
Tuscus alexander choi successor apellis:
Cecropidasque feros pelago pensare ruinas
Pulsus ut invidia (populus sic premia reddit)
Hostilem graius ductor migravit in urbem.

A dextra magnus pellei seminis heros
Persepoli capta flammis ultricibus aulam
Persarum urebat: mox fulminis instar ad indos
Pervolat affectans ortum transcendere solis:
Parte ferox alia super atri tergore barri
Squamosa tectus serpente in bella ruebat
Porus et in pugnam extremos ductabat eoos.
Nec procul euphrates mediam babylona secabat:
Pro foribusque aulae liventi corpore princeps
Enxanguis foedabat humum sine honore iacebat
Cui victus quondam bellanti cesserat orbis
Haec mira etruscus depinxerat arte philippus.

Nota. A versão de Verino da história de Alexandre, especialmente no primeiro rascunho, é bastante obscura, e sou muito grato ao dr. D. J. A. Ross pelas seguintes sugestões: "ternis castris" pode ser uma referência às três batalhas campais de Alexandre contra a Pérsia (Granico, Isso e Arbela). "Rex alto sese dabat aggere muri" faz alusão à conquista da cidade dos Mandri e Sudracae (cf. Justino XII, 9). Quanto aos versos concludentes, Verino pode ter-se valido de Plutarco, Alexandre, LXXVII, 4, ou Curtius X, 10, 9-13.

RENASCIMENTO E IDADE DE OURO*

Em sua *Relazione* sobre a periodização do Renascimento, escrita para o Décimo Congresso Internacional de Historiadores, em Roma[1], o professor Delio Cantimori mostrou as notórias dificuldades com que o historiador se defronta ao tentar definir os vínculos existentes entre a economia, a política, a literatura e as artes. "Seria mais fácil para nós compreender essas ligações", disse ele, "se pudéssemos novamente concentrar nossas pesquisas em cada estadista, individualmente, e suas atividades, sem idolatrar seu patrocínio *à la* Roscoe — até agora, porém, não temos nem mesmo uma edição crítica da correspondência de Lorenzo de' Medici, e" — afirmou ele, com tão grande sabedoria — "*in queste cose... si può far così facilmente della retorica.*"[2]

Talvez o historiador tenha mais condições de lidar com esse tipo de retórica se fizer dela, por sua vez, um objeto de investigação racional. Para abordar a fórmula da Idade de Ouro, gostaria de seguir mais o caminho de Ernst Robert Curtius que o de Konrad Burdach[3]. E proponho-me a ilustrar brevemente esse aspecto chamando a atenção para as raízes retóricas daquela idolatria do mecenato renascentista mencionado pelo professor Cantimori. Creio que se trata do reflexo de uma fórmula virgiliana. Em Virgílio, a Idade de Ouro é a época de um governate específico. É a criança divina da Quarta Écloga, que trará o Império da paz e da mágica prosperidade, e é Augusto quem, conforme se profetiza no Livro VI da *Eneida*, fará o mesmo:

Hic vir, hic est, tibi quem promitti saepius audis,

---

* Este estudo foi publicado no *Journal of the Warburg and Courtauld Institutes*, em 1961.

Augustus Caesar Divi genus, aurea condet
Saecula...

(VI, 793-5)

Augustus, promis'd oft, and long foretold,
Sent to the realm that Saturn rul'd of old;
Born to restore a better age of gold.*

(Dryden)

Talvez o melhor exemplo, presente na historiografia, da ligação entre a pessoa de um governante e o caráter de uma época seja o caso mencionado pelo professor Cantimori — algo que, por falta de um rótulo melhor, pode ser chamado de "mito dos Medici", o que torna os Medici em geral, e Lorenzo em particular, diretamente responsáveis por um mágico florescimento do espírito humano, o Renascimento.

Para fazer justiça a William Roscoe, não foi ele quem inventou, em sua *Vida de Lorenzo de' Medici*, aquilo que Selwyn Brinton mais tarde propagou como "Idade de Ouro dos Medici". Quando escreveu seu livro, Roscoe contava, entre outros, com o exemplo de Voltaire, que, como nos mostrou o professor Ferguson[4], introduziu no fluxo da historiografia a idéia de Grandes Épocas sob Grandes Governantes. Em seu *Siècle de Louis XIV*, Voltaire relaciona três épocas anteriores à de seu herói como as únicas outras eras dignas da atenção dos homens de bom gosto: as eras de Alexandre, de Augusto e dos Medici, "une famille de simples citoyens" que fez o que os reis da Europa deveriam ter feito, reunindo em Florença os sábios que os turcos expulsaram da Grécia.

A ligação, porém, é certamente mais antiga. Pensemos na bela inscrição de 1715, no Palazzo Medici Riccardi, citada por Roscoe: "Hospes — aedes cernis fama celeberrimas... hic litterae latinae graecaeque restauratae, mutae artes excultae, Platonica philosophia restituta... aedes omnis eruditionis quae hic revixit" (Forasteiro, o que vês é uma casa coberta de glórias... aqui se recuperou a sabedoria grega e latina, aperfeiçoaram-se as artes silenciosas, restabeleceu-se a filosofia platônica... a morada de todo conhecimento que aqui renasceu). Ou pensemos no ciclo de afrescos do início do século XVII, no Palazzo Pitti, de Giovanni di San Giovanni e Furini, de-

---

* Augusto, muitas vezes prometido e há muito vaticinado,
Enviado ao reino onde, no passado, governava Saturno;
Nascido para restabelecer uma melhor idade de ouro. (N. T)

dicado à glória de Lorenzo de Medici (figs. 50, 51), onde ele é visto oferecendo um refúgio seguro para as Musas que fogem das hordas de Maomé e instituindo a Idade de Ouro. Com a morte dele, como explicam os versos abaixo, Paz e Astréia retornam, pesarosas, para o céu. Mas esse ciclo, também, apenas deu continuidade a uma tradição estabelecida no século XVI por Giorgio Vasari. Foi Vasari que, em seus enormes ciclos de afrescos no Palazzo Vecchio, em grande parte ainda inéditos, desenvolveu a tradição pictórica do orgulho dinástico que ligava o Medici então no poder, Cosimo I, à era de Saturno e ao Horóscopo de Augusto, tecendo uma rede sutil de referências mitológicas entre as glórias dos ancestrais de Cosimo I (fig. 49) e a descendência de Saturno, que ele explicou nos *Ragionamenti*. Foi Vasari, também, que inspirou a idéia da primeira *Accademia del Disegno*, sob o patrocínio do duque Medici que então governava, oferecendo assim ao governante uma organização institucional que lhe permitiu exercer uma tutela sobre as artes, conforme postulava o mito. E foi por certo Vasari quem mais contribuiu para a popularização do mito dos Medici em sua *Vite de' pittori, scultori ed architetti*, publicada pela primeira vez em 1550 e dedicada a Cosimo I, em termos que antecipam a inscrição no Palazzo: "si puo dire che nel suo stato, anzi nelle sua felicissima casa, siano rinate (le arti)" (pode-se dizer que em vosso estado, e mesmo em vossa mui abençoada casa, renasceram as artes). Ao longo de todas as suas biografias, Vasari faz um grande esforço para dar a impressão de que as artes deviam sua ascensão e prosperidade diretamente à intervenção dos Medici — o clímax ocorre na história, da qual não existem provas contemporâneas, de que Lorenzo fundou em seu jardim uma escola de arte dedicada ao estudo de antigüidades, e ali descobriu o gênio de Michelangelo, que supera todos os antigos[5]. Na Vida de Botticelli, de Vasari, também nos deparamos com a frase reveladora: "Ne' tempi del magnifico Lorenzo" — assim inicia — "che fu veramente per le persone d'ingegno un secol d'Oro". (Na época de Lorenzo, o Magnífico, uma verdadeira idade de ouro para os homens de gênio...).

Meu interesse pela vida de Botticelli foi o que primeiro me convenceu da importância de descobrir o verdadeiro Lorenzo sob as incrustações da fórmula retórica, pois Horne mostrara[6] que o verdadeiro protetor do pintor não era o Magnífico, mas seu primo e rival Lorenzo di Pierfrancesco. Tais fatos sobre o patrocínio das artes por Lorenzo, à falta daquela edição de sua correspondência, que também poderia lançar uma nova luz sobre esse problema, então convenientemente arrolados no livro de Wackernagel sobre o *Le-*

bensraum dos artistas da Florença do Quattrocento[7]. Precisaríamos de avaliações sérias semelhantes de seu patrocínio e suas despesas com as letras, a música e os espetáculos públicos e de todos os dados que pudéssemos reunir sobre os custos relativos de cavalos, falcões e humanistas, para que nos fosse possível penetrar a nuvem de incenso. Não quero, porém, ser mal interpretado. De nada serviria aos nossos propósitos que o tom um tanto difamatório dos historiadores da corte, recentes ou do passado, levasse o historiador moderno a uma atitude de desmascaramento cético. O mito dos Medici não foi simplesmente o produto da lisonja e da nostalgia, embora a nostalgia, como mostrou o professor Felix Gilbert[8], com certeza tenha desempenhado seu papel nos primórdios do século XVI, época de Maquiavel e Orti Rucellai. O ponto sobre o qual insisto é que o mito pode ser remontado à própria época de Lorenzo, nos versos que lhe foram dedicados pelos poetas e poetastros de seu círculo. Aqui está Bartolomeus Fontius[9]:

> Tempora nunc tandem per te Saturnia surgunt...
> Nunc surgunt artes, nunc sunt in honore poetae...
>
> Por vosso intermédio, surge enfim a época de Saturno...
> Agora as artes se elevam, agora os poetas vivem em honra...

ou Aurelio Lippi Brandolini:

> Aurea falcifero non debent saecula tantum,
> Nec tantum Augusto saecula pulchra suo
> Quantum nostra tibi, tibi se debere fatentur
> Aurea, Laurenti, munere facta tuo...[10]
>
> A idade de ouro deve menos a Saturno, e a gloriosa
> idade de Augusto menos a ele, do que a nossa,
> feita de ouro graças a tua generosidade,
> reconhece a ti, a ti, Lorenzo...

Ao chamarmos essas homenagens de bajulação em versos virgilianos, talvez não estejamos dizendo muito. Não será possível que, em vez disso, tenham tido o caráter de propaganda? A propaganda, como sabemos por experiência própria, é a arte de impor um padrão à realidade, e de maneira tão bem-sucedida que a vítima não mais consiga concebê-la em outros termos. Esse padrão terá maiores probabilidades de exercer seu fascínio quanto mais enraizado estiver na tradição e quanto mais afinidades tiver com os sonhos e pesadelos típicos da humanidade. O Governante Messiânico que traz de volta a Idade de Ouro é exatamente tal sonho perene[11], e vimos que esse sonho exerceu fascínio sobre as gerações subseqüentes, que viram a vida prolífica do verdadeiro Quattrocento cair nessa configuração enganosamente simples. Quando esse fascínio começou a funcionar? Pois, ao contrário da adulação, a propaganda não precisa ser cínica. Aqueles que a propõem podem ser suas primeiras vítimas.

Certamente, interessava aos humanistas e escritores que rodeavam Lorenzo mostrar-lhe essa antiga imagem de liberalidade e generosidade como o caminho mais seguro para chegar ao coração do povo. Como Poliziano escreveu a ele de Veneza: "Questa impresa dello scrivere libri Greci, e questo favorire e docti vi dà tanto honore e gratia universale, quanto mai molti anni non ebbe homo alcuno."[12] (Essa iniciativa de escrever livros gregos e os favores que concedeis aos sábios granjeiam-vos uma fama e uma boa vontade universal superiores à que qualquer homem já desfrutou em muitos e muitos anos.) Seria isso a idade de ouro, ou a descoberta do poder da opinião pública? De uma classe de adeptos muito mais fáceis de comprar e conservar felizes do que jamais haviam sido os soldados? Não há dúvida de que Lorenzo tentou viver à altura dessa imagem. Não poderá, inclusive, tê-la aceito como verdadeira? Além do mais, ele certamente a empregou em sua própria poesia:

> Lasso a me! or nel loco alto e silvestre
> Ove dolente e trista lei si truova
> d'oro è l'età, paradiso terrestre,
> e quivi il primo secol si rinnuova...[13]
>
> Ai de mim! agora, no rude e elevado lugar
> onde sofreis e vos lamentais
> é de ouro a idade, paraíso terrestre,
> onde o primeiro século mais uma vez se renova.

É impossível evitar a suspeita de que convenções amorosas e aspirações políticas se mesclavam na mente dele quando escolheu, para seu torneio, o lema "le tems revient" — a versão francesa e cavalheiresca de "il tempo si rinnuova", de Dante.

Na verdade, Lorenzo não conseguia deixar de se ver no papel de um segundo Mecenas ou Augusto. Ele fora escolhido pelos poetas para esse papel, quando era ainda um garotinho; herdara-o de Piero[14], seu pai, cujo patrocínio, pelo menos o das artes, pode ter sido muito mais substancial que o seu próprio, e sobretudo de seu avô Cosimo, sobre quem Ugolino Verino cantou:

Hic sacros coluit vates, his aurea nobis
Caesaris Augusti saecla redire dedit[15]

Ele acalentou os poetas sagrados, devolveu-nos
a idade de ouro de Augusto César

e Naldi:

Iam mihi, iam, Medices, te consultore redibant
Aurea Saturni saecla benigna senis...[16]

Para mim agora, Medici, sob vossa proteção,
está de volta a benigna idade de ouro do velho Saturno.

Com Cosimo Pater Patriae podemos nos aproximar um pouco mais do cerne da questão. Por que se dirigiam a ele nesses termos? Uma das respostas poderia ser a de que a aclamação era verdadeira, tanto quanto essas aclamações sempre o podem ser. Não há dúvida de que Cosimo, não menos que Lorenzo, ou talvez ainda mais que este, foi um autêntico protetor das artes e do saber. Porém, mesmo se aceitarmos todos os cálculos de Vespasiano da Bisticci sobre o dinheiro gasto por Cosimo em construções, será que ele gastou mais, com doações religiosas e o apoio ao saber, do que, digamos, o chanceler Rolin, seu exato contemporâneo do Norte, fundador do Hospital de Beaune e da Universidade de Louvain, protetor de Jan van Eyck e de Rogier van der Weyden?

A impressão que tenho é que deve haver alguma outra razão para esse estranho e incoerente fenômeno de um "uomo disarmato", como Maquiavel se refere a Cosimo, mero banqueiro e chefe político da cidade, que de repente se vê investido, por poetas e oradores, da panóplia de um antigo Mito Imperial que na Monarquia de Dante, por exemplo, só se aplica ao Soberano do Mundo[17]. Coloquemo-nos no lugar de um poeta que deseja fazer elogios a Cosimo. Por convenção, havia dois temas sobre os quais discorrer nos elogios aos poderosos: a fama de seus ancestrais e seu heroísmo nas batalhas. O próprio fato de que essas fórmulas batidas podiam não ser usadas parece-me significativo. O governante ilegítimo é sempre o que mais precisa de artifícios metafísicos para seu poder e propaganda. Talvez não seja por acaso que, antes de Cosimo, a aclamação virgiliana tenha sido aplicada ao escrivão Rienzi por Petrarca, do mesmo modo que, em nossos dias, líderes que nomeiam a si mesmos têm criado em torno de si a mística da concretização de antigas profecias.

Não quero dizer que a situação inusitada de Cosimo explique, por si só, a freqüência das citações virgilianas a ele. A imagem, como sabemos, surgiu naturalmente a uma geração acostumada ao tema da *laus saeculi* e a metáforas de uma nova era. Num certo sentido, porém, Cosimo de fato representava a nova era. O *uomo disarmato* sem ancestrais e sem reivindicar a bravura guerreira, na verdade sem nem mesmo manifestar qualquer reivindicação de poder, por certo levaria o poeta a buscar alguma fórmula diferente. E, diante de tal pessoa, seria totalmente injustificado o sentimento deles de que a idade do ferro começara a render-se à idade de ouro — embora num sentido ligeiramente diferente? Para citarmos a *relazione* do professor Jacob, bem a propósito dessa questão: "A Europa da cavalaria medieval acabara, os exércitos eram pagos, e os riscos de guerra calculados em termos financeiros."[18] Não é de admirar que, no elogio de Giovanni Avogadro, Cosimo seja levado a dizer: "Si numi vincunt, hercle est fas vincere nobis"[19] — "Se o dinheiro pode conquistar, eis o que faremos". Trata-se de uma imagem destituída de qualquer heroísmo. No entanto, é exatamente esse aspecto do Renascimento que o professor C. Backuis tão apropriadamente caracteriza como "civismo"[20]. É claro que havia guerras, mas, em geral, nos elogios do círculo de Cosimo o prazer da batalha cede lugar ao romance da paz. E é nesse sonho antigo de *aurea pax* que localizo uma das raízes do estereótipo historiográfico de uma era em que as artes da paz prosperaram sob a tutela de um gênio beneficente. Como Naldo Naldi faz Cosimo profetizar, num discurso ao emissário milanês:

Hoc dece sic Iani templum claudetur et intus
Mars fremet atque iterum vincla molesta geret.
Tunc et prisca Fides ad nos pariterque redibit,
Quae lances iusta temperat arte pares,
Hinc Pax purpurea frontem redimita corona
Grata per Ausonias ibit amica domos,
Turba nec in Latiis ulli tunc fiet in agris,
Opilio tutas quisque tenebit oves.[21]

O templo de Jano será fechado,
O arrebatado Marte agrilhoado,
A antiga Fé retornará para distribuir justiça;
A Paz, com sua grinalda purpúrea, visitará
as moradias da Itália,
E, nos campos, as ovelhas serão apascentadas em segurança.

É o tema da *pax et libertas* que aparece no reverso da famosa medalha póstuma do Pater Patriae (fig. 52).

Talvez não sejamos mais capazes de aceitar essas aclamações por seu valor nominal, como fez Roscoe. Na era dos Medici, havia menos liberdade, menos paz e menos abundância do que proclamavam os poetas; a propósito, as ovelhas também não nasciam recobertas de lã escarlate, como lemos na Quarta Écloga. No entanto, todas as *villas* teriam sido construídas no campo se as forças mais brandas da influência e afluência não tivessem, aos poucos, substituído a violência dos feudos locais, simbolizados pelas torres medievais de San Gimignano? O Renascimento não teve que "descobrir o homem"; e, contudo, deve haver uma parcela de verdade na visão de Vico, para quem, a cada vez que chega ao fim a Idade dos Heróis, é possível que finalmente desponte uma Idade do Homem.

OS PRIMEIROS MEDICI COMO PROTETORES DAS ARTES*

Aliud est laudatio, aliud historia. O historiador do Renascimento italiano faz bem em lembrar essa distinção, que Leonardo Bruni apresentou em sua defesa, quando um humanista milanês criticou seu panegírico por exagerar a beleza e o esplendor de Florença[1]. Exagero, *amplificatio*, era um tropo retórico legítimo[2]. Por razões óbvias, o tema do patrocínio prestava-se particularmente bem a esses exercícios retóricos. Mesmo nossas cartas de agradecimento e "*Collinses*"** raramente são tão precisas quanto os registros policiais. Essas formas variáveis de elogio e adulação constituem, em si mesmas, um interessante objeto de estudos[3], mas não é delas que tratará este ensaio. O objetivo aqui é a *historia*, e não a *laudatio* — não com a intenção de "desmascarar" uma lenda gloriosa, que isso fique claro, mas sim de ver o passado da forma como queremos vê-lo, em termos humanos, e não míticos.

Não há campo em que essa necessidade se faça mais premente do que na história dos primeiros Medici. Temos a impressão de conhecê-los tão bem, através das incontáveis descrições, e ainda assim sua humanidade nos escapa com tanta facilidade. As frases convencionais de *laudatio* que se acumularam sobre eles desde que seus descendentes se tornaram célebres entre as famílias principescas da Europa, não servem como imagem deles; o mesmo se pode dizer dos clichês de difamação. Precisamos sempre traçar nosso caminho de volta às primeiras fontes, para tentar vê-los como seres humanos atuando sob a pressão dos acontecimentos, às vezes repelindo a ima-

---

* Este ensaio foi publicado originalmente em *Italian Renaissance Studies: A Tribute to the late Cecilia M. Ady*, 1960.

** *Collins*, no singular: carta de agradecimento por hospitalidade recebida. (N. T.)

gem criada por suas atitudes passadas, às vezes sucumbindo a ela. Somente então poderemos vê-los também como patronos.

O *Oxford English Dictionary* define um patrono como "alguém que ofereceu seu apoio influente para fomentar os interesses de uma pessoa, de uma causa ou arte etc. ... e também, em linguagem comercial, um cliente regular". Na imagem dos Medici, criada por eles próprios e reforçada pela nostalgia e pela propaganda, todos esses significados se fundem numa gloriosa visão de generosidade beneficente. Não é de admirar, pois o patrocínio foi, de fato, um dos principais instrumentos da política dos Medici durante os séculos em que eles não tinham nenhum título de autoridade legal. Os registros cronológicos da correspondência dos Medici[4] revelam que sempre se esperava deles que "oferecessem seu apoio influente para promover os interesses de uma pessoa", e que raramente deixaram de intervir em benefício de alguém que pudesse ser conquistado para a sua causa. Ninguém se sentia humilde demais para solicitar tal intervenção. Quando o aprendiz de Benozzo Gozzoli meteu-se em encrencas por ter roubado três velhos cobertores de um mosteiro, o pintor recorreu a Lorenzo, e tudo acabou bem[5]. Em retribuição, esperava-se que essas pessoas votassem favoravelmente aos interesses dos Medici nas inúmeras comissões da guilda e do governo da cidade. Temos uma carta do filho de Cenini, o ourives, desculpando-se humildemente junto a Lorenzo pelo fato de que, daquela vez, o voto dele na *arte della lana* havia contrariado a vontade de seu patrono[6]. Alguns dos fellow-consuls, que apoiavam Lorenzo, estavam fora da cidade, e embora ele houvesse implorado à assembléia que não fizesse do *patronum artis Laurentium* um inimigo, seus esforços foram em vão. *Patronum artis* refere-se, por certo, ao protetor da guilda, pois o autor da carta pensava em termos do povo e das instituições comunais. A idéia de Lorenzo oferecendo seu apoio à causa da "arte" como tal, que empolgou tanto as gerações seguintes, talvez o tivesse deixado totalmente indiferente. Na verdade, é duvidoso que ele pudesse tê-la exprimido com facilidade em sua língua. O apoio aos estudos, ao saber e às Musas era facilmente compreendido, e os Medici não cessavam de ser louvados por sua *largesse* nessas causas. A questão, porém, é que não se concebia, na época, que as Nove Irmãs pudessem estender sua proteção a construtores, escultores e pintores[7]. O surgimento de um patrocínio deliberado à "arte", como é celebrado por Vasari, não pode prescindir da idéia da "arte". É essa mudança de ênfase que ainda precisa ser investigada e que pode ser aqui exemplificada nos três tipos de proteção oferecidos por Cosimo, Piero e Lorenzo de Medici. O material para essa interpretação é conhecido. Foi coletado por pioneiros como Roscoe, Gaye[8], Reumont[9] e Eugène Muentz[10] e, por fim, estudado exaustivamente por Martin Wackernagel, em seu livro sobre o *ambiente* da arte florentina do Quattrocento[11]. Em muitos momentos, o presente ensaio apenas segue e expande as referências de Wackernagel, para ver até que ponto elas conduzem a uma interpretação.

Quando os Medici surgiram, pela primeira vez, no papel de patronos, a atividade deles ainda se ajustava completamente às antiqüíssimas tradições da vida religiosa comunal. Próximo ao final de 1418, o prior e o cabido da igreja de San Lorenzo pediram à *signoria* permissão para derrubar algumas casas, uma vez que desejavam ampliar a igreja[12]. O projeto era aparentemente do prior, e o dinheiro viria dos membros mais ricos da paróquia. Oito deles se responsabilizariam cada um pela construção de uma capela, que seriam certamente reservadas para os funerais das respectivas famílias e para as missas em homenagem a seus mortos. A esse respeito, sabemos que Giovanni Bicci de Medici, o homem mais rico da região, encarregou-se da construção não só de uma capela, mas também da sacristia. Foi uma decisão muito importante para a história da arte, pois o projeto dessa parte do edifício foi encomendado a Brunelleschi (fig. 53). Por ocasião da morte de Giovanni, a sacristia já estava com as abóbadas concluídas. Seu filho Lorenzo, assim parece, assumiu então o apoio ao projeto, em honra de seu próprio santo protetor.

Cosimo, o filho mais velho de Giovanni, aparece pela primeira vez como patrono num empreendimento coletivo semelhante. O grande projeto comunal da edificação de estátuas para os santos protetores das guildas florentinas chegara a um tal ponto, em 1419, que a opulenta guilda dos banqueiros achou necessário tomar parte da iniciativa[13]. Candidataram-se, então, ao nicho originalmente destinado aos padeiros, que estavam sem dinheiro, e, tendo-o conseguido, encarregaram uma pequena comissão de ex-*consuli* da encomenda de uma estátua do padroeiro dos banqueiros, São Mateus, o publicano. Um dos membros dessa comissão de quatro era Cosimo de Medici, que também participou da indicação de Ghiberti para o trabalho (fig. 54). Mais uma vez, o dinheiro foi levantado coletivamente, e é interessante verificar que Cosimo teve o cuidado de mostrar, pelas somas com que contribuiu, que tinha consciência tanto de sua riqueza quanto da necessidade de não ostentá-la. Quando os outros contribuíam com dois florins, ele dava quatro; numa outra relação, quando chegaram a dar dezesseis florins, ele deu vinte.

O acaso conservou intacto o registro de outra doação religiosa dos irmãos Medici naqueles anos remotos. Em sua declaração de renda de 1427, Ghiberti afirma ter sido encarregado, por Cosimo e Lorenzo, de fazer um relicário para os mártires Jacinto, Nemésio e Proto[14]. É uma das poucas encomendas dos Medici que não trazem sua divisa ou escudo de armas, embora Vasari faça referência a uma inscrição.

Talvez tenha sido à mesma época que Cosimo desempenhou o papel do fidalgo local em Mugello, sua cidade natal, e acompanhou a restauração da igreja franciscana San Francesco al Bosco (fig. 55), um projeto bastante tradicional cujo encanto reside exatamente na sua simplicidade rural[15]. Foi só após retornar do exílio, entretanto, que Cosimo incrementou suas doações religiosas.

O relato mais vivo e convincente dessa evolução pode ser lido no belo memorial escrito por Vespasiano sobre seu estimado patrono[16]. Vespasiano, entretanto, conhecia Cosimo, e, embora suas recordações estivessem certamente matizadas pela gratidão para com um "cliente regular", seu relato ainda permanece uma das principais fontes de que dispomos, desde que usado com cuidado. Esse cuidado parece ser particularmente necessário quando ele descreve um fato acontecido quando tinha apenas treze anos, como no trecho seguinte, sempre citado pelos biógrafos de Cosimo:

> Ao dedicar-se aos problemas temporais de sua cidade, a cujas questões ele era obrigado a dedicar boa parte de sua atenção, como fazem quase todos que governam Estados e desejam superar os outros, Cosimo deu-se conta de que precisava voltar seus pensamentos para as coisas piedosas, para que Deus o perdoasse e lhe conservasse a posse dos bens temporais; ele tinha plena consciência de que, de outra forma, poderia perdê-los. Ocorreu-lhe então que tinha algum dinheiro, proveniente não sei de quais fontes, que fora ganho de forma não muito limpa. Desejoso de tirar esse peso de seus ombros, consultou Sua Santidade o papa Eugênio IV, que o aconselhou ... a gastar dez mil florins em edificações.

É assim que Vespasiano introduz a história da criação, ou melhor, da reconstrução do mosteiro de San Marco. Expiar um pecado de tal maneira certamente enquadrava-se na tradição. No entanto, o relato de Vespasiano pode não passar de uma simples reconstituição, em especial a referência àqueles que "desejam superar os outros", que pode ser um acréscimo seu. Só havia um estadista de quem Vespasiano gostava mais que de Cosimo — Palla Strozzi, um antigo protetor do saber, que fora expoliado e exilado por Cosimo.

Vespasiano, sem dúvida, teria gostado de perceber que Cosimo tinha problemas de consciência por causa desse ato de retaliação política. Os adversários de Cosimo devem ter apreciado muito a idéia de interpretar suas doações religiosas como sentimentos de culpa por faltas pessoais. Não podemos descartar esse motivo, mas é pouco provável que tenha sido o mais importante. Para o homem piedoso que Cosimo mostrou ser, o grande pecado pode ter sido seu estilo de vida, não algum crime específico. Sua própria riqueza clamava contra ele. Não era possível ser um banqueiro sem romper a injunção contra a usura, quaisquer que fossem os métodos de evasão utilizados[17]. Sabemos, com base na correspondência de Francesco Datini, tão vivamente reconstituída por Iris Origo[18], quão fortes eram os antagonismos religiosos e sociais provocados pela atividade bancária. A única maneira de escapar ao estigma da usura era tentar "devolver tudo aos pobres", como diz Domenico di Cambio numa carta ao mercador de Prato[19].

Existem provas de que foi exatamente isso que Cosimo tentou fazer. Numa carta de condolências a seu filho Piero, ainda não publicada, afirma-se que ele costumava dizer, brincando, "Tende paciência comigo, Senhor, pois vos devolverei tudo"[20]. Deve ter sido uma frase que ele se cansou de ouvir dos devedores que o procuravam para pedir-lhe um período de carência. Que ele se sentia um devedor diante de Deus é algo que sabemos por Vespasiano — e talvez num sentido surpreendentemente literal. Isso explicaria a ênfase nas quantias exatas que foram consumidas nas diversas doações, que encontramos em Vespasiano e que os Medici tentaram ocultar da opinião pública. Como bem se sabe, Lorenzo de Medici escreve, no memorial a seus filhos[21]:

> Sei que gastamos uma enorme soma em dinheiro de 1434 a 1471, como se verifica num livro contábil abrangendo esse período. Tratase de uma soma inacreditável, que chega a 663.755 florins gastos com edificações, obras de caridade e impostos, sem contar outras despesas; não é minha intenção queixar-me de tais gastos, pois, embora muitos homens gostassem de ter mesmo que uma pequena parcela dessa soma em suas bolsas, acho que esse dinheiro trouxe maior brilho ao Estado; acredito que foi muito bem empregado, e isso me deixa muito satisfeito.

A soma mencionada cobre quase todo o período de vida de Cosimo. Será que o livro contábil dizia respeito ao ajuste de contas com o Supremo Credor? Que o mesmo não tenha nada a ver diretamente com a proteção às artes é algo que fica claro pela forma como as construções são mencionadas, ao lado de obras de caridade e até mesmo impostos — ou seja, nada que não beneficiasse diretamente os proprietários.

É difícil ter certeza quanto a essas cifras. Vespasiano parece mais preciso, mas ele também deve ter extraído suas cifras aproximadas de algum extrato de conta *ex parte*. Somando aquilo que, segundo se diz, Cosimo teria gasto com doações religiosas, chegamos a 193.000 florins. A fortuna da família, de acordo com uma estimativa, ficava em torno de 200.000 florins[22], e Vespasiano na verdade afirma que Cosimo lamentava não ter iniciado essa atividade antes. Também segundo Vespasiano, Cosimo censurara os construtores de San Lorenzo por terem conseguido gastar menos que os da Abadia. Até mesmo o palácio de Cosimo é representado por Vespasiano como uma parte de seu esforço para gastar, uma vez que todo esse dinheiro continuava a fazer parte da economia da cidade.

Esses argumentos econômicos e morais apenas enfatizam as pressões sob as quais Cosimo tinha de desenvolver suas atividades. Temos a sorte de poder contar com um texto cuja intenção explícita era dar uma resposta aos inimigos de Cosimo, que não se deixaram acalmar tão cedo pelas doações religiosas dele. O último beneficiário da generosidade de Cosimo, Timoteo Maffei de Verona, abade da Abadia de Fiesole, escreveu um pequeno diálogo em latim "Contra os Detratores da Magnificência de Cosimo de Medici"[23].

O detrator toma como base a ética aristotélica: magnificência como a de Cosimo é um excesso de prodigalidade, e todo excesso é vicioso.

O argumento é facilmente descartado. Em seus mosteiros e igrejas, Cosimo forjou sua magnificência à imagem da majestade divina. Em seu palácio, ele pensou no que seria apropriado para um lugar como Florença, e, na verdade, teria parecido ingrato para com sua cidade natal se tivesse sido menos suntuoso. O detrator agora sai-se com um argumento tolo, que já conhecemos de outras fontes anti-Medici[24]. O escudo de armas da família, presente em todas as doações eclesiásticas de Cosimo, sugere mais sede de glória que reverência divina. Não havia o próprio Timoteo pregado tantas vezes contra essas aspirações mundanas? A acusação é admitida sem qualificações, mas Timoteo recorre às distinções estabelecidas pela teologia moral: só existem quatro condições sob as quais o amor à glória torna-se um pecado mortal, e Cosimo não é culpado de nenhuma delas. Ele gosta de fazer o bem secretamente. Deixem-no afixar seu brasão às edificações, para que aqueles que venham depois possam lembrar-se dele nas preces, e para que aqueles que vejam suas construções sintam-se inspirados a imitá-lo. O que há de errado com esses motivos? Não foram as pinturas sobre as proezas de Alexandre que incitaram César aos grandes feitos? Cipião e Quinto Fábio não se inspiraram nas imagens de seus ancestrais? Por que não deveriam, agora, os homens que vêem as igrejas dedicadas a Deus, os mosteiros dos servos de Cristo, as imagens pintadas e esculpidas, esforçar-se também para que a posteridade ore por eles? Não somos nós proibidos de ocultar nossos próprios méritos? Que os detratores dele finalmente se calem!

O adversário, porém, tem outra flecha *in petto*, e seu objetivo é ferir:

"Toda vossa demorada argumentação em louvor a Cosimo só se justifica no tocante a sua fama junto à posteridade." De acordo com os filósofos, a arte significa o conhecimento teórico das razões. No entanto, a magnificência é (por definição etimológica) apenas "a criação de coisas grandiosas". "Assim, a posteridade incluirá um homem magnificente entre os trabalhadores manuais, ou seja, entre os artesãos subalternos." Timoteo cumprimenta seu adversário pela sutileza desse argumento, mas tem como contra-atacá-lo. Deveis buscar as razões de ordem moral, pois é a virtude que incentiva Cosimo a construir. Além disso, uma conveniente citação ciceroniana é introduzida para provar que a magnificência é um estado de espírito. Há um grande número de homens ricos; mas estes amam demais suas riquezas para gastá-las. Cosimo só deseja as riquezas para passá-las adiante. O argumento moral, porém, não é bem engolido pelo detrator. A magnificência deve ser uma estranha espécie de virtude, já que só os ricos podem praticá-la. Timoteo é incapaz de admitir isso; é somente o exercício da magnificência que é um dom da fortuna; a virtude é inerente à alma e pode ser possuída pelos pobres. A própria fragilidade desse argumento concludente, ao qual se segue um elogio convencional, mostra-nos a precariedade da posição moral de Cosimo num mundo de padrões cristãos inteiramente compartilhados por ele. Se nem mesmo seu conselheiro espiritual conseguia fazer melhor, o que ele poderia dizer a si próprio na solidão de seu devaneio?

Em certo sentido, porém, o diálogo é tão interessante pelos argumentos que omite quanto pelos que utiliza. Não há menção às artes ou aos artistas. Pelo contrário, o próprio Cosimo é visto como o "criador" de suas edificações — com poucos agradecimentos por suas obras. O escudo de armas, a *palle* dos Medici, é por assim dizer a assinatura dele através da qual deseja ser lembrado pela posteridade (fig. 56). Essa argumentação pode conter mais coisas do que queremos admitir. Não há muito de fantasia em sentir-se algo do espírito de Cosimo nos edifícios que construiu, algo de sua reticência e lucidez, de sua seriedade e moderação. Ao século XV isso seria óbvio. A obra de arte é a obra do doador. Na *Coração da Virgem* de Filippo Lippi, na Galleria degli Uffizi, vemos um anjo apontando para um monge ajoelhado com as palavras *iste perfecit opus*. Costumava-se pensar que ali se via o auto-retrato do pintor, mas atualmente se admite tratar-se de uma imagem do doador. A situação, por certo, modificava-se aos poucos ao longo da vida do próprio Cosimo. Filippo Villani, Alberti e outros estavam ocupados, como sabemos, em difundir o *status* "liberal" da pintura. No que diz respeito a essas questões, porém, a perspectiva do historiador da arte é facilmente distorcida por seu conhecimento de alguns textos escolhidos que são sempre citados e repetidos. Comparadas ao volume de textos produzidos durante o início do Renascimento, as referências às artes são surpreendentemente raras. Pode-se pesquisar a correspondência de muitos humanistas sem que se encontre uma só alusão a quaisquer dos artistas com os quais talvez costumassem encontrar-se na *piazza*, e que tanto se sobressaem na imagem que fazemos do período. Conheço apenas um escritor humanista que inclui os nomes de dois artistas entre os beneficiários de Cosimo, Antonio Benivieni, que escreve em seu *Encomium* que Cosimo "concedera honras e incontáveis recompensas a Donatello e Desiderio, dois escultores altamente renomados"[25].

Mesmo Vespasiano, que, afinal, pertencia à mesma classe de muitos artistas, raramente faz referência nominal a um arquiteto, escultor ou pintor. Niccolò Niccoli é mencionado por ele como um especialista em artes e um grande amigo de Brunelleschi, Donatello, Luca della Robbia e Ghiberti. A universalidade dos interesses de Cosimo é louvada por Vespasiano em termos semelhantes:

> Quando tratava com pintores e escultores, sabia muito bem como fazê-lo, e tinha em sua casa alguma coisa feita pela mão dos mais importantes mestres. Era um grande conhecedor de escultura e ajudava muito os escultores e todos os artistas que valessem a pena. Era grande amigo de Donatello e de todos os pintores e escultores, e, como em sua época a arte da escultura estivesse um pouco em baixa, Cosimo, para evitar que esse problema afetasse Donatello, encomendou-lhe alguns púlpitos de bronze para San Lorenzo e o encarregou de fazer algumas portas que se encontram na Sacristia, ordenando ao banco que lhe pagasse, semanalmente, uma certa quantia em dinheiro, o suficiente para ele e seus quatro aprendizes; e assim Cosimo o manteve. Como Donatello se vestisse de uma maneira que desa-

gradasse a Cosimo, este lhe deu uma capa vermelha com capuz, e uma túnica por baixo da capa, vestindo-o por inteiro. Na manhã de um dia de festa, mandou-lhe essas roupas para que ele as usasse. Donatello usou-as uma ou duas vezes e depois deixou-as de lado, e não quis mais usá-las, pois lhe pareciam muito afetadas. Cosimo empregava a mesma prodigalidade com todos que tivessem alguma *virtù*, pois amava tais pessoas. Voltando à arquitetura: ele era mais experiente nisso, como se pode ver pelos inúmeros edifícios que construiu, pois nada era feito ou construído sem que se pedisse sua opinião ou apreciação crítica; e muitos dos que iam construir alguma coisa procuravam-no em busca de um parecer.

Para o historiador da arte que vê o Quattrocento com os olhos de Vasari, esse trecho levanta alguns enigmas. Por que Vespasiano menciona apenas as encomendas eclesiásticas feitas a Donatello, deixando de lado os dois grandes bronzes que, sabemos, outrora estiveram no palácio Medici — o *David* e a *Judite*? Será que o próprio Cosimo preferia mantê-los em segundo plano? A encomenda de estátuas de bronze em tamanho natural, para um palácio pessoal, certamente seria um convite às críticas de ostentação. Parece, mesmo, que foi para impedir essa reação que a *Judite* (fig. 58) foi exibida com um dístico latino atribuído a Piero, filho de Cosimo, explicando o significado da estátua como uma advertência contra o pecado da luxúria:

Regna cadunt luxu, surgunt virtutibus urbes
Caesa vides humili colla superba manu*

Os reinos caem pela licenciosidade; as cidades se erguem pela virtude. Vede o homem arrogante, derrotado pela mão humilde.

Para o historiador da arte, mais enigmático que o silêncio de Vespasiano sobre essas estátuas é o fato de ele não mencionar o arquiteto que viemos a conhecer como o braço direito de Cosimo, Mechelozzo, de quem se dizia ter acompanhado seu senhor ao exílio e cujo projeto para o palácio Cosimo preferiu ao de Brunelleschi,

---

* A fonte é a mesma carta de *Franciscus cognomento padovanus* acima citada. É endereçada a Piero, por ocasião da morte de Cosimo, e desenvolve o tema da humildade de Cosimo: "Quam multos non memoria nostra retinet... qui tumore elati aliud quam homines esse putabant exitu tandem suo nos docuisse quod fuerint. Ut enim per te didici. Regna cadunt etc." À margem: "In columna sub Judith, in aula medicea". Cf., de minha autoria, *Meditations on a Hobby Horse* (Reflexões sobre um cavalinho de brinquedo), Londres, 1963, p. 170.

por ser menos suntuoso[26] (fig. 57). Em seu minucioso relato das atividades de construção de Cosimo, Vespasiano refere-se muitas vezes a empreiteiros, alguns deles fraudulentos, outros confiantes demais. Não há, porém, menção a um só arquiteto, uma omissão que não é exclusividade de Vespasiano: Filarete[27] é igualmente silencioso, e o mesmo acontece com os inúmeros poetas humanistas em cujos panegíricos estão arroladas as doações de Cosimo[28].

Ninguém, aparentemente, questionava o fato de que os créditos dessas construções, inclusive os de sua criação, tinham de ser atribuídos a Cosimo. Porém, é possível que haja uma razão suplementar, que nos é sugerida por um estudo dos documentos: a intervenção de Cosimo nesses assuntos, sua contribuição para as obras religiosas, era a princípio muito mais improvisada e fragmentada do que os relatos de Maquiavel ou Vasari nos levam a suspeitar.

Por mais conflitantes que sejam os relatos da história da construção do mosteiro de San Marco (fig. 62), contribuem para o quadro da ampliação e restauração graduais do mosteiro, que no passado pertencera aos Selvestrini, sendo depois transferido para a ordem dos Observantes Dominicanos, que eram protegidos por Cosimo[29]. Essa iniciativa, a primeira após o exílio, desenvolveu-se, por assim dizer, sob as mãos de Cosimo, até que seu crescimento foi abruptamente interrompido pela resistência das famílias que detinham antigos direitos às capelas da igreja e se recusaram a cedê-los[30]. Esse obstáculo aos planos mais ambiciosos de Cosimo é mencionado tanto por Filarete quanto por Vespasiano. A inscrição de 1442, portanto, pode perfeitamente assinalar o fim das restaurações, embora algumas partes talvez tenham sido acrescentadas mais tarde. A propósito, foi naquele ano que Michelozzo relatou ao *catasto* que estivera, e ainda estava, sem trabalho ou renda proveniente de seu ofício[31]. As declarações de renda são notoriamente pouco confiáveis no que diz respeito a rendas, mas, se, na época, se soubesse que Michelozzo estava envolvido numa iniciativa dos Medici tão famosa quanto a de San Marco, o funcionário teria rido na cara dele.

Cosimo não era homem de criar problemas, forçando os donos dos direitos de San Marco a abrirem mão de seus cemitérios e das missas que ali se rezavam em homenagem a seus mortos. No entanto, deve ter tido alguma outra razão para deslocar o centro de seu patrocínio para outro lugar. Seu irmão Lorenzo morrera em 1440, e ele pode ter-se convencido da necessidade de cuidar da reconstrução da igreja principal de sua paróquia. Temos as atas da assembléia do capítulo de San Lorenzo, de 1441, onde está registrada essa intervenção[32]. Lendo-a nesse contexto, pode-se perceber um tom de desculpa. É possível que muitos membros do capítulo tenham dado preferência ao arranjo coletivo original, mas este fora demolido, e nada se fizera para incrementar a construção da igreja que, havia mais de vinte anos, fora derrubada em vão. Cosimo, por sua vez, sabendo que seu poder de decisão era imenso, impôs suas condições à altura. Pode-se ainda ouvir um eco das dificuldades encontradas em San Marco nas condições impostas por ele:

> ... desde que o coro e a nave da igreja, até o altar principal original, fossem reservados a ele e a seus filhos, juntamente com todas as estruturas já erguidas, ele assumiria o compromisso de completar aquela parte do edifício num prazo de seis anos, valendo-se da fortuna que Deus lhe concedera, a suas próprias custas e com seu próprio escudo de armas e brasões; fica claro que nenhum outro escudo de armas ou brasão devem ser colocados no coro e na nave citados, exceto os de Cosimo e dos membros do Capítulo.

Nada ilustra melhor a diferença entre a lenda criada por historiadores pragmáticos e o lento e complexo curso dos acontecimentos do que um afresco do Palazzo Vecchio, em que o pintor da corte do duque Cosimo I, Giorgio Vasari, exalta a memória do ancestral colateral de seu protetor (fig. 59). Ali vemos Cosimo, com um magnífico gesto de poder, apontando para a construção de San Lorenzo, enquanto diante dele ajoelham-se duas figuras submissas que lhe apresentam a maquete da igreja concluída. Essas figuras têm por objetivo representar Brunelleschi em colaboração com Ghiberti, acrescentado aqui, provavelmente, porque Vasari se lembrou da experiência conjunta da catedral de Florença. Não é só o documento citado que desmente o dramático relato de um projeto pronto, executado rapidamente sob a direção de Cosimo. Como vimos, Cosimo era cauteloso demais para comprometer-se a construir a igreja toda. Além do mais, tal oferta poderia, de fato, ter parecido um ato de vaidade por parte de um simples cidadão. Talvez tenha sido para apaziguar essa oposição que Cosimo começou pela restauração da residência dos padres, se é que podemos confiar no relato de Vespasiano. Sempre haveria alguém desejoso de cobrir-se de glórias pela construção da igreja, seu biógrafo o faz dizer, mas ninguém daria atenção às estruturas funcionais.

Para nós, é claro, como também para Vasari, San Lorenzo (fig. 60) é produto da mente de Brunelleschi. Os documentos, porém, indicam que os métodos fragmentários de Cosimo restringiram consideravelmente o poder do arquiteto. O biógrafo anônimo de Brunelleschi, como bem se sabe, responsabiliza um carpinteiro por não ter sido possível levar a cabo o projeto de Brunelleschi[33]; mas será que ele de fato deixou um projeto ou uma maquete ao morrer, em 1446? Há um documento curioso que contraria tal hipótese, relatando o ciúme e as rixas entre os carpinteiros de Florença que estavam ou desejavam estar envolvidos na conclusão de San Lorenzo[34]. Um deles, Giovanni di Domenico, queixou-se a Giovanni, filho de Cosimo, de ter sido espancado nas ruas pelos homens de seu concorrente Antonio Manetti. Pelos padrões de conduta profissional, a surra pode muito bem ter sido merecida. Ele por acaso estivera presente quando Cosimo inspecionara e fizera críticas ao modelo de Manetti para a cúpula acima do cruzeiro. Cosimo se perguntara se o coro receberia luz suficiente e se a cúpula não seria ''dois milhões de vezes mais pesada''. Não é preciso dizer que Domenico concordou com tudo que Cosimo dissera e que acabou por fazer, ele mesmo, uma maquete que descreveu como ''à maneira de Fillipo, que é leve, forte, bem iluminada e proporcionada''. Ao ser advertido para que cuidasse de sua própria vida, saiu-se com a desculpa frívola de que devia sua subsistência a Cosimo e que, portanto, sentia-se no dever de oferecer-lhe seus conselhos. Quando a vingança do rival o pegou de surpresa na rua, Domenico estava a caminho de Cosimo.

A interpretação da história gira em torno da expressão *nel modo di Filippo*. Se as intenções de Brunelleschi fossem conhecidas, Domenico provavelmente as teria dito. Tudo o que ele reivindica para sua cúpula é que a mesma segue o método de Brunelleschi, que era, sem dúvida, o método aplicado na catedral. Como seu concorrente Manetti, Domenico trabalhara para a Opera del Duomo.

Qualquer que seja nossa interpretação, o documento confirma o relato de Vespasiano sobre a experiência prática de Cosimo em assuntos ligados à arquitetura. Mostra, também, que, quinze anos depois da intervenção de Cosimo, os problemas da construção das abóbadas de San Lorenzo ainda não tinham sido resolvidos. Talvez seja inútil especular sobre as razões, mas uma possibilidade se apresenta. Segundo uma tradição mais antiga que Vasari — embora não saibamos quão antiga —, Cosimo originalmente encomendara a Brunelleschi o projeto de seu novo palácio, mas rejeitara o modelo por considerá-lo suntuoso demais[35]. Já vimos como Cosimo precisava agir com cautela em qualquer demonstração de magnificência, mas, para Brunelleschi, a recusa deve ter representado um duro golpe. Esse fato deve ter ocorrido no início da década de 1440[36], e, como resultado, Brunelleschi pode muito bem ter recusado o patrocínio de Cosimo. Se Vespasiano estiver certo, teria sido essa uma razão a mais para começar pela residência dos padres?

Outra estrutura funcional também foi erguida por Cosimo na década de 1440: o dormitório dos Noviços de Santa Croce (fig. 61)[37]. Mais uma vez, os documentos são estranhamente ambíguos. Gaye publica uma curiosa injunção em 1448, proibindo aos monges qualquer adulteração do edifício existente[38]:

> Uma vez que se sabe que um grande, nobre e amplo dormitório foi construído pela comunidade de Florença no mosteiro dos frades de S. Croce, com quartos e outras dependências, uma vez que há também outros edifícios ali, e uma vez que os frades mencionados realizam novas obras a cada dia, conforme lhes pareça necessário, perfurando paredes e abrindo portas entre dois quartos, fazendo e ampliando janelas... o que diminui a beleza, a força e a amplitude do edifício.

Esta seria uma tentativa de preservar o projeto de Cosimo, ou de impedir que seu construtor prosseguisse? Em qualquer caso, o fato vem sublinhar as dificuldades do historiador da arquitetura, que nunca saberá até que ponto essas modificações arbitrárias foram ou puderam ser verificadas.

Este estudo, evidentemente, não se ocupa desses problemas da história da arquitetura. Seu objetivo é simplesmente pôr em relevo as condições em que se dava a proteção de Cosimo à arquitetura. Não se tratava apenas de encomendar a Brunelleschi ou a Michelozzo o projeto de uma igreja aqui, um palácio ali, e nem mesmo de pagar grandes somas aos empreiteiros. O patrocínio privado em tal escala tinha ainda que criar seu instrumento e sua organização. Vasari faz Michelozzo construir Careggi e outras *villas* para Cosimo, mas estas certamente eram casas de campo nas quais se faziam melhorias quando havia oportunidade. O caso do palácio na cidade é diferente, mas mesmo aqui as informações de que dispomos são desanimadoramente incompletas. O que conhecemos por Palazzo Medici Riccardi só pode ter abrigado Cosimo nos últimos quatro ou cinco anos de sua vida. Onde ficava seu palácio anterior, e como era ele?

Talvez essas perguntas sejam inúteis; mas, por estranho que pareça, dispomos de uma descrição minuciosa e circunstancial do palácio de Cosimo que em nada corresponde ao edifício que conhecemos. Essa descrição aparece num curioso poema laudatório de Alberto Avogadro[39], que infelizmente não é uma testemunha muito confiável. Segundo seu execrável poema de versos elegíacos, o edifício foi erguido com mármore branco e suave betume

> Mas a fachada não é de mármore; o que o suave betume
> deixa à vista tem pedras em três cores muito vivas.
> O ponto mais alto é de alabastro brilhante,
> o lado direito de pórfiro,
> e à esquerda usou-se a pedra que nossos ancestrais
> chamavam, em língua vernácula, de serpentina.[40]

Há tanta fantasia na descrição de Avogadro, que se poderia rejeitá-la por inteiro como mero exercício de oratória, ainda mais levando-se em conta que ele vivia na distante Vercelli. O único problema é que palavras tão insólitas como "serpentina" não costumam fazer parte dos panegíricos dos humanistas, a não ser que sejam absolutamente necessárias. O esquema cromático do vermelho, branco e verde-escuro corresponde perfeitamente às tradições florentinas. Teria Avogadro visto o palácio anterior de Cosimo? O palácio atual teria tido, alguma vez, uma fachada multicor? Ou tudo não passa de invenção dele?

A questão torna-se ainda mais premente quando nos voltamos para a descrição que Avogadro faz da abadia de Fiesole, última construção de Cosimo (fig. 63).

Os documentos nos dão todos os detalhes do avanço da construção desde os primeiros registros de 1456 até os de 1460, que indicam que o mosteiro estava sendo coberto com telhas e mobiliado[41]. Um registro de 1462 menciona um cobertor de lã francesa "para o quarto de Cosimo", o que nos informa da existência, na Abadia, de um aposento sempre pronto a recebê-lo, o que também acontecia em San Marco, segundo relata a tradição. Nesse caso não há dúvida de que as estruturas funcionais precederam a reforma da igreja — e como Vespasiano estava envolvido na instalação da biblioteca da abadia pode ter confundido as duas construções ao relatar a observação de Cosimo sobre San Lorenzo.

Filarete, que conhecia Timoteo da Verona, o prior cuja defesa da "Magnificência" de Cosimo discutimos acima, confirma claramente o espírito prático de Cosimo[42]:

> Ele me disse que a Igreja ainda precisa ser restaurada, e, a julgar pelo que insinuou, será muito bonita. Em resumo, disse-me que ele, toda vez que um visitante ilustre vier conhecer o lugar, visitará primeiro as áreas que, em geral, não se mostram, como os estábulos, o galinheiro, a lavanderia, a cozinha e outras dependências semelhantes.

Filarete fica particularmente impressionado com o engenhoso arranjo do viveiro de peixes, cercado de árvores frutíferas, de tal modo que as frutas, ao caírem na água, alimentam os peixes — um dos muitos momentos, no *Trattato* de Filarete, em que se questiona o Q.I. dele.

Se essa história deve ser aceita com reservas, o que dizer da descrição de Avogadro, na qual ele se dirige a Timoteo da Verona: "Foste tu, Timoteo, a causa primeira da construção desse edifício; tuas palavras levaram-no a derrubar montanhas." Pois, na *amplificatio* do poeta, as suaves colinas de Fiesole transformam-se em "montanhas selvagens e num deserto rochoso".

No entanto, como o prior sugeriu a Cosimo, é o protetor, mais uma vez, que é visto como o artista — dessa vez, é claro, num sentido laudatório mas de maneira mais explícita do que nunca:

> Cosimo, seguiste o exemplo do engenhoso (*doctus*) pintor que desejava a eternidade para seu nome. Os anos de sua juventude, ele os passou aprendendo, e sua habilidade aumentou com o passar dos anos. Quando, porém, ficou velho e percebeu que não lhe restava muito mais tempo, exclamou: "Não seria melhor se eu criasse uma imagem tirada de meu cérebro ou de minha mente, que assegurasse uma longa memória para meu nome?" Assim pensou, assim fez. O velho criou algo digno de fama eterna. Tu também construíste vigorosos edifícios em tua juventude. ...[43]

Agora, Cosimo "quer mestres talentosos e ágeis, para que construam a igreja e a casa à maneira dele (*more suo*). Esse mestre talentoso anota tudo em seus papéis; assinala a casa, aqui ficarão os portões de pórfiro, vamos construir um pórtico ali, e aqui o primeiro degrau de uma escadaria de mármore. Desenha os claustros, que terão tantos passos de comprimento; no centro, haverá uma árvore, mas deve ser um cipreste. Quer que os claustros tenham abóbadas e sejam sustentados por colunas geminadas, uma delas colorida, a outra em branquíssimo mármore. 'Coloquemos aqui a oficina do alfaiate, ali o capítulo, aqui a enfermaria. Nesse outro espaço, quero uma cozinha digna de um duque'. ..."[44]

A fantasia arquitetônica que se segue praticamente não tem valor histórico suficiente para merecer uma análise neste contexto. Serve apenas para mostrar que a distância geográfica, como a distância no tempo, aumenta a *amplificatio* quando se trata de um tema tão convidativo quanto a "magnificência". Porém, como se observa, o arquiteto é *ille quidem doctus*, que simplesmente toma notas das instruções de Cosimo. Não há menção ao nome de um único arquiteto nos vários documentos da abadia; a tradição atribuiu o projeto a Brunelleschi, que já estava morto há dez anos quando as obrâs começaram. Os manuais citam agora um "seguidor anônimo de Brunelleschi", mas será que não podemos, de fato, nos referir ao estilo daquela estrutura simples como "à maneira de Cosimo"? Sabe-se que a igreja foi concluída rapidamente depois da morte de Cosimo, sob a direção de Piero, cujo nome está registrado na inscrição humanista do edifício. E, no entanto, a construção toda evoca o espírito do homem profundamente preocupado, no final, em cuidar para que suas riquezas não se tornassem um obstáculo à sua salvação, e que deixou registrado seu desejo de ser enterrado num caixão de madeira.

É sobretudo ao ser confrontado com as encomendas de seu próprio filho que esse caráter das construções de Cosimo torna-se discernível. Já de início, parece haver uma clara divisão de trabalho entre Cosimo e seu dois filhos, nas questões relativas ao patrocínio. A real arte da arquitetura era domínio de Cosimo, e talvez se possa dizer o mesmo dos contatos com algum mestre da fundição em bronze com a fama e a grandeza de um Donatello (fig. 58). Na apreciação do período, os pintores ocupavam uma posição inferior, e Cosimo parece ter deixado a cargo de Piero e Giovanni todas as negociações com pintores e decoradores.

Já em 1438, quando Piero tinha apenas 22 anos, foi a ele que Domenico Veneziano enviou sua famosa carta pedindo que o encarregassem do retábulo de San Marco[45]. Talvez não tenha ousado escrever diretamente a Cosimo, pois até mesmo a maneira como se dirige ao jovem é extremamente humilde: "Em minha condição inferior, não cabe a mim dirigir-me a Vossa Excelência (*gentiliezza*)." Mas ele sabe que Fra Angelico e Fra Filippo estão ocupados e gostaria, portanto, de encarregar-se da obra, tendo ouvido dizer que Cosimo deseja algo de grandioso. É claro que ele não conseguiu a encomenda, pois Fra Angelico acabou encontrando tempo para pintar a primeira e autêntica *sacra conversazione* (fig. 65) para o altar-mor de seu mosteiro[46]. Já se sugeriu, com base em provas confiáveis, que Cosimo e seu irmão Lorenzo desfizeram-se do retábulo anterior, doando-o aos dominicanos de Cortona, que lhes agradeceram profusamente[47].

Um ano depois, Filippo Lippi escreveu a Piero, e assim ficamos sabendo que Piero recusara um painel que Filippo havia pintado[48]. Na melhor tradição das cartas de solicitação, o texto vem impregnado de pieguice:

> Sou um dos monges mais pobres que há em Florença, eis o que sou, e Deus houve por bem deixar seis sobrinhas a meus cuidados, to-

> das doentes e incapazes... Se pudésseis enviar-me, de vossa casa, alguns cereais e um pouco de vinho, pelos quais eu vos pagaria, minha alegria seria imensa, e poderíeis debitar minha gratidão. Meus olhos se enchem de lágrimas quando penso que, se morrer, terei assim algo a deixar a essas pobres crianças. ...

Não admira que, a despeito de Browning, Cosimo não encontrasse tempo para lidar com esses artistas.

Se essas duas cartas nos informam acerca de encomendas que os Medici se recusaram a fazer, somos compensados por uma terceira, escrita a Piero dois anos depois, em 1441, que nos oferece um primeiro vislumbre de seu gosto estético. Quem escreve é Matteo de Pasti, de Veneza, e o assunto é uma encomenda para pintar os *Trionfi* de Petrarca, fadados a se tornarem muito populares nas artes decorativas[49] (fig. 64):

> Quero dizer-vos que, desde que cheguei em Veneza, aprendi algo que seria especialmente adequado à obra de que me incumbistes, uma técnica para a utilização de ouro em pó, como se fosse apenas mais uma cor; e já comecei a pintar os triunfos dessa maneira, o que os tornará diferentes de tudo que já vistes antes. A luminosidade da folhagem é toda em ouro, e ornamentei de mil formas diferentes as vestes da pequena senhora. Gostaria, agora, de receber as instruções sobre o outro triunfo, para que possa continuar meu trabalho. ... Já tenho as instruções para o Triunfo da Fama, mas não sei se desejais a mulher sentada com roupas simples ou com um manto, como, aliás, seria de meu agrado. O resto, já sei: a carruagem deve ser puxada por quatro elefantes. Dizei-me, porém, se do séquito da mulher devem fazer parte apenas homens e mulheres jovens, ou também anciãos ilustres.

De Pasti sabia muito bem como dirigir-se a Piero, com sua história de ouro em pó e suas dúvidas quanto à inclusão de homens velhos em seu quadro.

Encontramos a mesma preocupação com o agradável e o suntuoso numa carta que Fruoxino, agente dos Medici, enviou de Bruges, em 1448, a Giovanni, irmão de Piero[50]. A exemplo do documento anterior, trata-se de um texto muito apreciado por Warburg, que freqüentemente fazia alusões a seu conteúdo. O agente, por certo, fora encarregado de procurar tapeçarias suntuosas para os Medici, e tentara, sem êxito, encontrá-las no mercado de Antuérpia. O único conjunto de tapeçaria bem trabalhada era grande demais para a sala a que se destinava. Além do mais, representava a história de Sansão, com uma grande quantidade de cadáveres, o que não era exatamente apropriado para uma sala. Outro conjunto, com a história de Narciso, tinha as medidas exatas, mas ele só o teria comprado se "a confecção fosse um pouco mais requintada".

Do mesmo ano de 1448, podemos, enfim, mencionar um monumento remanescente que testemunha o mesmo gosto pelo esplendor: o tabernáculo de mármore em torno do crucifixo milagroso em San Miniato al Monte (fig. 66)[51]. Os documentos relatam a conhecida luta pela supremacia das armas dos Medici: em junho de 1447, a guilda dos calimala informa que um "grande cidadão" (*cittadino grande*) ofereceu-se para fazer esse tabernáculo de esplendor e custo imensos, e que a permissão seria concedida, desde que ali se exibissem apenas os escudos de armas da guilda. Um ano depois, o grande cidadão impôs sua vontade. Concedeu-se a Piero a permissão especial de acrescentar seus próprios escudos de armas, ao lado dos da guilda. Ele não optou pela *palle* ofensiva, mas sim por sua *impresa* particular, as três penas e o anel de diamantes com a divisa *semper*. Esse tipo de heráldica particular harmonizava-se, por si só, ao gosto pela ostentação cavalheiresca, que Piero bem pode ter adquirido nos contatos com seus clientes borgonheses.

Foi provavelmente no mesmo ano, ou pouco mais tarde, que encomendou outro tabernáculo ao redor de uma imagem milagrosa, dessa vez em SS. Annunziata (fig. 67). A estrutura suntuosa, sem dúvida dourada em sua forma original, traz uma inscrição verdadeiramente estarrecedora: *Costò fior. 4 mila el marmo solo*, ou seja, só o mármore custou quatro mil florins[52]. Convém recordar esse fato a todos os que pensam que esse tipo de publicidade foi inventado pelos magnatas americanos. Se o pressuposto geral estiver correto, ou seja, que os dois tabernáculos foram projetados para os Medici por Michelozzo, que era também o braço direito de Cosimo, fica ainda mais claro que, nesse tipo de obra, quem se expressava era o patrono, mais que o artista.

Há mais um exemplo famoso que nos permite avaliar a influência do gosto de Cosimo sobre uma obra de arte encomendada por ele: os afrescos de Gozzoli na capela Medici, o mais lembrado de todos os monumentos ao gosto dos Medici. Há três cartas do artista a Piero, datadas de 1459[53]. O tom é muito diferente das primeiras cartas aqui citadas. O pintor dirige-se a Piero como *Amico mio singholarissimo*, meu grande amigo. O tema, porém, é estranhamente semelhante ao da carta de De Pasti, preocupado em saber se devia ou não incluir homens velhos, e ao da carta de Fruoxino, com seus escrúpulos sobre os cadáveres:

> Ontem recebi uma carta de Vossa Magnificência, pelas mãos de Ruberto Martegli, e entendo que, em vossa opinião, os serafins que fiz estão deslocados. Fiz apenas um num canto, em meio a algumas nuvens; nada se vê, a não ser as pontas das asas, e ele está tão oculto e encoberto por nuvens, que não produz nenhuma distorção; ao contrário, contribui para a beleza... Fiz outro, no outro lado do altar, que está oculto da mesma forma. Ruberto Martegli pôde vê-los e disse não haver razão para se criar um caso a respeito deles. Não obstante, farei o que vos parecer melhor; duas nuvenzinhas os varrerão de cena.
> ...

Uma vez mais, as cartas também relatam as quantidades de ouro e ultramar de que o artista precisava, que ele espera poder comprar a bom preço se Piero lhe adiantar, a tempo, o dinheiro necessário.

Basta comparar a famosa cavalgada dos Magos (figs. 68-70) com as obras anteriores de Gozzoli, para ver até que ponto se estendia a influência do patrono. É de se imaginar o que o velho Cosimo deve ter pensado dessa obra do discípulo favorito de Fra Angelico. Não que seja desprovida de piedade. Uma exata apreciação desse aspecto da obra tornou-se difícil, devido ao grande número de lendas não-confirmadas que chegaram a obscurecer o significado original para a maioria dos que visitam Florença. Um roteiro francês de fins do século XIX[54] difundiu a história de que a viagem dos Magos representava a chegada a Florença do Imperador e do Patriarca de Bizâncio, para o Conselho da União, em 1439, e de que o mais jovem dos reis (fig. 79) era um retrato de Lorenzo, o Magnífico, em sua juventude. Sempre ávidos por dar vida e substância aos eventos nebulosos do passado, turistas e até mesmo historiadores apegaram-se a essa interpretação, sem refletirem sobre sua improbabilidade. Na época em que a capela foi pintada, já fazia vinte anos que o Conselho da União tinha acontecido, e, sem dúvida, terminara em fracasso. Estritamente falando, nem Patriarca, nem Imperador eram as personagens mais apropriadas para serem representadas como santos, pois ambos falharam em conseguir aprovação para se submeterem ao Papa. Apontar um menino de dez anos, o jovem Lorenzo, como o único membro da família a ser assim retratado seria no mínimo pouco criterioso. A radiante cabeça desse jovem e encantador príncipe não é um retrato. Repete e desenvolve a fórmula usada para representar jovens e belas cabeças de anjos e crianças, que Gozzoli também empregou por toda parte na capela.

Na verdade, essas cabeças indistintas diferem, de forma muito acentuada, dos verdadeiros retratos que Gozzoli introduziu no ciclo em que esperaríamos encontrá-los, onde são mais apropriados

— não no centro, mas na margem, em meio à comitiva dos reis orientais, onde o grupo da família acompanha com devoção os santos, como convém aos doadores e seus amigos (fig. 71). É fácil, aqui, identificar o perfil do próprio Piero de Medici, liderando o cortejo em seu cavalo branco. Não pode haver dúvida de que se trata de Piero, tão grande é sua semelhança com o busto feito por Mino da Fiesole, no Bargello. Menos fácil, aqui, é certificar-se de que o velho cavalgando ao lado dele possa ser Cosimo (fig. 74), como se sugeriu. A cabeça certamente não corresponde ao perfil romano que conhecemos pela medalha (fig. 52). Mas essa medalha póstuma, que foi o protótipo de todos os retratos subseqüentes do Pater Patriae, talvez represente uma deliberada aproximação dos traços de Cosimo ao tipo de um imperador romano — assim como o reverso da medalha explora motivos comuns às moedas imperiais. Há pelo menos um retrato de Cosimo que confirma a identificação. Pertence a um manuscrito e mostra um velho igualmente enrugado, mas perspicaz (fig. 72). Além do mais, aqui temos todo direito de perguntar — se não é Cosimo, quem mais pode ser? Pode-se perceber que Gozzoli, com muita habilidade, deixou em aberto a questão da precedência. O rosto de seu patrono vem primeiro, mas o velho também pode ser visto como se cavalgasse à frente do cortejo.

Tendo aceito essa identificação, pode-se perfeitamente começar a perguntar quem são os dois jovens que cavalgam lado a lado com os outros. Quem mais poderiam ser senão os filhos de Piero? Não existe, de fato, uma extraordinária semelhança entre o rapaz que se encontra na extremidade esquerda e Lorenzo, da forma como viemos a conhecê-lo mais tarde (fig. 73)? É certo que ele parece um pouco velho para sua idade, mas, com o pai enfermo, ele estava sendo preparado para assumir as responsabilidades da família o mais rápido possível. Além disso, aqui mais uma vez, o lugar onde o pintor o coloca corresponderia perfeitamente a essa suposição. Todos sabiam que em breve Lorenzo seria o chefe da família que se reuniria naquela capela. Seria muito natural dar a ele um lugar proeminente, um passo adiante de Giuliano, seu irmão mais novo, cujo rosto não apresenta as formas que nos permitam compará-lo ao homem esguio, elegante e de lábios finos representado na medalha comemorativa de Bertoldo (fig. 73), mas que, ao menos, não exclui essa hipótese.

O importante aqui não é tanto a questão da identificação, mas a do *decorum*, pois o hábito de procurar pelos retratos, e até mesmo pela representação de uma verdadeira procissão na parte narrativa do afresco, acabou desviando a atenção do significado histórico e religioso da capela. Em termos religiosos, a obra representa um esplêndido *adeste fideles*: é Noite Sagrada, e a estrela é visível no teto (fig. 80). Dos três quartos do mundo, os reis Magos começaram sua viagem e convergem para Belém, exatamente como os vemos numa famosa página das *Très Riches Heures du duc de Berri* (fig. 75). Sabemos da representação dos mistérios, em cidades italianas, nas quais os três Reis também chegavam de três lados diferentes[55]. A confraria dos Magos era tradicionalmente favorecida pelos Medici, e não há por que pensar que o episódio sacro alguma vez tenha sido considerado como um mero pretexto para retratar pessoas e acontecimentos seculares.

Em termos históricos, essa interpretação errônea tornou indistintas as fortes ligações entre o afresco de Gozzoli e uma das mais famosas obras de arte da Florença anterior aos Medici, o retábulo de Gentile da Fabriano para S. Trinità (fig. 76). Há uma estranha ironia no fato de que a decoração da capela Medici remonte a uma obra encomendada por seu maior rival, Palla Strozzi. Uma comparação mostra que Gozzoli lançou mão de grupos inteiros (fig. 81). Além disso, uma cuidadosa observação dos três reis de Gentile, tradicionalmente representando as três idades do homem, revela que muitas das pretensas características da arte do retrato, inclusive o adorno de cabeça e as coroas[56], estão prefiguradas na obra anterior (figs. 77-8).

O fato de Piero ter remetido Gozzoli a uma obra-prima do gótico internacional tardio ajusta-se muito bem ao que conhecemos acerca do gosto dos florentinos ricos, após a metade do século. A geração dele procurava entrar em contato com o estilo de vida aristocrático — que conheciam a partir de seus clientes na Borgonha e na França —, e foi em função desse estilo de vida que Piero abraçou a causa do auxílio às artes e aos artistas.

Temos um bico-de-pena de Piero, no tratado de Filarete, que põe em relevo essa atmosfera, de forma particularmente vívida. Filarete sabia que Piero sofria de artrite e, assim nos diz ele, perguntou a Nicodemi, embaixador dos Medici em Milão, o que um homem assim doente podia fazer o dia todo, ficando aí implícito que a ele estariam proibidos todos os passatempos da nobreza, como a caça ou a guerra.

> Ele me diz que Piero sente grande prazer em passar o tempo fazendo com que o levem até seu gabinete... lá olha para seus livros como se fossem uma pilha de ouro ... não falemos de suas leituras. Num desses dias, ele pode simplesmente desejar, para seu prazer, correr os

olhos por esses volumes, para passar o tempo e entreter o olhar. No dia seguinte, segundo fui informado, ele se dedica ao exame de algumas das efígies e imagens de todos os Imperadores e Pessoas Ilustres do passado, algumas de ouro, outras de prata ou bronze, de pedras preciosas ou mármore, ou ainda de outros materiais, que são maravilhosas de se observar. Seu valor é tão alto que proporcionam a maior alegria e prazer aos olhos. ...[57]

Não é sempre que podemos penetrar, ao menos na imaginação, os prazeres e as alegrias de um passado remoto. No entanto, o que Filarete diz dos livros de Piero também pode ser traduzido em termos visuais. Muitos dos volumes que apresentam claros indícios de terem sido escritos e iluminados para ele, seu Cícero, seu Plutarco, seu Josephus, seu Plínio e seu Aristóteles (figs. 82-5), encontram-se ainda na Laurenziana[58], para "entreter o olhar" daqueles que os examinam. A maior parte de seus outros tesouros desapareceu, evidentemente, mas podemos acompanhar um pouco Filarete enquanto ele nos descreve como

No dia seguinte, ele iria admirar suas jóias e pedras preciosas, das quais possui uma quantidade extraordinária, todas de grande valor, algumas cinzeladas de várias formas, outras não. Ele sente grande prazer e deleite em olhar para elas e discutir seus inúmeros poderes e excelências. No outro dia, pode ser que inspecione seus vasos de ouro e prata, e outros materiais preciosos, exaltando-lhes a nobreza e a perícia dos mestres que os produziram. Sempre que se trata de adquirir objetos valiosos ou estranhos, ele não olha o preço... Dizem-me que é tão grande a riqueza e a variedade de coisas que possui que, se quisesse admirá-las uma de cada vez, levaria um mês para fazê-lo, e então poderia começar outra vez com o mesmo prazer, pois um mês já se teria passado desde a última vez em que as vira.[59]

Há um toque de d'Annunzio nesse chafurdar-se em ouro e pedras preciosas, que não pode estar isento de *amplificatio*. Contudo, não se trata de um mero acaso que Piero, em sua paixão por pedras preciosas e moedas, tenha tido um predecessor no Norte, ao qual Filarete se refere explicitamente: o grande duque de Berri, um dos primeiros homens de gosto a transformar o tesouro de um príncipe numa verdadeira coleção de objetos preciosos.

Em nosso presente contexto, as famosas coleções dos Medici só são relevantes na medida em que rivalizam com sua proteção às artes[60]. Pressupõe-se às vezes, com excessiva facilidade, que as duas atividades são idênticas. No entanto, a história passada e contemporânea registra muitos casos de artistas que se queixavam dos colecionadores, por gastarem todo o dinheiro que tinham em antigüidades preciosas, sem nunca prestigiarem os vivos. Os valores atribuídos às louças e pedras preciosas no inventário da coleção Medici requerem, de fato, uma pausa. O copista ou notário que redigiu o inventário pode não ter sido um grande especialista, mas por certo conhecia o grau correto da magnitude das peças. Avaliou as pedras preciosas cinzeladas da coleção Medici entre 400 e 1.000 florins cada, chegando mesmo a 10.000 florins no caso da Tazza Farnese (fig. 86). Ora, em média, as pinturas de um mestre da categoria de Filippino Lippi, Botticelli ou Pollaiuolo atingiriam entre 50 e 100 florins, e até mesmo um enorme ciclo de afrescos como a *História de São João*, de Ghirlandaio, em Santa Maria Novella, chegava apenas a 1.000 florins[61].

O exame desses valores fica particularmente interessante quando se considera a proteção dispensada às artes pelo mais famoso e mais enigmático dos Medici, Lorenzo, o Magnífico.

Romancistas e biógrafos nos têm familiarizado com a cadência típica das gerações de uma família poderosa: o velho, que fez a fortuna da família ou a manteve intacta, astuto, reticente e devoto; o filho que aceita a riqueza como uma coisa natural e sabe como desfrutá-la, amante do ócio requintado, mas também um homem do mundo; e o filho deste, por sua vez, oprimido pela herança da fama e da responsabilidade, insatisfeito com a mera riqueza, buscando incansavelmente coisas mais elevadas, um talentoso diletante, talvez o mais interessante dos três caracteres, mas também o mais esquivo.

Lorenzo era, certamente, um homem difícil de definir. Não foi por acaso que, no famoso perfil que fez dele, Maquiavel o descreveu como abrigando duas pessoas diferentes — aquilo que hoje chamaríamos de cisão da personalidade. As contradições dessa mente fascinante constituíram um perpétuo desafio a seus biógrafos, tanto aos que resistiram a seu fascínio como aos que sucumbiram a ele. O estudioso de Lorenzo enquanto protetor das artes depara-se com as mesmas perplexidades. O próprio nome de Lorenzo, o Magnífico, passou à posteridade como a corporificação da magnificência principesca; na verdade, quase eclipsou a fama de seus ancestrais. É uma surpresa e um choque constatar quão poucas obras de arte podem, comprovadamente, ser atribuídas ao patrocínio de Lorenzo.

O acaso histórico pode, nesse caso, ter desempenhado algum papel. Os principais projetos de Lorenzo concentravam-se, ao que parece, fora de Florença, estando assim mais vulneráveis à destruição. Vasari fala-nos dos esplendores do mosteiro de San Gallo, arrasado durante o cerco de Florença[62]. nada resta da casa de campo de Lorenzo perto de Arezzo, o Spedaletto, onde Filippino Lippi, Ghirlandaio e Botticelli trabalharam[63]. Seu refúgio campestre favorito, Poggio a Caiano, foi concluído e modificado por seus sucessores, e o enigmático afresco de Filippino Lippi, no pórtico de entrada, desfez-se a ponto de tornar-se irreconhecível. Talvez a imagem que fazemos de Lorenzo tivesse sido outra, se todas essas obras se tivessem conservado; o historiador, porém, tem que trabalhar com os documentos que sobreviveram, e estes falam uma linguagem estranhamente ambígua.

A igreja da Abadia, iniciada por Cosimo e consagrada sob Piero, ficou incompleta, com sua fachada medieval. Encontra-se ainda do jeito que Piero a deixou, ignorando o veemente apelo do abade para que cumprisse seu papel de protetor. A despeito do superficialismo de seus louvores, o documento revela um tom de desaprovação exasperada que contrasta a transitoriedade do luxo mundano com os benefícios eternos que as doações de Cosimo e Piero lhes granjearam.

> Acreditamos, e temos pela confiança, que sempre desejastes o mesmo... percebemos, no entanto, que o tempo e as circunstâncias contrariam vossas promessas. Agora, porém, que a máxima prosperidade vos favorece ... dedicai-vos a completar nosso edifício, sob uma estrela beneficente e com o auxílio de Jesus Cristo, nosso benfeitor.[64]

A referência a adversidades é importante. Todos sabiam que era inútil comparar o jovem Lorenzo, lutando às vezes para preservar seu poder e sua mera solvência, a um Cosimo, que só se preocupava em livrar-se de seu dinheiro excedente. Parece que, de fato, dois anos depois da morte de Piero, Lorenzo decidiu encerrar as Contas com Deus, que seu pai e seu avô haviam mantido, pois a soma mencionada por ele só cobre o período que vai até 1471.

Deve ter havido momentos em que Lorenzo via como um peso a reputação de prodigalidade ilimitada de sua família. No entanto, a posição dele fundamentava-se nessa mesma fama.

"Essa iniciativa de escrever livros gregos e os favores que concedeis aos sábios granjeiam-vos uma fama e uma boa vontade universal superiores às que qualquer homem já desfrutou em muitos e muitos anos"[65], escreveu de Veneza Angelo Poliziano, em 1491. Porém, em termos exclusivamente financeiros, os livros gregos eram baratos, e os humanistas satisfaziam-se com pequenas gratificações.

Era diferente quando se tratava de obras de arte maiores, principalmente edifícios e trabalhos de escultura em bronze.

Depois do exílio dos Medici, o irmão de Verrocchio apresentou às autoridades florentinas uma relação de obras que o escultor tinha feito para a família Medici, insinuando que ele nunca fora pago por elas e reivindicando uma restituição a ser feita com o dinheiro das fortunas confiscadas[66]. Da relação constam o túmulo de Cosimo e Piero em San Lorenzo, duas obras para Careggi (provavelmente o *Menino com golfinho* e o *Relevo da ressurreição*), várias obras para a *Giostra*, um retrato de Lucrezia Donati e, para nossa grande surpresa, o bronze *David* (fig. 88), que Lorenzo e Giuliano haviam revendido para a *signoria* em 1475, por 150 florins. Está claro que o irmão do escultor podia simplesmente estar tentando a sorte com as autoridades, confiando em que provavelmente não existiam quaisquer registros de pagamentos desse tipo na escrituração dos Medici, mas ele deve, ao menos, ter achado que sua história era plausível.

Seja qual for nossa interpretação, o documento parece indicar que a escassez das encomendas documentadas de Lorenzo não se explica apenas pela falta de dinheiro. Homens enfastiados tornam-se protetores exigentes, e Lorenzo passara a ver-se como um árbitro em questões de gosto, sendo assim considerado também pelos outros[67].

Quando os *operai* de S. Jacopo em Pistoia não conseguiram chegar a uma conclusão quanto a encomendar o túmulo Forteguerri (fig. 89) a Verrocchio ou a Piero del Pollaiuolo, mandaram os dois modelos para Lorenzo, ''uma vez que é imenso vosso conhecimento destas e de outras coisas''[68]. A arbitragem de Lorenzo foi procurada na disputa acerca da sacristia de S. Spirito[69], e quando a comuna encomendou um retábulo a Ghirlandaio estipulou-se, em 1483, que o mesmo deveria ser feito ''conforme os padrões, o estilo e a forma que pareçam bons e agradem a ... Lorenzo''[70].

Era a ele que se dirigiam, em busca de conselhos e recomendações, os patronos estrangeiros. Lorenzo enviou Filippino a Roma[71], e, provavelmente, Antonio Pollaiuolo a Milão[72]. Sentia-se orgulhoso por ter recomendado Giuliano da Majano ao duque da Calábria. e quando Giuliano morreu tomou a si o encargo de encontrar um sucessor para ele[73].

Para um leigo, certamente demonstrou um interesse único pelas grandes realizações arquitetônicas de seu tempo. Em 1481, solicitou os projetos do Palazzo Ducale em Urbino[74], em 1485, os de San Sebastiano de Mântua, de Alberti[75]. Relutou em emprestar ao duque de Ferrara o tratado de arquitetura de Alberti, por tratar-se de um livro que ele lia freqüentemente[76].

Como vimos, herdara do avô Cosimo o interesse pela arquitetura. A essa altura, porém, o interesse dele tomara rumos mais teóricos. Há uma diferença sutil, mas importante, entre os termos com que Vespasiano elogiara os conhecimentos de Cosimo e os termos de Filippo Redditi em seu elogio a Lorenzo, dedicado ao mais jovem Piero:

> Com que grandiosidade ele se destaca na arquitetura! Tanto nas construções particulares, como nas públicas, todos nós utilizamos suas invenções e harmonias. Pois ele enriqueceu e aperfeiçoou a teoria da arquitetura com os mais elevados raciocínios da geometria, de tal forma que hoje ocupa uma posição eminente entre os mais ilustres geômetras de nossa época, sendo a geometria certamente digna de um príncipe, uma vez que nosso espírito e nosso intelecto deixam-se sensibilizar e impressionar pelo poder dela.[77]

Valori se estende nesse elogio e fala de "muitos" que construíram "inúmeras estruturas majestosas" com base nos conselhos de Lorenzo. Em particular, cita o Palazzo Strozzi (fig. 87), construído por Filippo Strozzi, que consultou Lorenzo sobre as proporções (*de modulo*)[78]. Talvez tenha sido para neutralizar essa afirmação que o filho de Filippo fez circular a versão de como seu pai conseguira construir o soberbo palácio nas barbas dos Medici, explorando a fraqueza de Lorenzo, se é que de fato havia tal fraqueza. Filippo Strozzi, conforme lemos[79], tinha mais desejo de fama que de fortuna e, como gostasse de construções, esperava deixar um grandioso palácio para a lembrança de seu nome. Havia, porém, uma dificuldade: "Aquele que governava" poderia invejar-lhe a fama. Mas Filippo era um florentino e sabia como lidar com os poderosos. Em vez de ocultar seu projeto, conversou sobre ele com vários artesãos, sempre rejeitando os ambiciosos desenhos com o argumento de que desejava era utilidade, e não pompa. Disseram-lhe "que 'aquele que governava' queria que a cidade fosse adornada e exaltada de todas as maneiras, pois, da mesma forma que o bem e o mal, o belo e o feio deveriam ser atribuídos a ele". Em outras palavras, Lorenzo queria deter o controle da construção. A isca funcionara. Ele quis ver os projetos e aconselhou uma fachada rústica e imponente. Filippo fingiu colocar objeções. Tal ostentação não condizia com um cidadão comum. Preferia que se construíssem muitos armazéns e estrebarias no térreo, para serem sublocados e renderem algum dinheiro extra. Deixou-se, com relutância, dissuadir de um projeto tão desprezível e acabou concordando em construir o palácio exatamente como sempre o desejara.

Os Medici e os Strozzi não morriam de amores uns pelos outros, e a história não deve ser absolutamente verdadeira. Existe, porém, uma comprovação inequívoca da alta conta em que Lorenzo tinha seus conhecimentos arquitetônicos: em 1491, submeteu à apreciação seu próprio projeto para a fachada da catedral de Florença. A situação resultante, é claro, teve seus aspectos cômicos[80]. Vinte e nove candidatos se apresentaram para a concorrência, entre os quais nomes como os de Filippino Lippi, Verrocchio, Perugino, Botticelli e Ghirlandaio. Uma vez mais, porém, a grande tradição diplomática não decepcionou os florentinos. Numa manobra perfeita, pediram ao próprio Lorenzo que decidisse qual projeto era o melhor. Lorenzo, por sua vez, não deixava que lhe passassem a perna com tanta facilidade: elogiou todos os projetos e aconselhou o adiamento da questão, sem dúvida esperando que entendessem a indireta. Parecia um beco sem saída, e, como sabemos, a catedral teve que ficar sem fachada por mais 350 anos.

Seja qual for a verdadeira explicação desse episódio, Lorenzo não emerge dele como o tipo de patrono que descobrimos em Cosimo e mesmo em Piero. Fica a suspeita de que ele gastava em pedras preciosas antigas todo o dinheiro que tinha para investir em arte. Lorenzo certamente conhecia o valor das jóias na vida social; quando Giovanni, o futuro Leão X, foi para Roma como o mais jovem dos cardeais, Lorenzo escreveu-lhe: "Um homem da sua categoria deve usar sedas e jóias com discrição. É melhor apresentar-se com algumas antigüidades requintadas e belos livros (*qualche gentilezza di cose antiche*)."[81]

Essa paixão não podia deixar de influenciar a atitude de Lorenzo para com os artistas de seu tempo. Como tantos outros colecionadores, olhava para o passado com uma certa nostalgia. Fez tudo que pôde para homenagear a memória de artistas, construiu monumentos a Giotto e Filippo Lippi[82]. É possível, porém, que tenha considerado seu papel de patrono não como o de um "cliente regular", mas sim — talvez pela primeira vez na história — como o de alguém que oferece seu apoio influente para fomentar não os interesses individuais dos artistas, mas aquilo que ele via como os interesses da arte como tal. Já se sugeriu, por exemplo, que ele pretendia deliberadamente reviver a técnica tradicional do mosaico, que seria empregada na catedral de Florença[83]. Seu patrocínio à difícil arte de lapidar pedras preciosas é ainda mais tangível: em 1477, Pietro di Neri Razzati foi isentado de tributação, sob a condição de que ensinaria esse ofício já esquecido aos jovens da cidade[84].

Essa prova insuficiente adquire substância e significado por meio da obra do único artista que sabemos ter privado da intimidade de Lorenzo, Bertoldo di Giovanni. Foi Wilhelm von Bode quem primeiro sugeriu que a *oeuvre* desse mestre de pequenos bronzes refletia aquilo que ele chamava de "política artística"[85] de Lorenzo. Bertoldo viveu no palácio Medici, talvez como uma espécie de criado de quarto; temos uma carta dele, repleta de alusões ininteligíveis à culinária (ou seria ao medo de envenenamento?); fez parte da comitiva de Lorenzo numa viagem aos balneários, e, quando ficou doente, Lorenzo escreveu ao médico dele[86].

Talvez seja difícil para nós perceber o caráter inovador da *oeuvre* de Bertoldo. Até onde sabemos, o trabalho dele não seguia o esquema tradicional das encomendas para igrejas e monumentos. Sua arte destinava-se às peças de colecionadores e, num certo sentido, podemos associá-la ao nascimento da arte pela arte. Das obras de Bertoldo arroladas como parte da coleção Medici, do ponto de vista histórico, a mais surpreendente é o famoso relevo em bronze de uma cena de batalha, que repete e completa um relevo romano de Pisa (fig. 90). Pelo que sabemos, a peça não tem tema, nem ilustra qualquer história religiosa ou moral. É apenas "uma" batalha *all'antica*, uma evocação da arte da Antigüidade. Se Lorenzo inclinava-se a reviver esse conceito de arte que absorvera pelas leituras dos clássicos e pela contemplação de obras gregas e romanas, ele de fato teria muito pouco a ver com os mestres de sua época, impregnados das tradições das guildas e da Igreja. O patrocínio de Lorenzo tinha que divergir daquele de Cosimo ou Piero, que aceitavam o mundo artístico em que viviam.

A tradição, é claro, liga Bertoldo e Lorenzo a um empreendimento exatamente desse tipo, a escola para artistas que, segundo se diz, Lorenzo fundou em seus jardins. Infelizmente, esses famosos jardins se mostraram tão indefiníveis quanto seu proprietário. Não sabemos onde ficavam, nem o que continham. Nenhum registro contemporâneo menciona a escola de que Vasari faria tanto alarde[87]. Há mais, ainda: o relato circunstancial da transferência de Michelangelo para essa escola, que encontramos na primeira edição de Vasari, foi contestado pelo mestre, em sua velhice, que disse a Condivi ter sido simplesmente levado por Granacci aos jardins dos Medici. Bertoldo não é citado; em vez disso, somos informados, de forma mais convincente, que "o Magnífico Lorenzo tinha algumas peças de mármore sendo trabalhadas e desbastadas naquele lugar, para ornamentar a nobre biblioteca que ele e seus ancestrais haviam formado ... como esses mármores estavam sendo trabalhados ... Michelangelo pediu aos mestres que lhe dessem um pedaço e tomou-lhes emprestados alguns cinzéis''[88]. O relato de Condivi prossegue, com a famosa história de como Lorenzo encontrou Michelangelo copiando um Fauno antigo. A história era boa demais para que Vasari a deixasse passar, e ele a desenvolve esplendidamente em sua segunda edição, levando Lorenzo a inspecionar não um canteiro de obras, mas uma escola, quando então se dá conta do discípulo promissor.

Uma vez mais, a realidade pode ter sido menos metódica, menos planejada e menos dramática do que a lenda. Porém, por mais difícil que seja para o historiador tentear seu caminho por entre a *amplificatio* dos exageros retóricos, um fato inequívoco vem comprovar que as sementes de um novo tipo e concepção de arte foram de fato plantadas no jardim de Lorenzo. Michelangelo foi o primeiro a contestar a Antigüidade no próprio terreno dela; suas visões não concretizadas de uma nova linhagem de mármores, seu desprezo pela pintura e sua revolta contra a servidão das encomendas eclesiásticas refletem uma nova atitude, que ele pode perfeitamente ter absorvido na aura de Lorenzo. Se fosse possível consubstanciar essa interpretação, a *historia* poderia revelar-se ainda mais interessante que a *laudatio* convencional.

O MÉTODO DE LEONARDO PARA ESBOÇAR COMPOSIÇÕES*

Quem quer que examine o Corpus de Berenson sobre os desenhos florentinos[1] certamente ficará impressionado com o caráter inovador do estilo de Leonardo. Ele trabalha como um escultor que modela em argila, não aceita nenhuma forma como final e continua criando, mesmo correndo o risco de obscurecer suas intenções originais. Em alguns desenhos, como num esboço da *Santa Ana* (fig. 94), nos perdemos por completo no emaranhado de *pentimenti*, e é muito provável que o mesmo acontecesse com Leonardo. Na verdade, sabemos que ele precisava aclarar suas idéias usando um estilete, com que traçava a linha finalmente escolhida, forçando-a no papel para que aparecesse no verso (fig. 95).

Não há nada, na obra dos artistas anteriores, que se compare a esse procedimento. Leonardo sabia que o método era seu. No trecho que pretendo discutir, ele explica tanto a inovação como a *raison d'être* do seu método:

> Vós, que fazeis pinturas de pessoas, não articuleis as partes individuais dessas figuras com traços decisivos, ou vos acontecerá o mesmo que em geral acontece com muitos e diferentes pintores, para os quais cada traço de carvão, mesmo os mais tênues, devem ser definitivos; esse tipo de pessoa pode perfeitamente ganhar fortunas, mas sua arte não será louvada, pois acontecerá muitas vezes que a criatura representada não conseguirá movimentar os membros em harmonia com os movimentos do espírito; e tal pintor, tendo dado um belo e gracioso acabamento aos membros articulados, achará prejudicial movimentar os membros para cima ou para baixo, para frente ou para trás. E a arte dessas pessoas não é digna do menor louvor.[2]

---

* Este artigo foi uma contribuição ao Congresso sobre Leonardo da Vinci em Tours, 1952.

O tom polêmico sugere que Leonardo deve ter discutido esse método com alguns de seus companheiros artistas que pensavam de modo diferente. O critério deles, podemos concluir, era o do traço seguro e infalível, que prescindia de correção e de reformulações. É a idéia do desenhista perfeito, cristalizada pela anedota de Vasari sobre o rei de Nápoles, que pediu a Giotto uma prova de sua habilidade: o mestre então desenhou um círculo perfeito, o proverbial "O di Giotto", para comprovar sua habilidade manual[3]. É essa qualidade do traço perfeitamente controlado que admiramos nos desenhos medievais que chegaram até nós, como, por exemplo, o *Cisne* de Villard d'Honnecourt (fig. 92)[4]. Nos primórdios do Quattrocento, esse padrão de perfeição artística ainda não se havia modificado. Cennini[5] insinua que o jovem aprendiz deve copiar as obras dos mestres que admira até que possa reproduzi-las com a mesma segurança e perfeição; melhor ainda, temos a evidência dos próprios desenhos, que, a despeito de todas as variações de estilo e técnica, mostram a mesma preocupação com o "rigor" que Leonardo ataca. Mesmo Pisanello, que conservou em seu caderno de esboços um grande número de estudos do natural, era adepto desse traço contido e cuidadoso; num desenho inacabado, como é o *Falcão* (fig. 91), a fórmula heráldica do livro de moldes ainda pode ser sentida. Será possível, entretanto, que os artistas anteriores a Leonardo nunca reformulassem seus desenhos? Acreditariam, realmente, que *ogni segno di carbone sia valido*? Como a função do desenho não era claramente analisada no ateliê medieval, é muito difícil dar uma resposta segura a essas perguntas. Porém, desde as cuidadosas pesquisas de Oertel[6] e Degenhart[7], começamos a perceber que o desenho realmente tinha outro objetivo, num mundo onde o artista se orientava de forma tão decisiva pelas tradições e pelos modelos. Quando não se espera nem se exige que o artista invente, a ênfase necessariamente incide sobre a facilidade dele em dominar o "símile", a fórmula — nesse caso, a inabilidade será rejeitada[8]. Isso não quer dizer que os artistas daquele período nunca introduziram uma correção em seus desenhos. *Negativa non sunt probanda*, como dizem os advogados. Contudo, ainda é de se admirar quão raros são, nos desenhos, mesmo os pequenos *pentimenti*. Via de regra, quando um desses artistas ficava em dúvida sobre qual padrão adotar para uma composição, ele preferia recomeçar, desenhando duas ou mais alternativas lado a lado[9]. Um desenho do Trecento tardio, que se encontra no Louvre, é um bom exemplo de um artista tentando selecionar a melhor composição para uma Anunciação sem precisar recorrer ao pentimento (fig. 93).

Diante desses antecedentes de uma prática instituída pelos ateliês e dos rígidos padrões de exatidão, devemos examinar um dos mais antigos desenhos de Leonardo (fig. 96), para podermos avaliar o caráter revolucionário de sua abordagem obstinada ao próprio ofício.

A continuação dos *precetti*, dos quais citei o primeiro trecho, mostra os termos em que Leonardo via e pretendia justificar esse viés revolucionário:

> Alguma vez já vos ocorreu como os poetas compõem seus poemas? Eles não se preocupam em traçar belas letras, nem se incomodam quando precisam riscar vários versos, para que assim fiquem melhores. Portanto, pintor, esboçai a disposição dos membros de suas figuras e atentai, em primeiro lugar, aos movimentos apropriados ao estado de espírito das criaturas que compõem seu quadro, mais do que à beleza e perfeição de suas partes.[10]

O apelo à atividade do poeta não podia ser mais significativo. Estamos familiarizados com a insistência de Leonardo sobre a dignidade da Pintura, seu *status* como uma das Artes Liberais e sua igualdade, talvez até mesmo superioridade, em relação à poesia. Aqui, porém, deparamo-nos com um resultado tangível e abrangente dessa insistência. A pintura, como a poesia, é uma atividade do espírito, e enfatizar o rigor na execução de um desenho é algo tão filisteu e indigno quanto julgar o talento de um poeta pela beleza de sua caligrafia. Pode-se perceber o valor do argumento de Leonardo, mas também os perigos que ameaçavam o rumo tomado por sua arte. Quem não conheceu ainda um intelectual ou poeta que tenha tentado justificar sua caligrafia ilegível afirmando, ou deixando implícito, que não interessa *como* ele escreve, mas *o que* escreve? A insistência na invenção, na qualidade mental da arte pode certamente tornar-se algo destrutivo no que diz respeito aos padrões de habilidade. Em Leonardo, como sabemos, essa insistência destruiu aquela paciência que, apenas ela, poderia tê-lo mantido diante de seu cavalete. Porém, não é sobre esse aspecto negativo da nova teoria do esboço de Leonardo que quero deter-me. Para o bem ou para o mal, nesse caso ele discute a partir de uma concepção inteiramente nova da arte, e sabe disso. A primeira e fundamental preocupação do artista é a capacidade de inventar, e não a de executar; e, para tornar-se veículo e suporte da invenção, é preciso que o desenho assuma um caráter completamente diferente — que lembre não o padrão do artífice, mas o do esboço inspirado e livre do poeta. Só então o artista será livre para seguir sua imaginação, aonde quer que ela o leve, e para "atentar aos movimentos apropriados aos estados de espírito das criaturas que compõem sua história". Precisa da técnica mais maleável, que permita a ele registrar com rapidez tudo o que vê em sua mente — como afirma Leonardo, numa variante do trecho que citamos acima:

> Esboçai os retratos rapidamente, sem dar aos membros um acabamento excessivo: indicai a posição deles, que em seguida podereis desenvolver à vontade.[11]

Podemos acompanhar o desenvolvimento dessa técnica nos desenhos de Leonardo. Os primeiros esboços ainda se inserem na tradição de Verrocchio, mas já mostram uma mudança de ênfase. Pode-se observar que, para Leonardo, o que importa é o *moto mentale*, e que, em alguns casos, ele chega a recorrer a um inequívoco garrancho (fig. 94), pois sua atenção não está voltada para a *belleza e bontà delle ... membra*.

Nos estudos para a *Batalha de Anghiari* (fig. 100), encontramos o novo método já plenamente desenvolvido. Nessa técnica, a visão interior, a inspiração, é "arremessada" sobre o papel como se o artista estivesse ansioso por não perder o momento oportuno. É a partir desses trabalhos que tem início a nova concepção do esboço, uma concepção que vai culminar no século XVIII, quando Lemierre escreve, em seu poema *La Peinture* (1770):

> Le moment du génie est celui de l'esquisse
> C'est là qu'on voit la verve et la chaleur du plan. ...[12]

Os *Precetti* de Leonardo, porém, não terminam com a comparação entre o artista e o poeta. O trecho final, e o mais interessante de todos, sugere que, para ele, o esboço não era apenas o registro de uma inspiração, podendo também tornar-se a fonte de mais inspiração.

> Pois deveis entender que, tendo chegado a uma composição livre e de acordo com o tema, muito maior será vossa satisfação quando, mais tarde, a obra se revestir da perfeição apropriada a todas as suas partes. Já cheguei a ver, em nuvens e paredes mal acabadas, formas que me estimularam a criar coisas muito belas e diversas, e, embora lhes faltasse o mínimo acabamento em quaisquer de suas partes, eram perfeitas em seus gestos ou outros movimentos.[13]

Aqui, então, Leonardo alia seus conselhos técnicos sobre o melhor método de esboçar à observação psicológica e às recomendações que também se encontram num dos trechos mais famosos do *Trattato*, aquele que sugere "uma nova capacidade inventiva, para que a meditação ... desperte nosso espírito para múltiplas invenções"[14], ao olharmos para paredes cheias de rachaduras, brasas incandescentes, pedras matizadas, nuvens ou manchas, pois essas formas irregulares podem evocar estranhas criações, da mesma forma que às vezes atribuímos palavras ao som dos sinos da igreja. Esse trecho sempre fascinou os psicólogos voltados para a criação artística[15]. Sugere que Leonardo podia, deliberadamente, induzir-se a um estado de devaneio relaxando os controles, de modo que a imaginação começasse a brincar com manchas e formas irregulares, as quais, por sua vez, ajudavam-no a entrar na espécie de êxtase no qual suas visões interiores podiam projetar-se sobre os objetos do mundo externo. No vasto universo mental de Leonardo, essa invenção acompanha sua descoberta do "indeterminado" e do poder dele sobre a mente, que fez de Leonardo o "inventor" do *sfumato* e da forma semipercebida (fig. 99)[16]. E chegamos, agora, a compreender que o indeterminado tem que reger o esboço pela mesma razão, *per destare l'ingegnio*, para estimular a mente a novas invenções. A prática dos ateliês é inteiramente contestada. O esboço não é mais a preparação para uma obra específica, mas faz parte de um processo que flui sem parar na mente do artista; em vez de paralisar o fluxo da imaginação, ele o mantém ativo.

Há provas de que Leonardo realmente usava seus esboços da forma como diz que devem ser usadas as paredes com rachaduras, para auxiliar a "invenção", a despeito do tema. Já se observou muitas vezes, e recentemente uma observação mais detalhada[17] enfatizou, que os esboços para a *Santa Ana* (fig. 94) desenvolvem motivos da *Madona com o Gato* (fig. 101) e de outros desenhos mais antigos. O que há de mais admirável nesses exemplos é que certos motivos, que na versão final têm um claro significado simbólico, partem de formas inteiramente diferentes — o Cordeiro da composição da *Santa Ana*, que, como sabemos, significa a Paixão de Cristo[18], foi antes um gato, e até mesmo um Unicórnio (fig. 102). Em busca de uma nova solução, Leonardo projetava o novo significado nas formas que descobria nos velhos esboços que pusera de lado. Outro desses exemplos sugere a si próprio: sabemos, por Vasari, que Leonardo fez o famoso esboço de *Netuno* para Segni, quando estava em Florença, fazendo a *Batalha de Anghiari*. Não parece que a confusão de formas desse *componimento inculto* (fig. 103), com a figura erguendo-se com um braço levantado acima do grupo de cavalos, tenha evocado, na mente penetrante de Leonardo, a imagem de Netuno conduzindo seus cavalos-marinhos (fig. 105)? Assim como estava, o grupo não o satisfazia; não só encontramos incontáveis *pentimenti* na fantástica forma dos cavalos-marinhos — em seu constante monólogo interior, ele chega a buscar o auxílio da palavra escrita, anotando acima do grupo: *abasso i cavalli*. Pode-se imaginar que foi com esse problema em mente que Leonardo participou das reuniões da comissão encarregada de determinar o local onde seria colocado o *Davi* de Michelangelo, pois, ao olhar para a gigantesca figura e desenhá-la numa folha de papel (fig. 104), começou mais uma vez a projetar a forma que estava buscando no desenho que fizera, e, a título de experimentação, acrescentou alguns cavalos à versão do *Davi*[19].

Talvez não haja nada mais surpreendente, na *oeuvre* de Leonardo, que essa separação entre motivo e significado. Todos sabemos da persistência dele na criação de certas imagens, que recebem nomes diferentes segundo o contexto a que devem servir. Só uma concepção de arte tão inteiramente pessoal e quase solipsista quanto a de Leonardo poderia ter provocado essa ruptura tão significativa com o passado. Pois, em essência, o importante, para ele, é o ato de criação em si: ''Se o pintor deseja ver belas mulheres, pelas quais possa se apaixonar, ele tem o poder de criá-las...''[20] Quanto mais o esboço puder estimular a imaginação, tanto mais será capaz de cumprir seu propósito. É verdade que, para Leonardo, este é apenas um dos lados da questão. Quanto mais pessoal a arte dele se torna, mais podemos senti-lo como uma presa da obsessão de certas visões estereotipadas, e mais ele insiste na objetividade de sua arte e na necessidade de uma diversidade racional com base na observação[21]. Não há nenhuma contradição aqui. Leonardo sabia que as fantasias que ele descobriria no indeterminado só poderiam ganhar vida através de um conhecimento lúcido.

> Pois as coisas confusas levam o espírito a novas invenções; cuidai, porém, para que, primeiro, conheçais todas as partes das coisas que desejais representar, sejam elas de animais, paisagens, rochas, plantas etc.[22]

Nossa distinção entre ''arte'' e ''ciência'' teria sido ininteligível para Leonardo. Aliás, essa distinção sequer poderia existir numa língua em que a medicina ou a falcoaria eram uma ''arte'', e a pintura podia ser chamada de ''ciência''. É evidente, porém, que, dentro das convenções renascentistas da pintura, qualquer ampliação da liberdade imaginativa que chamamos de "arte" exigia uma igual intensificação dos estudos que chamamos de "científicos". Uma vez abolida a autoridade do livro de moldes, com o pintor livre para conceber uma variedade infinita de grupos e movimentos, só o mais íntimo conhecimento da estrutura da forma orgânica pode permitir ao artista revestir de carne e osso seu *primo pensiero*.

> O mestre que demonstrasse ser capaz de guardar em sua mente todas as formas e efeitos da Natureza dar-me-ia a impressão de alguém agraciado por muita ignorância, uma vez que esses efeitos são infinitos e que a capacidade de nossa memória é insuficiente para retê-los.[23]

E, assim, o conselho para que o artista adote um novo método de esboçar leva, necessariamente, a uma forma mais rigorosa de proceder:

> Num desenho, deveis primeiro tentar indicar ao olho a intenção e a invenção que a princípio criastes na imaginação, para só então prosseguir, subtraindo e acrescentando até que estejais satisfeito. Virão, a seguir, as poses com modelos nus ou vestidos, à maneira que os dispusestes na obra. Cuidai para que se harmonizem em escala e proporções com a perspectiva, de tal forma que não se perceba, na obra, nada que contrarie a razão e os efeitos naturais.[24]

No entanto, mesmo esse trabalho preciso a partir dos modelos seria inútil, a menos que o pintor tivesse um profundo conhecimento daquilo que Leonardo chama de *l'intrinsica forma*[25]. Para dar substância a uma figura que emergiu da *immaginativa* do artista, e foi sendo ajustada *levando e ponendo*, seria imprescindível que o artista conhecesse as leis de crescimento e proporção pelas quais a própria natureza a teria criado. E se a decepção, ainda assim, aguardasse até mesmo o artista que aplicasse um conhecimento infinito e uma paciência infinita à conquista daquela ilusão perfeita de uma realidade tangível, que — gostemos ou não — a Leonardo parecia indispensável para que a arte mantivesse sua promessa de rivalizar com o Criador? Nem toda a ciência da pintura pode fazer uma imagem "parecer real", pois, com nossa visão binocular, sempre perceberemos a diferença entre uma superfície plana e uma coisa arredondada[26].

Havia uma falha no sonho do pintor que podia "fazer" qualquer criatura que desejasse ver. Contudo, se a *hubris* da ambição o levou a um trágico fracasso, a crença dele no poder da arte permaneceu inalterada. Talvez não estivesse ao alcance do poder da pintura criar um pequeno e perfeito universo, mas ela podia demonstrar sua força nas imagens de caos e destruição (fig. 106). O famoso trecho do *Trattato*, estranhamente chamado de *piacere del pittore*[27], exemplifica *la deità, ch' a la scientia del pittore* por uma orgia verbal de fúria destruidora, em que os elementos parecem retornar a seu amálgama primitivo. Muitos aspectos dessas fantasias são decorrentes da velhice de Leonardo, mas um deles tem a ver com nosso contexto. Não seria possível que o espírito de Leonardo se deleitasse cada vez mais com essas cenas de completa confusão porque, nelas, encontrara um domínio da arte onde o *componimento inculto* adquiria uma força sem precedentes? Nesses desenhos cataclísmicos, o procedimento anterior de Leonardo parece, de certo modo, invertido. Baseiam-se em suas concepções científicas das leis e dos movimentos dos elementos, mas o caos labiríntico cria, sobre o papel, aquela "confusão" pela qual a "imaginação é instigada a novas invenções". O caos de linhas sobrepostas evocam visões sempre renovadas daquele cataclismo em que todo o esforço humano repousaria um dia.

Essas tensões verdadeiramente titânicas são, é claro, inerentes ao gênio de Leonardo, mas a concepção da arte que adquiriu forma em seu espírito sobreviveu e aprendeu a limitar-se à sua própria esfera. Podemos quase visualizar esse processo na vida do artista destinado a dar a ele sua forma canônica, Rafael. O período úmbrico de Rafael mostra-o dedicado aos padrões tradicionais do desenho bem acabado. Um antigo estudo para uma Madona (fig. 114) simplesmente registra, para referência futura, um dos padrões aceitos do tema sacro. Num desenho posterior (fig. 97), podemos ver o que se passou com Rafael sob o impacto do gênio de Leonardo. Ele aprendeu a usar o *componimento inculto* como se tivesse dado ouvidos ao conselho de Nietzsche: "Para dar origem a uma estrela que dança, é preciso ser antes um caos."

A *MADONNA DELLA SEDIA* DE RAFAEL*

Uma conferência que pretende concentrar-se numa obra de arte específica não pode prescindir de uma obra-prima auto-suficiente. Espero e creio que a *Madonna della Sedia* de Rafael (fig. 107), atualmente no Palazzo Pitti de Florença, satisfaça essa condição[1]. Trata-se de uma obra que dispensa explicações, atraindo até mesmo pessoas que nunca ouviram falar de Rafael, e muito menos do Renascimento italiano. Gerações de amantes da arte viram nela a concretização da perfeição artística. Mesmo um crítico formado num clima intelectual diverso, como André Malraux, que diz não se deixar impressionar por Rafael, cita-a como exemplo de uma obra-prima que identificaríamos como tal mesmo se a encontrássemos num porão, sem quaisquer rótulos afixados nela[2]. Creio que devo informá-los, já de início, que não disponho de nenhum novo rótulo para colocar na moldura. Não busquei nenhuma ligação nova entre a pintura e a literatura, ou as idéias do Renascimento. Meu tema é exatamente o mais esquivo dos problemas — a obra-prima clássica auto-suficiente.

Porém, será que ainda podemos vê-la isoladamente? A popularidade de que ela outrora desfrutou e nossa própria reação contra ela não constituirão um elemento perturbador? Posso também confessar-lhes que nesse outono, ao aproximar-me do Palazzo Pitti para estudar o quadro, como parte de meus preparativos para esta conferência, doeu-me o coração ver postais coloridos, tampas de caixas e todo tipo de *souvenirs* expostos nas bancas em frente à Galeria. Devo infligir-lhes isso? Um novo encontro com o original dissipou minhas dúvidas. Minhas dúvidas, mas não minhas dificulda-

---

* Esta foi a Charlton Lecture apresentada no King's College da Universidade de Durham, Newcastle-upon-Tyne, 7 de novembro de 1955.

des. Pois, afinal, vocês só podem contar com a minha palavra de que a pintura parece diferente daquelas reproduções terríveis, de que a própria pincelada mostra um frescor e uma ousadia que nada têm a ver com as reproduções que enfeitam as tampas de caixas, e que as cores, por baixo do velho verniz, têm uma doçura e um esplendor que nenhum tipo de impressão ou cópia são capazes de reproduzir. Lembro-me, em especial, do calor do tom de amarelo, meio marrom, meio dourado, da roupa do Menino Jesus, destacando-se contra o azul profundo das vestes da Virgem, do vermelho-escuro da manga dela e da ornamentação dourada do espaldar da cadeira, e, acima de tudo, da combinação harmoniosa criada pela ousada cor verde do xale, que tão facilmente imprime um tom de vulgaridade e desarmonia às reproduções. Há alguns indícios de restauração e sobreposição de pintura nas rachaduras que afetam São João e a franja na testa do Menino Jesus; de um modo geral, porém, a pintura parece estar em bom estado, e o acabamento semelhante a esmalte da cabeça da Virgem, o vigoroso tratamento de afresco dado à roupagem, a luminosidade da cadeira parecem-me, todos, indicar que foram trabalhados pelo próprio mestre. Na verdade, nem mesmo na Galeria Pitti é fácil chegar a um acordo com a obra. A enorme moldura dourada do século XVIII produz um ofuscamento que quase destrói as sutis gradações de tom em que Rafael se baseava. Assim que encobrimos o reflexo com as mãos, a pintura torna-se viva. Mesmo sem uma análise mais minuciosa, ela mostra seu parentesco com o Rafael que pintou a *Missa de Bolsena* do Vaticano (fig. 125), com seus tons ricos e aveludados e seus grupos espontâneos de mulheres e crianças, concebidos numa tonalidade semelhante de amarelos e azuis-escuros, e o verde atenuado do manto da mulher em primeiro plano.

Para datarmos a *Madonna*, temos que nos valer dessas analogias com uma obra concluída por volta de 1514, uma vez que não existe nenhuma documentação da pintura. Vasari não a menciona, assim como nenhum outro contemporâneo. Talvez a primeira prova de que dispomos de sua existência seja uma cópia numa carta de indulgência publicada por Gregório XIII, que foi Papa de 1572 a 1585[3]. Esse fato poderia indicar que a obra ainda se encontrava em Roma, mas em 1589 a encontramos, pela primeira vez, no inventário da coleção dos Grandes Duques da Toscana, onde ocupava um lugar de honra na *Tribuna*. Não muito depois, foi gravada por Aegidius Sadeler (fig. 109), cuja cuidadosa impressão sugere que a pintura pode ter tido um contorno ligeiramente maior. Mesmo naquela época, a fama trabalhava contra ela. No início do século XVII um miniaturista tomou-a emprestado para fazer uma cópia, e ao ser retirada da parede caiu, quebrando alguns objetos próximos. O registro sobre seu retorno subseqüente diz, de maneira lacônica e grave: "devolvida, mas danificada". As rachaduras que mencionei talvez resultem desse episódio.

No começo do século XVIII, a pintura foi admirada no Palazzo Pitti por Jonathan Richardson, um dos primeiros defensores do gosto clássico na Inglaterra. Mas a obra só ganha fama, de fato, com a ascendência de Rafael, na época de Winckelmann e Mengs, e com o concomitante culto à beleza. Um número enorme de cópias, em gravuras feitas pelos mais famosos mestres dessa técnica, testemunha a crescente popularidade do trabalho. O Museu Britânico possui um volume inteiro dessas cópias, que chegam a mais de cinqüenta, desde elaborados fac-símiles a uma xilogravura publicada na *Penny Magazine* de 1833 (fig. 126). Em termos de apelo popular, chegou mesmo a sobrepujar a *Madona Sistina*, e, para aqueles que não partilhavam as dúvidas pré-rafaelitas quanto à forma clássica madura, tornou-se a corporificação de uma Madona italiana.

Ao mesmo tempo, o isolamento auto-suficiente da obra começou a apresentar um problema para os admiradores que peregrinavam à Itália. Os viajantes da época, como os de agora, achavam a simples observação desgastante e um pouco desconcertante. A mente logo ameaça tornar-se um vazio, a menos que se lhe apresente algo com que possa ocupar-se — uma história, uma anedota, um pouco de fofoca ou de informações anteriores. Os guias e *ciceroni* da época, como os de hoje, conheciam bem essa fraqueza humana a que nós, historiadores da arte, tanto devemos. Suponho que as histórias que começaram a surgir sobre a *Madonna della Sedia*, com o objetivo de se criar alguma ligação com o mundo familiar ao homem, devem ser obra coletiva deles, embora encontremos seu primeiro reflexo num livro infantil alemão. Esse livro, de um certo Ernst von Houwald, publicado em 1820, no auge do período romântico, contém a primeira versão de uma lenda com a qual os guias de Florença ainda deleitam os visitantes[4]. Da forma como a ouvi em Florença, narra a história de um eremita que, fugindo de uma alcatéia de lobos, refugia-se nos galhos de um carvalho, sendo salvo pela corajosa filha de um comerciante de vinhos. O eremita profetiza que tanto a menina quanto o carvalho seriam imortalizados por essa proeza. Muitos anos depois, o carvalho foi derrubado, e sua madeira transformada em barris de vinho para o comerciante. A filha casou-se e teve dois filhos, quando então, vejam só, chega ali Rafael e vê a bela jovem com seus bebês angelicais. Vai imediatamente apanhar seu material de desenho, mas descobre que o esquecera em casa. Mais que depressa, então, pega um pouco de argila e imortaliza o grupo no fundo de um dos barris que por ali se encontravam.

A explicação para a forma de *tondo** da pintura como sendo o fundo de um barril de vinho preencheu admiravelmente o vazio deixado por Vasari, que não associou a pintura a nenhuma anedota. Não demorou a tornar-se popular, chegando inclusive a ser ilustrada por um pintor alemão na Itália, August Hopfgarten (fig. 108)[5]. Sua recriação do episódio está agora esquecida, mas basta uma visita a Pitti para se ouvir um grande número de variações sobre o mesmo tema, contadas em muitas línguas para filas desamparadas e cansadas de turistas perplexos. Um dos guias que ouvi tentava avivar o interesse cada vez menor de seu grupo utilizando o recurso infalível de afirmar que a *Madonna* era, na verdade, o retrato da amante de Rafael, a conhecida filha do padeiro. Outro, talvez mais pudico e menos preocupado com as possibilidades históricas, transformou-a num retrato da esposa de Rafael — embora esta nunca tenha existido. Meu favorito, porém, foi o guia de língua inglesa que disse, em minha presença: ''Rafael não tinha dinheiro para comprar nada, e então lhe deram um barril para pintar'' — devo ter arregalado os olhos nesse momento, e minha expressão talvez não tenha sido suficientemente crédula, pois o guia continuou: ''temos os documentos aqui em Florença''. Receio não ter tido coragem de fazer mais perguntas. Teria sido descortês. O gênio faminto que não tem dinheiro para comprar telas e implora por velhos barris que a posteridade emoldura em ouro é uma imagem a ser acalentada e adotada como qualquer história do cinema, e pode ter servido para manter viva uma tênue memória da pintura, que de outra forma se teria juntado às outras no limbo.

Entretanto, seja qual for o valor de todas as anedotas e associações que se criaram em torno da *Madonna della Sedia*, uma obra de arte traz consigo tudo que a ela se juntou ao longo de sua viagem pelos séculos. O fato de que tudo que escrevemos ou dizemos sobre uma pintura pode modificá-la de alguma forma sutil é uma idéia assustadora, mas também, como acredito, verdadeira. Reorganiza nossas percepções, e ninguém pode codificá-las ou remover as inflexões que a descrição e a interpretação sobrepõem à pintura. A história representada no quadro de Hopfgarten transforma a ima-

---

* *Tondo*: pintura ou relevo circular semelhante a um medalhão, muito comum na representação das Madonas florentinas do Renascimento. (N. T.)

gem devocional numa peça de *genre*, a composição madura de um grande mestre numa improvisação típica dos instantâneos. É essa maneira de encará-la que a torna tão cara aos muitos que gostam de instantâneos, e que também tem servido para afastar aqueles outros que aprenderam a olhar de soslaio para todos os elementos anedóticos da arte. Nem mesmo o crítico ou o historiador estão inteiramente imunes à força sugestiva das interpretações do passado. Até um escritor sensível e independente como o sr. Paul Oppé deve ter sucumbido a esse fascínio quando, em seu belo livro sobre Rafael, descreveu nossa pintura como "um retrato rápido e francamente realista de uma mãe com seu filho, palpitando e arfando com a vida ardente do sol romano"[6]. Será realista essa pintura? Creio que a impressão de que Rafael retratou aqui uma mulher do povo, e não a Rainha do Céu, deve-se principalmente a um elemento: o xale verde e ornamentado que lhe cobre os ombros e é, de fato, muito diferente do hierático manto azul da Virgem. Se é ou não um xale de camponesa, como se costuma afirmar, parece-me outra questão. De qualquer forma a cadeira, a *sedia* que originou o nome atual da pintura, de tornearia requintada, espaldar de veludo enfeitado e franjas douradas, dificilmente teria evocado, aos contemporâneos de Rafael, a imagem de uma casa humilde; tampouco o sereno rosto da Virgem lhes teria parecido o de uma operária com dois filhos nos braços. Rafael não era Caravaggio, e a modelo romana que inspirou suas Madonas é uma fantasia da imaginação romântica.

Talvez seja necessário eliminar esse mal-entendido, pois ameaça a integridade da obra em mais de uma acepção do termo. Se estivéssemos realmente decididos a associá-la a uma imagem da vida cotidiana, acabaríamos percebendo que essa relação é falsa e cheia de enfeites. Este é o sentimento que, em nossa época, constitui o maior obstáculo à compreensão da realização de Rafael.

Na verdade, a única declaração sobre a arte que se atribui a Rafael na famosa carta a Baldassare Castiglione refuta essa concepção equivocada[7]. Responde à pergunta de onde ele encontrara um modelo tão belo como o que se vê representado na *Galatéia*, em referência a uma certa idéia que ele tem em mente. A carta tornou-se a pedra angular daquilo a que se dá o nome de teoria idealizante da arte acadêmica, mas também é possível vê-la como uma sóbria descrição do verdadeiro procedimento que os desenhos de Rafael conservam num registro tão precioso.

Rafael formou-se na tradição da pintura úmbrica, cujos belos e serenos retábulos compunham-se, na maior parte, de tipos. Todos conhecemos a Virgem ou o Santo típicos de Perugino, os traços regulares e o olhar voltado para cima, repetido com tanta autoconfiança em incontáveis retábulos de sua escola (fig. 110). Por estranho que pareça, essa exploração de uma convenção bem-sucedida não significou o abandono do estudo do natural. De vez em quando, no ateliê de Perugino, um aprendiz fazia as vezes de modelo para dar maior clareza a um gesto ou posição das mãos (fig. 111). Rafael absorveu essa dupla tradição. Seus primeiros desenhos mostram o ideal de Perugino revivido por um gênio, embora ainda um tipo (fig. 112), ao lado de desenhos de aprendizes em atitude de pose (fig. 113). Ninguém classificaria o gracioso e antigo estudo para uma Virgem e o Menino, atualmente em Oxford, entre seus estudos do natural (fig. 114).

Com cerca de 22 anos, Rafael deixou a região agradável e isolada da Úmbria para tentar sua habilidade na escola de aprimoramento de Florença, onde Leonardo e Michelangelo já competiam pela supremacia. Conhecemos a sensação que ali provocara o cartão de Leonardo para a *Santa Ana* (Fig. 116), e como a interação das figuras tinha sido admirada. ''As figuras são em tamanho natural'', escreve um contemporâneo, ''mas só ocupam um pequeno cartão, pois todas estão sentadas ou curvadas, e uma está de frente para outra.[8]'' O próprio Leonardo não chegara a essa forma de agrupamento sem um esforço constante, que seus desenhos registram. Mas talvez não haja nada mais dramático, na história da arte, do que observar o impacto desses padrões sobre os desenhos do jovem mestre de Urbino. O caderno de esboços florentino de Rafael testemunha essa incrível capacidade de absorver e assimilar a lição que aprendera[9]. Em inúmeros estudos para grupos da Virgem e o Menino, pode-se vê-lo dispondo os elementos em combinações sempre novas, rivalizando com os milagres de composição alcançados por Leonardo e Michelangelo. É revelador observar os traços de sua pena descrevendo círculos no papel e procurando formas a serem desenvolvidas, a forma como ele parte de simples ovais que se tornam cabeças (fig. 115), ou como ele modifica esses elementos para experimentar diferentes relações formais e psicológicas entre a Virgem e o Menino (fig. 97). Esses registros do processo criativo confirmam a afirmação de que as figuras surgem da mente de Rafael — são idéias que ganharam vida e, uma vez que se tenham tornado claras enquanto idéias, alcançam aquela suave lucidez que parece tão destituída de esforço.

É a partir desses experimentos de equilíbrio e agrupamento à maneira de Leonardo que são desenvolvidas as três mais famosas Madonas florentinas com São João — a *Belle Jardinière* (fig. 117), a *Madonna del Cardellino* (fig. 118) e a *Virgem no campo* (fig. 119). Podem ser vistas como soluções que rivalizam entre si, cada uma delas retomando e combinando possibilidades delineadas nos cadernos de esboços.

Temos muito menos desenhos das Madonas do período romano, mas os grandes ciclos de afrescos e os estudos ligados a eles nos dizem como a habilidade de Rafael enquanto compositor cresceu com esses novos trabalhos. Se, no período florentino, o problema que ele se coloca diz respeito basicamente à composição, no sentido de um arranjo lúcido no plano, as grandes cenas em perspectivas dos afrescos romanos foram para ele um convite a ficar mais atento à terceira dimensão, a dispor os elementos em profundidade e a criar aqueles grupos circulares e espiralados que criam, em conjunto, as sinfonias das "Stanze"[10].

Combinar essa liberdade de movimento recém-descoberta com a rígida disciplina imposta pelo *tondo* deve ter sido um desafio de dar prazer ao coração do artista. Há, em Lille, um desenho magnífico que nos mostra pelo menos um estágio dessa gênese (fig. 120). O *tondo* ao centro mostra um estudo do que viria a ser a *Madonna Alba* (fig. 121), atualmente em Washington. O complexo movimento da Virgem, curvando-se para São João, é ainda uma evocação da *Santa Ana* de Leonardo. Se fosse preciso provar que Rafael não retirou esses motivos da vida cotidiana, bastaria recorrer ao verso da folha em que ele fez o desenho (fig. 122); temos aí um estudo de um modelo, mas de um modelo cuja pose segue a prática de Perugino, com o objetivo de dar maior clareza ao movimento giratório da figura central, que se torna mais segura e serena na pintura definitiva da *Madonna Alba*.

É na margem do desenho de Lille que encontramos o primeiro embrião da *Madonna della Sedia* — um grupo compacto que ocupa praticamente toda a composição e que ainda é pensado em termos retangulares. Até mesmo esse grupo foi considerado por um crítico recente como um esboço do natural[11], mas acredito que a verdadeira fonte dessa idéia seja muito mais estranha. Uma vez mais, creio, Rafael atendeu ao desafio de um problema que encontrara na tradição. Há em Florença um *tondo* atribuído a Gianfrancesco Rustici, um escultor amigo de Leonardo, que combina o motivo da Virgem, à maneira de Leonardo, com inspirações dos *tondos* de mármore de Michelangelo (fig. 123). Ora, todos os três esboços no desenho de Lille podem ser interpretados como variações sobre os temas de Rustici — a figura central é a mais evidente de todas, mas, de certo modo, o grupo superior parece mais próximo se o imaginamos invertido. E uma vez mais, como em Florença, Rafael cria três composições rivais, como se estivesse testando as potencialidades da idéia; depois da *Madonna Alba*, a *Madonna della Tenda* (fig. 124), atualmente em Munique, que se assemelha ainda mais ao grupo acabado na parte superior do desenho de Lille, embora imponha ao Menino um olhar dirigido para cima, típico de Perugino, que, para o nosso gosto, parece um pouco forçado. Num determinado momento desse processo de equilibrar e redistribuir, Rafael deve ter tido a inspiração que nos deu a *Madonna della Sedia*. Novamente, a principal inovação, comparada com Rustici e a *Madonna della Tenda*, diz respeito à direção do olhar. Apenas em um outro caso uma Virgem e o Menino de Rafael olham diretamente para nós: na solene *Madona Sistina*. Nas primeiras Madonas, a relação formal entre a mãe e a criança é em geral reforçada por uma proximidade psicológica do grupo, ou, pelo menos, por uma aparência interiorizada que encerra as figuras em seu mundo. Harmonizar a intimidade de um grupo *genre* com a tradição hierática de um contato direto com o observador era realmente uma ousada proeza. Talvez isso só tenha sido possível porque as figuras encontram-se agora tão firmemente encadeadas e encerradas na moldura, que essa relação suplementar com o observador devoto não mais podia ameaçar sua unidade. Não há outros desenhos de Rafael para nossa Madona que revelem as etapas dessa invenção, mas a própria pintura conserva pelo menos um vestígio da maneira como foi trabalhada, sugerindo que os ajustes foram feitos até o final. Um *pentimento* no delicado e importantíssimo ponto de contato entre a cabeça da Virgem e a do Menino Jesus mostra-nos que o grau exato em que a cabeça da Virgem devia voltar-se para nós era uma questão de enorme importância para o artista. Pois, como é tão comum nas obras criadas por Rafael naqueles anos, o movimento giratório é o cerne da sua solução; o grupo apresenta-se com tanta naturalidade ao nosso olhar, que mal percebemos quão pouco as figuras realmente olham para nós. E, mais uma vez, é o equilíbrio interno da pintura que nos faz esquecer a multiplicidade de direções. Um crítico italiano chamou a atenção para o fato de que, quando encobrimos a figura do pequeno São João, imediatamente nos damos conta do joelho erguido da Virgem e, assim, da posição difícil em que ela se encontra[12]. Poderíamos inclusive começar a dar crédito a Crowe e Cavalcaselle, que desaprovaram essa postura sob a alegação de que mãe alguma, ao segurar seu bebê, o apoiaria com o joelho erguido[13]. Porém, são necessários os artifícios do crítico para que nos conscientizemos dos artifícios do artista. Pois, na verdade, todo o raciocínio e esforço que devem ter sido empregados na criação de uma configuração tão complexa desaparecem de nossa consciência quando contemplamos a pintura concluída. Não percebemos que estamos diante de um *tour de force* da composição; admiramos, apenas, uma imagem de serena e tranqüilia simplicidade.

Não conheço melhor descrição para o surpreendente surgimento da forma clássica do que duas estrofes de um poema de Friedrich Schiller, que talvez tenha refletido mais sobre esses mistérios do que qualquer outro artista criativo. As estrofes são de um poema filosófico sobre *O ideal e a vida*, e, embora percam muito de sua beleza por causa da tradução, gostaria de citá-las pela concepção que expressam:

Quando, para despertar uma alma na matéria inerte,
Quando, para ser o criador de uma forma viva,
O gênio se inflama, absorto em feitos gloriosos,
Então, retesando cada um de seus músculos e nervos,
Sem descanso e sem lamentações,
Deixa que suas idéias dominem o elemento.
Só o fervor que não se dobra a nenhum esforço
Encontra o manancial da verdade por sob a rocha;
Só os pesados golpes de martelo conseguirão
Forjar para sempre o bloco de mármore duro e quebradiço.

Mas, tão logo se alcance o reino da beleza,
O peso que oprimia a matéria
Reduz-se a pó e desaparece de vista.
Não mais o fruto de esforço e trama,
Leve e sutil, como se de nada surgisse,
Eis a imagem, para o deleite dos olhos.
Em triunfo e vitória desvaneceram-se
As tormentas com que o trabalho começou.
A perfeição de sua forma fez desaparecer
Todas as deficiências do homem.[14]

Chegamos quase a invejar a religião metafísica da beleza descrita por Schiller, sobre a qual pôde construir sua descrição do processo artístico. Seu poema baseia-se num esquema de coisas platônico, com o reino das idéias ou das formas perfeitas no céu e corporificado na obra de arte. Nem sempre se percebe que quase tudo que dizemos ou tentamos dizer sobre esses mistérios vem expresso num vocabulário que brota da estética clássica, trazendo consigo todas as implicações metafísicas do pensamento grego.

Pois, afinal, o que podemos dizer para descrever o sentimento de uma solução perfeita, que experimentamos diante de tal obra-prima? Chamei-a de auto-suficiente, que basta a si mesma, de clássica, e, se lerem mais sobre essas coisas, encontrarão livros novos e velhos apresentando variações sobre os diferentes sinônimos de unidade orgânica e integração[15]. Lembro-me de quando, ao ler as provas de minha *História da Arte*, descobri mortificado que afirmara, sobre quase todas as obras de arte que admiro em particular, que formavam um "todo harmônico". Tentei distribuir melhor a frase em meu texto, mas o fato nunca me saiu do pensamento. Essa sensação de perplexidade pode ser minha justificativa para uma digressão histórica no campo da estética, em busca das implicações originais daquela expressão e do que ela representa.

Pois não se trata de uma dessas frases feitas, tão em voga, que se insinuaram pelo jargão da crítica mais recente. Pode-se encontrá-la, por exemplo, na tradução inglesa do século XVIII de *Principles of Painting* (Princípios da pintura), de de Piles. "Não basta", diz o famoso crítico francês, "que cada parte [de uma pintura] tenha sua disposição e adequação particulares; devem, todas, atuar em conjunto e formar um todo harmônico.[16]" Não é difícil perceber de onde de Piles retirou essa exigência. Foi buscá-la naquele que era, na época, o mais famoso livro sobre a arte, a *Poética* de Aristóteles. Em Aristóteles, lemos não apenas que a arte é imitação, mimese, mas também que deve ser a imitação de uma coisa inteira,

> sendo suas partes tão ligadas que, se alguma delas for suprimida ou deslocada, o todo será destruído ou modificado; pois, se a presença ou a ausência de alguma coisa não faz diferença, ela não faz parte do todo.[17]

Além disso, foi Aristóteles quem associou a idéia do todo à idéia da beleza visual que é própria de um organismo:

> Em tudo que é belo, seja uma criatura viva ou qualquer organismo composto de partes, estas não devem apenas ser dispostas numa certa ordem, é preciso também que tenham um certo tamanho.[18]

Uma criatura muito pequena não pode ser bela, pois não poderíamos perceber as partes como elementos articulados da ordem, e o mesmo se poderia dizer de uma criatura muito grande, uma vez que, como afirma Aristóteles, "numa criatura de mil quilômetros, faltar-nos-ia a visão de conjunto". Para Aristóteles, o grande biólogo, a idéia do todo orgânico situa-se no centro de seu sistema filosófico, servindo-lhe, exatamente, para transpor o abismo que, segundo Platão, existia entre o mundo das idéias, perfeito, simples e imutável, e o mundo da matéria, mutável, ilusório e quase irreal. Pois, no organismo que Aristóteles pensou ter descoberto, a idéia não é simplesmente refletida, é ativa já a partir do interior. Não existe uma idéia do carvalho perfeito no céu, do qual todos os demais carvalhos não passam de cópias imperfeitas, como pensava Platão. A idéia, ou enteléquia, da condição de ser carvalho está ativa em cada pingente e, potencialmente, em cada semente; o processo de crescimento consiste no seu desenvolvimento rumo ao fim, ao propósito ou "causa final". É graças a esse princípio formador inerente que o organismo é uma individualidade, algo que não pode ser dividido ou fragmentado.

Meu objetivo aqui não é, por certo, expor e muito menos criticar "il maestro di color chi sanno". Quero apenas enfatizar que retiramos essas idéias de seu contexto por nossa própria conta e risco. Nada há de mal em utilizar termos como "unidade orgânica", desde que permaneçamos conscientes de que não mais dizemos muita coisa por meio dessas metáforas. A própria oposição entre mecanismos rígidos e fragmentados e a auto-regulação da vida orgânica está sendo desafiada pelos milagres da engenharia[19]. Quanto ao conceito do todo que é mais do que a simples soma de suas partes, o próprio triunfo transformou-o em algo trivial e inútil. Uma influente escola de psicologia dedicou-se a investigar esse enigma da *Gestalt* e declarou guerra ao que chamava de "filosofia atomística". De certo modo, a vitória foi completa. Estaríamos em dificuldades junto a ela se tivéssemos de mencionar qualquer experiência que não fose um todo[20]. Cada configuração se modifica enquanto tal, se acrescentamos ou retiramos uma de suas partes, e, assim, eu não conseguiria fugir à acusação de irrelevância se atribuísse solenemente à *Madonna della Sedia* o que, por acaso, é uma verdade acerca de qualquer desenho de papel de parede: que forma um todo[21].

É esse fato que me deixa cada vez mais cético quanto ao valor daquilo a que, em história da arte, se chama "análise formal". Não que eu duvide de sua utilidade enquanto recurso pedagógico. Pode, com certeza, ajudar a mostrar as simetrias e correspondências intrínsecas a uma pintura, destacando assim sua organização formal enquanto tal. Mais ainda, ajuda a retratar com exatidão uma obra como a *Madonna della Sedia* e explorar sua organização, demarcando partes com um pedaço de papel, como fizemos anteriormente, ou descrevendo um círculo imaginário no centro para admirar as seções que sucessivamente aparecem por entre os raios. Trata-se, porém, de métodos para ampliar nossa consciência, concentrar nossa atenção em partes que, de outro modo, seriam ignoradas. Um crítico sensível pode empregar indicadores verbais com um objetivo semelhante ao de um gesto ou uma metáfora esclarecedora. Mas ele nunca sobrestimará a importância desses recursos, nem subestimará seus perigos. O mais sábio entre os críticos que já escreveram sobre nossa pintura nunca deixou de estar consciente deles. Jakob Burckhardt assim se expressa em sua conferência sobre "Formato e Pintura":

> Falar da *Madonna della Sedia* a esse respeito é supérfluo. Ela corporifica com tanta clareza aquilo que se pode chamar de filosofia total do medalhão, que todos que dela se aproximarem com um olhar receptivo poderão perceber o significado, para a arte da pintura, desse formato, que é o mais difícil de todos, e também dos formatos em geral.

Na verdade, Burckhardt não resistiu à tentação de tentar o supérfluo, mas com que comedimento e modéstia!

> Deixemos que o olhar caminhe a partir do centro, o cotovelo do menino, e acompanhe a luz à medida que ela se espalha pelo quadro, o fascínio da relação entre as partes com e sem roupagens, o fluxo incontido das linhas, o efeito exato da que corre pela vertical, o espaldar cinzelado da cadeira. É verdade que podemos ver uma referência a essas coisas como algo um tanto cansativo e pedante, para além da alma maravilhosa da pintura; essa alma, porém, vem juntar-se àqueles méritos aparentemente superficiais, fundindo-se num todo indissolúvel.[22]

Como um pombo-correio, o pensamento do crítico sempre volta àquele ponto de partida, o "todo indissolúvel". Mas não será melhor, exatamente por esse motivo, tornar mais concisa a digressão descritiva? Burckhardt sabe que o olhar livre de influências vê o que considera essencial. Outros críticos sentem-se tentados a nos dizerem o que vêem. Um exemplo talvez não muito bem escolhido, extraído de uma dissertação alemã sobre a história do *tondo*, talvez seja suficiente:

> A curva que começa na extremidade superior esquerda, oscila ao primeiro movimento, desce para a metade inferior da pintura, continua ao longo do plano, volta para a metade superior e, por fim, torna

a descer, para alcançar a parte inferior e periférica do lado oposto. Novas curvas vêm entremear-se a essa curva principal, e cada uma delas tem correspondência com as outras. Como uma baliza na praia, banhada pelas ondas na fímbria dessa corrente, a vertical estabilizadora representada pela coluna da cadeira não nos impressiona como um corpo estranho, apesar de sua função e material específicos, pois é alegremente aceita pelo elemento fluido, sendo ritmicamente tão articulada que é parte integral de toda a configuração. Todo o restante é uma inesgotável riqueza de curvas sem começo, nem fim; na roupagem, não há dobra ou vinco que não tenha uma função inevitável e necessária a partir de seu papel a serviço da forma total.[23]

Ao longo de seu exame, o autor comprova a observação de que a tornearia da coluna da cadeira harmoniza-se com as linhas arredondadas dos demais elementos, contribuindo, assim, para o "todo" ou "forma total". Outro crítico, Theodor Hetzer, pede-nos que admiremos a sabedoria artística de Rafael ao achatar suavemente a saliência arredondada na extremidade da coluna e reservar a forma circular, celebrada pelo *tondo*, ao olho esquerdo do Menino Jesus, após o que ele retoma o tema obrigatório da "unidade orgânica"[24]. Porém, mesmo que aquela observação fosse um pouco menos forçada, não ameaçaria, de forma inevitável, a própria unidade que deseja exaltar? Pois, ao isolarmos uma determinada relação de formas, perturbamos precisamente aquele equilíbrio entre todas as relações de que pretendemos falar.

Deveremos, no entanto, deixar de lado uma abordagem científica por causa dessa inconveniência? Afinal, a pretensão da "análise formal", como o próprio termo indica, é poder analisar e revelar a estrutura ou o princípio de organização formal aos quais a obra deve sua existência. Receio que essa pretensão também extraia seu significado do mesmo contexto a que devemos a ênfase sobre o "todo". Pois, de acordo com a tradição aristotélica, que permaneceu tão forte no pensamento ocidental, há no interior do organismo algum princípio essencial que determina sua existência, e esse princípio é a sua "forma", que é também sua "alma" e "essência"[25]. A idéia da *Gestalt* subjacente, a estrutura da obra de arte que determina todas as suas partes, não oferece nenhuma explicação para o mistério da unidade que estamos discutindo. Ao contrário, freqüentemente nos ilude com explicações confusas, nas quais utiliza recursos meramente descritivos. Ficamos diante de nossos projetores de *slides*, falando de diagonais e triângulos, de movimentos em espiral que preenchem a estrutura. Durante todo esse tempo, sabemos que as diagonais não são diagonais, e que os triângulos não são triângulos, e também sabemos que deve haver um sem-número de obras organizadas segundo esses princípios simples que nem por isso são obras-primas. Mas será que sempre temos certeza de não estarmos sendo mal interpretados?

Espero que me desculpem por esclarecer minhas dúvidas mediante um exemplo que, à primeira vista, introduz uma nota dissonante numa conferência dedicada a uma obra-prima de harmonia, mas isso me ajudará a chegar ao ponto com maior rapidez. Quero apresentar-lhes uma obra realmente composta numa espiral e ajustada a um *tondo* — um inventivo cartaz do sr. Henrion (fig. 127)[26], que vocês já devem ter visto nos anúncios de uma marca de barbeador. Ao contrário da obra de Rafael, creio que esta pode ser analisada, e essa análise nos ajudará a perceber como é extraordinário o *design* do sr. Henrion. O cartaz insiste no tema da "mundialmente famosa ação rotativa", e é essa rotação que se torna visível na figura, que gira sem cessar dentro dos limites do espelho de barbear, transmitindo uma tal impressão de eficiência giratória imediata, que até nos esquecemos de indagar se os dois braços do manequim partem do mesmo ombro. Faz parte dessa brincadeira engenhosa que a distorção do rosto pareça justificada, ou de alguma forma racionalizada, pela introdução do espelho deformador. Conferi a impressão em meu próprio espelho de barbear e posso assegurar sua veracidade.

Como podem ver, o cartaz é um todo — embora não necessariamente harmônico —, não porque foi concebido em uma estrutura geométrica simples, mas porque resolve seu próprio problema de uma maneira que dificilmente poderia ser superada. Mas esse problema, permitam-me repetir, não é de organização formal. Considerando-se a tolerância de distorções no estilo dos cartazes modernos, não é muito difícil encaixar uma figura reconhecível num determinado campo. Uma comparação entre esse cartaz e Rafael seria, portanto, bastante absurda, e é exatamente isto que pretendo discutir aqui. É certo que, ao discutirmos essas configurações na arte clássica, inferimos que elas são alcançadas dentro da convenção dos estilos clássicos de representação, isto é, sem violentar a reprodução de um belo corpo. Será que não nos seria útil, às vezes, explicitar essa inferência? Pois, se o fizéssemos, chamaríamos atenção para o fato de que temos aqui duas exigências mutuamente restritivas — uma de semelhança, outra de distribuição. Seria fácil reforçar uma à custa da outra, mas o que Rafael faz é encontrar uma solução ideal que satisfaz aos dois requisitos.

As duas abordagens que introduzi até agora — a da anedota,

que vê na obra o registro de um encontro casual com a vida, e a da análise formal, que vê o segredo da unidade da obra e da harmonia numa interação de curvas — ignoram essa realização. De Piles e a tradição clássica da estética não teriam feito isso. Arrisco-me a pensar que, sob esse aspecto, a teoria acadêmica da arte era às vezes superior a suas sucessoras mais recentes. Cada período e cada crítico têm, é claro, algumas exigências fundamentais, pelas quais estão prontos a sacrificar ou subordinar as demais. No entanto, a menos que eu interprete mal os sinais dos tempos, corremos o risco de cultivar ou incentivar um tipo de monismo crítico que poderá empobrecer nossa consciência da plenitude da grande arte. O perigo de todos os "ismos" é o de apegarem-se a um postulado, e o perigo de muito escrever-se sobre arte é o de, ao isolar-se um aspecto, levar as pessoas a se esquecerem dos outros[27]. Acho que talvez tenha sido por essa razão que o conceito do todo tornou-se tão difícil de definir.

Pois, se voltarmos a Aristóteles, veremos que ele tinha como certo que a perfeita obra de arte, no caso dele a tragédia perfeita, era aquela que satisfazia inúmeras dessas exigências críticas. Ele enumera seis delas: "enredo, sutileza, elocução, sentimento, ornamentação e música", e deixa claro que a essência do todo orgânico a que ele se refere define-se por esses componentes[28]. Aristóteles, o criador da lógica formal, dava grande valor a essas definições. Para ele, apreendiam a própria essência daquele princípio formativo que se manifestava nas espécies. E assim, da mesma forma que o carvalho perfeito, a tragédia perfeita era algo que crescia e desabrochava. Num parágrafo breve, mas fundamental, da *Poética*, Aristóteles assim esboçou o que viria a ser a mais influente teoria da história da arte:

> A tragédia evoluiu pouco a pouco, à medida que os homens desenvolviam cada elemento que nela se manifestava, e, depois de passar por muitas transformações, deteve-se quando encontrou sua forma natural.[29]

Essa tragédia totalmente desenvolvida, que satisfaz a todos os postulados da definição, é a tragédia clássica — o modelo que manifesta a idéia ou enteléquia e o propósito do *genre*. Seria interessante reconstituir os estágios pelos quais essa concepção clássica da arte tornou-se a doutrina acadêmica do futuro. Creio que podemos identificá-los a partir daqueles componentes enumerados. Vocês os encontrarão na retórica de Cícero, que popularizou os cinco elementos da oratória — *inventio, collocatio, elocutio, actio, memoria*[30]. Vitrúvio nos dá cinco atributos da boa construção — ordem, disposição, proporção, simetria e adequação —, que, em conjunto, asseguram a unidade orgânica que ele ilustra com o exemplo do corpo humano perfeito, ele próprio o espelho do mais grandioso e perfeito dos todos, o universo[31].

Não estou preocupado aqui com as tradições que, seguindo o exemplo de Vitrúvio, foram levadas a buscar o princípio de "unidade" nas especulações pitagóricas sobre razões numéricas comensuráveis. Sua importância para a estética renascentista foi exaustivamente pesquisada pelo professor Wittkower[32]. Gostaria, antes, de chamar a atenção para a consciência permanente da necessidade de satisfazer a mais de uma dessas exigências que os escritores do Renascimento deviam a Vitrúvio e aos professores de retórica, mesmo antes da *Poética* voltar a ser popular. Vasari tem sido freqüentemente acusado por causa de uma idéia mecânica de progresso na arte da "imitação da natureza", mas em seu famoso prefácio à Terceira Parte de suas *Vidas* ele refuta essa concepção, e mais uma vez arrola cinco categorias que determinam a obra de arte perfeita: *regola*, *ordine*, *misura*, *disegno* e *maniera*. Ele não era um teórico, e a relação foi adaptada, de forma bastante descuidada, a partir de contextos arquitetônicos. Os críticos acadêmicos posteriores, no entanto, chegaram a subdivisões mais metódicas, combinando-as com as de Cícero. Seguindo Junius[33], Fréart de Chambray analisou a idéia de perfeição com base nas cinco categorias de invenção, desenho, expressão, cor e composição[34]. De Piles, que já citamos aqui, segue o exemplo dele nessa análise e, numa notória aberração, decide inclusive atribuir notas a cada artista, em quatro das categorias. Em expressão e desenho, Rafael atinge a nota mais alta, 18 dos 20 pontos, embora só obtenha 12 no item relativo à cor[35].

É fácil verificar como essa tradição caiu em descrédito, apesar de ser coerente em si. Em suas viagens educativas pelas principais cidades da Europa, o aristocrata do século XVIII, que tinha lido seu Aristóteles e seu De Piles, sabia o que se queria dizer quando se descrevia a *Madonna della Sedia* como uma obra de arte clássica e um todo harmonioso. É clássica porque a idéia ou enteléquia da arte do pintor tornou-se aqui manifesta. Antes daquele momento supremo, a história da pintura é um processo de desdobramento lento, em que as potencialidades intrínsecas à arte são gradualmente concretizadas. Dadas certas condições iniciais que repousam na definição de pintura, a *Madonna della Sedia* pode ser descrita como uma solução ideal para a tarefa de criar uma imagem devocional da Virgem, de Cristo e de São João, com a máxima organização formal compatível com a precisão na arte de desenhar.

Será, entretanto, que esse método clássico de crítica constitui algo mais que um tipo solene de indagação? Pode-se chegar a alguma coisa abstraindo-se, primeiro, uma definição de uma famosa obra de arte e, a seguir, relegando-se as obras anteriores à condição de meras etapas no desenvolvimento? Apresso-me a reconhecer que a estética clássica realmente sucumbiu a essa tentação e pagou por ela o devido preço. Para nós, Giotto não é um precursor imperfeito de Rafael, nem Rembrandt um exemplo de decadência. Também sabemos que a noção de que as obras de arte podem ser definidas por certos quesitos enumeráveis resultou em pinturas consideradas, com muita propriedade, como máquinas acadêmicas. A teoria acadêmica certamente exagerou o valor das regras e definições e subestimou a criatividade da arte. Não podemos inferir suas potencialidades de antemão, a partir da natureza da tarefa e das propriedades do recurso. Cada descoberta criativa vem perturbar os cálculos anteriores. Acrescente ou retire dois quadrados de um tabuleiro de xadrez e o jogo não mais será o mesmo. Adicione luz a uma pintura, e até mesmo Rafael terá que criar um tipo inteiramente novo de harmonia.

Apesar de tudo, creio que a abordagem clássica, com todas as suas imperfeições, continua sendo valiosa para nossa busca. O próprio fato de que esses quesitos enumerados soam como especificações técnicas sugere uma interpretação funcional do problema que pode prescindir da metafísica aristotélica. Quando se trata de projetar uma ferramenta de um determinado material, existe algo como uma solução perfeita, clássica e inevitável. Os detalhes supérfluos desaparecem, e o essencial ganha corpo numa forma lúcida e econômica.

O que me interessa nessa comparação não é o aspecto funcional da beleza, mas a sugestão de que a solução de certos problemas exige uma ordenação ideal dos elementos. Quando, porém, nos referimos à solução de problemas em arte, precisamos ter cuidado para evitar a impressão de que a arte é uma forma superior de palavras cruzadas. Não é assim, pela simples razão de que o aficionado em palavras cruzadas sabe que há uma solução, e que basta a ele encontrá-la. Na arte, essa garantia não existe. Psicologicamente, contudo, o artista pode ter a sensação, expressa por Schiller, de que em algum lugar de um céu platônico já se encontra prefigurada a solução que ele procura — e de que, uma vez encontrada, a solução será correta e inevitável. É possível que existam motivos racionais para essa intuição, pois, onde quer que alguém se imponha a tarefa de combinar um certo número de ordens, mesmo que se trate apenas de um jogo de paciência, o número de soluções possíveis diminuirá com a excelência da ordem pretendida. Além disso, a ordem resultante não será apenas correta, mas também um "todo", numa acepção mais precisa do termo. Quanto mais complexo for, mais sensível será a qualquer alteração. Substitua uma palavra por um sinônimo num trecho em prosa, e a modificação dificilmente será notada. Faça o mesmo num poema, e a rima, o ritmo e tudo o mais poderão ser arruinados.

Creio que precisamos saber mais sobre a maneira como são criadas as ordens complexas. Aceitamos muito facilmente que tudo que pode ser analisado por métodos racionais também pode ser planejado e concebido por uma mente racional. Na verdade, a razão é um organizador deficiente quando estão em jogo estruturas complexas[36]. Seu lema é "uma coisa de cada vez". A intenção consciente leva por uma direção e acha difícil ter em mente duas ordens simultâneas e mutuamente limitantes, sendo logo frustrada e vencida por uma complexidade maior. Há pouco tempo, o professor Polanyi chamou atenção para a impossibilidade de se criarem "ordens policêntricas" apenas pelo cálculo[37]. Só passo a passo é possível avizinhar-se delas, por um processo de mútuo ajustamento.

Quando vimos o cartaz do barbeador elétrico, admiramos um exemplo simples, porém brilhante, de uma solução para um problema concreto. Vimos como forma e mensagem fundiram-se e interligaram-se pela idéia do espelho de barbear. Duvido que até mesmo uma solução desse tipo possa ser concebida por uma mente que funciona como uma máquina de calcular. Trata-se de uma inspiração. Em seu livro sobre o chiste, Freud analisa esse tipo de inspiração. Mostra como o chiste se vale da tendência da mente inconsciente a condensar imagens, alterar a ordem das palavras e traduzir idéias em formas visuais. Do vertiginoso caos do "id", o "ego" seleciona aquilo que mais se ajusta a seus objetivos. O cartaz do sr. Henrion demonstra, de maneira prática, como o artista pode submeter as deficiências do irracional ao seu propósito. O cartaz traduz em termos visuais o conceito de ação giratória, que, afinal, aplica-se à roda que existe no interior do aparelho, adaptando-o, de forma bastante ilógica mas extremamente eficaz, à imagem do homem que se vê refletido no espelho convexo[38].

No entanto, o lampejo de inspiração que resulta no chiste é algo que ilumina e se desvanece. A ordem articulada que pertence às esferas superiores da arte acolhe a mente no interior de seu sistema, onde ela nunca precisa parar de circular e investigar. As relações são tantas, e se dão entre tantos níveis de significado, que a obra de arte parece fechada sobre si mesma. A ordem cria ordem. Para cada correspondência planejada, sempre é possível descobrir um conjunto inteiro de novas relações.

Só um homem corajoso se dedicaria a analisar a criação desses sistemas de ordens no interior de ordens que, como sempre se soube, rivalizam em riqueza com o mais complexo exemplo de interação de que o homem tem conhecimento, o organismo vivo. Porém, se retornarmos um pouco ao que discutimos acerca do desenvolvimento da concepção de Rafael, talvez nos seja possível esboçar algumas inferências a título de experimentação. Devem estar lembrados daquele processo, que não é de planejamento, mas de ajustes graduais. As composições dele nunca partiam de um esboço esquemático ou de um estudo de modelo vivo: seu ponto de partida era sempre algo intermediário, a partir do qual avançava, abrindo simultaneamente seu caminho em busca daquelas duas ordens mutuamente limitantes que escolhi como exemplos — o agrupamento compacto e a semelhança com a vida. Creio que vocês também se lembram de como essas duas ordens, que chamei de mutuamente limitantes, deixam de conflitar e passam a interagir: as simetrias formais dão uma sensação de tranqüilidade ao complexo grupo, o que por sua vez vem reforçar nossa sensação de equilíbrio. Acima de tudo, porém, vocês devem estar lembrados do interesse do artista pelas descobertas de seus predecessores. As soluções que encontrou na obra de Leonardo, Michelangelo e, até mesmo, Gianfrancesco Rustici, servem-lhe como etapas, ordens a serem enriquecidas e ajustadas. Nós, historiadores da arte, somos freqüentemente acusados de procurar "influências" e ignorar, assim, a criatividade essencial da grande arte. Essa crítica, porém, não considera o fato de que essas ordens complexas nunca podem ser obra de um só homem, nem mesmo de um gênio. É uma questão de experiência que a grande arte necessite de uma grande tradição. Só um artista que dominou os princípios de ordem codificados e convencionados naquilo que chamamos de estilo, cuja mente (ou "pré-consciente") possui um repertório de elementos ordenados, pode participar desse processo de elaboração. Há períodos em que esse processo dificilmente é deliberado, em que o ajuste e equilíbrio resultam da tradição que, em si, pressupõe um exame e uma revisão constantes das conquistas do passado. No Renascimento italiano, a arte torna-se mais consciente da possibilidade de progresso, de sua afinidade com a ciência e da glória que aguarda a um mestre que sobrepuja seus predecessores[39]. Rafael estava destinado a passar da fase inicial e irreflexiva de seus anos úmbricos para a seguinte, e até mesmo a ser tentado pela terceira, quando aumentou seu desejo de acelerar o passo e fazer de cada nova obra de arte um novo ponto de partida em seu virtuosismo. A *Madonna della Sedia* situa-se deste lado da última etapa evolutiva que chamamos de "maneirismo". O significado duplo desse termo, que nos remete tanto a uma incansável busca de formas complexas e originais quanto a uma dependência das realizações anteriores, lembra-nos dos limites impostos à contribuição individual, para que a ordem não desande em desordem.

Esses limites explicam a continuidade e o sentido de crescimento observados por Aristóteles e seus seguidores. Existe uma coisa como a história do *tondo*, que culmina na *Madonna della Sedia*, apesar de o *tondo* não ser um organismo que cresceu e amadureceu, mas uma convenção criada pelo homem. Pois, desnecessário dizer, a história sempre nasce do olhar para trás. De nosso ponto de observação vemos, como um enredo coerente, os passos que levaram a uma determinada solução, mas isso não significa que tenha havido uma necessidade inerente, uma enteléquia a conduzir o *tondo*, ou mesmo a arte da pintura, em direção a uma meta predeterminada, como alguns historiadores gostariam que acreditássemos[40]. A continuidade histórica não exclui a liberdade humana, pressupõe-na. Sempre existem potencialidades inéditas que não se tornam "reais", e problemas artísticos possíveis e também inéditos que não encontram uma solução inspirada — e dos quais, portanto, nós, historiadores da arte, nunca tomamos conhecimento. Pois, embora a tradição, ou seja qual for o nome que possamos dar à situação na arte[41], apresente ao gênio o material no qual imprimiu a marca de seu espírito, este último só a ele pertence.

Se o que tentei esboçar aqui foi algo próximo a uma defesa da teoria acadêmica da arte, nem por isso desejo insinuar que devemos desconsiderar o poder da mente inconsciente, a que se tem dado tanta atenção nos últimos tempos. Se a arte, ao contrário do chiste, não irrompe diretamente do caos das tentativas inconscientes, se ela deve canalizar esses impulsos através de hábitos pré-conscientes e habilidades conscientes, deve também nutrir-se das camadas mais profundas. Os escritores antigos referiam-se a esse elemento imponderável e irracional como graça, o favor do Alto, que não se conquista apenas pelo trabalho árduo, muito embora possa ser simulada por meio de uma naturalidade estudada. Chamavam-na de *je ne sais quoi*, a dimensão desconhecida que é, no entanto, vital[42]. Sempre se soube que Rafael tinha uma graça descomedida. Pois, admitindo-se que ele tenha absorvido seu aprendizado até o ponto de torná-lo uma "segunda natureza" para ele, e que se tenha empenhado em blocos já configurados, a maneira como os ajustou e modificou em sua busca da forma perfeita deve ter vindo do mais profundo de seu ser. Estava destinado a esse prodígio, que perdera a mãe aos oito anos e o pai, também pintor, aos onze, conceber modelos sempre renovados de proximidade e de respostas mútuas entre seres humanos e formas, e pensá-las como flexíveis e ávidas por se harmonizarem em grandes grupos, sem a menor demonstração de tensão.

Ninguém, a não ser um artista receptivo ao mundo dos sonhos, poderia lançar mão do símbolo simples do redondo que aproxima e harmonizá-lo com perfeição ao grupo constituído por mãe e filho, uma corporificação da unidade orgânica. Conscientemente ou não, muitos críticos sensíveis perceberam o inevitável apelo do gesto protetor da mãe, que, segundo Fischel, parece dar à criança "a impressão de uma pérola abrigada em sua concha. Tudo, na composição", prossegue ele, "dá a sensação de concavidade"[43]. Em parte, trata-se de uma questão de gosto e de tato saber até que ponto levar a articulação desses níveis de significado, pois estes, como todos os outros, só podem ser isolados com o risco de se romper aquela teia milagrosa e diáfana de relações ordenadas que distingue a obra de arte do sonho. Os devotos podiam mover-se mais livremente no interior das polifonias tradicionais do simbolismo religioso. Uma impressão da Madona do século XVII cita, por sob o belo verso do Cântico dos Cânticos: "Ecce tu pulcher es, dilecte mi, et decorus, lectulus noster floridus est" — "Veja, tu és bela, minha amada; sim, és encantadora, e também nosso leito é verde."

Que essa citação nos recorde, como conclusão, que nenhuma obra de arte, mesmo que possamos descrevê-la agora, com um pouco menos de relutância, como um "todo harmônico", jamais poderá ser auto-suficiente num sentido absoluto. Seu significado provém de uma hierarquia de contextos, que vão do pessoal e universal ao institucional e particular. Tampouco o significado psicológico, íntimo, é mais "essencial" que a importância e a função da obra enquanto símbolo religioso. Quanto a essas questões, porém, prefiro deixar a última palavra com um de meus caros *ciceroni* do Palazzo Pitti, que dizia ver na *Madonna della Sedia*, ou através dela, *la divinità della maternità*.

NORMA E FORMA

As categorias estilísticas da história da arte e suas origens nos ideais renascentistas*

É um fato conhecido que muitos dos termos estilísticos empregados pelo historiador da arte iniciaram sua trajetória no vocabulário pejorativo dos críticos. "Gótico" já teve a mesma conotação de "vandalismo", como marca da insensibilidade bárbara diante da beleza; "barroco" ainda aparece no *Pocket Oxford Dictionary* de 1934 com a acepção inicial de "grotesco, excêntrico", e mesmo o termo "impressionista" deve sua existência à manifestação de escárnio de um crítico. Sentimo-nos orgulhosos por termos despojado esses termos de suas conotações pejorativas. Acreditamos poder agora usá-los num sentido puramente neutro e descritivo, para nos referirmos a determinados estilos ou períodos que não pretendemos nem condenar, nem elogiar. Até certo ponto, é claro, nossa crença se justifica. Podemos falar em marfins góticos, galerias de órgão barrocas, ou pinturas impressionistas com uma boa chance de estarmos descrevendo um conjunto de obras que seria facilmente identificado por nossos colegas. Nossa certeza, porém, se esvai quando se trata de discussões teóricas a respeito dos limites dessas categorias. Será Ghiberti "gótico", Rembrandt "barroco" e Degas "impressionista"? Discussões desse tipo podem perder-se num verbalismo estéril, e, no entanto, às vezes são úteis, quando nos recordam o fato elementar de que os rótulos que usamos devem, necessariamente, diferir daqueles afixados em borboletas ou besouros por nossos colegas entomologistas. Ao discutir obras de arte, a descrição nunca pode apartar-se inteiramente da crítica. As perplexidades que os historiadores da arte têm encontrado em seus debates sobre estilos e períodos devem-se à falta de distinção entre norma e forma.

---

* Este ensaio se baseia numa conferência proferida em italiano na Biblioteca Filosófica da Universidade de Turim, em abril de 1963.

1. A classificação e seus percalços

Devem ser muito poucos os amantes da arte que nunca se sentiram impacientes com o historiador da arte acadêmico e sua preocupação com rótulos e classificações. Uma vez que a maioria dos historiadores da arte é também constituída por amantes da arte, eles sentirão toda afinidade possível com essa reação, da qual Benedetto Croce foi o mais expressivo porta-voz. A Croce, parecia que as categorias estilísticas só podiam violentar aquilo que, tão adequadamente, ele chamava de "insularidade" de cada obra de arte individual e incomensurável. Porém, por mais plausível que fosse esse argumento, levaria inequivocamente a uma atomização de nosso mundo. Não só as pinturas, mas inclusive as plantas e os proverbiais besouros são todos indivíduos, todos supostamente únicos; a todos eles aplica-se o chavão escolástico: "individuum est ineffabile", o indivíduo não pode ser capturado pela rede da nossa linguagem, pois a esta é imprescindível operar com conceitos e proposições universais. A fuga desse dilema não é uma retirada para o nominalismo, a recusa a empregar quaisquer palavras, a não ser nomes de indivíduos. Como todos os usuários da língua, o historiador tem de admitir que a classificação é um instrumento necessário, muito embora possa ser também um mal necessário. Desde que nunca se esqueça de que, como toda linguagem, a classificação é uma coisa criada pelo homem, podendo também ser ajustada ou modificada por ele, ela lhe será muito útil em seu trabalho cotidiano. Aparentemente, porém, isso é muito mais fácil de dizer que de fazer. O homem é um animal classificador e tem uma incurável propensão a ver a rede que ele próprio impôs às várias experiências como se estas pertencessem ao mundo das coisas objetivas. A história das idéias nos fornece inúmeros exemplos disso.

Para os chineses, todas as coisas podem ser agrupadas de acordo com a oposição básica de *yang* e *yin*, que também representam o princípio masculino e feminino e, portanto, o ativo e o passivo. Para o mundo antigo e aqueles que seguiam seus ensinamentos, as distinções entre quente e frio, úmido e seco geravam em suas combinações as quatro categorias básicas suficientes para classificar os humores do homem, as estações e os elementos. Estudar o sucesso desses sistemas imperfeitos e ponderar suas razões é um exercício de humildade. É óbvio que qualquer classificação ou placa de sinalização na paisagem são bem-vindas, pois ajudam a dominar uma realidade não-estruturada. A esse respeito, não temos o direito de nos sentirmos superiores às primeiras civilizações. Nossa vida política não foi convencionalmente estruturada, desde a Revolução Francesa, conforme as categorias de "direita" e "esquerda"? Não é comum encontrarmos novas classificações em psicologia e sociologia, tais como introvertido e extrovertido, voltado para si mesmo ou voltado para o outro, que atuam por algum tempo com um estranho poder de iluminação, até que parecem perder a força? Lembro-me de uma repercussão semelhante em minha juventude, em Viena, quando a divisão de Kretschmer dos tipos humanos em ciclotímicos e esquizotímicos tornou-se o assunto do dia, até que um humorista propôs que seria ainda melhor classificar todos os homens como alfaiates ou sapateiros, e todas as mulheres como cozinheiras ou copeiras.

É desnecessário dizer que sempre aprendemos algo quando tentamos aplicar novas categorias, mesmo as mais engraçadas. Nossa atenção concentra-se em certos aspectos do físico e do comportamento humano que, de outra forma, poderíamos negligenciar, e enquanto também formos críticos dos nossos próprios procedimentos tiraremos algum proveito do exercício. O mesmo, certamente, se pode dizer das categorias que a Estética ofereceu à crítica desde que o método das "polaridades" entrou em voga no século XVIII[1]. O "Sublime e Belo" de Burke, o "Ingênuo e Sentimental" de Schiller poderiam, por certo, ser usados para lançar novos *insights* nos diferentes tipos de experiência literária[2]. Trata-se apenas de saber se esses sistemas conceituais de fato realizaram bem o seu trabalho. Criaram no estudioso a ilusão de que ele estava lidando com "classes naturais", tão diferentes e fixas como se acreditava que fossem as espécies animais. No entanto, a proliferação dessas "polaridades", especialmente na *Kunstwissenschaft* alemã, deve ter levado o estudioso da arte a assumir uma atitude cautelosa. Ótico e Háptico, Aditivo e Divisório, Fisioplástico e Ideoplástico — nos anos de minha formação essas novas e essenciais divisões eram constantemente "descobertas", conduzindo a novas classificações. Sem dúvida, cada uma nos ajudava a buscar novas características na arte do passado, servindo também para tornar obsoletas as reivindicações de exclusividade das anteriores.

2. As origens da terminologia estilística

Para o estudioso do estilo, a experimentação com essas dicotomias será relevante se puder prepará-lo para o *insight* de que a diversidade dos rótulos estilísticos com os quais o historiador da arte parece estar sempre operando é, em certo sentido, enganosa. O desfile de estilos e períodos conhecido por todo principiante — clássico, romântico, gótico, renascentista, maneirista, barroco, rococó, neoclássico e romântico — representa apenas uma série de máscaras para duas categorias, a clássica e a não-clássica.

Que "gótico" não significava, para Vasari, nada mais que o estilo das hordas que destruíram o Império Romano é um fato tão conhecido que dispensa elaboração[3]. O que talvez se desconheça é o fato de que, ao descrever esse estilo corrompido de um método de construção não-clássico (fig. 130), o próprio Vasari foi buscar seus conceitos e suas categorias de corrupção na única obra clássica de crítica normativa em que poderia encontrar uma descrição já pronta — o tratado *De Arquitetura*, de Vitrúvio. Evidentemente, Vitrúvio não descreve nenhum estilo de construção que não se conforme à tradição clássica, mas há uma famosa condenação crítica de um estilo, no capítulo sobre a decoração das paredes, onde ele ataca a falta de moderação e de lógica do estilo decorativo em voga na época (fig. 129). Contrasta esse estilo com o método racional de representar construções arquitetônicas reais ou plausíveis (fig. 128).

> Mas esses [temas] que eram imitações baseadas na realidade são agora desprezados pelo gosto inadequado de nosso tempo. Nos estuques, há monstros, e não representações definidas extraídas de coisas definidas. Em vez de colunas, erguem-se hastes; em lugar de frontões, painéis listrados, com folhas crespas e volutas. Os candelabros sustentam relicários pintados, e, acima destes, feixes de pequenas hastes partem de suas raízes, em gavinhas, com pequenas figuras sentadas aleatoriamente sobre elas. Mais uma vez, hastes finas com cabeças de homens e de animais presas até a metade do corpo.
>
> Essas coisas não têm significado, não podem tê-lo e nunca o tiveram. Da maneira como se apresentam, os novos estilos levam maus juízes a condenar, por estupidez, o trabalho de bons artesãos. Pois como é possível que um caniço sustente um telhado, ou um candelabro os ornamentos de um frontão, ou uma haste frágil e delgada uma estátua sentada, ou, ainda, como se pode admitir que flores e meias estátuas brotem ora de raízes, ora de hastes? No entanto, quando as pessoas vêem essas imposturas, aprovam-nas, em vez de as condenarem.[4]

Voltando dessa descrição para a imagem de Vasari acerca dos hábitos de construção dos bárbaros do Norte, descobrimos que as origens da categoria estilística do *gótico* não se encontram em nenhuma observação morfológica dos edifícios, mas inteiramente no catálogo pré-fabricado de pecados que Vasari foi buscar em sua fonte autorizada.

> Há outro tipo de obra, chamada de alemã... que bem poderia chamar-se Confusão ou Desordem, pois, em seus edifícios — tão numerosos que já infectaram todo o mundo —, fazem-se portas decoradas com colunas delgadas e retorcidas como uma videira, que não são fortes o suficiente para agüentar o mais leve dos pesos; da mesma forma, nas fachadas e outras partes decoradas, fazem uma maldição de pequenos tabernáculos, um em cima do outro, com tantas pirâmides, pontas e folhas, que parece impossível que suportem o próprio peso, menos ainda outros pesos. Parecem mais ser feitas de papel que de pedra ou mármore. Nessas obras também constroem tantas saliências, aberturas, mísulas e arabescos, que ficam desproporcionais; e, o que é muito comum, com tantas coisas colocadas umas sobre as outras, fica tudo tão alto que o topo de uma porta alcança o teto. Esse estilo foi inventado pelos godos. ...[5]

Não compartilho desse sentimento de superioridade que distingue tantas caracterizações de Vasari. Sua obra nos mostra exaustivamente que ele podia dar crédito inclusive a construções ou pinturas que, do seu ponto de vista, eram menos que perfeitas. Melhor faríamos se invejássemos a convicção de Vasari de poder identificar a perfeição sempre que a visse, e de que essa perfeição podia ser formulada com a ajuda das categorias vitruvianas — o famoso padrão de *regola*, *ordine*, *misura*, *disegno* e *maniera* que encontramos no Prefácio à Terceira Parte e que foi admiravelmente exemplificado em suas biografias de Leonardo e Bramante.

Essas atitudes normativas só se consolidavam num dogma inflexível quando as categorias estilísticas eram usadas por críticos do outro lado dos Alpes, que desejavam lançar os ideais clássicos de perfeição contra as tradições locais. Gótico tornou-se, então, um sinônimo daquele mau gosto que predominara na Idade das Trevas, antes que a luz do novo estilo fosse levada da Itália para o Norte.

Então, se originalmente gótico significava "ainda não clássico", o *barocco* começou sua carreira como uma denúncia semelhante do pecado da divergência. É realmente digno de nota que o mesmo trecho de Vitrúvio utilizado por Vasari como critério para descrever o gótico tenha servido a Bellori para condenar a arquitetura corrompida de seu tempo, a arquitetura de Borromini (fig. 131) e Guarini:

> Cada indivíduo concebe, em sua cabeça, uma nova *Idéia* ou fantasma de arquitetura em estilo próprio, e então a exibe na *piazza* e

> nas fachadas — homens que certamente não possuem quaisquer dos conhecimentos próprios dos arquitetos, cujo título vaidosamente ostentam. Assim, deformando edifícios e cidades inteiras, além dos monumentos do passado, fazem loucos malabarismos com ângulos, vãos e linhas sinuosas, põem em desordem bases, capitéis e colunas, com seus absurdos feitos de estuque, enfeites banais e todo tipo de desproporção; e Vitrúvio também condena as inovações desse tipo. ...[6]

Bellori ainda não emprega o termo *barocco* para fazer sua denúncia, mas o século XVIII às vezes usava alternadamente os termos gótico e barroco para descrever um gosto bizarro ou medíocre. Aos poucos, as duas palavras para designar o não-clássico dividiram suas funções: gótico passou a ser cada vez mais usado para se referir ao "ainda não clássico", o bárbaro, e a *barocco* reservou-se a acepção de "não mais clássico", o degenerado.

A introdução, no final do século XVIII, da palavra *rococó* para significar um modismo especialmente digno de condenação por parte dos clássicos severos e virtuosos acrescentou uma nova faceta a uma terminologia que continua em uso. O termo ainda descreve, para nós, exatamente o estilo que Johann Joachim Winckelmann condenava em meados do século XVIII, invocando mais uma vez o clássico trecho normativo de Vitrúvio:

> O bom gosto na decoração de nossos dias, que se degradou mais ainda desde a época de Vitrúvio, que se queixou amargamente dessa deterioração... poderia ser rapidamente purificado e adquirir verdade e sentido mediante um estudo mais aprofundado da alegoria.
>
> Nossos arabescos, e aquele trabalho em conchas tão afetado, sem o qual nenhuma decoração pode ser concebida atualmente, muitas vezes são tão pouco naturais quanto os candelabros de Vitrúvio, que sustentavam pequenos castelos e palácios.[7]

Winckelmann, portanto, destacou o *rocaille* como uma característica do estilo — talvez por causa de sua associação com os grutescos, que favoreciam os excessos de irregularidade e extravagância.

O rococó já era, então, um tipo identificável de abuso mesmo antes do termo específico "rococó" ter surgido, ao que parece, no ateliê de David, quando os discípulos mais radicais do mestre condenaram uma de suas pinturas como insuficientemente austera, passando a ridicularizá-la como "Van Loo, Pompadour, rococo"[8].

Foi também no século XVIII que se sentiu a necessidade de estabelecer uma distinção entre as várias formas do não-clássico que marcaram o grande hiato entre a Antigüidade e o Renascimento, a Idade Média. Os antiquários ingleses desenvolveram um interesse histórico especial pela arquitetura da Idade Média e pesquisaram princípios classificatórios. Em 1760, William Warburton escreveu: "Todas as nossas igrejas antigas são indistintamente chamadas de góticas, o que constitui um erro. Elas são de dois tipos, umas construídas no tempo dos saxões e outras no período normando."[9]

Warburton tentou defender o estilo gótico reivindicando, para o mesmo, um princípio de construção inteiramente novo; foi ele, também, quem introduziu a comparação com as árvores da floresta, cuja história subseqüente foi investigada por Frankl em seu livro monumental sobre *O gótico*. Como todos os entusiastas, Warburton precisava de um fracasso contra o qual pudesse realçar o esplendor recém-descoberto da arquitetura gótica. Procurou uma vítima e encontrou-a não na arquitetura clássica, mas naquela deterioração da mesma a que os saxões, na opinião dele, haviam se entregado. A arquitetura saxônica era uma imitação da "Terra Santa grega", mas uma cópia mal feita. Aqui temos a origem de nossa categoria do *românico*.

Graças à obra de Frankl, podemos facilmente remontar às origens inglesas e francesas do termo[10]. Foi William W. Gunn quem, em 1819, publicou sua *Inquiry into the Origin and Influence of Gothic Architecture* (Investigação sobre a origem e influência da arquitetura gótica) no *Quarterly Review*, onde defendia explicitamente a escolha do termo "românico" para indicar o romano corrompido. O sufixo italiano *-esco*, pensava ele, tinha exatamente essa conotação. "Um romano moderno, por exemplo, refere-se a si mesmo como *romano*, estigmatizando com o termo *romanesco* todos os cidadãos estrangeiros. Tenho o mesmo ponto de vista a respeito da arquitetura em questão." Um ano antes, na França, Gunn fora antecipado por Gerville, que introduzira o termo *roman* e acrescentara: "tout le monde convient que cette architecture lourde et grossière est l'*opus romanum* dénaturé ou sucessivement dégradé par nos rudes ancêtres...". Românico, gótico, renascentista, barroco, rococó, neoclássico. Seria fácil justificar minha alegação de que todos esses nomes podem ser reduzidos a "clássico" e "não-clássico", de acordo com as normas de Vitrúvio. Não discutirei, aqui, a linhagem do último termo a entrar em voga na história da arte, "maneirismo", inserido entre "renascentista" e "barroco", pois já contei a história dele em alguma outra parte.

3. Neutralidade e crítica

Não tenho intenção de fazer um relato completo da reabilitação gradual desses diferentes estilos, ou das forças de tolerância histórica e orgulho nacionalista que concorreram para o repúdio ao monopólio de Vitrúvio. No presente contexto, interessa apenas constatar que todos os que questionavam a norma aceitaram as categorias a que ela dera origem. Como Warburton no século XVIII, os historiadores do século XIX em geral admitiam o caráter não-clássico dos estilos que pretendiam defender, mas destacavam alguma virtude compensadora. Os estilos medievais podem ter sido menos belos do que exige a norma vitruvinana, mas são mais devotos, mais honestos e mais fortes, mas será que a devoção, a honestidade e a força valem mais que a disciplina mecânica? Esta é a abordagem de Ruskin[12]. A defesa cautelosa de Burckhardt ao barroco, no *Cicerone*, não é muito diferente, quando ele escreve sobre as fachadas das igrejas barrocas: "... e, no entanto, às vezes atingem o observador como pura ficção, a despeito de seu modo de expressão freqüentemente degenerado..."[13]. As fases pelas quais a tolerância aos estilos não-clássicos estabeleceu uma predileção por eles dizem mais respeito à história do gosto e das preferências que a problemas de historiografia. O que nos interessa é a afirmação, feita no século XIX, de que o historiador pode ignorar a norma e observar a sucessão desses estilos com total imparcialidade; que pode, nas palavras de Hippolyte Taine, abordar as diversas criações passadas quase como o botânico analisa seu material, sem se preocupar se as plantas que descreve são belas ou feias, venenosas ou não[14].

Não surpreende que essa abordagem dos estilos do passado tenha parecido plausível ao século XIX, pois sua prática acompanhara os passos de sua teoria. Os arquitetos e decoradores do século XIX usavam as formas de estilos anteriores com uma sublime imparcialidade, selecionando aqui o repertório românico para uma estação ferroviária, ali um estuque barroco para um teatro. Não admira, portanto, que tenha ganho terreno a idéia de que os estilos se distinguem por certas características morfológicas indentificáveis, como o arco ogival para o gótico e o *rocaille* para o rococó, e que esses termos, despojados de sua conotação normativa, podiam ser empregados com plena segurança.

Mesmo essa abordagem morfológica tem suas raízes em Vitrúvio, originando-se de seu tratamento das ordens. Dórico, jônio e coríntio são exemplos desses repertórios de formas, que podem facilmente ser reconhecidos por certas características específicas e facilmente aplicados por qualquer arquiteto que utilize um livro de modelos. Por que não se pode ampliar essa série e incluir nela também as ordens gótica e barroca, com o que estaríamos apenas ampliando as linguagens formais que o arquiteto aprende a falar?

Enquanto os rótulos aplicados aos estilos limitaram-se apenas à arquitetura e aos padrões nesses contextos práticos, as coisas andaram relativamente bem. Os defensores desses estilos tinham, porém, ambições mais altas. Desejavam elevar os estilos não-clássicos à categoria de sistemas por direito próprio, que incorporavam valores alternativos, quando não filosofias. O estilo gótico era superior ao renascentista não porque construía em arcos ogivais, mas porque corporificava a Idade da Fé que os pagãos do Renascimento eram incapazes de apreciar. Em outras palavras, os estilos eram vistos como manifestações daquele espírito da época que se elevara a uma condição metafísica, na visão de história de Hegel[15]. Ao se desdobrar, esse espírito manifestava-se não apenas em certas formas arquitetônicas, mas também adquiria forma na pintura, na escultura e no ideal da época, que apontava para a mesma concepção que plasmara a literatura, a política e a filosofia do período. A essa abordagem, os sinais morfológicos de identificação, como a presença de um *rocaille* para o rococó, ou do friso para o gótico, pareciam irremediavelmente superficiais. Deve haver algo em comum entre todas as obras de arte criadas nos diferentes períodos da história humana; devem compartilhar alguma qualidade ou essência profunda que caracteriza todas as manifestações do gótico ou do barroco. K. R. Popper ensinou-me a reconhecer, nessa exigência de uma definição "essencial", um vestígio da concepção aristotélica do método científico[16]. Foi Aristóteles, o grande biólogo, que concebeu o trabalho do cientista como, basicamente, um exercício de classificação e descrição semelhante ao do zoólogo ou do botânico, e foi ele o primeiro a acreditar que essas classes não são criadas, mas encontradas na natureza através do processo de indução e intuição intelectual. Ao observarmos muitas árvores, encontramos algumas que apresentam características estruturais comuns, constituindo um gênero ou espécie. Essa espécie manifesta-se em cada árvore individualmente na medida em que a matéria resistente assim o permita, e, embora individualmente as árvores possam diferir, as diferenças são apenas "acidentais", comparadas à essência de que compartilham. Pode-se admitir que o método de Aristóteles representava uma solução brilhante para o problema dos universais, da forma como fora proposto por Platão. Não precisamos mais buscar a idéia do cavalo ou do pinheiro em algum mundo remoto para além dos céus:

já podemos vê-la operando no interior do indivíduo, como sua enteléquia e sua forma inerente. Entretanto, qualquer que seja o valor do método de Aristóteles para a história da biologia, o fascínio que continuou exercendo sobre a humanidade, mesmo quando a ciência já há muito descartara esse modo de pensar, é um prato cheio para reflexão. As discussões que entraram em voga nos últimos cem anos sobre a verdadeira essência dos estilos renascentista, gótico ou barroco revelam, na maior parte dos casos, uma aceitação não crítica do essencialismo de Aristóteles. Pressupõem que o historiador que examina um número suficiente de obras criadas no período em questão chegará, aos poucos, a uma intuição intelectual da essência interior que distingue essas obras de todas as outras, da mesma forma que os pinheiros se distinguem dos carvalhos. Na verdade, se o olhar do historiador for suficientemente perspicaz, e sua intuição suficientemente profunda, ele chegará até mesmo a ultrapassar o nível da essência das espécies, atingindo-lhes o gênero; será capaz de apreender não só as características estruturais comuns a todas as pinturas e esculturas góticas, mas também a unidade superior que as vincula à literatura, ao direito e à filosofia góticos.

O registro mais ilustrativo dessa busca é o livro de Paul Frankl sobre *O gótico*, ao qual já me referi. Foi publicado em 1960 e é fruto de uma vida inteira dedicada à pesquisa e à reflexão. Talvez poucos tenham lido até o fim suas 838 páginas, que começam na história e terminam na metafísica, pois o exame minucioso de todas as respostas que já foram dadas à pergunta "o que é o gótico?" deixa perplexo o estudioso eminente. Não tocam na essência. A essência, como Frankl a vê, é um conceito metafísico; a essência do homem, afirma ele, é o significado que ele tem para Deus, e a essência do gótico também deve estar associada ao mistério insondável do significado transcendental[17].

Tomo o partido dos filósofos que, como sir Karl Popper, olham com desconfiança para aquilo que ele chama de essencialismo, mas, de qualquer lado que se esteja nessa batalha moderna entre realistas e nominalistas, é óbvio que as categorias e classes que se ajustam muito bem a um determinado objetivo podem esfacelar-se quando aplicadas a um contexto diferente. As conotações normativas de nossos termos estilísticos não podem simplesmente converter-se em conotações morfológicas — pois nunca se pode obter das classificações mais do que nelas se coloca. O cozinheiro pode dividir os cogumelos em comestíveis e venenosos; estas são as categorias que lhe importam. Ele se esquece, se é que alguma vez chegou a se preocupar com isso, que pode haver cogumelos que não são nem comestíveis, nem venenosos. No entanto, um botânico que fundamentasse sua taxionomia dos fungos nessas distinções, combinando-as então com algum outro método de classificação, certamente não conseguiria produzir nada de útil.

Não estou insinuando que a origem de uma palavra deva sempre ser levada em consideração por aqueles que a utilizam. A descoberta de que o estilo gótico nada tem a ver com os godos não precisa inquietar o historiador da arte, que ainda considera útil o rótulo. Creio que, na história do termo, o que deve preocupá-lo é a falta de diferenciação original. As designações estilísticas que enumerei não surgiram de uma consideração de características particulares, como é o caso dos termos usados por Vitrúvio para as ordens; são termos negativos, como a palavra grega "bárbaro", que não significa nada além de "não grego".

Se me permitem introduzir um termo inofensivo, gostaria de chamar esses rótulos de termos de exclusão. A freqüência deles em nossos idiomas ilustra a necessidade básica que o homem tem de distinguir entre "nós" e "eles", entre o universo do que lhe é familiar e o vasto e inarticulado universo externo, de que ele não faz parte e rejeita.

Não é por acaso, acredito, que os vários termos para os estilos não-clássicos acabem por tornar-se termos de exclusão. Foi a tradição clássica da estética normativa que primeiro formulou algumas regras da arte — regras que são mais facilmente formuladas em sentido negativo, como um inventário de pecados a serem evitados. Assim como, em sua maior parte, os Dez Mandamentos são realmente proibições, as regras da arte e do estilo também são, em grande parte, advertências contra certos pecados. Já vimos alguns desses pecados caracterizados nas citações anteriores — o desarmonioso, o arbitrário e o ilógico devem ser um tabu para os que seguem o cânone clássico. Há muitos mais nos escritos de críticos normativos, de Alberti a Bellori ou Félibien, passando por Vasari. *Não* superpovoem suas pinturas, *não* usem muito dourado, *não* busquem poses difíceis só por fazê-las; evitem contornos berrantes, evitem o feio, o indecoroso e o ignóbil. Na verdade, talvez se pudesse argumentar que o que finalmente matou o ideal clássico foi o fato de que os pecados a serem evitados se multiplicaram de tal forma que a liberdade do artista viu-se confinada a um espaço cada vez mais restrito; por fim, tudo que ele se atrevia a fazer não passava de uma insípida repetição de soluções seguras. Depois disso, só havia na arte um pecado a evitar: o de ser acadêmico. Nas exposições de hoje, encontramos a mais desconcertante variedade de formas e experimentos. Qualquer pessoa que pretendesse descobrir algum traço morfológico capaz de ligar Alberto Burri a Salvador Dali, e Francis Bacon a Capogrossi, teria muita dificuldade em fazê-lo, mas seria fácil constatar que nenhum deles queria ser acadêmico; todos teriam desagradado a Bellori e visto com bons olhos a condenação dele.

Não é por acaso, portanto, que a terminologia da história da arte tenha sido, em tão grande parte, criada com base em termos que denotam algum princípio de exclusão. A maioria dos movimentos artísticos introduz algum novo tabu, algum novo princípio negativo, como banimento, por parte dos impressionistas, de qualquer elemento "anedótico" da pintura. Os *slogans* e palavras de ordem que lemos nos manifestos de críticos e artistas do passado e do presente são, em geral, muito menos bem definidos. Tomemos, por exemplo, o termo "funcionalismo", da arquitetura do século XX. Sabemos, agora, que há muitas maneiras de projetar ou construir que podem ser chamadas de funcionais, e que, por si só, essa exigência nunca resolverá todos os problemas do arquiteto. O efeito imediato do *slogan*, porém, foi banir da arquitetura toda ornamentação, sob a alegação de não ser funcional e, portanto, constituir um tabu. Essa aversão a uma tradição específica é o elemento de ligação entre as mais diferentes escolas de arquitetura deste século.

Talvez avançássemos mais no estudo dos estilos se tentássemos encontrar os princípios de exclusão, os pecados que qualquer estilo específico deseja evitar, em vez de continuarmos a pesquisar a estrutura ou essência comuns a todas as obras produzidas num determinado período.

4. As polaridades críticas em Wölfflin

Por mais óbvia que seja essa lembrança, ela ainda nos indica a rocha em que naufragou a morfologia do estilo. Ao reduzir a idéia do clássico e do não-clássico a uma mera distinção morfológica de alternativas igualmente justificadas, o morfologista obscurece aquela que, a meu ver, é a distinção vital entre os estilos não-clássicos: aqueles que são não-clássicos por força de um princípio de exclusão e aqueles que não são; ou, para ser mais claro, a distinção entre o anticlássico, da forma como a arte do século XX exemplifica exaustivamente, e o não-clássico, do qual, talvez, a arte chinesa nos ofereça um bom exemplo, na medida em que os artistas chineses nunca rejeitaram princípios dos quais não podiam ter nenhum conhecimento.

Essa distinção pode parecer bastante inofensiva, mas ameaça toda a idéia de uma morfologia dos estilos. Pois, afinal, exclusão implica intenção, e tal intenção não pode ser diretamente percebida numa família de formas. O maior e mais bem-sucedido defensor da abordagem morfológica, Heinrich Wölfflin, estava consciente dessa dificuldade e, apesar disso, sua busca dos princípios objetivos de organização tendeu a obscurecer a relevância deles para o ensino da história da arte.

Foi Wölfflin quem deu à história da arte o instrumento decisivo da comparação sistemática; foi ele quem introduziu, em nossas salas de conferência, a necessidade de dois projetores e duas telas, com o objetivo de aguçar nossos olhos para as diferenças estilísticas entre duas obras de arte comparáveis — digamos, uma Madona de Rafael e outra de Caravaggio (figs. 132 e 133). Trata-se de um recurso pedagógico que tem ajudado muitos professores a explicar a seus alunos certas diferenças elementares, mas que, se não for usado com cautela, pode falsificar, de forma sutil mas decisiva, a relação entre as duas obras. É legítimo e esclarecedor comparar Caravaggio com Rafael, pois, afinal, Caravaggio conhecia a obra de Rafael. Se quisesse, poderia tê-la imitado, pelo menos como a imitou Annibale Carracci, na mesma época em que Caravaggio criava suas obras. Em vez disso, repudiou claramente essa possibilidade e preferiu seguir um caminho próprio. A comparação nos ajudará, portanto, a compreender por que Bellori se opôs a Caravaggio, estigmatizando seu estilo como um desvio da norma clássica. Quando, porém, fazemos a comparação ao contrário e contrastamos a obra de Rafael com a de Caravaggio, começamos a pisar em terreno mais perigoso. Inferimos que Rafael também rejeitou deliberadamente os métodos de Caravaggio, e que sua arte institui o valor do comedimento e o ideal de beleza contra a dureza do naturalismo de Caravaggio. Bellori talvez tivesse concordado com esse raciocínio, pois, como vimos, ele estava preocupado em evitar os pecados. Porém, se quisermos ver Rafael em seus próprios termos, não poderemos ignorar a dimensão do tempo e a amplitude de conhecimento dele. Ele não pode ter rejeitado o que nunca conheceu.

Essa simples observação ajuda a explicar tanto os sucessos de Wölfflin quanto seus eventuais fracassos. A seqüência de seus livros lembra-nos quão estreitamente sua pretensa morfologia do estilo estava presa à função normativa original dessas comparações.

Wölfflin começou com *Renaissance und Barock* (1888), em que dava continuidade à linha de raciocínio de Burckhardt e terminava por defender o barroco contra as acusações dos críticos clássicos.

Seu ponto de partida — assim com o de Burckhardt — era o ideal clássico da perfeição em arquitetura; ele desejava apenas advogar uma tolerância maior na aceitação de procedimentos alternativos. Esclarecendo essas alternativas, ele esperava que o historiador percebesse o que Bramante estava tentando fazer e quais valores alternativos estavam corporificados nas soluções barrocas. Preparados de uma forma diferente, os cogumelos venenosos deixam de ser venenosos e tornam-se um alimento saudável. Aqui não há, de fato, nenhum desvio do ideal da perfeição clássica enquanto sistema de valores. O sistema ainda é usado como uma pedra de toque para separar o Alto Renascimento de um diferente sistema de formas.

Tendo descoberto por si próprio a coerência e utilidade do ideal tradicional do clássico, Wölfflin retornou a ele em sua maior obra, *Die klassische Kunst* (1898)*, para circunscrever e explicar seu funcionamento não apenas na arquitetura, mas também na pintura e escultura. O tema era, na verdade, a *terza e perfetta maniera* de Vasari, e o método é, novamente, o da comparação contrastante. Dessa vez, porém, ele descreve o ideal clássico não em oposição às falhas dos desvios barrocos, mas em oposição às imperfeições do Quattrocento. Em outras palavras, aproximou-se ainda mais do ponto de partida de Vasari, e o resultado é um renovado apelo exatamente aos ideais que tinham sido cultuados pela tradição acadêmica e que foram um tanto rejeitados e esquecidos quando os realistas e impressionistas do século XIX voltaram-se contra essa tradição. Wölfflin escreveu para um público que — para citar o Prefácio de *Die klassische Kunst* — dificilmente se poderia censurar caso se perguntasse, diante da *Escola de Atenas*, por que Rafael não pintara um mercado de flores romano ou a divertida cena dos camponeses sendo barbeados na Piazza Montanara numa manhã de domingo. É essa tendência do amante da arte dos finais do século XIX que leva Wölfflin a reafirmar a norma clássica — não sem lançar um olhar de esguelha para o grupo de artistas anti-realistas de seu tempo, em especial o escultor Adolf von Hildebrand, cujo livro sobre *O problema da forma* "caíra em solo seco como uma chuva benfazeja". Como Wölfflin lembra a seus leitores, fora Hildebrand quem censurara a história da arte por sua adesão à morfologia e seu descaso pelas leis inerentes da arte. Por mais severa que considere essa crítica, Wölfflin mesmo assim admite que toda monografia sobre a história da arte deve ser também uma contribuição à estética. *Die klas-*

* Ed. bras. *A arte clássica*, São Paulo, Martins Fontes, 1ª edição, 1990.

sische Kunst é uma viagem de descoberta em busca das normas do Alto Renascimento italiano.

Depois de ter assim fortalecido sua posição em campo, Wölfflin voltou-se mais uma vez para o contraste entre os ideais clássicos e os do Barroco, dessa vez também na pintura e na escultura; o resultado foi o seu livro mais influente, embora, dificilmente, o mais relevante: *Kunstgeschichtliche Grundbegriffe** (1915)[18].

Antes de voltar aos postulados deste livro, gostaria de chamar atenção para a obra que talvez revele, de forma mais convincente, as deficiências da morfologia estilística de Wölfflin, bem como a fonte dessas deficiências — *Italien und das deutsche Formgefühl* (1932). Em 1930 tive o privilégio de assistir, em Berlim, às conferências nas quais este livro mais tarde se baseou. Lembro-me da grande expectativa com que fui para a Universidade de Berlim, e da impressão que me causou a personalidade de Wölfflin, o suíço alto e de belos olhos azuis, cuja maneira firme e segura de expor mantinha o *auditorium maximum* enfeitiçado. Confesso, porém, que no meu caso o feitiço não durou muito tempo. Não demorou muito para que dúvidas heréticas estragassem boa parte de meu prazer, muito embora eu ainda não fosse capaz de formular as razões de meu crescente desapontamento. Uma vez mais, Wölfflin usou a magia das duas telas para o exercício das comparações, e uma vez mais serviu-se do ideal clássico como pedra de toque, só que dessa vez não para separar um período anterior da arte de um período posterior, mas para isolar as características morfológicas do sentido alemão da forma. Inúmeras vezes surgia na tela uma obra italiana de equilíbrio clássico, para ser comparada com uma obra alemã a que faltavam essas características, e a cada vez ele nos afirmava que essa falta não era uma coisa negativa, mas simplesmente diferente; onde Ticiano (fig. 134) era harmonioso, Granach (fig. 135), digamos, era obviamente menos, mas mesmo assim agradava a Wölfflin.

Percebo que há, no livro, mais do que pude extrair daquelas conferências, das quais — para ser franco — logo me afastei, para ouvir as exposições de Wolfgang Köhler sobre psicologia, muito mais instigantes. Ainda acho, porém, que seria ilustrativo percorrer todo o livro de Wölfflin e dele extrair aquelas formulações de traços supostamente alemães que também podiam ser usados para descrever as características da arte espanhola, portuguesa e inglesa, ou, até mesmo, mexicana e indiana. Pois, afinal, tudo isso pode ser efeti-

* Ed. bras. *Conceitos fundamentais da história da arte*, São Paulo, Martins Fontes, 2ª edição, 1989.

vamente contrastado com os ideais clássicos do Renascimento italiano. Rejeitar a riqueza e a complexidade com base numa postulação de clareza e de simplicidade é algo que provavelmente pressupõe um grau de sofisticação estética que só pode ser encontrado aqui e, talvez, na arte do Extremo Oriente. Assim, longe de isolar o que é caracteristicamente alemão — se é que tal coisa existe —, o livro de Wölfflin na verdade nos faz remontar ao problema do ideal clássico.

Há um truque mágico que todos conhecem — o jogo do "pense em um número". Pede-se a uma criança que pense em um número e que, a seguir, submeta-o a uma série de operações aritméticas, somando isso e aquilo e subtraindo outro tanto, multiplicando por quatro, dividindo por dois, e mais uma vez por dois, tudo de cabeça, até subtrair, por fim, o número em que ela pensou primeiro; então, pode-se ler os pensamentos dela e dar o resultado exato. Tendo-nos conduzido ao longo de todas essas operações com o conceito do clássico, Wölfflin nos pedia, em suas conferências, que o subtraíssemos e chegássemos à *maniera tedesca* de que Vasari escarnecera.

O número imaginado e depois omitido era, evidentemente, a idéia de perfeição de Vasari, uma idéia normativa que se baseia numa firme convicção acerca do propósito da arte e dos meios para alcançá-lo. O objetivo, em resumo, é a evocação plausível de uma história sagrada ou, pelo menos, significativa, em todos os seus pormenores naturalistas e psicológicos, e os meios são o virtuosismo da representação[19]. Não que Wölfflin fosse insensível a esses objetivos ou a essa realização; se assim fosse, não se teria transformado no grande intérprete da pintura renascentista. Porém, a estrutura teórica que ele desejava propor ao historiador da arte tinha que eliminar, tanto quanto possível, as considerações acerca dessa realização. Pedia-se ao historiador que, ao comparar uma obra do Renascimento a uma do Barroco, levasse em conta cinco supostas polaridades que, na concepção de Wölfflin, eram puramente descritivas. Trata-se de instrumentos conceituais básicos, ou *Grundbegriffe* do *Linear und malerisch, Fläche und Tiefe, Geschlossene Form und offene Form, Vielheit und Einheit, Klarheit und Unklarheit* — linear e pictórico, plano e profundidade, forma fechada e forma aberta, multiplicidade e unidade, clareza e obscuridade. Wölfflin deixava muito claro que, para ele, esses contrastes tinham de ser vistos principalmente como princípios de ordem que podiam ser aplicados tanto a padrões como à representação. Estava convencido de que a natureza podia ser tão bem representada pelas linhas bem definidas de um lápis quanto por amplas pinceladas, no plano e em profundidade. Os exemplos que ele escolhe e sua capacidade descritiva são tão persuasivos, que precisamos nos concentrar no ponto mais fraco de sua argumentação — a relação entre esses modos de representação e o aspecto objetivo da realidade. Claramente, uma arte linear presa ao plano (fig. 136) não servirá para a representação de temas como os de Turner ou Monet (fig. 137). Wölfflin tem consciência dessa objeção e coloca explicitamente a questão de se é possível ou não estabelecer uma distinção entre os aspectos representacionais e decorativos do estilo; tendo, porém, refletido sobre isso, ele responde com um "sim e não" ambíguos. A fase posterior não é, para ele, um modo mais avançado de representação da natureza, mas apenas um modo diferente. "Só se pode esperar por uma mudança no modo de representação onde o sentido decorativo também se modificou."[20] Wölfflin teria replicado da mesma maneira à objeção de que uma arte comprometida com a "forma fechada" será menos livre na representação dos fenômenos naturais do que uma arte que pode recorrer às "formas abertas". Não pretendo prosseguir com o exame minucioso desses pares de opostos. O que me interessa é o fato de que essas polaridades não são, absolutamente, verdadeiras. Já vimos antes com que perigosa facilidade nossas mentes podem enxergar princípios antagônicos onde só existem diferenças de grau. Houve época em que calor e frio, seco e molhado, e até mesmo luz e escuridão, eram intrinsecamente considerados como tais entidades, da mesma forma que ainda pensamos em eletricidade positiva e negativa. É óbvio, porém, que o contraste entre calor e frio só faz sentido em relação a uma norma, sobretudo à norma oculta da temperatura de nosso próprio corpo. A ciência, é claro, tenta eliminar essa norma, preferindo representar a temperatura ao longo de uma escala. Uma verdadeira morfologia das formas deveria ter em vista uma escala ou um espectro de configurações semelhantes. É verdade que uma forma da natureza pode ser representada por um traço ou sugerida por sua sombra, mas há inúmeras possibilidades entre e além dessas, e o hábito de pensar em termos de polaridades pode ocultá-las de nós. Muito já se escreveu em inglês sobre o sentido exato de *malerisch* e a melhor maneira de traduzi-la. Tendo em vista o objetivo de Wölfflin, podemos seguramente traduzi-la como um termo de exclusão, chamando-a de "menos linear". Menos que o quê? Menos que a norma oculta de Wölfflin, a norma clássica.

O mesmo se aplica a todos os seus termos de oposição. Todos podem ser representados ao longo de diferentes coordenadas; as pinturas podem ser mais ou menos confinadas ao plano, mais ou menos ordenadas e mais ou menos unificadas. Porém, o que mais surpreende nessas coordenadas é que elas não são independentes, seja logicamente ou historicamente. A natureza dessa interdependência fica imediatamente clara quando resgatamos os antigos termos críticos que Wölfflin tentou substituir, o termo *composição*, para todo os princípios de ordem, e o termo *fidelidade à natureza*, para os meios de representação em contorno e profundidade. Está claro que, quanto mais uma pintura ou escultura refletem os aspectos naturais, mais escassos são os princípios de ordem e simetria que ela exibe. Inversamente, quanto mais ordenada for uma configuração, menos provável será que ela reproduza a natureza. A esta altura, parece-me importante enfatizar que, em minha opinião, tanto a ordem quanto a fidelidade à natureza são termos descritivos relativamente objetivos[21]. Wölfflin estava certo ao pensar que se pode dizer, pelo menos dentro de certos limites, qual obra exibe mais dessas características do que outra. O caleidoscópio apresenta uma disposição ordenada de elementos, o que a maioria dos instantâneos não faz. Uma intensificação do naturalismo representa um decréscimo da ordem. Creio estar claro que o principal valor artístico repousa, entre outras coisas, na exata reconciliação dessas exigências antagônicas. Em termos gerais, a arte primitiva é uma arte de simetrias rígidas que sacrificam a plausibilidade a um maravilhoso sentido de padrão, enquanto a arte dos impressionistas foi tão longe, em sua busca da verdade visual, que dá a impressão de rejeitar por completo o princípio da ordem.

Tentei mostrar, em algum outro lugar[22], que nenhuma análise puramente formal pode fazer justiça à proeza da reconciliação entre esses dois objetivos diversos que chamamos de perfeição clássica de uma Madona de Rafael. Acho que podemos saber o porquê. A tendência morfológica de Wölfflin é a de um crítico do século XIX para quem a representação é ponto pacífico. Para ele, como para todos nós, a arte é uma questão de impor ordem ao caos. O pintor começa onde o fotógrafo pára. É verdade que o fotógrafo também pode ser um artista, exatamente quando também seleciona e chega a uma composição ordenada[23], mas ele deve à arte a idéia de tal composição. Examinando a arte clássica sob a perspectiva do final do século XIX, Wölfflin descreveu realizações dessa arte basicamente em termos da sensibilidade dele para o equilíbrio e as simetrias ocultas. Os historiadores sempre ficaram intrigados com o fato de as extraordinárias realizações da arte clássica do Renascimento terem sido tão pouco discutidas pelos escritores e críticos do Cinquecento. No *Trattato* de Leonardo não há uma só palavra sobre composição, e Vasari praticamente não emprega o termo — a não ser para exaltar a habilidade de Rafael em compor uma *storia* numa área de parede tão complexa, como no caso da *Libertação de São Pedro* (fig. 138). Com certeza Vasari, um discípulo de Andrea del Sarto, não pode ter ignorado os recursos de composição descritos por Wölfflin e todas as rimas visuais e harmonias formais que constituem, para nós, a conquista de uma "forma fechada". Afinal, o próprio Vasari empregou profusamente esses recursos formais em suas pinturas (fig. 49), por mais pobres que sejam em outros aspectos. Devemos concluir que, para o Cinquecento, a conquista da ordem era um fato inquestionável, pois tratava-se de uma conquista tradicional. Mesmo a mais rígida e desprezada obra à *maniera bizantina* colocaria a Virgem no centro e, em cada um dos lados, simetricamente, os anjos ou santos em atitude de adoração (fig. 140). O problema, para esses mestres, não era alcançar uma determinada ordem em sua pintura, mas obter aquele domínio cada vez maior da representação ao qual os escritores dedicaram toda a atenção. Que esse domínio tinha que funcionar à custa de algum sacrifício da ordem, ainda que mínimo, era algo aparentemente óbvio.

O problema era saber até que ponto se poderia dissolver a simetria sem sacrificar o equilíbrio. Um Piero della Francesca ainda podia ousar, em sua hierática *Madona del Parto*, em Monterchi (fig. 141), pintar os dois anjos laterais com um só cartão, que ele depois inverteu, e Castagno usou um efeito de espelho semelhante em Sant'Apollonia. Gozzoli e Pollaiuolo, insatisfeitos com esse arranjo simples, introduziram um modelo idêntico visto a partir de dois ângulos diferentes (figs. 142-3). Porém, mesmo essa rigidez era rejeitada pelos mestres da *terza maniera*, que sabiam como criar a sensação de equilíbrio e correspondência por meios muito mais sutis, entrelaçando suas figuras em padrões que não sacrificavam nem o significado dramático, nem a força evocativa.

Foi esse meio-termo ideal entre duas exigências antagônicas que, mais tarde, se considerou como clássico, no sentido de que apresentava uma solução sem igual, que só poderia ser repetida, mas jamais aperfeiçoada. Os desvios ameaçariam, por um lado, a precisão do desenho e, por outro, o sentido de ordem.

Desse ponto de vista, a "solução clássica" é, de fato, mais uma conquista técnica que psicológica. Pode ser considerada, segundo a opinião de Vasari, como o resultado de incontáveis experiências que terminaram por concretizar-se. De acordo com essa concepção, há uma solução ideal que não se pode transgredir impunemente.

Duas implicações dessa interpretação merecem ser enfatizadas. Uma delas é a neutralidade psicológica. Não há razão alguma para acreditarmos que os artistas que acabaram alcançando um equilíbrio perfeito em suas composições fossem pessoas muito equilibradas, nem para atribuirmos crises mentais profundas àqueles que perturbaram o equilíbrio. A história da arte como uma história de soluções formais pode utilizar a navalha de Occam para iluminar o espírito da época. Ninguém tinha mais consciência que Wölfflin quanto ao dilema que representa para o historiador uma investigação dos desenvolvimentos formais. Foi a esse problema que ele se voltou, na profunda e estimulante *Revisão* de 1933, que anexou aos *Grundbegriffe* na edição de 1943, e que ainda pouco se conhece.

A segunda implicação é ainda mais importante para nosso entendimento do papel que a solução clássica continuou a representar, mesmo para aqueles que estavam em busca de alternativas. Mostra-nos que o relativismo histórico tem limites. Da forma como é, nossa morfologia dos estilos se deve à estabilidade e identificabilidade da solução clássica. Existe algo como uma "essência" do clássico, que nos permite representar outras obras de arte a uma distância variável do ponto central. Não há uma contradição aqui? Não tentei banir o essencialismo? Foi o que fiz, mas alegaria — e isso também aprendi com Popper — que existe um tipo de essencialismo que é inócuo e até mesmo legítimo. Temos o direito de falar em termos aristotélicos quando discutimos o que Aristóteles chamava de "causas finais", ou seja, objetivos humanos e instrumentos humanos. Na medida em que concebemos a pintura como servindo a um propósito humano, temos o direito de discutir os meios em relação a esses fins. Há, na verdade, critérios bastante objetivos para essa avaliação. Nesse contexto, a idéia de uma "economia de meios", e mesmo a idéia de perfeição, é completamente plausível e racional. Pode-se dizer, objetivamente, se uma determinada forma serve, ou não, a uma determinada norma.

Não seria muito difícil, acredito, traduzir os elogios tradicionais a artistas clássicos como Rafael para uma terminologia de um grande objetivo perfeitamente concretizado. Afirmei antes que, para mim, tanto a exatidão do desenho quanto a conquista de uma composição equilibrada podem ser julgadas por meio de critérios objetivos, tanto individualmente como interagindo entre si. Iria ainda mais longe, arriscando-me a pensar que mesmo a conquista de uma narrativa lúcida e a apresentação da beleza física são normas que têm um significado permanente. Parece-me, pelo menos, que nessas questões o relativismo pode ser facilmente exagerado. Sei muito bem que os ideais de beleza variam de país para país, e de período para período, mas ainda acho que sabemos o que pretendemos dizer quando afirmamos que as Madonas de Rafael são mais belas que as de Rembrandt, mesmo que gostemos mais deste último.

Sem essa essência objetiva do ideal clássico, até mesmo as categorias do não-clássico poderiam jamais ter sido criadas. O que é plausível em Wölfflin e seus seguidores deriva sua justificação desse elemento racional. Já vimos, porém, que essa plausibilidade fundamenta-se num ideal normativo específico, um ideal, além disso, muito menos preciso do que posso tê-lo feito parecer para o propósito de sua justificação. A *Última Ceia* de Leonardo (fig. 144) é menos simétrica que a *Madona* Monterchi de Piero, ou mesmo que o *São Sebastião* de Pollaiuolo, mas seu modelo ainda é simples se comparado ao emaranhado da *Batalha de Anghiari*. As Madonas florentinas de Rafael exibem toda a clareza das composições triangulares wölfflinianas; seu estilo posterior, em especial na *Batalha de Óstia* (fig. 139), introduz uma ordem muito mais complexa e contorções muito mais ousadas nas figuras. No entanto, quem somos nós para dizer onde, exatamente, devemos traçar a linha divisória entre norma clássica e complexidade não-clássica? Não é bastante natural que os artistas tentassem explorar até que ponto poderiam chegar nesse jogo de virtuosismo? Temos o direito de decretar que, para além de um certo ponto, não mais eram clássicos, ou mesmo não-clássicos, mas sim anticlássicos — como têm sido chamados os maneiristas? Seria o maneirismo um princípio de exclusão que pretendia evitar a ordem e a harmonia? Alguém terá lançado um grito de "Abaixo Rafael!", ou pintado bigodes na *Mona Lisa*, como fizeram os verdadeiros movimentos anticlássicos? É verdade que, em algumas obras maneiristas, a reconciliação se quebra e que a complexidade do modelo leva a uma distorção dos corpos ou ao sacrifício da plausibilidade evocativa da narrativa. Mas o que testemunhamos talvez seja menos uma nova norma anticlássica do que uma mudança de prioridades. Desse ponto de vista, não precisamos mais nos surpreender porque mesmo os mestres e críticos mais eminentes do "Barroco" muitas vezes declararam sua admiração pela arte clássica, porque Rubens e Bernini basearam seu estilo no estudo da escultura antiga, e Bellori elogiou mestres como Lanfranco. Foi só o século XVIII que, temendo cada vez mais a degeneração, estabeleceu uma linha divisória entre a norma e aquilo que considerava como "excesso". Excesso, diga-se de passagem, de efeitos virtuosísticos que podiam afastar do propósito da arte.

Espero não ser preciso enfatizar, aqui, que não acredito que esse diagrama mental altamente esquemático seja capaz de fazer justiça à riqueza do desenvolvimento histórico. Discorri longamente sobre isso sobretudo como um exemplo daquilo que proponho chamar de princípio de sacrifício, em contraste com o que chamei de princípio de exclusão. Não se deve esquecer que o princípio de exclusão é um princípio muito simples, para não dizer primitivo, que nega os valores a que se opõe. O princípio de sacrifício admite e, na verdade, pressupõe a existência de uma multiplicidade de valores. O que é sacrificado é reconhecido como um valor, muito embora deva render-se a outro valor que detém a prioridade[24]. O artista maduro, porém, nunca sacrificará mais do que o absolutamente necessário para concretizar seus valores mais altos. Quando tiver feito justiça à sua norma suprema, admitirá o valor próprio de todas as outras normas.

Acho que os dois princípios que aqui comparei são tão comumente confundidos porque os partidários dos movimentos artísticos tendem a ser *terribles simplificateurs*. A exclusão radical é algo que qualquer um pode entender; o sacrifício relativo é uma questão muito sutil e complexa. Para todos os críticos do passado, tanto a Beleza quanto a Verdade eram valores reconhecidos. Caravaggio foi acusado — para retomarmos o exemplo anterior — de ter sacrificado a Beleza à Verdade, enquanto se atacava a tradição acadêmica de sacrificar a Verdade à Beleza. Em ambos os casos, a verdadeira acusação talvez tenha sido que ambos sacrificaram o valor antagônico mais do que era absolutamente necessário para fazerem jus à sua norma suprema.

O historiador muitas vezes constata que críticos em campos adversários têm mais em comum do que costumam admitir. *Rubénistes* e *Poussinistes*, Delacroix e Ingres, Wagner e Brahms tinham tanto em comum que suas diferenças a respeito de certas prioridades de valor assumiram proporções gigantescas. Vistas à distância, essas diferenças parcialmente desaparecem.

O mesmo não se pode dizer de um verdadeiro princípio de exclusão, como a ausência de ornamentação no funcionalismo, ou a ausência de simetria do expressionismo abstrato. Esses extremos podem ser responsáveis por uma descrição morfológica puramente neutra. Poderiam ser percebidos por um arqueólogo de Marte, mesmo quando a vida neste planeta já estivesse extinta. A maior parte das mudanças estilísticas tem mais a ver com o ajuste mútuo de normas antagônicas, que podem, talvez, ser entendidas, mas nunca avaliadas por qualquer critério objetivo formal.

Pensar que isso seria possível, só em termos de uma concepção de arte que tentasse excluir a arte do contexto de vida e propósito. Concordo com o professor Guzzo, para quem nenhuma estética jamais poderá avançar em meio a tal isolamento. Ele nos mostra que não há um conflito necessário entre a crítica, digamos, de um modelo industrial e de uma obra de arte[25]. Trata-se de uma comparação que eu próprio tenho usado para ilustrar o elemento de uma solução de problema em arte. Para concluir, gostaria de retomar esse aspecto, pois temos aqui uma ilustração simples em que a crítica normativa não exclui uma descrição objetiva.

Aqueles que mandam fazer uma máquina ou um aparelho dão ao engenheiro projetista certas especificações sobre o desempenho, tamanho, peso, estabilidade, custo, durabilidade etc. É provável, a título de argumentação, que o tamanho, o peso e a estabilidade se equiparem, mas os custos seriam mais altos no caso de máquinas muito grandes ou muito pequenas. O desempenho pode ser bom em uma solução, mas a velocidade acelerada pode ameaçar a durabilidade. Aqueles que devem decidir entre várias soluções antagônicas precisam definir-se a respeito dessas prioridades. Além disso, podem achar, com ou sem razão, que há outras exigências não especificadas que, por serem óbvias, não precisam ser feitas. A melhor solução pode ser inadmissível quando demora tanto a concretizar-se que a máquina se torna obsoleta antes de o projeto sair da prancheta. O melhor desempenho seria inútil se resultasse em acidentes. O que quero enfatizar, com esse exemplo trivial, é apenas que nossos colegas mais afortunados da indústria geralmente conhecem os critérios pelos quais avaliam as soluções e, mais ainda, a hierarquia de valores e a ordem de prioridades que está implícita na norma. O que não sabem, nem podem saber de antemão, é a engenhosidade de uma solução que questiona uma das especificações não expressas e, mesmo assim, cumpre todas as exigências — uma invenção inesperada como o aerodeslizador, por exemplo, que nem voa e nem corre sobre rodas, mas desliza sobre uma almofada pneumática, exigindo, assim, uma reelaboração de todas as especificações anteriores para veículos.

Por si sós, nem as críticas normativas, nem a descrição morfológica jamais serão capazes de nos oferecer uma teoria do estilo. Não sei se tal teoria é necessária, mas, se quisermos ter uma, poderemos fazer ainda pior do que abordar soluções artísticas em termos daquelas especificações que são dadas por certas dentro de um determinado período, arrolando sistematicamente e, se preciso, com pedantismo, as prioridades na reconciliação de exigências antagônicas. Tal procedimento nos trará um novo respeito pelo clássico, mas também abrirá nossas mentes para uma apreciação de soluções não-clássicas que representam descobertas inteiramente novas.

MANEIRISMO: OS ANTECEDENTES HISTORIOGRÁFICOS*

É importante afirmar, a essa altura, que não há nenhum princípio definido de que se possa lançar mão *a priori* para proceder-se a uma classificação adequada a todos os objetivos a serem propostos...

A necessidade de introduzir alguma forma de classificação e os caprichos relacionados a ela são por demais surpreendentes... em história... surge continuamente a necessidade de estabelecer distinções que, submetidas a um exame mais acurado, mostram-se instáveis e inadequadas. ...

Max Planck[1]

Qualquer pessoa que tenha lido até o final o proveitoso ensaio "Storiografia del manierismo"[2], de G. N. Fasola, ou, melhor ainda, que tenha examinado toda a bibliografia por ela arrolada ou omitida — e não posso queixar-me de fazer parte da segunda categoria —, perceberá como essa citação de Max Planck é pertinente ao nosso problema específico. Nessa babilônica confusão lingüística pode ser bastante útil, como passo inicial, remontar às origens do conceito de maneirismo. Os quatro pequenos textos que reuni e traduzi no final deste ensaio têm por objetivo facilitar essa orientação[3]. Se à primeira vista parecem deslocados numa discussão de conceitos recentes, gostaria de lembrar que, como historiadores, sabemos quão estreitamente o "recente" está ligado ao remoto. Além disso, não há outro contexto em que isso seja mais relevante do que no estudo de categorias como as representadas por nossos conceitos estilísticos.

Há historiadores que são "realistas" na acepção medieval do termo. Apegando-se rapidamente à crença de que *universalia sunt ante rem*, sustentariam que o maneirismo, por exemplo, tem exis-

* Este ensaio foi uma contribuição para o XX Congresso Internacional de História da Arte, realizado em Nova Iorque, 1961.

tência própria e até mesmo uma "essência", que poderia ser esgotada em nossa discussão ou intuída pela *Wesensschau*. Há outros que são nominalistas no sentido dessa antiga controvérsia, só reconhecem a existência de obras de arte individuais, rejeitando nossas categorias como simples *flatus vocis*. Desdenham os conceitos porque querem ater-se aos fatos. Confesso que sou mais solidário com a atitude deles do que com a de seus adversários, embora já se tenha provado, inúmeras vezes, que ela também nos coloca diante de insuperáveis perplexidades metodológicas[4]. Quais são nossos fatos? Deve haver algum critério de relevância, e este nunca poderá ser encontrado nos próprios fatos específicos, quaisquer que sejam. Segue-se, então, que os conceitos estilísticos nunca podem derivar-se de observações acumuladas de monumentos não selecionados. Pode-se dizer que, "idealmente", deveríamos desobstruir nossa mente de todas as idéias preconcebidas e examinar sucessivamente todas as obras de arte que foram produzidas num dado período ou região, registrando diligentemente aquilo que elas têm em comum. Porém, aqueles que abordam um problema com a cabeça vazia receberão, sem sombra de dúvida, uma resposta também vazia. Se pedirmos a um pesquisador sem preconceitos que descubra o que a maioria das pinturas de um período têm em comum, ele pode sair-se com a resposta de que todas contêm carbono. Foi para evitar esse tipo de desastre intelectual que Aristóteles introduziu a distinção entre definições essenciais e não-essenciais. Contudo, ao dar esse passo aparentemente inofensivo, deixou o caminho livre para a crença "realista" na existência independente das "essências". Parece que, afinal, precisamos saber o que é "essencial" para o maneirismo, já que pretendemos utilizar exemplos de pinturas maneiristas.

Na verdade, o impasse não é tão sério quanto parece. É claro que não podemos abordar o passado sem noções preconcebidas, mas nada nos obriga a continuar a usá-las se se mostrarem inadequadas. Se alguém estivesse convencido de que as pinturas maneiristas são "inteiramente desprovidas de espaço" (para citar a resposta que me foi dada durante um exame), ele provavelmente concluiria que nenhuma pintura com tais características poderia ser descoberta entre o antigo Egito e Mondrian, e, afinal, mesmo esse resultado negativo não deixaria de ser um resultado. Pois, se me permitem citar uma observação feita por sir John Summerson numa ocasião em que se discutia esse tema, as categorias estilísticas têm o caráter de hipóteses. É pela observação que as pomos à prova. Se eu tentar examinar as origens e credenciais do conceito, isto talvez ajude a explicar por que acredito que tal discussão seja particularmente importante, no caso do maneirismo. Segundo penso, descobriremos que, como qualquer outra categoria intelectual, esse conceito foi criado *a priori*, por assim dizer, para satisfazer uma necessidade historiográfica, e que finalmente triunfou como uma idéia que, até agora, mal conseguiu provar seu valor quando em contato com os fatos do passado. Isso não significa, necessariamente, que ele não pode ajustar-se aos fatos, mas serve para nos alertar sobre a possibilidade de uma revisão radical.

O principal padrão historiográfico que a Antigüidade clássica legou à tradição ocidental é o do avanço para um ideal de perfeição. A superioridade desse padrão em dar coerência à história de qualquer arte foi demonstrada por Aristóteles, para a tragédia grega, por Cícero, para a ascensão da oratória, e, é claro, por Plínio, para o avanço da pintura e da escultura. Para o crítico mais recente, no entanto, o padrão apresentava um sério inconveniente. É da natureza dessa concepção do desenvolvimento gradativo de um ideal que este deve ser interrompido tão logo a perfeição seja alcançada. No âmbito do padrão, a história subseqüente só pode ser de declínio — que pode ser deplorado em termos gerais, mas dificilmente narrado como um épico de indivíduos dando, cada um, sua contribuição para essa história desoladora. Só existe uma maneira pela qual uma personalidade ou um grupo eminente pode ser introduzido nessa seqüência pós-clássica: mediante o recurso a um segundo padrão historiográfico de origem ainda mais mítica, a idéia de resgate e restauração, o retorno da idade de ouro através de alguma intervenção benéfica.

O primeiro texto que apresento, extraído dos escritos de Dionísio de Halicarnasso, é um exemplo dessa técnica: aborda a restauração da oratória à primitiva perfeição ática, depois das perversões do "asianismo".

A afinidade entre esse padrão e o do Renascimento prescinde de elaboração. A restauração das belas-letras é um tema constante dos humanistas, e Vasari, como sabemos, embora não tenha sido o primeiro historiador a aplicá-lo à história da arte, foi o mais minucioso e convincente de todos. O papel dos vilões asiáticos é atribuído aos godos, e uma vez mais a Itália vem em auxílio, permitindo o início de um novo ciclo em busca da perfeição, que leva "da Cimabue in puoi" à perfeição de Michelangelo.

Essa triunfante imposição de uma leitura coerente sobre a história das artes na Itália colocou as gerações subseqüentes diante do mesmo problema com que se haviam deparado os críticos pós-clássicos do mundo antigo. O que havia ainda por dizer, e como isso podia ser subordinado a algum conceito inteligível? Estava claro que a única maneira de descrever a história da arte, depois de Michelangelo, era em termos de decadência e degeneração, ou em termos de algum novo e milagroso resgate. O segundo e terceiro textos que apresento têm por objetivo mostrar que foi exatamente isto o que aconteceu. Na nova e admirável irrupção da pintura em Roma, uma geração depois da morte de Michelangelo, atribui-se a Caravaggio o papel do sedutor, e a Carracci o de restaurador das artes a uma nova dignidade. Entre ambos, o lamaçal do desalento em que os novos asiáticos — os maneiristas — tinham lançado a arte.

No entanto, os críticos e historiadores do século XVII que quiseram escrever essa história encontraram em Vasari mais instrumentos descritivos do que o inevitável padrão de ascensão e queda. Pois, afinal, Vasari não era só historiador, mas também crítico, e, sendo ele próprio um pintor da geração seguinte, indicou o caminho a ser seguido com muito mais clareza do que se costuma creditar a ele.

Estaremos simplificando demais seu trabalho se chamarmos atenção apenas para o pináculo em que ele colocou Michelangelo. É verdade que Vasari via em Michelangelo o mestre que elevara a tarefa mais nobre e mais central da arte, ou seja, a representação do belo corpo humano em movimento, a uma perfeição insuperável. Contudo, sendo ele próprio um pintor, Vasari mostra-se bastante consciente do fato de existirem outras tarefas, talvez um pouco menos grandiosas, mas não menos úteis para o pintor, e estas Michelangelo deixara a cargo de outros artistas, especialmente Rafael. Se Michelangelo é o ponto culminante, Rafael situa-se numa esfera adjacente, ligeiramente abaixo, mas com muito mais possibilidade de ascender.

É na vida de Rafael que Vasari prefigura e antecipa o padrão historiográfico que seria usado por seus continuadores do século XVII. Pois, em certo sentido, Rafael foi o primeiro grande artista a viver sob a sombra das proezas de Michelangelo, tendo sido, portanto, o primeiro a indicar o caminho aos que vieram depois dele.

Por mais conhecidos que sejam esses trechos, quero ainda citar alguns excertos, embora percam parte de sua força quando não são lidos em seu contexto integral, a caminho do desfecho daquela extraordinária biografia:

> Como não podia alcançar Michelangelo no campo em que este pusera as mãos, Rafael resolveu equiparar-se a ele e, talvez, superá-lo em outros aspectos. Não se dedicou, então, a imitar o estilo daquele

mestre, para não perder tempo em vão nessa tentativa; em vez disso, tornou-se um artista de primeira nos outros aspectos mencionados. Que bom teria sido se muitos outros artistas de nossa época, que passaram todo o tempo estudando as obras de Michelangelo, tivessem feito o mesmo! Em vez de fracassarem em sua tentativa de igualá-lo e alcançar sua perfeição, não teriam trabalhado em vão, nem desenvolvido um estilo tão áspero e cheio de dificuldades, sem beleza, sem cor e pobre em invenção [*nè fatto una maniera molto dura, tutta piena di difficultà, senza vaghezza, senza colorito, e povera d'invenzione*]. Por outro lado, se tivessem tentado tornar-se artistas de primeira e imitar os outros aspectos, poderiam ter sido úteis para si próprios e para o mundo.[5]

Também ficamos sabendo como Rafael avançou em direção a esse objetivo, como escolheu o estilo de Fra Bartolommeo como ponto de partida "e o incorporou ao que de melhor encontrou em outros mestres; para desenvolver, a partir de muitos estilos, aquele que desde então considerou como seu estilo pessoal, que foi e sempre será infinitamente apreciado pelos artistas".

Sabemos que Vasari achava que Rafael não evitara por completo a tentação de competir com Michelangelo e, assim, causar prejuízos à reputação dele. Encerra essas considerações lançando um apelo aos artistas, para que examinem sua vocação e suas tendências naturais, uma vez que ninguém é capaz de fazer mais do que a natureza lhe permite. Uccello e Pontormo são citados como exemplos de artistas que, por desconhecerem suas possibilidades, esforçaram-se em vão.

Concentrei minha atenção nesse texto famoso por julgar que nele realmente se encontra toda a história subseqüente *in nuce*. Agucchi, Baglione e Bellori, Passeri e Malvasia, que queriam dar continuidade à *oeuvre* de Vasari e assegurar a Annibale Carraci uma posição gloriosa, mal foram capazes de mostrá-lo como um redentor da decadência que, finalmente, compreendera a importância da orientação de Rafael e selecionara uma mistura perfeita de estilos, superando assim a *maniera* degradada e problemática dos afetados imitadores de Michelangelo.

No que diz respeito à posição de Anniballe nesse contexto, posso dar-me ao luxo de ser breve, uma vez que Denis Mahon, um crítico implacável dessa hipótese, confrontou a *fable convenue* do ecletismo de Annibale com os fatos da vida e da arte do artista, terminando por considerá-la insuficiente[6]. Mahon também descreveu de que maneira a queda de prestígio da teoria clássica de arte, a partir do Romantismo, transformou um padrão historiográfico que inicialmente significava um conceito laudatório numa categoria de insulto. Para concluir, o que desejo enfatizar é a correspondente oscilação de gosto que transformou o maneirismo de insulto a elogio. Quando o prestígio da perfeição clássica caiu por terra, qualquer movimento que pudesse ser considerado em oposição a essa perfeição estava fadado a subir. No século XIX, a reação contra os verdadeiros ou pretensos ideais de Rafael e dos Carracci assumiu a forma de pré-rafaelismo. Só a partir das revoluções de gosto do século XX é que se começou a concluir que, se a suposta reação contra o maneirismo por parte dos bolonheses era realmente "uma coisa nociva", então o maneirismo pós-rafaelita pode ter sido uma "coisa boa", afinal de contas. Essa revisão foi facilitada pelo próprio esquema de coisas imposto por Bellori, que via o equilíbrio da perfeição ameaçado por dois lados: por um lado, o naturalismo vulgar; por outro, o convencionalismo bizarro. O excerto da conferência de Dvorak sobre El Greco, de 1920 — uma das primeiras reabilitações do maneirismo —, mostra-nos que os críticos do século XX que participaram tanto da reação contra a *art officiel* acadêmica quanto da reação contra o impressionismo não tinham dificuldade em compreender e aplicar esse esquema tríplice. Para eles, tanto o naturalismo quanto o classicismo eram um anátema. É de surpreender que tenham visto na alternativa rejeitada do maneirismo o predecessor de uma arte moderna anti-realista e antiidealista, difamados como eram seus amigos?

Some-se a isto o dogma hegeliano, segundo o qual todas as tendências artísticas devem necessariamente poder ser interpretadas como manifestações do movimento dialético de ascensão do espírito humano, que se manifesta em todos os aspectos de uma época, e temos a hipótese básica de Dvorak — que exaltou o maneirismo como a expressão de uma crise e de um surto de espiritualidade em que os antimaterialistas e os anti-humanistas de nossa época puderam encontrar sua própria imagem[7].

Tudo isso se poderia inferir sem quaisquer referências às próprias obras de arte. Não discuti nenhum exemplo, e para esta análise nenhum se faz necessário. Afinal, essa rede de categorias, e seu destino nas mãos dos críticos, tem um *momentum* próprio, bastante distanciado dos verdadeiros eventos do passado. Maneirismo tornou-se uma palavra da moda, mas monumentos fundamentais do período, como o ciclo de afrescos no Palazzo Vecchio em Florença (não exatamente uma obra sem importância), continuam inéditos.

Seria possível que muitas obras de arte produzidas no Cinquecento tardio fossem, para nossos críticos e historiadores, menos atraentes que a idéia de uma arte anticlássica? Pois é aqui, segundo penso, que se encontra o ponto fundamental da questão. O conceito de maneirismo como um estilo e período independentes surgiu, originalmente, da necessidade de separar certas obras de um ideal de perfeição clássica. Tornou-se, então, por si próprio, o rótulo de algo considerado não-clássico. No entanto, embora a idéia de avançar para uma imitação mais acurada da natureza tenha um elemento objetivo que pode ser testado em confronto com os fatos, o ideal de perfeição clássica é muito mais imponderável ou, se preferirem, subjetivo[8]. Acostumamo-nos de tal forma a incidir nossa ênfase em algum ponto perto da Stanza della Segnatura, que vemos qualquer desvio dessa solução específica como algo menos harmonioso. Tal atitude só nos deixa com a opção de ver esses desenvolvimentos não-clássicos, na nossa opinião, como sintomas de decadência ou de rebelião deliberada. Com certeza, porém, para os que viveram naqueles anos, essa alternativa teria parecido inteiramente falsa e artificial. Apesar de aderirem à idéia de progresso artístico, certamente não aderiam à idéia de uma culminação final. Ao contrário, creio que, como afirmei em outro lugar deste livro[9], certos aspectos do maneirismo podem ser considerados como uma espécie de efeito *feedback* provocado pela própria idéia de progresso artístico. Poderia esse efeito ter levado a um declínio objetivo? Seria adequado falarmos nesses termos, ou deveríamos olhar para cada uma das obras produzidas no período como esforços independentes, criadas dentro de um contexto específico? Quais, dentre os conceitos de maneirismo formulados nas últimas décadas, podem ajudar-nos melhor a fazer exatamente isso?

Textos

I. Dionísio de Halicarnasso. *On the Ancient Orators* (c. 25 a.C.). Dionysii Halicarnasei *Opuscula*, ed. H. Usener e L. Radermacher, I (Leipzig, 1899), pp. 3-5. Para uma tradução completa e mais literal do *Proemium*, ver J. D. Denniston, *Greek Literary Criticism* (Londres, 1924).

Devemos, meu caro Ammaeus, ser gratos ao nosso próprio tempo tanto pelo progresso de outras realizações quanto, sobretudo, pelos grandes avanços observados no estudo da oratória cívica. Afinal, no período anterior, a retórica antiga e filosófica era objeto de escárnio, grosseiros insultos e difamações. Seu declínio e sua decadência gradual começaram com a morte de Alexandre o Grande, e, em nossa própria geração, chegou quase a extinguir-se. Uma outra retórica introduziu-se, sorrateira, em seu lugar — intoleravelmente aparatosa, impudente e licenciosa, sem quaisquer traços de filosofia ou de qualquer uma das outras artes liberais. Com astúcia, soube iludir a ralé ignorante. Viveu em luxo, riqueza e esplendor maiores que sua antecessora, alçando-se às posições que, por direito, deviam ter pertencido à retórica filosófica. ... Da mesma forma que, numa casa, uma prostituta libertina manda mais que uma esposa legítima, virtuosa e livre de nascença, semeando a discórdia por toda a propriedade e reclamando-a para si às ocultas e por meio de intimidações, assim também viu-se a Musa ática, de antiga e congênita estirpe, despojada de suas dignidades e coberta de vergonha em cada centro e cidade, enquanto sua rival, que apenas ontem emergira dos mais baixos antros asiáticos, uma prostituta mísia ou frígia, ou algum tipo de abominação vinda da Cária, arrogando-se em governante dos estados gregos, expulsando a verdadeira rainha da sala do Conselho — a ignorante expulsando a sábia, a libertina afugentando a casta. ...

Acredito que a causa daquela grande transformação para melhor tenha sido Roma, a soberana do mundo para a qual convergem todos os olhos, e, em particular, os que governam aquela cidade e se distinguem por seu caráter elevado e pela maneira como conduzem os negócios públicos. ... Não ficaria surpreso se, graças a eles, aquele estilo anterior de oratória delirante não conseguisse sobreviver a mais uma geração.

II. G. B. Agucchi, *Trattato* (*c.* 1610). Traduzido para o inglês a partir do texto in Denis Mahon, *Studies in Seicento Art and Theory* (Londres, 1947), pp. 245, 247.

Depois de tantos séculos morta e esquecida, a pintura teve, em nossa época, mestres que a levaram a uma espécie de renascimento, a partir de suas origens grosseiras e imperfeitas. Não teria, porém, renascido e se aperfeiçoado tão rapidamente se os artistas modernos não se tivesem guiado pelo magnífico exemplo das estátuas antigas, preservadas até os nossos dias. Foi a partir delas (e também das obras arquitetônicas) que puderam aprender a sutileza de traço que, em tamanha medida, abriu caminho à perfeição. ...

Na verdade, os mestres acima mencionados, e tantos outros artistas ilustres que seguiram seus passos, perseguiram a perfeição na arte, granjeando à nossa época a glória de rivalizar com a Antigüidade, quando um Zêuxis ou um Apelles, com suas obras de maravilhosa beleza, inspiravam os oradores e escritores a cantarem os louvores de seus pincéis; no entanto, como não terá passado despercebido às pessoas dotadas de um perfeito entendimento, não é menos verdade que, depois da época em que os representantes das escolas ou dos estilos supracitados de nosso tempo floresceram, e quando todos os outros esforçavam-se por imitar aqueles mestres com bom gosto e conhecimento, a Pintura caiu do pedestal em que se encontrava, e de tal maneira que, mesmo sem voltar às trevas absolutas de seu barbarismo anterior, tornou-se no mínimo deturpada e corrompida, afastando-se do verdadeiro caminho. Assim, todo o conhecimento do que era bom extinguiu-se quase por completo, enquanto novos e diferentes estilos surgiram, muito distantes da verdade e do plausível, mais apegados às aparências do que à verdadeira substância, com os artistas satisfeitos por deleitarem os olhos do populacho com belas cores e trajes espalhafatosos[10], utilizando coisas plagiadas de praticamente todas as fontes; de traços pobres, raramente bem compostos, e incorrendo em outros erros bastante evidentes, extraviaram-se todos do caminho exemplar que leva ao melhor.

No entanto, ao mesmo tempo que aquela bela ocupação deixava-se, por assim dizer, infectar por tais heresias artísticas, correndo o risco de perder-se por completo, eis que, na cidade de Bolonha, surgiram três pessoas. ...

III. G. P. Bellori, "Vita di Annibale Carracci", *Le vite...* (Roma, 1672), pp. 19-21, 79.

Foi na época em que a Pintura era, entre os homens, a mais admirada das artes e parecia mesmo ter descido dos Céus, que o divino Rafael deu-lhe os retoques finais que elevaram sua beleza à perfeição, fazendo-a retornar à antiga majestade de todas as graças e enriquecendo-a com todas as excelências que numa época passada, entre os gregos e os romanos, haviam-na tornado tão gloriosa. Mas como, aqui na terra, nada é para sempre imutável, e como tudo que chegou a seu ponto culminante deve, necessariamente, transformar-se e decair, num perpétuo movimento de ascensão e queda, constatamos que as artes, que a partir de Cimabue e Giotto avançaram aos poucos pela longa trajetória de 250 anos, entraram logo em declínio e, de um estado real, tornaram-se medíocres e vulgares[11]. Pois, quando a época afortunada chegou ao fim, desintegrou-se toda a sua forma. Os artistas abandonaram o estudo da Natureza e adulteraram as artes com um estilo, ou melhor, com um extravagante conceito baseado muito mais na rotina do que na imitação da realidade [... *vitiarono l'arte, con la maniera, ò vogliamo dire fantastica idea, appoggiata alla pratica; enon all'imitatione*]. O primeiro germe desse vício destrutivo mostrou-se na pintura de mestres da mais alta reputação, a seguir lançando raízes nas escolas subseqüentes. É inacreditável constatar o quanto as artes degeneraram, não só em comparação com Rafael, mas também em relação àqueles outros que iniciaram o estilo. ... Naquela demorada agitação, as artes foram tomadas de assalto por dois extremos antagônicos, um consistindo na completa submissão às aparências da natureza, o outro à imaginação. Seus iniciadores em Roma foram Michelangelo da Caravaggio e Giuseppe di Arpino. O primeiro simplesmente copiava objetos da forma como se apresentavam ao olho, sem qualquer seleção; o outro nem se dava ao trabalho de olhar para a natureza, dando livre curso a seus impulsos [*seguitando la libertà dell'instinto*], e ambos, favorecidos por um enorme sucesso, passaram a ser vistos pelo mundo como admiráveis e dignos de serem imitados. Foi nesse ponto, quando a Pintura chegava ao seu fim, que estrelas mais favoráveis compadeceram-se da Itália, e Deus houve por bem fazer com que na cidade de Bolonha, Soberana da Ciência e do Saber, surgisse um gênio tão grandioso, com o qual as artes, degeneradas e praticamente extintas, foram elevadas mais uma vez. Esse homem era Annibale Carracci, cuja vida pretendo agora escrever. ...

Somos gratos a seus estudos e sua erudição e o veneramos como restaurador e príncipe da arte renascida. ... Ele nos mostrou de que maneira nos beneficiar de Michelangelo, que não fora seguido por outros e que ainda hoje é negligenciado: pois deixou de lado o estilo e as formas anatômicas do *Juízo Final* e concentrou sua atenção nos belos nus do teto. ... Dedicou-se a Rafael, que tomou por mestre e guia na pintura narrativa; aperfeiçoou suas invenções e estendeu seu talento à representação das emoções e à graça da imitação perfeita. Seu estilo peculiar foi a fusão da idéia e da natureza, incorporando nele mesmo todas as grandiosas qualidades dos mestres do passado. ...

IV. Max Dvorak. "Über Greco und den Manierismus" (conferência feita em outubro de 1920), *Kunstgeschichte als Geistesgeschichte* (Munique, 1924), pp. 275-6.

Não são necessárias muitas palavras para explicar por que El Greco estava fadado a um progressivo esquecimento nos dois séculos seguintes, os séculos dominados pela ciência natural, pelo pensamento materialista e pela crença na causalidade e no avanço da técnica, quando a civilização era uma questão de mecanização de olhos e de cérebros, mas não de coração. Hoje, essa civilização materialista aproxima-se de seu final. O que tenho em mente é menos o colapso externo, que foi apenas um sintoma, do que o colapso interno, que agora se descortina a toda uma geração, em todos os campos da vida: na filosofia e na vida intelectual, onde as humanidades de novo alcançaram uma posição de liderança, onde até mesmo na ciência os alicerces daquele velho positivismo, que achávamos tão solidamente assentado, fragmentaram-se por inteiro; a literatura e as artes voltaram-se para os absolutos espirituais, a exemplo do que ocorrera na Idade Média e no período do maneirismo, dando as costas para a fidelidade à natureza sensual. Há, em todos esses fatos, uma uniformidade que a misteriosa lei do destino humano parece guiar a uma nova época, espiritual e antimaterialista. No eterno embate entre a matéria e o espírito, a balança inclina-se para uma vitória do espírito, e é a esta mudança dos fatos que devemos nosso reconhecimento de El Greco como um grande artista e uma mente profética, cuja glória continuará a brilhar com todo o esplendor.

A TEORIA RENASCENTISTA DA ARTE E A ASCENSÃO DA PAISAGEM*

Creio que existe uma tese de doutoramento sobre o tema da pintura de paisagens nas catacumbas, cujo primeiro capítulo tem o memorável título de *The Reasons for the Obscure of Landscape Painting from the Catacombs* (As razões da ausência de paisagens nas pinturas das catacumbas). O título do presente ensaio pode perfeitamente suscitar algumas apreensões quanto a sua abordagem de um tema de semelhante magnitude. O espaço dedicado à pintura de paisagens nos escritos renascentistas sobre a teoria da arte é tão reduzido que o tema quase não seria digno de atenção, não fosse a existência de um fato surpreendente — o de que, em muitos casos, essas referências precedem a prática que parecem descrever. Não estou lembrado se o *doctorandus* acima mencionado chegou à conclusão de que a arte das catacumbas exerceu uma importante influência sobre a modalidade de pintura tão nitidamente ausente de seu repertório, mas é certo que a intenção deste ensaio é sugerir que a pintura paisagista , da maneira como a conhecemos, nunca poderia ter-se desenvolvido sem as teorias artísticas do Renascimento italiano.

Para excluir esta afirmação da esfera dos paradoxos, apenas um único esclarecimento se faz necessário. Por "pintura paisagista" não quero dizer nada parecido com a representação de cenas ao ar livre; refiro-me apenas ao gênero artístico estabelecido e reconhecido. Não há nada melhor, para ilustrar essa importante distinção, do que as palavras de um pintor do século XVII que manteve contatos pessoais com Rubens e Paul Bril. Escrevendo por volta de 1650, Edward Norgate dedicou inúmeras páginas de sua *Miniatura*

* Este trabalho fez parte de uma coletânea de ensaios apresentados a Hans Tietze por ocasião de seu 70º aniversário, em março de 1950.

à paisagem, "de todos os tipos de pintura a mais inocente, que nem mesmo o Diabo poderia acusar de idolatria".

> ... não parece que os antigos dela tenham feito outro Accompt ou uso que não fosse o de servir a suas outras obras, para ilustrar ou realçar suas pinturas Históricas, preenchendo, com alguns fragmentos de paisagem, os cantos vazios ou lugares em que não há Figuras, nem histórias ... como os que podem ser vistos naqueles incomparáveis *Cartoni* dos Atos dos Apóstolos. ...
>
> No entanto, reduzir essa parte da pintura a uma Arte absoluta e integral, e restringir apenas a esta todo o empenho da Vida inteira de um homem, é, como o concebo, uma Invenção destes últimos tempos. Trata-se de uma Inovação, e boa, que tem trazido honra e benefício tanto aos Criadores quanto aos Professores.[1]

A história contada por Newgate sobre a criação desse novo gênero irá nos ocupar mais adiante. O que importa, no momento, é que a pintura de paisagens era percebida como uma verdadeira descoberta, pois a distinção entre as paisagens em segundo plano e as Paisagens, como "uma Arte absoluta e integral", talvez tenha se tornado um tanto indistinta. Na verdade, a maioria dos historiadores que abordaram o tema parece compartilhar o ponto de vista de que uma se desenvolveu, gradualmente, a partir da outra[2].

Ouvimos falar de como, no século XVI, as paisagens naturalistas em segundo plano engoliam, por assim dizer, o primeiro plano, até chegar ao ponto em que, com especialistas como Joachim Patinier, chamado por Dürer de "o bom paisagista"[3], o tema religioso ou mitológico se reduz a um mero "pretexto". Embora se percebam algumas tentativas isoladas, feitas por gênios como Lotto e Altdorfer, de prescindir inteiramente de um tema, o que se evidencia a partir desses relatos é que a pintura de paisagens, em seu sentido moderno, foi iniciada por mestres menores, como Jakob Grimme ou Henri met de Bles, que prepararam o caminho para Pieter Brueghel[4].

É possível admitir a precisão substancial dessa pintura e, no entanto, sentir que lhe falta alguma coisa. De certo modo, ela é incapaz de fazer jus àquilo que Norgate chamava de "Inovação" do *genre*, que aqui parece manifestar-se por meio da mera atrofia da pintura religiosa. No entanto, de todos os "*genres*" que os "especialistas" do século XVI começaram a cultivar no Norte, a pintura de paisagens é nitidamente o mais revolucionário. A pintura de *genre* propriamente dita ficou muito tempo ligada às concepções didáticas da arte medieval, ilustrando provérbios e chamando a atenção para ensinamentos morais. Até mesmo a pintura de naturezas-mortas podia ser justificada com base na tradição alegórica e emblemática, que sancionava tais motivos como símbolos da *Vanitas*, ou representações dos Cinco Sentidos. A Paisagem, é claro, também tem seus temas tradicionais, como as *Atividades dos meses* ou as *Quatro estações*, mas esses temas isolados dificilmente poderiam representar sua *raisond'être* exclusiva. Contudo, depois da metade do século XVI, a paisagem tornou-se um tema admitido tanto nas pinturas quanto nas gravuras. Nos interiores de galerias de arte e "gabinetes" de colecionadores pintados por Jan Brueghel ou H. Jordaens (fig. 145), paisagens "puras" são vistas como parte do estoque regular do negócio[5]. É o período em que van Mander dedica todo um capítulo de seu poema didático a esse importante ramo da arte. A pintura paisagista tornara-se uma instituição. As preocupações do presente ensaio dizem respeito a esse aspecto institucional, e não ao desenvolvimento estilístico. A diferença entre os dois aspectos pode ser demonstrada por um famoso exemplo: para a abordagem estilística, Dürer foi um dos maiores paisagistas do mundo; no entanto, como mostrou E. Tietze-Conrat[6], ele nunca pôs os pés na instituição da pintura de paisagens. Provavelmente considerava suas famosas aquarelas topográficas como estudos cuja venda não seria um ato de honestidade. Mesmo Lotto, que pintou sua primeira paisagem pura sob a influência da arte de Dürer, pode ter-se sentido estimulado a dar esse passo por outra tradição institucional — sua predela com paisagem realmente faz parte de uma moldura, podendo, assim, ter estado associada, em sua mente, aos *vedute* gravados nos assentos dos coros e nos trabalhos em madeira. Quão diferente é a situação que encontramos depois da metade do século XVI: um Lautensack, um Hirschvogel (fig. 146) ou um Coninxloo encaram a produção de paisagens como profissão, e seus produtos são aceitos naturalmente.

Em seu importante ensaio sobre a pintura de paisagem, M. J. Friedländer dedicou algumas páginas ao surgimento desse tipo de "especialista"[7] — o artista que não mais executa encomendas variadas feitas por um patrono específico, mas obras para um mercado de consumidores anônimos, na esperança de que seus produtos obtenham a aprovação do público. Foi a competição representada por esse mercado aberto, insinua Friedländer, que levou um grande número de pintores radicados no prolífico centro exportador de Antuérpia a recorrerem ao desenvolvimento de novas especialidades. O que provavelmente tinha sido uma prática no interior dos ateliês do final da Idade Média, ou seja, a divisão do trabalho em termos de pintores de figuras, pintores de fundo e, digamos, especialistas em naturezas-mortas, fragmentou-se agora nos diversos *genres* a serem cultivados por aqueles que tinham maiores chances de ganhar a vida por meio de uma determinada especialidade.

Para o aspecto "institucional" a que aludimos, a importância dessa explicação é evidente. O especialista em paisagens é, com certeza, o mais palpável representante dessa instituição, mas, de modo igualmente claro, ele não pode atuar sem sua contraparte, o consumidor ou colecionador, que criam a demanda. Que tipo de público constituía o mercado para esse tipo inédito de pintura — ou, para colocar a questão da forma mais concreta possível, como poderia alguém encomendar pinturas de paisagens, a menos que o conceito, e até mesmo a palavra, já existissem?

Foi em Veneza, e não em Antuérpia, que pela primeira vez aplicou-se o termo "paisagem" a uma pintura específica. Para ser mais exato, os pintores de Antuérpia já estavam muito avançados no desenvolvimento das paisagens de fundo, mas não dispomos de provas de que os colecionadores da cidade já tivessem olhos para a novidade, ou alguma palavra para referirem-se a ela. Os inventários de Margarete da Áustria, Regente dos Países Baixos, que podem ser vistos como representativos do gosto mais apurado de uma residência do Norte, nas primeiras décadas do século XVI, não trazem uma única referência a uma pintura sem um tema — seja paisagem ou *genre*[8]. No entanto, exatamente na mesma época em que esses inventários foram redigidos, Marc Antonio Michiel usa muito livremente, em suas notas, a expressão "uma paisagem"[9]. Já em 1521 ele vira *molte tavolette de paesi* na coleção do cardeal Grimani[10], e o contraste com o inventário do Norte fica ainda mais interessante pelo fato de essas pinturas serem de autoria de Alberto da Holanda[11]. Não sabemos se eram paisagens puras — provavelmente não — mas, para o especialista italiano, eram interessantes apenas como paisagens. Há vários registros semelhantes nos catálogos de Marc Antonio, como, por exemplo, a referência às "paisagens em grandes telas, e outras, desenhadas com pena sobre papel, pela mão de Domenico Campagnola"[12]; o mais admirável, porém, talvez seja a descrição da *tempesta* de Giorgione como "uma pequena paisagem [*paesetto*] sobre tela, com um temporal, um cigano e um soldado"[13]. Por tudo o mais que a pintura pudesse ilustrar, para o grande especialista veneziano ela pertencia à categoria da pintura de paisagem.

As referências de Marc Antonio a "paisagens" não são, de forma alguma, isoladas dentro do universo dos especialistas italianos.

Somos informados de que, em 1535, ofereceu-se a Federigo Gonzaga de Mântua uma coleção de 300 pinturas flamengas, das quais ele comprou 120. "Entre elas", diz uma testemunha ocular, "há vinte que nada representam além de paisagens em chamas, que parecem queimar as mãos de quem delas muito se aproxima"[14]. Treze anos depois, Vasari escreve numa famosa carta que "não existe uma só casa de sapateiro que não tenha uma paisagem alemã"[15]. Mesmo levando em conta o exagero de tal afirmação, sua importância continua sendo considerável. Max J. Friedländer acreditava que, enquanto o desenvolvimento da pintura de paisagens em Antuérpia era receptivo à análise histórica, o súbito aparecimento de pinturas e águas-fortes paisagistas na região do Danúbio (fig. 147) devia levar o historiador a admitir seu fracasso[16]. Mas, se, como sugere a evidência, o desenvolvimento da pintura de paisagens acompanhou uma demanda que existia nos mercados do Sul, o aparecimento simultâneo dessas obras em regiões muito distantes entre si deixa de parecer tão misterioso. Há, de fato, muitos indícios de que essa demanda foi o presente que o Sul renascentista legou ao Norte gótico.

A primeira condição para o surgimento de tal demanda é, evidentemente, uma atitude estética mais ou menos consciente em relação às pinturas e gravuras, e essa atitude, que implica a apreciação das obras de arte por sua realização artística, e não por seu tema ou função, é certamente um produto do Renascimento italiano. Há pelo menos cinqüenta anos, essa afirmação soaria como um lugar-comum. Hoje, a reação contra uma aceitação muito fácil dessa concepção levou-nos a insistir tanto no significado simbólico e religioso da arte do Renascimento que, talvez, o equilíbrio tenha sido mais uma vez restabelecido. Quando o mesmo Federigo Gonzaga que comprou as "paisagens em chamas" flamengas tentou obter uma obra de Michelangelo, disse a seu agente, como faria qualquer colecionador:

> E se ele por acaso vos perguntar qual tema desejamos, dizei-lhe que nada mais desejamos além de uma obra de seu gênio, que esta é nossa primeira e fundamental intenção, e que não temos preferência por nenhum material ou tema específicos, desde que nos seja dado possuir um exemplar de sua arte incomparável.[17]

Uma mudança tão radical no próprio conceito da arte não podia desenvolver-se da noite para o dia, como de fato não ocorreu. Dela encontramos muitos indícios naqueles textos do século XVI que nos permitem acompanhar o surgimento da idéia de arte como uma esfera autônoma da atividade humana. Nessa atmosfera de colecionadores de arte e especialistas, logo se destina um lugar especial à arte flamenga[18]. Os próprios líderes da moda renascentista na Florença do século XV foram os mais ávidos compradores das pinturas e tapeçarias flamengas[19], e é a Facius, um humanista napolitano, que devemos a primeira apreciação dos grandes mestres do Norte.

Na Itália, o terreno estava muito bem preparado para uma demanda pelas pinturas do Norte, a serem admiradas não por seus temas, mas por outras qualidades. E, no entanto, poderia nunca ter sido suficiente convencer os artistas do Norte a abandonarem totalmente os temas, não fosse pelo fato de a teoria da arte italiana ter colocado em evidência a idéia da pintura de paisagens.

Nos *Dez livros de arquitetura* de Alberti, uma obra que se acredita ter sido escrita por volta de 1450 e publicada pela primeira vez em 1486, encontramos um capítulo[20] sobre a decoração de edifícios e interiores, onde lemos:

> Tanto a Pintura quanto a Poesia variam em tipos. O tipo que retrata os grandes feitos dos grandes homens, dignos de memória, difere daquele que descreve os hábitos dos cidadãos comuns, e também daquele que representa a vida dos camponeses. O primeiro, de caráter majestoso, deveria ser usado nos edifícios públicos e nas casas dos grandes, enquanto o último harmoniza-se mais com os jardins, pois é o mais agradável de todos.
>
> Nosso espírito se empanturra com a visão das pinturas que retratam o delicioso campo, os portos, a pesca, a caça, a natação, o passatempo dos pastores — flores e vegetação. ...[21]

Existe ainda, nesse trecho surpreendente, uma ênfase sobre a atividade humana que a distancia da idéia de paisagem "pura". É de se imaginar que Alberti talvez gostasse das tapeçarias do Norte, com suas cenas de caçadas e falcoaria, como os Medici na época em que ele escreveu essas páginas. No entanto, ao longo de suas próprias reflexões sobre esses temas setentrionais, verifica-se uma sutil modificação da ênfase. Ele não vê essas pinturas apenas como decoração, mas como uma Arte a ser apreciada por seu efeito psicológico. Isto fica ainda mais explícito em outro trecho do mesmo capítulo:

> Os que sofrem de febre ficam muito aliviados quando admiram pinturas de fontes, rios e riachos a correr, um fato que pode ser comprovado por qualquer pessoa; se, numa noite qualquer, ele estiver em sua cama e não conseguir adormecer, terá apenas que voltar sua ima-

ginação para as águas e fontes límpidas que já viu uma vez ou outra, ou talvez para algum lago, e sua sensação de secura desaparecerá de imediato, e descerá sobre ele o mais doce dos sonos. ...

Para Alberti, portanto, a pintura não é mais ilustração ou decoração. Em seus efeitos sobre a mente humana ela está ligada à música, e, em suas categorias, à poesia. Foi a partir dessas sugestões que Leonardo desenvolveu a primeira teoria estética completa da pintura de paisagens — mesmo antes de a primeira paisagem ter existido.

As anotações de Leonardo, evidentemente, estão repletas de referências à pintura de paisagens, mas não são essas observações pormenorizadas dos fenômenos naturais que me parecem decisivas. Estas, afinal, também podiam ser usadas no tratamento das paisagens de fundo, e talvez tenham sido elaboradas exatamente com esse objetivo. Mas há, em Leonardo, trechos que transcendem em muito essas sugestões técnicas, assentando firmemente toda a concepção da pintura sobre aquela nova base a partir da qual, unicamente, a pintura de paisagens pode ser vista como uma atividade independente.

Assim lemos, num famoso trecho do *Paragone*:

> Se o pintor quiser ver belas mulheres que lhe inspirem amor, ele tem o poder de criá-las, e, se desejar ver monstruosidades que lhe provoquem medo, diversão e riso, ou mesmo compaixão, ele é seu Senhor e Criador. E se desejar criar desertos, lugares frescos e aprazíveis em tempos de calor, ou quentes quando estiver frio, também pode dar-lhes forma. Também está em seu poder criar os vales que deseja admirar, e os picos das montanhas sobre as quais pode avistar vastas regiões de terra e olhar para o mar no distante horizonte, para além delas; e também, se quiser, admirar as altas montanhas a partir dos vales profundos, ou das altas montanhas os vales profundos e os contornos da costa. Na verdade, tudo que existe no mundo, virtual ou concretamente, ou na imaginação, ele pode ter, primeiro em sua mente, depois nas mãos, e essas [imagens] são tão magníficas, que revelam, a um simples relance de olhos, a mesma harmonia de proporções que existe nas próprias coisas. ...[22]

Os privilégios concedidos ao pintor nesse extraordinário trecho excedem tudo que já se formulara antes. Se Alberti vê a pintura sob o ponto de vista de seu efeito psicológico sobre o observador, Leonardo mergulha fundo nas forças motrizes do próprio processo criativo. Se Alberti equipara a poesia e a pintura pela gama de temas de que dispõem, Leonardo leva às últimas conseqüências o *Ut pic-*

tura poesis de Horácio, ao reivindicar para o pintor as prerrogativas do gênio. A importância do que ele cria não provém de qualquer associação com a importância temática, mas do fato de que — a exemplo da música — trata-se de algo que refletirá a própria harmonia do Universo[23].

Desconhecemos em que medida as teorias radicais de Leonardo foram conhecidas ou aprovadas pelos cultos amantes da arte de Milão ou Veneza[24]. No entanto, a concepção da pintura como uma espécie de poesia, que tinha a confirmá-la a autoridade de Horácio, foi por certo amplamente aceita[25]. Pode inclusive estar por trás do conselho de Bembo a Isabella d'Este, para que não submetesse Giovanni Bellini a um programa rigoroso demais, uma vez que ele preferia seguir sua própria imaginação[26]. Quando esse ponto de vista tornou-se universal, a idéia de um tipo de pintura "pastoril" deve ter-se insinuado a muitos. Não poderíamos inferir que foi a partir dessa condição que um Giorgione criou seu novo tema, e que ele foi aceito por seus protetores venezianos como um Sannazaro ou Tebaldeo que pintava, e não como um mero ilustrador de temas clássicos obscuros? Não podíamos, também, imaginar o cardeal Grimani usando um palavreado semelhante ao explicar a um perplexo visitante os seus *tavolette di paesi* do Norte? A teoria clássica criara uma atmosfera em que os produtos do realismo do Norte apareciam sob uma luz inteiramente nova e, possivelmente, involuntária.

É verdade que o gênero pastoril de Giorgione ou Campagnola (fig. 148) não é ainda pura pintura de paisagens; porém, se o colecionador renascentista procurasse por fontes autorizadas que justificassem seu gosto pela pintura não-ilustrativa, poderia também encontrá-la naqueles autores clássicos que, escrevendo sobre arte, ampliaram cada vez mais o vocabulário e os parâmetros da crítica.

Era a Plínio e seus capítulos sobre arte clássica que o italiano culto recorria em busca de termos e categorias que lhe permitissem discutir e compreender a arte de seu tempo. Em Plínio ele encontraria não apenas a idéia da pintura de paisagens, mas também a noção do artista especializado, que por tanto tempo ficou associado a ela.

Um tema bastante compensador para uma tese de doutoramento seria pesquisar a atribuição dos epítetos criados por Plínio a vários artistas na literatura dos séculos XVI e XVII. Daí a familiaridade de todos os estudiosos da literatura artística italiana com a enorme influência que a caracterização de Plínio a Pyreicus, o proverbial pintor de barbearias, como "pintor obsceno"[27], exerceu sobre a subseqüente avaliação da pintura de *genre* na teoria acadêmica. O rótulo de "rhyparographos" foi passando, com monótona insistência, de mestre para mestre e de escola para escola. Porém, apesar da condenação nele implícita, mesmo a influência daquele trecho por certo não foi inteiramente nociva ao desenvolvimento da pintura de *genre*. Graças a ela, o pintor especializado naquele tipo de tema passara a ocupar um lugar no rígido universo da teoria da arte. E se um pintor como Pieter van Laer estivesse disposto a tolerar essa identificação com o mítico Pyreicus sua posição no mundo da arte estaria assegurada[28]. Pois, afinal, Plínio não admite que suas obras eram cheias de uma esfuziante vitalidade, e que o preço alcançado por elas era superior ao das maiores obras de muitos outros pintores?

Esse processo de identificar artistas vivos com personagens de Plínio já havia começado no século XV[29]. No século XVI, o hábito estava solidamente estabelecido. Todo o mundo da arte era visto através desse crivo. O que quer que revelasse alguma correspondência — e as referências lapidares e obscuras de Plínio prestavam-se a muitas interpretações — podia tornar-se parte da consciência do colecionador. A arte totalmente estranha e desconcertante de Hieronymus Bosch, por exemplo, passou a ser identificada com a categoria humorística dos *Grilli*, aos quais Plínio alude em termos bastante enigmáticos — e, dessa forma, o primeiro "especialista" do Norte teve seu lugar assegurado no panteão do pintor[30].

Entre os especialistas citados por Plínio há um paisagista a que se atribui uma posição de relevo. Trata-se do pintor romano Studius (ou Ludius), que floresceu sob o imperador Augusto e ganhou fama, mas pouco dinheiro, com suas pinturas murais.

> ... Ele pintava casas de campo, pórticos e parques, bosques e pequenas matas, colinas, viveiros de peixes, canais, rios e praias, de um jeito que agradava a todos. E pintava todo tipo de pessoas caminhando ou andando de barco, dirigindo-se a vilarejos em carruagens ou montadas em burros, e também pescadores, passarinheiros, caçadores ou vindimadores.[31]

O fato de um mestre da Idade de Ouro ter feito desse tipo de tema uma especialidade não podia deixar de influenciar a apreciação da pintura de paisagens por parte do público educado do Renascimento. Este é um ponto em que, por sorte, não precisamos nos valer apenas de suposições. Quando Paolo Giovio, o grande árbitro da arte e inspirador das *Vidas* de Vasari, descreve a obra de Dosso no final da década de 1420, ou início de 1430[32], sentimos claramente que ele percebia sua arte por meio do relato de Plínio:

> O estilo suave de Dosso de Ferrara é apreciado em suas próprias obras, mas também, e acima de tudo, naquelas que são chamadas de *parerga*. Pois, ao dedicar-se com gosto às distrações prazerosas da pintura, costumava representar rochedos escarpados, bosques verdejantes, rios que se cruzam, o prolífico trabalho no campo, a alegre e árdua labuta dos camponeses e, também, as longínquas paisagens de mar e terra, esquadras, a caça de aves e animais selvagens, e todo aquele *genre* tão agradável aos olhos, num estilo festivo e suntuoso.[33]

O texto de Giovio é admirável por muitas razões. Primeiro, porque pode tratar-se da mais antiga descrição pormenorizada de uma pintura paisagista nos tempos modernos, que, ao contrário de Alberti e Leonardo, não nos remete a um postulado mas a uma verdadeira obra contemporânea. Em segundo lugar, porque, ao descrever essa obra, ele emprega — aparentemente também pela primeira vez — a palavra *genus* nesse contexto, *cuncta id genus spectatu oculis iucunda*, mostrando que, para Giovio e seus amigos com idéias semelhantes, as paisagens de Dosso (fig. 149) de fato ajustavam-se a um *genre* ou "tipo" de arte reconhecidos. Em terceiro lugar porque o texto revela que, até mesmo nesse documento antigo, o lugar ocupado pelo novo *genre* na hierarquia de valores já estava estabelecido[34]. Dosso mostra sua habilidade não apenas em sua "própria obra", *justis operibus*, mas ainda mais no *hors-d'oeuvre* da arte, em *parerga* que encantam os olhos. O termo *parerga* ou *parergia* também provém de Plínio, que afirma que Protógenes, em suas famosas pinturas murais em Atenas, incluíra alguns pequenos navios de guerra "naquilo que os pintores chamam de *parergia*" (isto é, acessórios), numa alusão ao seu passado de pintor de navios[35]. Na acepção de "paisagem de fundo", o termo já é empregado no ambiente do norte da Itália quatrocentista — aparece numa das descrições de pinturas fictícias da *Hypnerotomachia* de Colonna[36], confirmando uma vez mais a grande influência exercida pelas descrições de Plínio.

No contexto da estética renascentista, até mesmo a observação de que esse tipo de *parergia* é agradável aos olhos tem um caráter um tanto ambíguo. A grande arte deve, certamente, falar ao intelecto, e não aos sentidos: deve mostrar inventividade, simetria e proporção, levando a mente à contemplação das coisas superiores. No entanto, mesmo essas agradáveis bagatelas tinham sua função. Como Alberti observara, podiam ser um legítimo divertimento. Como as "tendências mais suaves" da poesia e da música, ajudam a revigorar o espírito fatigado do homem de negócios.

Do ponto de vista das teorias artísticas do Renascimento, seria possível afirmar que, se esse tipo de pintura ainda não existisse, teria de ser inventado. Mas de alguma forma, é claro, ela certamente já existia nas tradições setentrionais da pintura realista. Ali estava, então, uma moldura que poderia enquadrar os admirados produtos da habilidade e paciência do Norte — e se a moldura era pequena demais para comportar todas essas pinturas, os temas "góticos" em primeiro plano podiam, afinal, ser abolidos para se exibirem melhor as agradáveis *parerga*.

É difícil dizer quando essa atitude refletiu-se pela primeira vez na arte do Norte. Podemos ver, nos *Diálogos* de Francisco da Hollanda, o impacto que teve sobre um artista educado na tradição gótica. As famosas observações sobre os "flamengos", que o português convertido aos princípios acadêmicos pôs na boca de seu "Michelangelo", podem ser consideradas típicas. O defeito dos mestres do norte — é o que ouvimos — consiste exatamente no fato de pintarem apenas para o deleite dos olhos, lançando mão de objetos encantadores — "roupagens, campos verdejantes, árvores umbrosas, rios, pontes e cenas *a que chamam paisagens*". Mas não demora a acrescentar que não condena totalmente a arte flamenga por fazer essas coisas; condena apenas o fato de seus pintores pretenderem ser os melhores em muitos campos, cada um dos quais suficientemente difícil para exigir toda uma vida de estudos[37].

A futura trajetória da pintura flamenga sob a influência dos preconceitos renascentistas é quase antecipada por essa observação. Afinal, a escola de fato se dividiu entre aqueles que desejavam rivalizar com os italianos na pintura figurativa[38] e os que preferiam cultivar e explorar as especialidades tradicionais, em vez de serem os melhores em muitos campos.

Em síntese, a concepção renascentista de que os flamengos atuavam em campo próprio, ainda que apenas no das *parerga*, era em geral aceita, não apenas no Sul, mas entre os próprios artistas do Norte. Essa concepção encontra-se concisamente expressa nos versos que Lampsonius anexou ao retrato de um "especialista" em paisagens, Jan van Amstel[39].

Propria Belgarum laus est bene pingere rura;
    Ausoniorum, homines pigere, sive deos
Nec mirum, In capite Ausonius, sed Belga cerebrum
    Non temere in gnava fertur habere manu
Maluit ergo manus Jani bene pingere rura
    Quam caput, aut homines aut male scire deos. ...

A insinuação de que os artistas do Norte são famosos pela qualidade de suas paisagens porque seus cérebros estão nas mãos, ao passo que os italianos, que os têm na cabeça, pintam cenas da mitologia e da história, mostra-nos que Lampsonius aceitava o preconceito acadêmico. No entanto, acrescenta ele, é melhor pintar paisagens bem do que distorcer figuras, e Jan van Amstel estava certo em dedicar-se ao seu talento.

Há, nesses versos, mais que a mera resignação a uma posição de inferioridade. A idéia de que cada nação e escola de arte devem fazer aquilo que sabem fazer melhor é sintomática de uma mudança total na concepção da arte. A divisão do trabalho nos ateliês do gótico tardio prestara-se ao objetivo prático de acelerar os trabalhos sobre uma determinada encomenda. Agora, a divisão do trabalho não mais se aplica a uma pintura específica, mas à Arte enquanto tal. É à Arte, como idéia abstrata, que cada nação deve dar sua contribuição naquilo em que está melhor preparada para fazê-lo.

Nos séculos que se seguiriam, a posição dos artistas do Norte no mundo da arte italiana seria determinada pela aceitação geral dessa maneira de pensar. Dos flamengos, que Ticiano empregava em seu ateliê para pintarem as paisagens de fundo, a Bril, Elscheimer, Claude e mesmo Philip Hackert, o artista do Norte tinha como ganhar sua vida na Itália, desde que aceitasse o papel de especialista que lhe fora atribuído pela tradição do Norte e pela teoria do Sul[40].

Há testemunhos de que essa aparente superioridade nacional dos *oltramontani* num determinado ramo da arte já deixava, numa época relativamente remota, seus colegas italianos desorientados. Escrevendo em 1548, Paolo Pino[41] tenta justificar isso por meio de uma teoria que merece ser analisada.

> Os artistas do Norte demonstram um talento especial para a pintura de paisagens porque reproduzem as cenas de sua terra natal, que lhes oferece os motivos mais adequados em virtude de sua rusticidade, ao passo que os italianos vivem no jardim do mundo, que é mais belo de apreciar na realidade do que na pintura.

O que temos aqui é a primeira formulação da idéia do "pitoresco", que se costuma associar ao século XVIII[42]. A Itália, diz Pino, pode ser o mais belo país do mundo, mas não fica bem nas pinturas, ao passo que as regiões áridas de que provêm os *oltramontani* constituem o país ideal do pintor. Pino por certo acreditava que as bizarras formações rochosas do gótico tardio que via nas pinturas de Patinier e seus seguidores (fig. 150) eram reproduções fiéis da terra natal desses artistas. Porém, seja como for, esse tipo de explicação persiste, de forma menos ingênua, em muitas discussões mais refinadas da arte paisagística. As regiões próximas à nascente do rio Mosa nos são oferecidas como explicação do estilo de Patinier[43], assim como a paisagem dos Alpes é apresentada como o impulso principal da arte de Altdorfer, Huber ou mesmo do próprio Brueghel. Que elementos desse cenário natural estejam às vezes refletidos na *oeuvre* desses mestres é algo fácil de comprovar[44], mas, como explicações do desenvolvimento da pintura de paisagens, essas teorias parecem-me pouco melhores que as de Pino. Pois, se esses exemplos servem para alguma coisa, é apenas para nos mostrar quão longo e árduo é o caminho que separa a percepção da representação. Afinal, as paisagens do século XVI não são "vistas", mas sim, em grande parte, acúmulos de características individuais; são conceituais, não visuais.

É nesse contexto que ganha significado a história de Norgate sobre a invenção da pintura de paisagens.

> O primeiro momento, como fui informado no exterior, deu-se assim. Um Cavalheiro de Antuérpia, que era um grande *Liefhebber* [Virtuose ou Amante da Arte], retornando de uma longa Viagem que fizera pelo País de Liège e pela Floresta de Ardenas, vai visitar seu velho amigo, um talentoso pintor daquela Cidade, cuja Casa e Companhia ele costumava desfrutar. Encontra o pintor diante de seu Cavalete — num trabalho que continua diligentemente a executar, enquanto o amigo recém-chegado, andando de lá para cá, conta-lhe as aventuras da longa Viagem, quantas Cidades viu, que belos panoramas contemplou num País de tão estranha topografia, cheio de Rochas alpinas, velhos Castelos e extraordinárias edificações etc. De tão encantado com a seqüência dessas descrições (que se prolongavam), o Pintor, sem ser percebido pelo amigo, abandona seu trabalho e, numa outra Mesa, começa a pintar tudo o que o outro lhe relata, descrevendo o que ouve num Estilo mais fiel e duradouro que as palavras do amigo. Para resumir, quando o Cavalheiro terminou o longo Relato, o Pintor já concluíra seu trabalho com tal perfeição, que o Cavalheiro, voltando casualmente o olhar para o mesmo, não pôde conter sua admiração ao ver aqueles lugares e aquele País tão vividamente representados pelo Pintor, como se este os tivesse visto pelos olhos dele ou tivesse sido seu companheiro na viagem. Parece que este primeiro Ensaio em Paisagem rendeu ao pintor muita Glória e Dinheiro. Assim, outros começaram a imitá-lo. ...[45]

Há, nessa história, mais que um simples eco do *Paragone*. Enquanto reconstrução ideal da "primeira paisagem", dificilmente poderia ser melhorada. Deixa clara a lição de quão pouco a paisagem se devia ao olho do pintor e de quanto era atributo da imaginação dele, em que medida o *Liefhebber* contribuiu para sua origem e, também, quão rapidamente ele estava pronto a reconhecer em qualquer imagem trivial de uma ''rocha alpina'', em qualquer estereótipo de um velho castelo, ou em qualquer ''panorama'' imaginário exatamente aquilo que vira em sua viagem. A história apresenta ainda um outro elemento em que devemos insistir: o cavalheiro era um velho amigo do talentoso pintor. Costuma freqüentar a casa dele, para onde se dirige, depois de sua viagem, com o único propósito de narrar a ele todas as cenas pitorescas que vira. Foi sua familiaridade com a obra do pintor — temos a liberdade de acrescentar — que sincronizou sua mente com as cenas da viagem. Sua enumeração dos ''belos panoramas'' já estava condicionada pelas imagens que vira anteriormente nas pinturas do amigo.

Em outras palavras, creio que a idéia de beleza natural como uma inspiração da arte, a idéia que está na base dos textos de Pino tanto quanto em outros textos mais sofisticados, é, para dizer o mínimo, uma simplificação excessiva e muito perigosa. Talvez até mesmo inverta o verdadeiro processo pelo qual o homem descobre a beleza da natureza. Quando dizemos que uma determinada cena é ''pitoresca'' — como Richard Payne Knight[46] há muito tempo sabia — é porque ela nos lembra pinturas que já conhecemos. Para o pintor, por sua vez, nada pode tornar-se um ''motivo'', exceto aquilo que ele pode assimilar ao vocabulário que já domina. Como diz Nietzsche, sobre o pintor realista:

> ''Toda a Natureza, fielmente'' — Mas por qual artifício
> Pode a Natureza sujeitar-se à coerção da arte?
> O menor de seus fragmentos é ainda infinito!
> E, assim, ele só pinta aquilo de que nela gosta.
> De que ele gosta? Daquilo que é capaz de pintar![47]

As origens da pintura paisagista não podem ser entendidas sem uma consciência permanente dessa verdade. Assim, por exemplo, se Patinier realmente incorporou reminiscências das paisagens de Dinant a suas pinturas, e se Pieter Brueghel de fato achava inspiradores os picos dos Alpes, era porque a tradição da arte desses mestres provera-os com um símbolo visual propício à representação de rochas íngremes, permitindo-lhes selecionar e apreciar essas formas na natureza.

As questões de prioridade não podem, certamente, ser resolvidas de forma empírica. Porém, alguns exemplos do século XVI sugerem que o processo de "Arte na Paisagem", que tão bem se conhece a partir dos escritores do século XVIII que falavam de "belezas pitorescas", já tivera início numa data anterior.

A descoberta, por Aretino, da beleza do pôr-do-sol veneziano por intermédio da cor de Ticiano é um exemplo bastante conhecido para ser citado[48], mas um outro exemplo do despertar da sensibilidade artística pode ser aqui mencionado, embora seja um pouco mais hipotético.

Não devemos esquecer que o duque de Mântua comprou uma grande "coleção" de cenas noturnas flamengas com cidades em chamas — um motivo que provavelmente surgiu das paisagens infernais de Hieronymus Bosch[49]. Hoje sabemos, por acaso, que nos anos em que essa aquisição foi feita, um jovem italiano, Cristoforo Sorte, trabalhava naquela cidade com Giulio Romano. O panfleto de Sorte, *Osservazioni nella pittura*, publicado em Veneza em 1580[50], contém o primeiro tratamento sistemático da pintura de paisagem. O elemento mais importante do pequeno mas atraente livro de Sorte é uma descrição de um incêndio que ele presenciou em Verona em 1541.

Sorte descreveu que certa noite fora acordado pelo repique de sinos e correra em direção à cidade, onde um terrível incêndio se espalhava. Após chegar ao Ponte Nuovo, parou um pouco para admirar os "maravilhosos efeitos daquele incêndio, porque tanto os lugares próximos quanto os mais distantes eram iluminados ao mesmo tempo por três diferentes esplendores". Descreve em termos verdadeiramente pictóricos a incandescência das chamas, o reflexo da cena nas águas trêmulas do Ádige e o efeito do luar sobre os vagalhões de fumaça que se misturavam com as nuvens. "E como, naquela época, eu era pintor, imitei a cena com todas as cores." Ao descrever de forma bem detalhada seu procedimento, Sorte acrescenta que suas observações podem ser úteis para os pintores que queiram representar cenas noturnas como o Incêndio de Tróia ou o Saque de Corinto. Não poderíamos pressupor que a visão daquela catástrofe não lhe teria parecido "pitoresca" se ele não estivesse familiarizado com esse tipo de pintura?

Da mesma forma, parece que a descoberta do cenário alpino, em vez de preceder, segue-se à difusão de gravuras e pinturas com paisagens montanhosas. Uma das primeiras apreciações literárias da região alpina, de qualquer modo, assemelha-se de maneira tão surpreendente com as típicas composições paisagísticas do período (fig.

155), que dificilmente a semelhança poderia ser acidental. Foi Montaigne que, em 1580, descreveu o vale do Inn como "o mais agradável cenário que já vira"[51].

> Às vezes, as montanhas se comprimiam, depois se espalhavam outra vez no nosso lado do rio... e davam espaço a terras cultiváveis nos declives das montanhas, onde não eram tão íngremes — e depois a vista abria-se para planícies em diversos níveis, todas repletas de belas residências de nobres e igrejas, e tudo isso fechado e rodeado, por todos os lados, pelas montanhas infinitamente altas.

Embora seja comum representar a "descoberta do mundo" como o motivo subjacente para o desenvolvimento da pintura de paisagem, somos quase tentados a reverter a fórmula e a reafirmar a prioridade da pintura paisagista sobre o "sentimento" em relação às paisagens. Mas não há necessidade de levar esse argumento a um paradoxo extremo. Tudo o que importa, no presente contexto, é que esse movimento numa direção "dedutiva", da teoria à prática artística e da prática ao sentimento artístico, merece realmente ser levado em consideração. Uma vez admitido isso, a pertinência de todas as subdivisões teóricas da pintura de paisagem se torna visível. Para isso, devemos deixar Plínio e voltar-nos para Vitrúvio.

No sétimo livro de Vitrúvio, o artista do Renascimento encontrava o capítulo sobre pintura mural, no qual o autor clássico lança violentos insultos contra as invenções "surrealistas" dos decoradores de sua época[52], cujas criações fantásticas desafiavam todas as regras do gosto e da razão. Contrasta esses ancestrais do "grotesco" com os estilos de decoração que estiveram em voga em épocas anteriores, quando as paredes das salas eram pintadas com motivos decorativos que imitavam palcos teatrais, ao passo que os longos corredores eram freqüentemente decorados com paisagens realistas.

> ... corredores que, por causa de seu comprimento, decoravam com diversos cenários, imagens retratando características de alguns lugares, representando portos, promontórios, litorais, rios, fontes, estreitos, santuários, arvoredos, montanhas, gado e pastores...[53]

A lista de temas é muito semelhante à que Plínio relata para as pinturas de Studius. Mas talvez a importância de Vitrúvio resida em sua ênfase especial aos panoramas naturalistas que se opõem aos ornamentos grotescos. Na verdade, sua autoridade não foi suficiente para neutralizar a autoridade maior das verdadeiras relíquias clássicas — o grotesco continuou a ser pintado no Renascimento, apesar dos protestos de puristas como Daniele Barbaro[54]. Mas a recomendação de se retratar vistas autênticas na decoração de paredes deve ter influenciado o desenvolvimento do gênero no Sul, desde o cenário ilusionista de Peruzzi, na Villa Farnesina (fig. 151), até os afrescos paisagistas de Veronese, na Villa Maser, estendendo-se até as lunetas de Paul Bril e mesmo de A. Carracci[55] — que, por sua vez, estão incluídos entre os ancestrais da paisagem ideal de Claude[56]. Nem essa ligação seria acidental, pois a imposição de Vitrúvio de se representar uma vista simulada nas paredes da casa de campo italiana sugeria que o pintor tinha que evocar uma visão do jardim do mundo, que ficava do lado de fora. Assim, essa necessidade ''institucional'' pode ter levado os artistas a desenvolverem o novo vocabulário pelo qual a beleza da paisagem do Sul pudesse ser assimilada e traduzida pela pintura. Além disso, essa nova tarefa forçava o pintor a abandonar o acúmulo ''conceitual'' de detalhes pictóricos, desenvolvidos pelos especialistas do Norte, e a estudar os efeitos pelos quais se obtém uma ilusão de atmosfera e distanciamento[57].

Mas, se essa relação entre Vitrúvio e a criação da ''paisagem ideal'' tem que continuar um tanto hipotética, a importância do trecho todo para a história posterior da pintura de paisagem mal pode ser questionada. Vitrúvio fizera referências à prática de se adaptar os diversos tipos de cenários à decoração de interiores.

Voltando ao capítulo sobre decoração para a seção anterior, sobre teatros, o artista encontraria uma elucidação desse comentário no famoso trecho que explica as diferentes propriedades das cenas trágica, cômica e satírica[58]. O cenário da tragédia é dominado por objetos ''reais'', como colunas, frontões e estátuas; o cenário da comédia está repleto de vistas ''comuns'', como edifícios privados; já as peças satíricas são representadas num cenário com árvores, cavernas, montanhas e outras imagens rurais (fig. 154). O paralelismo entre a dignidade dos temas na literatura e na pintura nos é familiar pela classificação de Alberti. Embora Alberti atribuísse à pintura de paisagem o grau mais baixo da escala social, o trecho de Vitrúvio poderia servir de ponto de partida para uma subdivisão do próprio gênero de paisagens, de acordo com os níveis sociais. Dessa forma, quando Lomazzo, em 1585, começou a escrever o primeiro tratado sistemático sobre a pintura de paisagem — cinco anos depois dos comentários mais técnicos de Cristoforo Sorte — estava evidentemente influenciado por essas distinções[59].

> Aqueles que mostraram perfeição e graça nesse ramo da pintura, tanto em lugares públicos como privados, descobriram várias formas de executá-la — como, por exemplo, locais subterrâneos, fétidos e escuros, religiosos e macabros, nos quais representam cemitérios, túmulos, casas abandonadas, locais solitários e sinistros, cavernas, antros, charcos e poços; (em segundo lugar) lugares privilegiados onde mostram templos, consistórios, tribunais, ginásios e escolas, (ou ainda) lugares cheios de fogo e sangue, com fornalhas, moinhos, matadouros, patíbulos e instrumentos de tortura; outros, cheios de luz e atmosfera tranqüila, nos quais representam palácios, casas principescas, púlpitos, teatros, tronos e todas as coisas reais e magníficas; e, ainda, lugares aprazíveis, com fontes, campos, jardins, mares, rios, balneários e locais para dançar.
>
> Mas ainda há outro tipo de paisagem, em que representam oficinas, escolas, tavernas, feiras, desertos terríveis, florestas, rochedos, pedras, montanhas, matas, fossos, água, rios, charcos, locais públicos, banhos públicos, ou melhor, *terme*[60].

A enumeração de Lomazzo é tudo, menos lógica. Qual é a diferença entre "lugares privilegiados" e lugares "cheios de luz"? Por que as escolas e os balneários aparecem em duas categorias? Em nenhum momento, a sistematização é o ponto forte de Lomazzo, e sua distinção de vários gêneros de paisagens é particularmente confusa. No entanto, as categorias de Vitrúvio nos dão uma chave para tudo isso. A partir da referência a "objetos reais", como os que compõem o cenário da tragédia, fica claro que elas estavam presentes na mente de Lomazzo. As "cavernas" do cenário da sátira foram elaboradas à sua maneira sinistra, ao passo que a cena cômica é provavelmente responsável por sua última categoria, as paisagens realistas.

Diante da origem fortuita e arbitrária dessas distinções, seu destino posterior é, na verdade, surpreendente, pois os "lugares privilegiados" de Lomazzo são claramente transformados na paisagem heróica de Poussin, seus "lugares aprazíveis" tornam-se a Pastoral de Claude, suas "cavernas sinistras", o tema de Salvator Rosa e de Magnasco, e suas tavernas e feiras, as *bambocciate* holandesas[61].

A estranha carreira dessas categorias não acaba aí, como sabemos. O processo pelo qual são, por sua vez, projetadas na natureza já foi descrito muitas vezes[62]. Existem inúmeros trechos da literatura do século XVIII semelhantes àquele extraído de um roteiro para a Região dos Lagos, que promete levar o turista

> das delicadas pinceladas de Claude, observadas no lago Coniston, às nobres paisagens de Poussin, reproduzidas nas águas do Windermere, e daí às estupendas idéias românticas de Salvator Rosa, consumadas no lago de Derwent[63].

É de se imaginar se essas linhas teriam sido escritas se Vitrúvio não tivesse se antecipado com sua distinção dos três tipos de cenário, que se tornaram os três tipos reconhecidos de paisagens.

As convenções acadêmicas da arte, por mais arbitrárias e ilógicas que possam ter sido, não eram apenas regras pedantes para tolher a imaginação e embotar a sensibilidade do gênio; forneciam a sintaxe de uma linguagem sem a qual a expressão não teria sido possível. Foi exatamente uma arte como a pintura de paisagem, destituída da estrutura fixa de um tema tradicional, que necessitou, para seu desenvolvimento, de algum modelo preexistente no qual o artista pudesse expressar suas idéias. Aquilo que se iniciou como uma forma acidental cristalizou-se em sensações reconhecíveis, explosões de sentimento a que se podia referir livremente. A história da música nos fornece o melhor paralelo da importância dessa estrutura para o desenvolvimento de uma linguagem. As formas de dança das várias camadas da sociedade, por exemplo, tornaram-se os veículos de expressão da música absoluta. A seqüência relativamente fixa de tons na forma de sonata que surgiu da suíte mostrou ser, para os grandes mestres, muito mais uma inspiração do que um obstáculo.

Talvez valha a pena lembrar que, exatamente no período em que Beethoven publicou a sinfonia Heróica e a sinfonia Pastoral, Turner estava preparando as cem gravuras de seu *Liber Studiorum*. Cada uma das composições paisagistas tinha uma letra que indicava a categoria à qual pertencia — H. para Histórica; Ms. para Montanhosa; P. para Pastoral (fig. 153), E. P., Pastoral Elevada (fig. 152); Ma. para Marinha e A. para Arquitetônica. Essa tentativa de "classificação dos vários estilos de paisagem", conforme o prospecto colocava[64], talvez não tenha sido mais consistente do que o sistema desenvolvido por Lomazzo cerca de 230 anos antes. No entanto, não havia nenhum plano vazio[65]. O *Liber Studiorum* pretendia ser um desafio proposital à edição fac-símile inglesa do *Liber Veritatis* de Claude, em cujo prefácio Turner pôde ler que Claude, "de fato, não compôs qualquer tipo de estilo heróico de paisagem... seu estilo é totalmente rural"[66]. Para Turner, a forma de ultrapassar Claude passava por uma multiplicação de categorias que abrangesse um número cada vez maior de aspectos da natureza. Seria a última tentativa do tipo, pois, nessa época, as associações de caráter emocional estavam de tal forma impressas no rosto da Natureza, que nenhuma letra, rótulo ou categoria eram necessários. Mas será que nem mesmo o esforço de Constable para alcançar a visão ingênua deriva seu *ethos* e seu *pathos* do peso da tradição que se tornara sua herança?[67]

O ESTILO *ALL'ANTICA*: IMITAÇÃO E ASSIMILAÇÃO

Aquele que imita deve cuidar para que aquilo que escreve seja semelhante, não idêntico [ao seu modelo], e que a semelhança não seja do tipo da que existe entre um retrato e um modelo, caso em que o artista ganha mais elogios quanto maior a semelhança, mas sim do tipo que existe entre pai e filho. Nesse caso, embora muitas vezes possa haver uma grande diferença entre suas características individuais, uma certa sombra e, como dizem nossos pintores, o *ar* perceptível principalmente na face e nos olhos produz essa semelhança que nos faz lembrar o pai assim que vemos o filho, embora, se a matéria fosse examinada, descobríssemos que todas as partes são diferentes; alguma qualidade nela oculta tem esse poder. Por isso, também devemos cuidar para que, quando uma coisa for semelhante, muitas sejam diferentes, e o que é semelhante deve estar tão escondido que só possa ser captado pela busca silenciosa da mente, sendo mais inteligível do que descritível. Portanto, devemos recorrer ao tom e à qualidade interiores de outro homem, mas evitar suas palavras, pois um tipo de semelhança está oculto, e o outro se salienta; uma cria poetas, a outra, macacos.

Francesco Petrarca, *Le familiari*, XXIII, 19, 78-94[1]

Quando em Veneza disseram a Dürer que sua obra "não seguia o estilo dos antigos e, portanto, não era boa"[2], ele se deparou com o principal critério de exclusão que marca a crítica renascentista na arte e nas letras. Especificar os critérios de inclusão que ligam as obras do Renascimento aos produtos gregos e romanos como uma família definível de formas provou ser muito menos fácil. Esses problemas são realçados pela primeira tentativa séria de arrolar os mo-

* Este trabalho foi uma contribuição ao XX Congresso Internacional de História da Arte, realizado em Nova Iorque, 1961.

delos antigos específicos do estilo *all'antica* no *Censo de Obras de Arte Antigas conhecidas por Artistas do Renascimento*, realizado pelo Instituto de Belas-Artes da Universidade de Nova Iorque (sob a direção de Phyllis P. Bober), com a cooperação do Instituto Warburg da Universidade de Londres[3]. A dificuldade de definir com precisão a dívida dos artistas do Renascimento com a Antigüidade é dupla: reside tanto na persistência da tradição quanto na sua flexibilidade. Graças à persistência das invenções antigas, muitas fórmulas de representação continuaram a circular por toda a Idade Média[4]; graças à sua flexibilidade, sempre podiam ser modificadas e transformadas para se adequarem às exigências de uma composição específica. Entretanto, nem a fórmula tradicional, nem o motivo transformado seriam necessariamente aceitáveis para o cânone do estilo *all'antica*, ao passo que as invenções novas poderiam ser.

A referência aos debates renascentistas acerca do estilo literário pode ser útil para um novo estudo dessas questões[5]. No estilo literário latino também nunca se rompeu totalmente com a tradição clássica. A queixa dos humanistas era apenas que essa tradição fora corrompida e aviltada por "barbarismos". O primeiro passo para a reforma foi a exclusão de palavras ou formas que não podiam ser documentadas a partir dos autores "clássicos" — "clássico", é claro, usado aqui no sentido original de fazer parte do cânone de modelos. Embora haja total acordo quanto a esse ponto, a exigência de uma "imitação" positiva dos autores canônicos mostrou-se mais controversa e bastante esquiva. Petrarca, Policiano, o mais jovem Pico, e, por fim, Erasmo, tiveram pouca dificuldade em apontar as falhas nos argumentos dos ciceronianos ortodoxos, pois havia claramente um limite para a quantidade de cópias fiéis que poderiam ser feitas sem degenerar na mera repetição do modelo. Além disso, a autoridade dos antigos podia ser citada em oposição a um conceito tão restrito de *imitatio*. Quintiliano se opunha à imitação mecânica de um modelo de estilo, e Sêneca descobriu a fórmula — freqüentemente repetida — de que o imitador tem que transformar seu material da mesma forma que a abelha transforma o néctar em mel, ou o corpo assimila o alimento[6]. Acrescentou a feliz comparação com a semelhança familiar que Petrarca, por sua vez, aperfeiçoou no belo trecho que escolhi para epígrafe deste trabalho. Não conheço nenhuma descrição mais surpreendente da misteriosa ilusão da semelhança fisionômica.

Os exemplos a seguir têm por objetivo ilustrar essa crescente ilusão no estilo *all'antica*, chamando a atenção tanto para o valor como para as limitações dessa analogia entre o estilo figurativo e o literário. O extremo de *imitatio* fiel que se aproxima da cópia é exemplificado pelo relevo de batalha de Bertoldo de Giovanni, que já pertenceu à coleção Medici (fig. 156). Seu objetivo e *raison d'être* talvez tenham sido a reconstrução e a restauração de uma invenção clássica inadequadamente preservada num sarcófago de batalha no Campo Santo de Pisa (fig. 157)[7]. O detalhe da queda do guerreiro sobre seu cavalo caído é esclarecedor, tanto pela fidelidade da cópia, quanto pela direção do pequeno desvio que contém: a torsão do corpo, que, na versão de Bertoldo, se vê melhor de trás. Agora supõe-se que seja um motivo que, como mostrou Wilhelm Pinder[8], sobreviveu na arte medieval desde a Antigüidade. Há pelo menos duas variações da fórmula em uma das cenas de batalha da Bíblia de Morgan (fig. 158), e ambas seguem a tendência dos estilos conceituais e transformam o corpo no plano.

Se pudéssemos complementar esse levantamento de um vocabulário humanista, nosso Censo de Antigüidades conhecidas pelo Renascimento, com uma espécie de Du Cange dessas fórmulas medievais que sobreviveram (especialmente de posturas tão difíceis e complexas), poderíamos ver com mais clareza que incentivos os mestres do Renascimento tinham para confrontar o padrão tradicional com a versão clássica. Um desses incentivos era, sem dúvida, o excelente domínio de representação existente na escultura clássica. A admiração dessa habilidade e a necessidade de orientação podem, muitas vezes, ter determinado a escolha dos motivos. O motivo de um homem caindo de sua montaria é um exemplo útil dessa necessidade, já que ações desse tipo são obviamente difíceis de observar e mais difíceis ainda de retratar no estúdio. A surpreendente representação desse tipo de queda na Coluna de Trajano[9] (fig. 159) foi, na verdade, utilizada para um tipo diferente de movimento complexo: Burger mostrou que serviu de modelo para o aleijado curado por São pedro (fig. 160) no Ciborium de Nisio, feito para o papa Sixto IV — um incrível pastiche de fórmulas antigas que normalmente é ignorado quando se discutem as características do estilo *all'antica*. Nesse caso, temos, de fato, uma analogia com a técnica de mosaico daqueles humanistas tímidos cujos discursos se revelam verdadeiras colchas de retalhos de citações mal adaptadas a um novo objetivo. O extremo oposto de uma modificação livre pode ser exemplificado de forma sucinta pelo emprego que Donatello parece ter feito da figura idêntica em sua representação do filho irado (fig. 161). As semelhanças são certamente muito maiores do que as existentes com o grupo de Penteu, com seus membros amputados, que Warburg e Saxl relacionaram a essa cena[10]. Entretanto, é preciso admitir que a assimilação do motivo pelo naturalismo narrativo de Donatello é tão completa que nunca se pôde provar sua origem.

Esses dois procedimentos de imitação e assimilação ocorrem no estilo *all'antica* plenamente desenvolvido. Escolhi Giulio Romano como o típico representante desse estilo. Sua *Batalha de Constantino* (figs. 162, 163, 166), essa evocação extremamente ambiciosa de uma batalha romana, combina os motivos tradicionais numa nova unidade:

> Essa obra é universalmente elogiada pelos feridos e pelos mortos que se podem ver nela, e pelas atitudes diferentes e estranhas dos soldados da infantaria e da cavalaria que lutam em grupos ousadamente planejados... tornou-se uma luz que orienta todos os que tiveram de pintar batalhas semelhantes depois dele; ele aprendeu tanto com as antigas colunas de Trajano e Aurélio em Roma, onde se beneficiou muito observando os uniformes dos soldados, as armaduras, insígnias, fortificações, paliçadas, aríetes, e todos os outros instrumentos de guerra...[11]

O que impressiona Vasari é o conhecimento arqueológico demonstrado na pintura, o que realmente mereceria um estudo especial. Os artistas precederam os eruditos no domínio da *realia* encontrados nos monumentos — o que inclui não somente uniformes, mas também hábitos. É bem conhecido o fato de que Giulio plagiou uma ação particularmente aterrorizante, a exibição das cabeças cortadas de inimigos, do "Relevo de Trajano", que faz parte do Arco de Constantino (fig. 164), sem na verdade copiá-lo. Outras fontes nunca foram estudadas, embora Ramdohr tivesse observado, no século XVIII[12], que um sarcófago que agora se encontra no Museo Nazionale (fig. 165) deve ter sido uma das fontes de Giulio. A influência é inegável. Comparemos, mais uma vez, a postura difícil dos que tombaram, tão admirada por Vasari, e também o lugar que ocupam na composição, a forma como se relacionam com a figura central do heróico vencedor sobre o cavalo. Ambas mostram a confusão de dois guerreiros caídos no caminho do herói, um com o braço e a mão no chão, o outro no meio da queda, com o pé no ar, enquanto um outro guerreiro escorrega desamparado de um cavalo que se empina bem atrás do herói que avança. Por mais surpreendentes que possam ser essas semelhanças, as variações que Giulio introduziu são ainda mais interessantes. O primeiro meio de mascarar a dependência é a inversão, que constitui um processo fácil na prática do ateliê, por meio do traçado, da contre-épreuve, etc. Giulio inverteu a posição do cavalo atrás do herói, o que exigiu uma mudança na posição do inimigo que cai. Adotou um recurso semelhante para a queda do outro soldado, acrescentando um escudo para disfarçar a dependência. E, da mesma forma que o estilista que dominou as leis da gramática ciceroniana pode inclusive aperfeiçoar uma frase de Cícero, Giulio sentiu que conhecia suficientemente anatomia e movimento para introduzir variações nas invenções antigas e até mesmo aperfeiçoá-las com a ajuda de estudos da natureza. Há um exemplo impressionante dessa interação nesse quadro que acredito que não foi observado. Dois belos esboços de um nu de Oxford (fig. 169) foram, há muito tempo, reconhecidos como estudos para dois soldados com armaduras, à extrema direita de nossa pintura, ambos tentando entrar num barco[13]. Agora esse motivo também ocorre no nu de um relevo clássico que Phyllis Bober mostrou ter sido freqüentemente copiado durante o Renascimento (fig. 170), e se comparamos o relevo e o esboço não fica nenhuma dúvida acerca da influência. No entanto, parece provável que Giulio confrontou o motivo que tomou emprestado com um modelo vivo que retratou sentado no chão, ao qual acrescentou um giro de 45 graus em relação ao original.

O âmbito dessas modificações varia, é claro, com a qualidade do protótipo e as exigências da composição. Se observarmos o lado esquerdo da pintura, notaremos que o soldado visto de trás, a figura toda rígida como um arco tenso, é um motivo freqüente nos sarcófagos das Amazonas[14] (fig. 167), mas também nesse caso Giulio provavelmente aprendeu a lição sem copiar fielmente nenhuma das figuras. Mais interessante é seu procedimento em relação ao soldado visto de trás, montando seu cavalo. O motivo da figura em combate é, por assim dizer, realmente muito comum e poderia ser documentada tanto pela tradição como pelos vários sarcófagos de batalhas. Mas o esboço e a estrutura do torso sugerem outro exemplar, tão popular para os artistas da geração de Giulio quanto a própria Antigüidade: o cartão de Michelangelo retratando uma batalha ou, no caso de Giulio, obviamente uma das gravuras de Marcantonio (fig. 168) — que aqui teve a mesma função que o modelo vivo no outro exemplo, ou seja, garantir a precisão da representação. Isso não prova que Giulio não conseguia inventar um motivo, mas somente que aplicava as leis da economia.

Existe também uma semelhança sugestiva entre um dos soldados da batalha, que está prestes a esfaquear o adversário no chão, e um dos mais terríveis assassinos da tapeçaria do *Massacre dos inocentes*, da escola de Rafael (fig. 171), mas é possível que o próprio Giulio tenha feito os cartões desse conjunto, de modo que o desenho pode ter sido encontrado no ateliê. A violência do movimento lembra o grupo de lutadores no cartão de Anghiari de Leonardo, mais do que qualquer protótipo clássico. Aqui, como em outros lugares, a impressão *all'antica* talvez se deva menos ao motivo individual do que ao princípio da ação interligada, esse emaranhado de pernas e braços humanos e corpos entrelaçados se amontoando para criar um cenário cheio de ação diante do observador. É esse princípio que compõe o estilo dos sarcófagos que Giulio identificava com a narrativa *all'antica*. A regra principal é criar o máximo de movimento num espaço mínimo. Comparando Giulio com os protótipos clássicos, logo descobrimos que aqui também ele aperfeiçoou os modelos; aumentou as complexidades da interação, ao mesmo tempo que racionalizou o cenário. É verdade que para isso tomou muitas liberdades com as possibilidades de movimento do corpo humano. Mas aqui, mais uma vez, não agiu sem levar em consideração a importância do que era na época uma antigüidade famosa.

Para concluir, voltemo-nos para a utilização que Giulio fez dessa obra, o *Letto di Policleto* (fig. 173), cuja origem Schlosser tentou remontar à oficina de Ghiberti[15] e cuja fama é bem comprovada pelo seu uso no ateliê de Rafael, pelos estuques das Loggie[16] e pelos colaboradores de Michelangelo no mosaico do piso da Laurenziana[17]. Parece um exemplo útil porque suas características são formuladas facilmente. Refiro-me à extrema artificialidade da pose da mulher. É uma pose que nenhum artista deve ter observado na vida real, pois não é possível sentar-se daquela maneira. Uma de suas marcas é o nariz voltado para a direção oposta aos dedos do pé — um grande prodígio de contorção em qualquer posição, que se torna ainda mais difícil por causa da limitação aproximada do movimento em um plano. É essa artificialidade, pode-se supor, que explica a fama da obra, pois esse grau de contorção é raro na arte antiga. Nos sarcófagos clássicos, apenas as criaturas marinhas mais maleáveis conseguem adotar essa pose. A adaptação mais óbvia desse arabesco humano por Giulio surge relativamente tarde em sua *oeuvre*, na *Educação de Júpiter*, que se encontra na National Gallery, em Londres (fig. 172). A ação da ninfa ao levantar o véu da pessoa que dorme confirma a origem. Mesmo assim, não a chamaríamos de imitação, já que nem o pé direito, nem a mão direita correspondem à Antigüidade. Pelo contrário, Giulio assumiu o princípio da torsão elegante, que exibe o corpo gracioso numa curva atraente e interessante no plano. Ele a modifica mais uma vez na outra figura, que está ainda mais distanciada do protótipo antigo.

Se folhearmos a bela monografia de Hartt, logo descobriremos que Giulio gostava de confiar na autoridade dessa Antigüidade para criar variações sobre o tema. Às vezes pode ter se aproximado mais das nereidas, como na composição de *Hércules e Nessus* para a Sala dei Cavalli do Palazzo del Tè[18]. Outras vezes, tanto o motivo erótico como os elementos da postura são preservados, como no belo grupo de Baco e Ariadne na Sala di Psiche (fig. 175), que quase antecipa Poussin. Ocasionalmente, de novo, a contorsão exagerada do corpo é motivada, dentro do emaranhado de figuras, através de um conflito de movimentos, como na figura de Luna (fig. 174), no teto da Sala dei Giganti, onde a parelha de cavalos da deusa se volta para a direção contrária a seu olhar. A contorsão parece atingir o máximo da tortura em algumas das invenções mais decorativas, tais como a figura da Vitória (fig. 178), cuja cabeça é representada com um giro de mais de 180 graus, e no desenho para o túmulo de um cardeal[19].

Essa lista breve deve ser suficiente para explicar, em princípio, o que se pode descrever como assimilação, distinta da imitação. A assimilação exige um grau de generalização. O artista tem que aprender a criar uma figura que expresse sua idéia do estilo clássico. A facilidade com que Giulio fez isso foi notória. Da mesma forma que outros grandes decoradores de sua época, como Polidoro ou Perino, ele conseguiu cobrir palácios inteiros com motivos que impressionaram sua geração como evocações da Antigüidade, embora poucas fossem citações literais. Cada um dos motivos do Palazzo del Tè, como a concha (fig. 177), com seus seis campos e quatro medalhões de estuque, sem falar no friso com uma batalha dos Lápitas e Centauros, pois o desenho rápido é preservado (fig. 176), exemplifica esse fluxo inesgotável da invenção *all'antica*, ao qual Aretino se refere numa carta típica:

> Pela invenção e graça, o mundo prefere você a qualquer pessoa que já tocou num compasso e num pincel. Até mesmo Apeles e Vitrúvio concordariam se apenas tivessem tido a experiência dos edifícios e das pinturas que você fez e planejou nesta cidade, embelezada e glorificada como foi pelo espírito de suas criações — antiga e moderna ao mesmo tempo.[20]

O ideal de assimilação não poderia ter sido formulado de modo mais claro. Talvez haja, e há, algumas citações diretas da Antigüidade nesse exemplo, mas o verdadeiro problema, parece-me, não é tanto o que Giulio copiou em seus cadernos, mas sim a forma como ele e outros artistas progrediram da cópia para o domínio de uma linguagem.

Como um artista dá esse passo decisivo do pastiche para o pleno domínio de um estilo? O que permitiu que Rafael e seus discípulos ampliassem seu conhecimento de alguns monumentos antigos e criassem a deslumbrante variedade das Loggie? Como Polidoro da Caravaggio progrediu do estudo dos monumentos clássicos para suas famosas improvisações *all'antica*, que serviram, por sua vez, de modelo para inúmeros imitadores e falsificadores?

Talvez seja conveniente lembrar que, se pudéssemos responder a essa pergunta com precisão, poderíamos construir um Rafael robô. Não há nenhum perigo de que isso venha a ocorrer um dia. Mesmo um Giulio Romano robô é um pesadelo improvável. No entanto, isso talvez nos ajude a ver mais claramente onde estão nossas limitações, se formularmos o problema da *imitatio* menos em termos de cópia e mais em termos de generalização. Espalha-se a idéia de que os computadores podem ser programados para aprenderem as regras de jogos e até mesmo de composições musicais de determinados estilos[21]. No estilo literário, para voltar ao ponto de partida dessa discussão, há certamente elementos estruturais passíveis de estatística e até mesmo de computação. Quintiliano ridicularizava as pessoas que acreditavam escrever o latim de Cícero por terminarem suas orações com o famoso e notório *esse videatur*. Ele tinha razão. Mas estudar a cadência desse desfecho rítmico, isolado das palavras significativas, e contar a freqüência de sua ocorrência dentro da textura da prosa de Cícero é um truque muito diferente, um truque que ainda se ensinava a estudantes ingleses treinados na rígida disciplina da verdadeira *imitatio*. É verdade que o cérebro humano é muitas vezes o computador mais confiável, e que um estilista talentoso e, de fato, um parodista habilidoso podem captar as entonações características de um autor com mais êxito do que um estatístico laborioso. Seja como for, nós, historiadores da arte, não podemos depender dos métodos intuitivos que certamente orientaram os criadores de obras *all'antica*. Se quisermos formular o que eles viram na Antigüidade, precisaremos ser capazes de descrever alguns de seus procedimentos.

Antes da virada do século, Aby Warburg tentou, pela primeira vez, fazer exatamente isso, ao descrever as roupas e o cabelo alvoroçado de Botticelli, seu *bewegtes Beiwerk*, já que tal princípio visava dar a impressão de Antigüidade. Posteriormente, em 1905, em seu artigo sobre Dürer, cunhou a expressão *Pathosformel* para descrever essas figuras em movimento que se tornaram uma das características do estilo *all'antica*[23]. Por mais proveitosas que possam ter sido essas formulações, não acredito que possamos nos contentar em repeti-las, pois, como se afirma, a hipótese dele é ao mesmo tempo aberta demais e restrita demais. Tenho certeza, porém, de que Warburg estava certo ao afirmar que deveríamos procurar por algum princípio geral que os artistas do Renascimento tentaram extrair do estudo dos monumentos clássicos. Acredito que não nos afastaríamos do objetivo desses artistas se denominássemos um desses princípios de "a ilusão de vida". Os artistas do Renascimento eram narradores que tinham horror a tudo que parecesse rígido, inerte e morto, como a arte conceitual da Idade Média lhes parecia ser. É claro que o Donatello dos púlpitos de San Lorenzo, o Leonardo da *Última ceia* e o Michelangelo do teto da capela Sistina escolheram outros caminhos para atingir esse objetivo supremo que não a imitação ou a assimilação do estilo *all'antica*. Mas os primeiros que se voltaram para a Antigüidade buscando se orientar quanto aos problemas da representação naturalista, e passaram a admirar a arte dos antigos por sua louvável fidelidade à natureza, devem logo ter descoberto que ela também guardava o segredo desse fascínio mais elevado: a ilusão de movimento e de vida. Essa cobiçada ilusão, como todo fotógrafo sabe, depende de algo mais do que a mera fidelidade às aparências superficiais. Aliás, em excesso, essa fidelidade pode opor-se à ilusão de vida e movimento. A primeira lição foi, na verdade, criar o máximo de movimento e tensão, banindo assim todas as lembranças dos pictogramas mais primitivos. Até mesmo alguns sarcófagos antigos de qualidade medíocre poderiam fornecer muitas sugestões do que evitar e do que fazer. Perguntar por que os mais assíduos seguidores dessas lições às vezes criavam a impressão de uma imobilidade congelada, ou como um Rubens finalmente liberava a centelha de vida dormente em seu estilo, invadiria outras áreas deste Congresso.

TEORIA E PRÁTICA DA IMITAÇÃO DE REYNOLDS*

Três damas adornando um termo de Himeneu

É inútil que os pintores e poetas tentem criar sem materiais com os quais a mente possa trabalhar...

Sexto Discurso

Não há nada na doutrina de Reynolds mais estranho para nosso gosto e nossas idéias atuais do que a ênfase constante no valor e até mesmo na necessidade da "imitação". Por isso, os críticos tendem a se concentrar nos aspectos mais modernos e não-ortodoxos de sua perspectiva artística. Mas, se os críticos têm todo o direito de escolher sua própria forma de abordar a arte, o historiador está preso aos padrões do período e do artista. No caso das *Três damas adornando um termo de Himeneu*[1] (fig. 180), temos a felicidade de conhecer exatamente os termos e as circunstâncias da encomenda. Ao desemaranhar os vários fios da tradição que uniu numa textura perfeita, podemos observar o artista em seu trabalho, aplicando seus próprios princípios de "imitação" e, assim, diminuindo a distância que, para muitos observadores, ainda existe entre Reynolds, o mestre, e Reynolds, o artista.

Northcote conservou para nós a história da obra. Em maio de 1773, sir Joshua recebeu uma carta de Dublin, escrita por Luke Gardiner, Membro do Parlamento, apresentando sua noiva, a bela filha do jurista escocês sir William Montgomery, Membro do Parlamento.

> Esta carta lhe será entregue pela srta. Montgomery, que pretende posar para o senhor juntamente com suas duas irmãs, para compor um quadro do qual terei a honra de ser o possuidor. Quero que sejam

---

* Este artigo foi publicado na *Burlington Magazine*, 1942.

> retratadas juntas, de corpo inteiro, representando algum tema simbólico ou histórico; a idéia e as atitudes que melhor convirão a suas formas não podem ser tão bem imaginadas senão por alguém que se salientou de forma tão eminente por seu gênio e invenção poética.

Depois de assegurar ao mestre que seus modelos estão preparados para dedicar todo o tempo necessário para a obra, ele não consegue resistir a recomendar um pouco mais a tarefa, enfatizando a honra que o artista receberia "por transmitir para a posteridade a imagem de três irmãs tão famosas por diferentes tipos de beleza".

Algumas semanas depois, o pintor respondeu, mencionando sua entrevista com a jovem srta. Montgomery, que, nesse ínterim, havia se tornado a sra. Gardiner. Ele parece realmente entusiasmado com a tarefa, que deve ter representado uma mudança muito bem-vinda na sua pintura rotineira de retratos:

> O senhor já foi informado, não tenho dúvida, do tema que escolhemos; a decoração de um Termo de Himeneu com festões de flores. Isto confere utilidade suficiente às figuras e cria uma oportunidade de introduzir várias atitudes históricas graciosas. Tenho todos os estímulos para me esforçar nessa ocupação.

Embora não se sinta à altura de uma tarefa tão elevada, tem certeza de que "será o melhor quadro que já pintei".

O tema de um rito de culto ao Deus do Casamento, que o pintor escolhera em conversa com a modelo, era certamente o mais adequado para retratar uma jovem noiva, a pedido do noivo. Por si só, o quadro não era algo totalmente novo na *oeuvre* do pintor. Dois anos antes, ele pintara outra beldade famosa, *Lady Elizabeth Keppel* (fig. 179), realizando o mesmo rito. Mas, daquela vez, o casamento a ser comemorado não era o da modelo. Lady Elizabeth foi uma das doze damas de honra da princesa Charlotte Sophie em seu casamento com George III, em 8 de setembro de 1761[2]. Para comemorar a função dela naquele grande espetáculo de Estado, a pintura retrata a dama fazendo um sacrifício clássico a Himeneu, que segura em uma mão a tocha, na outra a coroa real. Como uma nota de rodapé, por assim dizer, o quadro traz uma inscrição extraída do famoso poema *Himeneu* de Catulo:

> Cinge tempora floribus
> Suavolentis amaraci,
> Adsis, O Hymenaee Hymen!,
> Adsis, O Hymenaee![3]

O costume de colocar numa cerimônia real a vestimenta da mitologia clássica está totalmente de acordo com a tradição das festas da corte durante o período barroco. O tratamento formal que Reynolds dá ao retrato também se liga à tradição de grandeza barroca. A presença da figura de corpo inteiro diante da bela cortina e de motivos como o escravo negro são emprestados, principalmente, dos efeitos teatrais da pintura palaciana à moda de Van Eyck[4].

Na superfície, talvez pareça que a "invenção poética" de Reynolds para o sr. e a sra. Gardiner fosse, de fato, apenas uma adaptação inteligente, com alusões refinadas, de uma ocasião particular de um memorial para um evento público. É verdade que a sutileza da concepção simbólica poderia atrair apenas o círculo íntimo da família. Quem mais poderia apreciar o fato de que, das duas ministrantes ao sacrifício conjugal, Ann, a irmã mais jovem, que de fato se casara uma semana antes de o sr. Gardiner escrever a carta ao artista (ela era agora viscondessa de Townshend), fosse representada como alguém que passou pela imagem de Himeneu, ao passo que a mais velha das três, que só se casou um ano depois (quando se tornou a sra. Beresford), fosse retratada ainda coletando flores para o rito?

Mas, se considerarmos a encomenda e a resposta do pintor com mais cuidado, descobriremos que não se pretendia concentrar a atenção do observador nessas alusões simbólicas. As três irmãs posaram para o pintor para criar "um quadro... representando algum tema histórico ou simbólico". O que o sr. Gardiner desejava, e que o pintor realizou com tanto prazer, era, portanto, menos um retrato de grupo do que um retrato histórico, no qual as três famosas beldades, tão conhecidas quanto o próprio Gardiner, posassem como modelos, como se fossem encantadoras atrizes amadoras.

"A decoração de um Termo de Himeneu com festões de flores", como Reynolds denominava o motivo escolhido, é, na verdade, um tema auto-suficiente para um "quadro histórico". O próprio Poussin, a principal autoridade do "grande estilo", o aprovara. Sua pintura, que se encontra atualmente em São Paulo (fig. 181), mostra muitas ninfas cultuando o deus e ornamentando a imagem dele com festões de flores. O tema de Poussin se origina da *Hypnerotomachia Poliphili*, esse curioso romance pseudoclássico do Quattrocento. O texto em latim descreve detalhadamente o sacrifício a Himeneu, e a xilogravura que o acompanha mostra um rito priápico (fig. 182)[5]. Essa obra, que era então geralmente aceita como a tendência do verdadeiro saber arqueológico, parece ser a fonte máxima da tradição iconográfica, à qual Reynolds ligou o grupo de seu retrato — melhor dizendo, contribuiu para as reservas de "materiais com os quais a mente possa trabalhar". Pois um simples sacrifício ao deus pagão da fertilidade — mesmo se transformado no respeitável deus do casamento — não era exatamente a idéia mais adequada a um quadro para o qual as irmãs Montgomery posariam como modelos. A própria pintura sugere, de fato, um outro nome, que foi adotado pela National Gallery, em cujo catálogo aparece como *Três graças adornando o termo de Himeneu*. Na verdade, não há nenhum documento que comprove que Reynolds pretendia fazer uma alusão ao elogio óbvio que atribuía às irmãs Montgomery o epíteto de "as três graças da Irlanda"[6]. Mas, embora não haja evidências diretas, o título parece ser sustentado por uma outra tendência da tradição iconográfica. Numa pintura famosa, agora em Glasgow, Rubens expressara a idéia da *Natureza ornada pelas Três Graças* (fig. 183). Ao substituir a Natureza de Rubens — uma divindade feminina da fertilidade com o aspecto da Diana de Éfeso — por seu equivalente masculino, Reynolds uniu os dois motivos iconográficos numa idéia graciosa: "Himeneu ornado pelas três graças". É um tema adequado para a ocasião, que se sustenta igualmente bem por si só.

Temos que retornar mais uma vez à breve correspondência entre o artista e aquele que contratou seus serviços. Em sua resposta, Reynolds assegura ao sr. Gardiner que o tema escolhido "cria uma oportunidade de introduzir várias atitudes históricas graciosas". Isso significa, se é que o entendemos corretamente, que essas atitudes são mais convenientes aos elevados padrões da "pintura histórica" do que aos preceitos do retrato[7].

Ele não precisou ir longe para encontrar "material para a invenção", para dar ao tema um tratamento formal. O retrato de Lady Keppel poderia mais uma vez servir de ponto de partida: a função do escravo negro poderia ser assumida por uma das irmãs, enquanto que uma terceira figura seria bem-vinda para equilibrar a composição levemente assimétrica. Mas a semelhança com a obra anterior pára repentinamente na superfície. Serviria para o grande esboço, mas não elevaria o quadro à esfera da Grande Arte. As ninfas do *Sacrifício a Himeneu*, de Poussin, também não eram adequadas como modelo, mas uma outra obra do mesmo mestre do grande estilo deu a ele tudo o que queria. Em uma das composições mais bem-sucedidas de Poussin, o *Bacanal* (fig. 184)[8], a Mênade enfeitando um termo de Baco — que também aparece num afresco de Giulio Romano no Palazzo del Tè (fig. 185)[9] — se reflete na pose da figura central de Reynolds, ao passo que a Mênade em êxtase a seu lado — com os braços erguidos em sinal de excitação — foi evidentemente transformada por ele na elegante pose da viscondessa Townshend.

A atitude da terceira figura de Reynolds, Ann Mortimer colhendo flores, não é menos "histórica" nesse sentido metafórico. No caderno de esboços de Reynolds feito na Itália, que ele consultava muitas vezes em busca de modelos úteis, encontramos uma figura semelhante marcada com o termo "ignoto"[10] (fig. 186). Infelizmente, seu autor ainda é desconhecido, mas a tradição iconográfica e formal interliga-se tão intimamente com a arte do passado, que não é difícil descobrir o contexto original de tal figura. Deve ter sido uma das serviçais de Prosérpina que estava colhendo flores e agora olha para o alto, surpresa por ver sua companheira sendo levada na carruagem de Plutão. É a atividade dela, colher flores, que deve ter levado o artista a fazer uso do modelo. "Ocorre muitas vezes", diz ele no *Décimo-Segundo Discurso*, "que as sugestões são aceitas e utilizadas numa situação totalmente diferente daquela em que foram originalmente empregadas."

O leitor que nos seguiu nessa trilha tortuosa, e que observou conosco os elementos da *Lady Keppel* de Reynolds, do *Sacrifício a Himeneu* de Poussin e das *Três Graças* de Rubens, do *Bacanal* de Poussin e da obra anônima *O rapto de Prosérpina*, todos como partes do "material" do mestre, talvez se sinta relutante em olhar outra vez para o resultado desse processo de síntese com receio de que, uma vez dissecada, a pintura nunca mais possa ser restaurada em sua unidade anterior. Parece-nos quase inacreditável que a abundância de erudição acadêmica tenha prejudicado a visão do artista. No entanto, a pintura comprova seus poderes de transformar em gestos vivos as "atitudes" que ele "tomou emprestadas", unindo-as numa graciosa cadeia de movimentos que se espalha como uma melodia de beleza singular. Até mesmo o juiz mais severo tem que aceitar o argumento de Reynolds, segundo o qual "emprestar ou roubar com tanta arte e cuidado dará direito à mesma clemência concedida pelos lacedemônios, que puniam não o roubo, mas a falta de astúcia para ocultá-lo" (*Sexto Discurso*).

Nesse caso, porém, acho que não deveríamos tomar as palavras do artista no sentido literal. Emprestar significava para ele mais do que um recurso pedagógico ou um atalho confortável para a criação de efeitos agradáveis. O fato de a figura central originar-se de um famoso motivo de Poussin dificilmente pode ter escapado aos olhos dos peritos na exposição da Academia, nem pode ter tido o objetivo de fazê-lo por mais que a hábil adaptação de uma citação clássica numa ode contemporânea pretendesse passar despercebida[12].

É esse uso intencional da "citação", mais do que o uso prático de tipos e fórmulas tradicionais, que distingue uma obra como as *Três damas*, de Reynolds, dos casos anteriores de adaptação. Pode-se até mesmo perceber nela a mesma ênfase programática que domina o tratamento da "imitação" nos discursos. Nessas afirmações e reafirmações do recurso à imitação como a melhor forma de criar, o elemento polêmico dificilmente pode ser negligenciado. Tampouco Reynolds esconde o objeto de sua crítica. De vez em quando, adverte seus discípulos contra a crença tentadora no "gênio natural"[13]. Trata-se da crença que se cristalizou em 1759 na carta de Young a Richardson sobre "composição original", que continha uma tese provocante: "Um gênio adulto nasce da cabeça da Natureza assim como Palas Atena saiu da cabeça de Júpiter, já crescida e madura", e, conseqüentemente, "exemplos ilustres monopolizam, prejudicam e intimidam"[14].

Diante desse pano de fundo, talvez possamos sentir um pouco da memorável questão pela qual Reynolds lutou do lado perdedor. Pois sabemos agora que, por maior que tenha sido o ganho, perdeu-se algo irrecuperável no desenvolvimento que começou com essa nova concepção de arte e que ainda não chegou ao fim: um conjunto aceito de símbolos e formas que garantia um padrão comum e, desta forma, fornecia os elementos básicos para a comunicação entre o artista e seu público.

A doutrina e a arte de Reynolds — ou, pelo menos, esse aspecto da arte e da doutrina dele de que estamos tratando — representam, portanto, o programa conservador, no verdadeiro sentido da palavra. Mas o que se quer conservar — as concepções artísticas do passado, transmitidas de geração a geração numa cadeia ininterrupta — já está desaparecendo como um sonho fugaz. O passado não pode ser recuperado pela "imitação". Qualquer pessoa que conviva mais intimamente com a pintura sentirá que o dualismo já inerente à encomenda domina o quadro como um todo. Os dois mundos, o do retrato e o da história, o do realismo e o da imaginação, são mantidos num equilíbrio perfeito, embora precário. Pois, se Gardiner falou na honra que Reynolds receberia por "transmitir para a posteridade a imagem de três irmãs tão famosas por diferentes tipos de beleza", a posteridade é tentada a conceder honras por razões diferentes. Embora as irmãs sejam diferentes o bastante para parecerem indivíduos, são assimiladas ao mesmo ideal de beleza clássica. "É muito difícil", escreve Reynolds, "enobrecer o aspecto de um rosto somente às custas da semelhança (*Quarto Discurso*)... quando um retrato é pintado no estilo histórico... não é uma representação exata de um indivíduo, nem totalmente ideal'' (*Quinto Discurso*).

Seria difícil descrever a tensão intrínseca da obra em termos mais precisos, pois o mundo do ''ideal'', no qual os modelos ''emprestados'' pelo mestre poderiam ser concebidos e expandidos, também se desgastou no conflito com a realidade. A linguagem grandiloqüente da cunhagem clássica, que Poussin tornara seu idioma natural, tornou-se um belo jogo. Suas formas e idéias são ligeiramente superpostas numa *coin de la nature*, aperfeiçoadas pelo gosto e pela moda. O próprio tema é menos uma ''imitação'' de um motivo clássico do que uma adaptação. As impetuosas Mênades tornaram-se elegantes Graças; o rito pagão da fertilidade tornou-se uma ocasião respeitável. As irmãs Montgomery estão posando num gracioso ''quadro vivo'' que representa alguma obra-prima imaginária da Arte Acadêmica do passado. A qualquer momento pode cair o pano — três sorridentes atrizes amadoras retomarão seus deveres sociais.

NOTAS

A CONCEPÇÃO RENASCENTISTA DE PROGRESSO ARTÍSTICO E SUAS CONSEQÜÊNCIAS

1. Ferdinandus Fossius, *Monumenta ad Alamanni Rinuccini vitam contextendam* (Florença, 1791), pp. 43 ss. Fossius não menciona a data da carta, que, contudo, se encontra intacta na cópia contemporânea, na Magliabecchiana. Cf. Apêndice.

2. A idéia do reflorescimento das artes tem sido objeto de uma ampla discussão, juntamente com os debates mais recentes sobre o conceito de Renascimento. Cf. W. K. Ferguson, *The Renaissance in Historical Thought* (Cambridge, Mass., 1948). F. Simone, "La coscienza della Rinascita negli Umanisti", *La Rinascita 2*, 1939, e *3*, 1940, e H. Weisinger, "Renaissance Theories of the Revival of the Fine Arts", *Italica*, XX, 1943. Ver, também, E. Panofsky, *Renaissance and Renascences in Western Art* (Estocolmo, 1960), capítulo I. Entre as afirmações que precedem Rinuccini, a referência feita por Valla à pintura, na introdução às *Elegantiae*, talvez tenha sido a mais influente de todas. A ligação entre as artes e as letras é particularmente esclarecida por Eneas Silvius numa carta a Niklas von Wyle, em julho de 1452. Cf. R. Wolkan, *Der Briefwechsel des Eneas Silvius Piccolomini*, III (Viena, 1918), vol. I, carta 47; ver também, de minha autoria, "Art and Scholarship", reeditado in *Meditations on a Hobby Horse* (Londres, 1963), pp. 106-19.

3. L. B. Alberti, *Della pittura*, ed. Mallè (Florença, 1950), pp. 53 s.

4. Quintiliano, *Institutio Oratoria*, XII, X; ver também, de minha autoria, "Vasari's *Lives* and Cicero's *Brutus*", *Journal of the Warburg and Courtauld Institutes*, XXIII, 1960, 309-11.

5. *Purgatorio* XI, 91 ff.; cf. J. v. Schlosser, *Präludien* (Viena, 1927), p. 248. Para Dante, mais que uma "contribuição", o declínio subseqüente é a condição prévia da fama. Esta ainda é a interpretação de C. Landino na edição de Dante de 1481. "Che benche alchuno sia il primo in una scientia, o virtu, o arte, nientedimeno dura pocho tempo esser primo; perche viene dipoi qualchuno altropiu excellente di lui. ..." Depois de Giotto, as artes estão explicitamente isentas dessa observação. Giotto continua ainda insuperado, mas apenas *pro tem.*: "cosi forse verra in un altro tempo, chi vincera Giotto".

6. Cennino Cennini, *Il libro dell'arte*, ed. D. V. Thompson Jr. (New Haven, 1933).

7. J. P. Richter, *The Literary Works of Leonardo da Vinci* (Oxford, 1939), n. 498 — Cod. Forster III, 66b.

8. Trata-se de uma tradução do primeiro aforismo de Hipócrates, freqüentemente citado na Idade Média; cf. a introdução a *La Grande Chirurgie*, de Guy de

Chauliac, traduzida em *Medieval Reader*, de J. B. Ross e M. M. McLaughlin (Nova Iorque, 1949).

9. E. Zilsel, "The Genesis of the Concept of Scientific Progress", *Journal of the History of Ideas*, VI, 1945. Não posso aceitar a opinião de Zilsel, para quem a idéia de progresso só está presente onde os escritores explicitamente afirmam que aqueles que vierem depois deles, construirão sobre o que já está feito. Mas mesmo isso ocorre em Arquimedes, como foi mostrado por L. Edelstein no mesmo *Journal*, XIII, 1952, p. 575. Além do mais, a maior parte dos textos filosóficos gregos implica a idéia da progressiva solução de problemas. Cf. K. R. Popper, "Towards a rational Theory of Tradition", agora reeditado in *Conjectures and Refutations* (Londres, 1963). Uma interessante discussão do progresso científico do século XVII pode ser encontrada em *De' simboli trasportati al morale*, de Daniello Bartoli (Bolonha, 1677), pp. 260 ss. O autor, um jesuíta, coletou vários trechos relevantes de autores clássicos, que podem ser úteis aos interessados pelo problema apresentado por Zilsel.

10. A idéia de que a "arte" é superior às obras de arte individuais encontra-se prefigurada na carta de Ficino a um artista, *Opera Omnia* (Basiléia, 1576), p. 743. "Nunquam satisfacit arti cui semper artificium satisfacit".

11. J. v. Schlosser, *Leben und Meinungen des florentinischen Bildners Lorenzo Ghiberti* (Basiléia, 1941), diz que essa competição seguia um antigo costume, mas fui incapaz de descobrir um precedente genuíno. Não poderá ter sido influenciada pelo exemplo da competição por Éfeso, da qual participaram cinco famosos escultores, segundo Plínio, *Hist. Nat.* XXXIV, 53? Parece-me possível que, pelo menos, tenha sido sugerida pelo mesmo surto de orgulho em Florença, a igual das cidades antigas, que inspirou os *panegíricos* de Bruni sobre Florença nesses mesmos anos, e que é tão vigoroso em muitos dos discursos de Salutati. Cf. Th. Klette, *Beiträge zur Geschichte und Litteratur der italienischen Gelehrtenrenaissance* (Greifswald, 1888), e ver também Hans Baron, *The Crisis of the Early Italian Renaissance* (Princeton, 1955).

12. Cf. I. Falk e J. Lányi, "The Genesis of Andrea Pisano's Bronze Doors", *The Art Bulletin*, XXIV, 1943.

13. R. Krautheimer, "Ghiberti and Master Gusmin", *The Art Bulletin*, XXIX, 1947, e *Lorenzo Ghiberti* (Princeton, 1956), pp. 62-67. A propósito do relato de Gusmin por Ghiberti, ver *Lorenzo Ghiberti, Denkwürdigkeiten*, ed. J. v. Schlosser, (Berlim, 1912), II, pp. 43-4.

14. J. v. Schlosser, *loc. cit.*, e *Lorenzo Ghiberti, Denkwürdigkeiten* (Berlim, 1912).

15. *Carteggio di Giovanni Aurispa*, ed. R. Sabbadini (Roma, 1931), pp. xvii, 13, 51, 67, 69, 70, 72, 168.

16. *Ed. cit.*, II f. e 63.

17. Os documentos impressos por H. Brockhaus, *Forschungen über florentiner Kunstwerke* (Leipzig, 1902), foram intepretados por L. Planiscig, *Ghiberti* (Florença, 1949), de uma forma que acho difícil aceitar. As dez histórias e as 24 peças de friso fundidas antes de abril de 1436 devem ser as mesmas mencionadas no documento de 1437, quando "Caim e Abel" estava quase concluído, "Moisés" também, "Jacó e Esaú" concluído, a história de José parcialmente concluída, e a de Salomão começada. Ghiberti trabalhava lentamente e levou o dobro do tempo prometido para completar a primeira porta, fazendo uma média de três relevos a cada dois anos. Isso corresponde bem ao estado em que se encontrava a obra doze anos depois do contrato para a segunda porta, o planejamento e a modelação de pouco menos de um relevo por ano.

18. A obra é confirmada pela descrição de Ghiberti sobre a "Cosmographia"

de Lorenzetti: "Non c'era allora notitia della Cosmogràfia di Tolomeo, non è da maravigliare s'ella sua non è perfetta" (*ed. cit.*, p. 42).

19. Plínio, *Hist. Nat.*, XXXIV, 61, 65.

20. C. Robert, *Archäologische Märchen* (Berlim, 1886), pp. 28 ss.

21. "Statuariae arti plurimum traditur contulisse capillum exprimendo, capita minora faciendo quam antiqui, corpora graciliora siccioraque, per quae proceritas signorum maior videretur, non habet Latinum nomen symmetria quam diligentissime custodit nova intactaque ratione quadratas veterum staturas permutando vulgoque dicebat 'ab illis factos quales essent homines, a se quales viderentur esse'." Vale a pena observar que a metáfora de "retorno à vida" que Ghiberti introduziu no "Renascimento" foi extraída por ele do mesmo capítulo de Plínio, que fala do reflorescimento da fundição em bronze depois de um período de declínio.

22. Impresso por Brockhaus, *loc. cit.*, p. 37.

23. *Ed. cit.*, pp. 48-9. Talvez nunca venhamos a saber por que o conselho de Bruni não foi seguido, mas deve-se assinalar que em maio de 1426, logo depois de expressar sua opinião, ele partiu para Roma e ali permaneceu até novembro de 1427, como embaixador da República.

24. *Ed. cit.*, pp. 24-5.

25. "Piacque a Protogine quella tavola dove erano fatte le linie di mano d'Appelle ovvero conclusioni appartenenti alla pictura fosse vedute da tutto el populo e spetialmente de' pictori et dagli statuarij et da quelli erano periti" (*ed. cit.*, p. 25, ordem das palavras alterada).

26. *Kleinere kunsttheoretische Schriften*, ed. H. Janitschek (Viena, 1877), pp. 67, 81, 228-9.

27. Tanto o triunfo da arte sobre o material "de base" quanto a nobreza inerente do bronze se encontram entre os temas favoritos de Alberti (*Della pittura*, II, *De re aedificatoria*, VII). Discuti alguns aspectos gerais dessa nova hierarquia de valores num ensaio sobre "Metáforas de valor na arte", reimpresso in *Meditations on a Hobby Horse* (Londres, 1963), pp. 12-29. O contraste entre a superfície áspera das obras de Donatello e a superfície polida de seus antecessores é discutido com grande perspicácia na vida de Luca della Robbia, de Vasari. É característico dessa nova escala de valores que, quando a douração das portas foi restaurada por sob a fuligem uniforme, durante a guerra, a opinião pública de Florença tenha se dividido quanto ao resultado.

28. Eu mesmo expus esse ponto de vista em meu artigo sobre "As mitologias de Botticelli", *Journal of the Warburg and Courtauld Institutes*, VIII, 1945.

29. *Le vite...*, ed. G. Milanesi, III (Florença, 1878), p. 38.

30. Ele pintou a *Adoração dos Magos* para os Servi de S. Donato a Scopeto, depois de Leonardo não ter conseguido concluir sua *Adoração* para o mesmo mosteiro. Esse incidente torna a história de Vasari ainda mais plausível, pois Filippino deve ter-se sentido com alguma obrigação moral em relação a Leonardo.

31. *Treatise on Painting, Codex Urbinas Latinus 1270*, ed. A. P. MacMahon, II, Fac-símile (Princeton, 1956), fol. 32 r.

32. Cf. minha resenha de Hauser, *The Social History of Art*, reeditada in *Meditations on a Hobby Horse* (Londres, 1963), pp. 86-94.

33. Cf. "Norma e forma", p. 105.

34. "Die Kunst hat sich erst in anderthalbhundert Jahren wieder angespunnen. Und ich hoff, sie soll fürbass wachsen, auf dass sie ihr Frucht gebär, und sunderlich in welschen Landen, das dann zu uns auch mag kummen." A. Haseloff, "Begriff und Wesen der Renaissancekunst", *Mitteilungen des deutschen kunsthistorischen Instituts in Florenz*, III, p. 373.

35. Cf. "A teoria renascentista da arte e a ascensão da paisagem", p. 141

36. Herder escreve (*Kritische Wälder*, III, 1769): "Ein Kunstwerk ist der Kunst wegen da; aber bei einem Symbole ist die Kunst dienend", *Werke*, ed. B. Suphan (Berlim, 1877), III, p. 419. Não conheço nenhuma formulação anterior do *slogan* "L'art pour l'art".

37. H. Read, *Contemporary British Art* (Harmondsworth, 1951), p. 19.

38. W. Hazlitt, "Why the Arts are not progressive", extraído de *The Round Table*, Jan. 1814, impresso in *Selected Essays*, ed. G. Keynes (Londres, 1948).

39. Ver também, de minha autoria, "Tradition and Expression in Western Still Life", reeditado in *Meditations on a Hobby Horse* (Londres, 1963), pp. 95-105.

APOLLONIO DI GIOVANNI

1. Florença, Bibl. Naz. MS. cl. xxxvii, cod. 305; Strozziano, pp. 107-13. Spogli e scritture dello Spedale di S. Maria Nuova di Firenze.

2. A. Warburg, *Gesammelte Schriften* (Leipzig/Berlim, 1932), p. 188.

3. Paul Schubring, *Cassoni* (Leipzig, 1915), pp. 430-7.

4. Wolfgang Stechow, "Marco del Buono and Apollonio di Giovanni", *Bulletin of the Allen Memorial Art Museum* (Oberlin College, 1º de junho de 1944).

5. O nome "Mestre em Virgílio" é usado por R. Offner, *Italian Primitives at Yale University* (New Haven, 1927), e o de "Mestre dos *Cassoni* Jarves" por B. Berenson, *Pitture italiane del Rinascimento* (1936).

6. Alfonso Lazzari, *Ugolino e Michele Verino* (Turim, 1897).

7. Ugolini Verini, *Flammetta*, ed. Lucianus Mencaraglia (Florença, 1940), Livro II, n. 8. O poema sobre Apollonio foi publicado pela primeira vez in *Carmina illustrium poetarum Italorum* (Florença, 1724), p. 398.

8. Para o texto original, cf. acima, Apêndice, p. 34.

9. A propósito destes, cf. *katalog der Gemälde alter Meister in der niedersächsischen Landesgalerie*, Hanover, editado por G. von der Osten (Hanover, 1954), n. 186 e 187.

10. Melhor reprodução in *Bulletin de la Société Française de Reproductions des Manuscrits à Peintures* (Paris, 1930), 13ᵉ année; cf. também Schubring, *op. cit.*, n. 225-44, e V. Ussani e L. Suttina, "Virgilio", suplemento da *Illustrazione Italiana* (1930), p. 45.

11. 27 de setembro de 1465. Cf. Thieme-Becker, s. v. *Apollonio* (registro de Warburg).

12. Karl Frey, *Michelagniolo Buonarroti* (Berlim, 1907).

13. Schubring, *loc. cit.*

14. Em 1452. Há também 23 registros referentes a 1446, mas nem todos eles referem-se necessariamente a *cassoni*. Há 22 para o ano de 1447; a média cai para algo em torno de nove encomendas por ano, depois de 1455.

15. Schubring deixou de lado a indicação mais importante, no que diz respeito a essa questão. Ao registrar as despesas de seu casamento com Ginevra Martelli, Cino di Filippo di Cino observa: "Adi 18 Luglio 1461 fior trentatre si fanno buoni a Appollonio (*sic*) dipintores per un paio di forzieri dipinti e mesci coll'arme nostra e de'Martelli; quali ebbi da lui fino a di 6 do quando menai la Ginevra a casa" (G. Aiazzi, *Ricordi storici di Filippo di Cino Rinuccini*, etc., Florença, 1840, p. 251). A encomenda está realmente relacionada nos registros do ateliê como a última antes de 1461: "Figlia d'Ugolino Martelli a Cino di Filippo Rinuccini Fl. 36." Uma vez

que o preço está só um pouco acima da média, e sabemos que um par de *cassoni* foi entregue, devemos pressupor que o mesmo ocorreu com a maior parte das encomendas relacionadas. A propósito, pode ser significativo o fato de Cino mencionar Apollonio, em vez de Marco del Buono.

16. *Op. cit.*

17. Onde Schubring, em sua discussão do *cassone*, refere-se aos membros do Conselho em cuja honra foi realizado o torneio, Warburg escreveu na margem: "wo sind sie denn?"

18. Reproduzido in Van Marle, x, p. 553 (invertido) como "ex-Coleção Holford". Vendido por F. Drey em 1948. Sou grato à sra. F. Drey, pela informação, e à Witt Library pela foto.

19. Anteriormente na Coleção Chamberlin, vendida para a Christie's a 25 de fevereiro de 1938. Sou grato aos srs. W. Martin e J. Bacri, pela informação, e à Witt Livrary pela foto.

20. Berenson, *loc. cit.*, s. v. "Mestre dos *Cassoni* Jarves".

21. Schubring, n. 142. A propósito de um exemplo semelhante, cf. *Münchner Jahrbuch*, v, 1910, p. 187.

22. Reproduzida in *Illustrated London News*, 28 de fevereiro de 1948, onde a data fornecida (com base em evidência heráldica) é 1472, sendo atribuída a Utili da Faenza.

23. Se Apollonio ainda projetou o *cassone* da Rainha de Sabá que se encontra em Yale, algumas das outras versões do mesmo tema parecem não só posteriores, como também mais derivativas. Isto se aplica, por exemplo, ao *cassone* do Victoria and Albert Museum (Schubring, n. 193), que mantém o senso de ostentação, embora não tenha o vigor e a energia da versão Yale. Marco del Buono, nascido em 1402, só morreu em 1489. Não vejo razão alguma para identificá-lo com o "Marchino" que Vasari relaciona entre os discípulos de Andrea del Castagno, como faz Thieme-Becker, seguindo o exemplo de Milanesi. Ele seria 21 anos mais velho que seu mestre.

24. Para um estilo comparável, cf. N. Rasmo, "Il codice palatino 556 e le sue illustrazioni", *Rivista d'Arte* (1939), XXI.

25. A divisa do lado esquerdo, que parece uma figura com uma ampulheta, lembra aquela da disputa de Lorenzo de' Medici, de 1469, *le tems revient*, mas uma data tão avançada excluiria Apollonio como autor. A divisa do lado direito nunca foi descrita corretamente. A Dama parece estar numa jaula, rabiscada no gesso, em que aparece um jovem agrilhoado. Ela segura uma grande chave junto ao colo.

26. Cf. as ilustrações do romance italiano do século XIV, *Meliades*, Museu Britânico, MS. Add. 12228, descrito in H. L. D. Ward, *Catalogue of Romances in the Dept. of MSS. in the Brit. Mus.* (Londres, 1883). A figura 39 é apenas um dentre vários exemplos sugestivos.

27. Sobre as vistas de Roma, cf. H. C. Hülsen, "Di alcune prospettiche di Roma", *Bolletino della Commissione Archeologica Comunale di Roma*, XXXIX (1911). A mesma vista aparece no triunfo de César (fig. 30) e no de Aemilius Paulus, no Fitzwilliam Museum, Cambridge (M. 29). Vistas de Constantinopla aparecem no *cassone* de Oberlin e na "arca Strozzi", no Metropolitam Museum, Nova Iorque.

28. Uma possível exceção é o homem colocando um feixe de ramos na pira de César (Fig. 41), cuja pose lembra aquela do sarcófago de Meleager, tomado emprestado por Michelangelo. A pose, porém, pode ter sido copiada da vida real, como descreve Leonardo. Cf., de minha autoria, a nota sobre "A classical quotation in Michelangelo's Sacrifice of Noah", *Journal of the Warburg Institute*, I, 1937. A encantadora figura de Apolo não revela, certamente, nenhuma familiaridade com as representações clássicas do deus.

29. Vida de Eugênio IV, cf. a nota a A. Warburg, *Gesammelte Schriften, ed. cit.*, p. 389.

30. Lazzari, *op. cit.*, p. 168. Uma publicação das *Carliades* foi anunciada por N. Juhász, mas não chegou a concretizar-se.

31. O primeiro em seu túmulo em Santa Maria sopra Minerva, em Roma, o segundo numa inscrição do Camposanto de Pisa.

32. *De illustratione urbis Florentiae* (Paris, 1583). Para a data da primeira versão (*c.* 1487), cf. Lazzari, *op. cit.*, p. 186. Uma versão ligeiramente posterior (Michele Verino está morto, mas Lorenzo de' Medici parece estar vivo) existe em autógrafo em Paris, Bibl. Nat., cod. nov. lat. 1030. Já contém a passagem sobre os artistas florentinos, como na versão publicada. Esta última foi traduzida e anotada in A. Chastel, *Marsile Ficin et l'art* (Genebra, 1954), pp. 195-6. A respeito do epigrama anterior de Verino, em louvor aos artistas florentinos (antes de 1485, cf. Lazzari, p. 105), ver H. Brockhaus, in *Festshrift zu Ehren des Kunsthstorischen Instituts in Florenz* (Leipzig, 1897), pp. iii f.

33. "Io considero che le 20 historie della nuova porta, le quali avete deliberate che siano del vecchio testamento, vogliono avere due cose principalmente, l'una che siano illustri, l'altra che siano significanti. Illustri chiamo quelle, che possino ben pascere l'occhio con varietà di disegno. Significanti chiamo quelle, che abbino importanza degna di memoria ... bisognerà, che colui, che l'ha a disegnare, sia bene instrutto di ciascuna historia, si che possa ben' mettere e le persone e gl'atti occorrenti, e che habbia del gentile, si che le sappia ben' ornare" (H. Brockhaus, in *Forschungen über Florentiner Kunstwerke* (Leipzig, 1902), p. 37. É interessante comparar essa apreciação do que é agradável com a admiração manifestada por "Manetti", uma geração depois, pela peça que Brunelleschi submeteu a julgamento para a primeira porta — porque se tratava de uma peça "difícil". Discuti essa significativa abordagem da arte no ensaio "A concepção renascentista do progresso artístico e suas conseqüências", pp. 1-14.

A propósito, a neta de Leonardo Bruni aparece, em 1446, entre os clientes de Apollonio.

34. Schubring, n. 156, 157, 184, 185, 289, 290.

35. O fundamento biológico dessa crença é sancionado pela história do estratagema de Jacó no Gênesis, XXX, 37-42. Uma história típica da Antigüidade clássica encontra-se em *Aethiopica*, onde a pele branca da negra Chariclea é explicada pelo fato de sua mãe ter visto uma pintura de Andrômeda nua. Com relação a uma história semelhante, cf. Dionísio de Halicarnasso, *Op. Omn* (Leipzig, 1775), V, 416. Ficino menciona essa crença em "De immortalitate animae", *Opera Ominia*, (Basiléia, 1576), I, p. 284. Cf. também Schubring, *op. cit.*, p. 12 (a referência a Vives é errônea).

36. Cf. meu artigo "Icones Symbolicae", *Journal of the Warburg and Courtauld Institutes*, XI, 1948, esp. pp. 177 e 185.

37. Cat. n. 270.

38. Cat. n. 1974.

39. Schubring, n. 298, 299, e T. Borenius, *Catalogue of the Pictures and Drawings at Harewood House* (Oxford, 1936).

40. *De casibus virorum illustrium*, lib. III, p. 6.

41. Orósio, I, 21, 15, faz de Péricles e Sófocles dois líderes da guerra contra Esparta e a Ásia. S. Antoninus, em sua *World Chronicle* (titulus IV, cap. I, par. 55), segue o exemplo de Eusébio ao situar Píndaro, Sófocles e Eurípides no período de Xerxes e Temístocles. Juntando essas duas fontes, Péricles torna-se contemporâneo de Xerxes.

42. G. Rucellai tinha uma sucursal em Constantinopla. O que constitui uma alusão tópica no *cassone* de Oberlin torna-se uma ilustração patente na chamada arca de Strozzi, Schubring, n. 283-5. Aqui encontramos uma representação do avanço turco sobre a Grécia, tendo também, em segundo plano, Constantinopla, o mar Negro e o Bósforo. Schubring viu nessa peça, que claramente provém do ateliê de Apollonio, uma representação da queda de Trebizonda, em 1461, mas embora o local esteja assinalado, o pintor não deve ter tido a intenção de simplesmente representar um desastre grego. Seria extremamente bem-vindo um novo estudo dessa peça extraordinária, que hoje se encontra no Metropolitan Museum, Nova Iorque.

A partir de um ponto de vista semelhante, o "significado" dos painéis representando César (Figs. 27, 40, 41) também adquire um novo interesse. O "casus" de outro orgulhoso mortal que ignorou o aviso do bobo na hora de seu triunfo, tinha uma sinistra aplicação às condições florentinas nas décadas que antecedem a conspiração dos Pazzi. Nossa relação de clientes do ateliê inclui uma quantidade de nomes suficientes para estimular tais especulações; por exemplo, 6 Pitti, 6 Pazzi, 4 Soderini, 8 Strozzi.

43. Para um sumário completo, cf. Lazzari, *op. cit.*, pp. 167 ss.

44. Lazzari, *op. cit.*, p. 158.

45. Cf. Apêndice II (a).

46. O espírito religioso de Verino era tal, que cada nova página de seu rascunho para as *Carliades* inicia com a seguinte invocação: "+iesus maria raphael ieronimus".

47. Schubring, n. 151, 158 e 160. A propósito do último, cf. T. Borenius, "Unpublished Cassone Panels, VI", *The Burlington Magazine*, XLI, 1922.

48. G. Poggi, in *The Burlington Magazine*, XXIX, 1916.

49. A interpretação corrente, de que o que aqui vemos é a "Cura do Leproso", remonta a Steinmann, in *Repertorium für Kunstwissenschaft*, XVIII, 1895. Infelizmente, essa interpretação não resiste a um exame crítico. O centro desse rito, como se encontra descrito em Levítico XIV, é o repetido ato de lavar e barbear o antigo sofredor. A explicação de Steinmann, de que a água corrente prescrita deve ser imaginada por trás da multidão em pé, faz parte das curiosidades da iconografia. A questão foi recentemente discutida por L. D. Ettlinger, *The Sistine Chapel before Michelangelo* (Londres, 1965), pp. 78-88, que identifica o rito como um sacrifício de sangue do Velho Testamento e como uma referência à Epístola de São Paulo aos Hebreus, onde tal sacrifício é comparado à Eucaristia.

50. Nos desenhos para a *Disputa*, pode-se discernir claramente essa influência.

51. Apêndice II (b). Esta é a versão que aparece na bela cópia da dedicatória para Carlos VIII, com o retrato de Verino na página de abertura. A ordem das palavras é quase idêntica em Laur. Plut. 39, 41 e (com exceção da mudança do nome do artista) no MS. mais antigo em Paris, Bibl. Nat. Nouv. Fonds lat. 10, 234.

52. Cf. H. Brockhaus, in *Festschrift, op. cit.*

53. Sou grato à prof. Gertrud Bing por essa observação.

54. C. Gould, "Leonardo's Great Battle-Piece", *The Art Bulletin*, XXXVI, 1954, p. 121 n. O autor compara o tratamento episódico planejado por Leonardo àquele do *cassone*, mas enfatiza que a diferença de qualidade artística exclui uma influência direta. Certo, mas não será possível que a representação tradicional tenha influenciado os termos da encomenda?

RENASCIMENTO E IDADE DE OURO

1. Esse ensaio foi lido no X Congresso Histórico de Roma, em 1955; um breve resumo antecipado do mesmo foi publicado em *Relazioni del Congresso Internazionale di Scienze Storiche*, VII (1955), pp. 304-5. Meu ensaio "Os primeiros medici como protetores das artes", pp. 35-37, e sobretudo o estudo da sra. Alison M. Brown, intitulado "The Humanist Portrait of Cosimo de' Medici, Pater Patriae", publicado no *Journal of the Warburg and Courtauld Institutes*, XXIV (1961), pp. 186-221, oferecem, agora, um arcabouço um tanto mais sólido para esse esboço.

2. *Relazioni*, IV, p. 327. Os planos para a publicação do *Epistolario* de Lorenzo de' Medici avançaram muito, nesse ínterim, sob os auspícios associados do Istituto Nazionale di Studi sul Rinascimento, da Renaissance Society of America e do Warburg Institute. Um *check-list Censimento delle lettere di Lorenzo di Piero de' Medici* (Florença, 1964), foi publicada pelos editores, P. G. Ricci e N. Rubinstein.

3. E. R. Curtius, *European Literature and the Latin Middle Ages* (Londres, 1953); C. K. Burdach, *Reformation, Renaissance, Humanismus* (Leipzig, 1926), p. 53 e pp. 59 ss.

4. W. K. Ferguson, *The Renaissance in Historical Thought* (Cambridge, 1948).

5. A. Chastel, "Vasari et la légende médicéenne", *Studi vasariani* (Atti del Convegno Internazionale per il IV Centenario della prima edizione delle *Vite* del Vasari) (Florença, 1952).

6. H. P. Horne, *Alessandro Filipepi* (Londres, 1908).

7. *Der Lebensraum des Künstlers in der florentinischen Renaissance* (Leipzig, 1938).

8. F. Gilbert, "Bernardo Rucellai and the Orti Oricellai", *Journal of the Warburg and Courtauld Institutes*, XII (1949), pp. 101 ss.

9. *Carmina*, ed. I. Fógel e L. Juhász, (Leipzig, 1932).

10. Impresso em Roscoe, *The Life of Lorenzo de' Medici*, 4ª ed. (Londres, 1800), Apêndice L, p. 285.

11. M. Eliade, *Le Mythe de l'éternel retour* (Paris, 1949); F. Kampers, *Vom Werdegange der abendländischen Kaisermystik* (Leipizig, 1924); K. Borinski, *Die Weltwiedergeburtsidee in den neueren Zeiten* (Munique, 1919).

12. Roscoe, *op. cit.*, p. 289.

13. *Selve*, II, 122.

14. C. Landino, *Carmina*, ed. Perosa (Florença, 1939), p. 135.

15. U. Verino, *Flametta*, ed. L. Mencaraglia (Florença, 1940), p. 107.

16. Naldo Naldi, *Elegiarum libri III*, ed. L. Juhász (Leipzig, 1934), p. 89, versos 349-50.

17. *De Monarchia*, I, xiii; Kampers, *op. cit.*; Burdach, *op. cit.*; P. E. Schramm, *Kaiser, Rom und Renovatio* (Leipzig, 1929); R. Bonnaud Delamare, *L'Idée de paix à l'époque carolingienne* (Paris, 1939); F. A. Yates, "Queen Elizabeth as Astraea", *Journal of the Warburg and Courtauld Institutes*, X (1947), pp. 27 ss.

18. *Relazioni*, p. 341.

19. In *Giovanni* Lami, *Deliciae Eruditorum*, XII (Florença, 1742), p. 146.

20. *Relazioni*, pp. 536-9.

21. *Ed. cit.*, p. 49.

OS PRIMEIROS MEDICI COMO PROTETORES DAS ARTES

1. Th. Klette, *Beiträge zur Geschichte und Litteratur der italienischen Gelehrtenrenaissance*, II (Greifswald, 1889), p. 32, segundo Bruni, Epistolae, ed. Mehus, lib. VII, ep. iv.

2. Ernst Robert Curtius, *European Literature and the Latin Middle Ages* (Londres, 1953).

3. Cf. "Renascimento e Idade de Ouro", p. 37.

4. Marcello del Piazzo, *Protocolli del carteggio di Lorenzo il Magnifico* (Florença, 1956), e também P. G. Ricci e N. Rubinstein, *Censimento delle lettere di Lorenzo di Piero de' Medici* (Florença, 1964).

5. Giovanni Gaye, *Carteggio inedito d'artisti*, I (Florença, 1839), p. 209.

6. Cartas de Pietro Cennini a Lorenzo, Archivio Mediceo avanti il Principato, Filza XXXIII, 461 e 766, setembro de 1476.

7. P. O. Kristeller, "The Modern System of the Arts", *Journal of the History of Ideas*, XII, outubro de 1951, XIII, janeiro de 1952.

8. *Op. cit.*

9. Alfred von Reumont, *Lorenzo de' Medici* (Leipzig, 1883).

10. E. Muentz, *I precursori e propugnatori del Rinascimento* (Florença, 1902).

11. Martin Wackernagel, *Der Lebensraum des Künstlers in der florentinischen Renaissance* (Leipzig, 1938), um livro ausente da extremamente útil *Bibliografia Medicea*, de S. Comerino (Florença, 1940).

12. D. Moreni, *Memorie storiche dell'Ambrosiana Basilica di S. Lorenzo di Firenze* (Florença, 1812); C. v. Fabriczy, *Filippo Brunelleschi* (Stuttgart, 1892).

13. A. Doren, "Das Aktenbuch für Ghiberts Matthaeus-Statue", *Italienische Forschungen*, I (Berlin, 1904).

14. R. Krautheimer, *Lorenzo Ghiberti* (Princeton, 1956), Docs. 138 e 151.

15. Ottavio Morisani, *Michelozzo architetto* (Einaudi, 1951).

16. Vespasiano de' Bisticci, *Vite di uomini illustri*, ed. P. d'Ancona e E. Aeschlimann (Milão, 1951); há uma tradução inglesa com o título *The Vespasiano Memoirs* (Londres, 1926), de George e E. Waters.

17. R. de Roover, *The Medici Bank* (Cambridge, 1963).

18. Iris Origo, *The Merchant of Prato* (Londres, 1957).

19. Origo, *op. cit.*, p. 149.

20. Numa carta atribuída a "Franciscus cognomento padovanus", preservada no *zibaldone* de B. Fontius na Riccardiana, cod. 907, fo. 141 f., "eleganter qui tum deo jocaretur dicere solebat, patientiam domine habe in me et omnia reddam tibi".

21. W. Roscoe, *The Life of Lorenzo de' Medici*, Apêndice XII.

22. Curt S. Gutkind, *Cosimo de' Medici* (Oxford, 1938), p. 196.

23. Impresso in G. Lami, *Deliciae Eruditorum*, XII (Florença, 1742), pp. 150-68.

24. G. Savonarola, *prediche italiane*, ed. R. Palmarocchi (Florença, 1930-5), III, i, p. 391.

25. *Antonii Benivienii* ΕΓΚΩΜΙΟΝ *Cosmi*, ed. Renato Piattoli (1949), p. 56.

26. *Le vite...*, ed. G. Milanesi, II (Florença, 1878). A propósito da dependência de Vasari em relação a Vespasiano, cf. A. Siebenhüner e L. H. Heydenreich, "Die Klosterkirche von San Francesco al Bosco", *Mitteilungen des kunsthistorischen Instituts in Florenz*, V (1937-40), p. 183.

27. Antonio Averlino Filarete, *Tractat über die Baukunst*, ed. W. von Oettingen (Viena, 1890).

28. Por exemplo, U. Verino, *Flametta*, ed. L. Mencaraglia (Florença, 1940), pp. 104-10, B. Fontio, *Carmina*, ed. Fógel e L. Juhász (Leipzig, 1932), p. 11, C. Lan-

dino, *Carmina Omnia*, ed. A. Perosa (Florença, 1939), pp. 119-22, Naldo de Naldi, *Elegiarum Libri III*, ed. L. Juhász (Leipzig, 1934), p. 88.

29. Morisani, *op. cit.*, p. 90. Walter e Elisabeth Paatz, *Die Kirchen von Florenz*, III (Frankfurt-am-Main, 1952), pp. 8 ss.

30. *Ed. cit.*, II, pp. 440-1.

31. R. G. Mather, "New Documents on Michelozzo", *The Art Bulletin*, xxiv (1942).

32. Moreni, *op. cit.*, pp. 346-7.

33. A. Manetti (atribuído a), *Vita di Filippo di Ser Brunelleschi*, ed. E. Toesca (Florença, 1927). Frabriczy, *op. cit.*

34. Gaye, *op. cit.*, I, pp. 167 ss.

35. *Il libro di Antonio Billi*, ed. C. Frey (Berlim, 1892), que atribuía o segundo projeto a Filarete.

36. A. Warburg, "Der Baubeginn des Palazzo Medici", *Gesammelte Schriften* (Leipzig-Berlim, 1932).

37. Venturi, *Storia dell'arte italiana*, VIII (Milão, 1923), p. 273. Essa estrutura está aqui mostrada num desenho a bico-de-pena de E. Burci (fig. 61), reproduzido por C. Ricci, *Cento Vedute di Firenze antica* (1906), prancha 83. O dormitório, no centro do desenho, traz as armas dos Medici.

38. *Op. cit.*, I, p. 558.

39. Alberti Advogradii Vercellensis, *De Religione et Magnificentia... Cosmi Medicis*, Libri ii. Lami, *Deliciae Eruditorum*, XII (Florença, 1742), pp. 117-49. A versão de Lami, a propósito, está irremediavelmente destruída em alguns trechos, assim como o Cod. Plut., liv, 10, da Laurenziana, que foi sua fonte. À luz do texto correto, oferecido pelo Cod. Laur. Plut., XXIV, 46, discuti outras seções do poema in "Alberto Avogadro's Descriptions of the Badia of Fiesole and of the Villa of Careggi", *Italia Medioevale e Umanistica*, V (1962), pp. 217-29.

40. *Ed. cit.*, p. 142.

41. Publicado por Fabriczy, *op. cit.*, 586 ss.

42. *Op. cit.*, pp. 676-7.

43. "Alberto Avogadro's Descriptions of the Badia of Fiesole and of the Villa of Careggi", *loc. cit.*, p. 223.

44. *Ibid.*, p. 224.

45. *Gaye, op. cit.*, I, p. 136.

46. *Ibid.*, I.

47. *Ibid.*, p. 140.

48. *Ibid.*, p. 141.

49. *Il Buonarroti*, série ii, vol. IV (Roma, 1869).

50. Gaye, *op. cit.*, I, p. 158.

51. Morisani, *op. cit.*, p. 94.

52. Wackernagel, *op. cit.*, p. 245.

53. Gaye, *op. cit.*, I, pp. 191-4. Ver também A. Grote, "A Hitherto Unpublished Letter on Benozzo Gozzoli's Frescoes in the Palazzo Medici-Riccardi", *Journal of the Warburg and Courtauld Institutes*, XXVII (1964), pp. 321-2.

54. J. Marcotti, *Guide Souvenir de Florence* (Florença, 1888).

55. Alessandro d'Ancona, *Origini del teatro italiano* (Turim, 1891), I, p. 277.

56. Devo essa observação à sra. Stella Pearce-Newton.

57. *Op. cit.*, pp. 666 s.

58. Paolo d'Ancona, *La miniatura fiorentina* (Florença, 1914).

59. *Op. cit.*, pp. 668-9.

60. E. Muentz, *Les Collections des Médicis* (Paris, 1888).

61. Wackernagel, *op. cit.*, pp. 346 s.
62. *Ed. cit.*, IV, p. 174.
63. Segundo os *protocolli* publicados por Piazzo, Lorenzo passou algumas semanas no Spedaletto em setembro de 1487, em julho de 1489 e, novamente, em setembro de 1491 (*op. cit.*, p. xlvi). A respeito da carta registrando o trabalho deles em Spedaletto, ver Horne, *Alessandro Filipepi* (1908), p. 353.
64. Roscoe, *op. cit.*, Apêndice LXXVI.
65. *Ibid.*, Apêndice LI.
66. O documento foi reimpresso in M. Cruttwell, *Verrocchio* (Londres, 1904), pp. 242 f.
67. Para os exemplos seguintes, cf. Wackernagel, *op. cit.*, p. 268, Alfred von Reumont, *Lorenzo de' Medici* (Leipzig, 1883), pp. 136 ss.
68. Gaye, *op. cit.*, I, pp. 256 s.
69. *Ibid.*, II, p. 450.
70. *Ed. cit.*, III, p. 270 n.
71. *Ibid.*, III, p. 469.
72. L. Ettlinger, "Pollaiuolo's Tomb of Pope Sixtus IV", *Journal of the Warburg and Courtauld Institutes*, XVI (1953), 249, 258.
73. Gaye, *op. cit.*, I, p. 300.
74. *Ibid.*, p. 274.
75. *Ibid.*, p. I.
76. E. Armstrong, *Lorenzo de' Medici* (Londres, 1896), p. 393.
77. Lami, *ed. cit.*, XII, p. 198.
78. Roscoe, *op. cit.*, cap. ix.
79. Gaye, *op. cit.*, I, pp. 354 ss.
80. Reumont, *op. cit.*, p. 146.
81. Roscoe, *op. cit.*, Apêndice LXVI.
82. Wackernagel, *op. cit.*, p. 268.
83. W. Haftmann, "Ein Mosaik der Ghirlandajo-Werkstatt aus dem Besitz des Lorenzo Magnifico", *Mitteilungen des kunsthist. Instituts in Florenz*, VI (1940-1).
84. E. Kris, *Meister und Meisterwerke der Steinschneidekunst* (Viena, 1929).
85. W. von Bode, *Bertoldo und Lorenzo dei Medici* (Freiburg, 1925).
86. Piazza, *op. cit.*, p. 480. Para uma reinterpretação da carta de Bertoldo, ver também A. Parronchi, "The Language of Humanism and the Language of Sculpture", *Journal of the Warburg and Courtauld Institutes*, XXVII, 1964, pp. 129-36.
87. A. Chastel, "Vasari et la légande medicéenne", *Studi vasariani* (Florença, 1952), um ensaio que, como o autor gentilmente reconhece, resultou de parte de uma conversa em que expressei minhas desconfianças acerca do relato de Vasari.
88. A. Condivi, *Vita di Michelangiolo*, ed. Maraini (Florença, 1927).

O MÉTODO DE LEONARDO PARA ESBOÇAR COMPOSIÇÕES

1. *The Drawings of the Florentine Painters* (Chicago, 1938), vols. 1-3.
2. "O tu componitore delle istorie non membrifficare con terminati lineamenti le membriffications d'esse istorie che t'entervera come a molti e vari pittori intervenire suole li quali vogliano che ogni minimo segno di carbone sia valido e questi tali ponno bene acquistare richezze ma non laude della sua arte, perche molte sono le volte, che lo animale figurato non a li moti delle membra apropriate al moto mentale e havendo lui fatta bella e grata membrifficatione ben finita li parra cosa ingiuriosa

a trasmutare esse membra piu alte o basse o piu indietro che inanzi e questi tali non sonno merittevoli d'alcuna laude nella sua sientia." *Treatise on Painting, Codex Urbinas Latinus 1270*, ed. A. P. McMahon, II, fac-símile (Princeton, 1956), fols. 61 v-62 r.

3. *Le vite*, ed. G. Milanesi, I (Florença, 1878), p. 383.

4. A linha não é totalmente independente, pois baseia-se num traçado preliminar do qual se desvia ligeiramente, mas mesmo este último não mostra quaisquer *pentimenti*.

5. Cennino Cennini, *Il libro dell'arte*, editado por D. V. Thompson Jr. (New Haven, 1932). Aparentemente, só o aprendiz devia apagar seus desajeitados traços iniciais (*loc. cit.*, p. 17).

6. R. Oertel, "Wandmalerei und Zeichnung in Italien, die Anfänge der Entwurfszeichnung und ihre monumentalen Vorstufen", *Mitteilungen des kunsthistorischen Instituts in Florenz*, V (1940), pp. 217-314.

7. B. Degenhart, *Italienische Zeichnungen des frühen 15. Jahrhunderts* (Basiléia, 1949).

8. Mesmo uma pequena correção, como a que se vê no desenho da Crucificação, de Filippo Lippi, Museu Britânico (A. E. Pophan e Philip Pouncey, *Italian Drawings in the Department of Prints and Drawings in the British Museum, The Fourteenth and Fifteenth Centuries* (Londres, 1950), nº 149), parece ser bastante incomum.

9. Cf. A. E. Popham e Philip Pouncey, *op. cit.*, n. 87 ou 261. A respeito do desenho aqui ilustrado, ver B. Degenhart in *Münchner Jahrbuch der bildenden Kunst*, I (1951), 114-115.

10. "Hor, non ai tu mai considerato li poeti componitori de lor versi alli quali non da noia il fare bella lettera ne si cura di canzellare alcuni d'essi versi riffaccendoli migliori adonque pittore componi grossamente le membra delle tue figure e'attendi prima alli movimenti apropriati alli accidenti mentali de li animali componitori della storia, che alla bellezza e bonta delle loro membra..." (*ed. cit.*, fol. 62 r).

11. "Il bozzar delle storie sia pronto, e'l membrificare no' sia troppo finito, sta contento solamente a' siti d'esse membra, i quali poi a'bel' aggio piacendoti potrai finire" (*ed. cit.*, fol. 34 r).

12. Com relação aos antecedentes desse desenvolvimento, cf. E. Gombrich e E. Kris, "The Principles of Caricature", in E. Kris, *Psychoanalytic Explorations in Art* (Nova Iorque, 1951).

13. "per che tu hai a' intendere che se tal componimento inculto ti reussira apropriato alla sua inventione tanto maggiormente sattisfara essendo poi ornato della perfettione apropriata a'tutte le sue parte. Io ho gia veduto nelli nuvoli e' muri machie, che m'anno deste a belle inventioni di varie cose le quali machie anchora che integralmente fussino in se private di perfectione di qualondue membro non manchavano di perfectione nelli loro movimenti o altre actioni" (*ed. cit.*, fol. 62 r).

14. "una nova inventione di speculatione... a destare le ingegnio a varie inventioni" (*ed. cit.*, fol. 35 v).

15. E. Kris, *loc. cit.*, p. 53.

16. Discuti algumas implicações dessa invenção in "Meditations on a Hobby Horse", reimpresso no volume com o mesmo título (Londres, 1963), pp. 1-11, e também in *The Story of Art* (Londres, 1949), p. 219.

17. Marilyn Aronberg, "A new facet of Leonardo's working procedure". *The Art Bulletin*, XXXIII (1951), p. 235. É bem possível que devamos a conservação de muitos dos esboços de Leonardo a esse hábito, inconcebível para a primitiva prática dos ateliês, onde só eram preservados os modelos utilizáveis.

18. Luca Beltrami, *Documenti e memorie riguardanti la vita e le opere di Leonardo da Vinci* (Milão, 1919), n. 107.

19. K. Clark, *A Catalogue of the Drawings of Leonardo da Vinci... at Windsor Castle*, nº 12591.

20. "S'el pittore vol vedere belleze che lo innamovino egli n'e signore di generarle..." (*ed. cit.*, fol. 35 r).

21. K. Clark, *Leonardo da Vinci* (Cambridge, 1939), esp. p. 66. Abordei um aspecto dessa questão, as caricaturas de Leonardo, in "Leonardo's Grotesque Heads. Prolegomena to their study", in *Leonardo, saggi e ricerche* (Roma, 1954), pp. 199-219.

22. "perche nelle cose confuse l'ingegnio si desta a' nove inventioni, ma fa prima di sapere ben fare tutte le membra di quelle cose che voi figurate come la membra delli animali come le membra de paesi cié sassi piante e' simili" (*ed. cit.*, fol. 35 v).

23. "Quello maestro il quale si dessi d'intendere di potere riservare in se tutte le forme, e' li effetti della Natura certo mi parrebbe che quello fussi ornato di molta ingnorantia conciosia cosa che detti effetti son' infiniti, la memoria nostra non e di tanta capacitàe' che basti" (*ed. cit.*, fol. 38 v).

24. "attenderai prima col dissegno a' dare con dimostrativa forma al ochio la intentione, e la inventione fatta in prima nella tua imaginativa di poi va levando e' ponendo tanto che tu ti sadisfacia di poi fa aconciare homini vestiti, o nudi, nel modo che in sul' opera hai ordinato e' fa che per misura e' grandezza sotto posta alla prospettiva che non passi niente del' opera che bene non sia considerata della ragione e' dalli effetti naturali..." (*ed. cit.*, fol. 38 v).

25. *Ed. cit.*, fol. 43 v.

26. Discuti essa questão in *Art and Illusion* (Londres, 1962), 3ª ed., cap. III.

27. *Ed. cit.*, fol. 36 v.

A *MADONA DELLA SEDIA* DE RAFAEL

1. Inv. nº 151; diâmetro 71 cm (*c.* 28 polegadas).

2. A. Malraux, *The Voices of Silence* (Londres, 1954), p. 450.

3. G. K. Nagler, *Künstler Lexikon*, 1835-52, XVI, p. 403. A propósito das seguintes, ver também M. Hauptmann, *Der Tondo* (Frankfurt, 1936), pp. 262 s.

4. Wilhelm Hoppe, *Das Bild Raffaels in der deutschen Literatur* (Frankfurter Quellen und Forschungen) (Frankfurt, 1935).

5. Litografada em 1839. Seu contemporâneo J. M. Wittmer também pintou o tema.

6. A. P. Oppé, *Raphael* (Londres, 1909), p. 189.

7. A propósito do contexto dessa carta, ver F. Ulivi, *L'imitazione nella poetica del Rinascimento* (Milão, 1959), pp. 26-36.

8. Nuvolara a Isabella d'Este; Luca Beltrami, *Documenti... riguardanti... Leonardo da Vinci* (Milão, 1919), nº 107.

9. Cf. "O método de Leonardo para esboçar composições", p. 75.

10. Frederick Hartt, "Raphael and Giulio Romano", *The Art Bulletin*, XXVI (1944), especialmente p. 68.

11. C. Gamba, *Raphael* (Paris, 1932), p. 87.

12. Ortolani, *Raffaello* (Bergamo, 1945), p. 53 (discutindo uma observação de Marangoni).

13. J. A. Crowe e G. B. Cavalcaselle, *Raphael* (Londres, 1883), p. 228.

14. Wenn, das Todte bildend zu beseelen,
Mit dem Stoff sich zu vermählen,

Thatenvoll der Genius entbrennt,
Da, da spanne sich des Fleisses Nerve,
Und beharrlich ringend unterwerfe
Der Gedanke sich das Element.
Nur dem Ernst, den keine Mühe bleichet,
Rauscht der Wahrheit tief versteckter
Born;
Nur des Meissels shwerem Schlag
erweichet
Sich des Marmors sprödes Korn.

Aber dringt bis in der Schönheit Sphäre,
Und im Staube bleibt die Schwere
Mit dem Stoff, den sie beherrscht, zurück.
Nicht der Masse qualvoll abgerungen,
Schlank und leicht, wie aus dem Nichts
gesprungen,
Stehat das Bild vor dem entzückten Blick.
Alle Zweifel, alle Kämpfe schweigen
In des Sieges hoher Sicherheit;
Augestossen hat es jeden Zeugen
Menschlicher Bedürftigkeit.

15. Por exemplo, Susanne K. Langer, *Feeling and Form* (Londres, 1953), pp. 88 s.; H. Osborne, *Theory of Beauty* (Londres, 1952), p. 203; H. E. Rees, *A Psychology of Artistic Creation* (Nova Iorque, 1942), pp. 69 ss.; Paul Klee, *On Modern Art* (Londres, 1949).

16. De Piles, *The Principles of Painting* (traduzido para o inglês por um pintor) (Londres, 1753), p. 69.

17. Aristóteles, *Poética*, traduzida para o inglês por W. Hamilton Fyfe (Loeb Classical Library) (Londres, 1927), VIII, 9.

18. *Op. cit.*, VII, pp. 8-10.

19. W. Slukin, *Minds and Machines* (Harmondsworth, 1954).

20. A propósito de uma crítica sistemática do holismo, cf. K. R. Popper, "The Poverty of Historicism", Londres, 1957.

21. É, de fato, compatível e extremamente auspicioso que a crítica mais vigorosa da idéia do equilíbrio puramente formal na arte tenha se originado no campo gestaltista; cf. R. Arnheim, *Art and Visual Perception* (Berkeley e Los Angeles, 1954), pp. 21 s.

22. Jakob Burckhardt, *Kulturgeschichtliche Vorträge* (Leipzig, s.d.); a conferência foi feita em 1886.

23. M. Hauptmann, *loc. cit.*

24. Th. Hetzer, *Gedanken um Raffaels Form* (Frankfurt, 1931), pp. 22-3, 36, 43 s. Em seu livro posterior, *Die sistinische Madonna* (Frankfurt, 1947), p. 56, o mesmo autor enfatiza a impressão de simplicidade provocada pela *Madonna della Sedia*.

25. A propósito da ligação entre Aristóteles e o "essencialismo", cf. K. R. Popper, *The Open Society and its Enemies* (Londres, 1945), especialmente o cap. XI. ii.

26. Reproduzido com permissão da Philips Electrical Ltd.

27. Cf. D. F. Tovey, *The Integrity of Music* (Oxford, 1941), especialmente Conferência II.

28. *Poética, ed. cit.*, VI.

29. *Ed. cit.*, IV, p. 16.

30. Cícero, *De Partitione Oratoria* (Loeb Classical Library) (Londres, 1960).

31. Vitrúvio, *De Architectura*, livro I, cap. 2, e livro III, cap. I.

32. R. Wittkower, *Architectural Principles in the Age of Humanism* (Studies of the Warburg Institute) (Londres, 1949).

33. Franciscus Junius, *De Pictura Veterum* (Amsterdam, 1637).

34. Fréart de Chambray, *idée de la perfection de la peinture* (Les Mans, 1662).

35. R. de Piles, *Cours de peinture par principes* (Paris, 1708).

36. Essa questão é abordada com competência por A. Ehrenzweig, *The Psychoanalysis of Artistic Vision and Hearing* (Londres, 1953), por exemplo em sua discussão desses complexos recursos musicais como inversões "de espelho" (p. 109). O fato de que minha resposta difere parcialmente da resposta dele não deve diminuir minha dívida para com sua apresentação do problema.

37. M. Polanyi, *The Logic of Freedom* (Londres, 1951).

38. A propósito da aplicação dessas idéias ao "chiste gráfico", cf. E. Kris, *Psychoanalytic Explorations in Art* (Nova Iorque, 1952), especialmente caps. 6, 7 (escritos em colaboração com E. H. Gombrich) e 8. Mais adiante, o autor aprofunda o tópico central dessa conferência, ao discutir as realizações de Leonardo (p. 19), no cap. 10 (escrito em colaboração com A. Kaplan), que dedica especial atenção ao aspecto da "solução de problemas", e no cap. 14, que enfatiza a importância dos "processos mentais pré-conscientes". Ver também, de minha autoria, "The Cartoonist's Armoury", reeditado in *Meditations on a Hobby Horse* (Londres, 1963), pp. 127-42.

39. Cf. "A concepção renascentista do progresso artístico e suas conseqüências", p. 1.

40. Cf. K. R. Popper, *The Poverty of Historicism, loc. cit.*, e I. Berlin, *Historical Inevitability* (Londres, 1954).

41. E. H. Gombrich, "Psychoanalysis and the History of Art", *Meditations on a Hobby Horse* (Londres, 1963), pp. 30-44.

42. Cf. a formulação de Vasari no Prefácio à Terceira Parte "... nella regola una licenza, che, non essendo di regola, fusse ordinata nella regola, e potesse stare senza fare confusione o guastare l'ordine". A propósito da história posterior desta idéia, cf. G. Baumecker, *Winckelmann in seinen Dresdner Schriften* (Berlim, 1933), p. 17 ss.

43. O. Fischel, *Raphael* (Londres, 1948), p. 132. Cf. também o audacioso, mas belo trecho sobre a Madona in Ortolani, *op. cit.*, pp. 52-3.

NORMA E FORMA

1. Cito apenas a bibliografia recente, que também remeterá o estudante a obras mais antigas: Paul Frankl, *The Gothic*, Literary Sources and Interpretations through Eight Centuries (Princeton, 1960). Erwin Panofsky, *Renaissance and Renascences* (Estocolmo, 1960). *Manierismo, barocco, rococo: concetti e termini*, Convegno Internazionale, Roma, 21-4 de abril de 1960. *Accademia Nazionale dei Lincei*, Anno CCCLIX (1962), Quaderno n. 52. Otto Kurz, "Barocco: storia di un concetto", in *Barocco europeo e barocco veneziano*, ed. V. Branca (Veneza, 1963).

2. Há uma lista útil dessas polaridades in P. Frankl, *op. cit.*, pp. 773-4.

3. Augusto Guzzo, *Il gotico e l'Italia*. Edizioni di Filosofia (1959).

4. Vitrúvio, *On Architecture*, VII, 5, trad. por F. Granger (Londres, 1934),

II, p. 105. Aquilo a que Vitrúvio faz referência é discutido por Ludwig Curtius, *Die Wandmalerei Pompejis* (Leipzig, 1929), pp. 129 ss.

5. *Le vite*, Introduzione, Dell'architettura, Capitolo III.

6. *Le vite* (Roma, 1672), p. 12.

7. *Gedanken über die Nachahmung der griechischen Werke in der Malerei und Bildhauerkunst* (Dresden e Leipzig, 1755), pp. 166-167.

8. Fiske Kimball, *The Origins of Rococo* (Filadélfia, 1943).

9. William Warburton, *Pope's Moral Essays* (1760), citado de P. Frankl, *The Gothic*, pp. 867-8.

10. *Loc. cit.*, pp. 507-8.

11. "Maneirismo: os antecedentes historiográficos", p. 129.

12. Especialmente na famosa seção sobre "A natureza do gótico", in *The Stones of Venice*, II (Londres, 1853), p. 2.

13. "als reine Fiktion ergreifen sie den Beschauer doch bisweilen, trotz der so oft verwerflickten Ausdrucksweise". A propósito de Burckhardt ver também, além da bibliografia citada, Wilhelm Waetzoldt, *Deustche Kunsthistoriker*, II (Leipzig, 1924).

14. *La Philosophie de l'Art*, I (Paris, 1865), 3.

15. Para uma breve abordagem desse desenvolvimento, ver o capítulo "Kunstwissenschaft", de minha autoria, in *Das Atlantisbuch der Kunst*, ed. Martin Huerlimann (Zurique, 1952).

16. K. R. Popper, *The Poverty of Historicism* (Londres, 1957) e, do mesmo autor, *The Open society and its Enemies* (Londres, 1945), cap. XI, e *Conjectures and Refutations* (Londres, 1963); ver índice s.v. *essencialismo*.

17. *Op. cit.*, p. 826.

18. A crítica de Croce foi reimpressa in *Nuovi saggi di estetica* (Bari, 1926).

19. Cf. Svetlana Leontief Alpers, "Ekphrasis and Aesthetic Attitudes in Vasari's *Lives*", *Journal of the Warburg and Courtauld Institutes*, XXIII (1960).

20. *Kunstgeschichtlighe Grundbegriffe*, 8ª ed. (Munique, 1943), pp. 29-31.

21. Os limites do relativismo, no que diz respeito à representação , são discutidos em meu livro *Art and Illusion* (Nova Iorque, 1960).

22. "*A Madonna della Sedia* de Rafael", p. 83.

23. Cf. Augusto Guzzo, *L'arte* (Torino, 1962), p. cxxxi.

24. Cf. "A concepção renascentista de progresso artístico e suas conseqüências", p. 1.

25. *Op. cit.*, pp. xli ss.

MANEIRISMO: OS ANTECEDENTES HISTORIOGRÁFICOS

1. Max Planck, *The Philosophy of Physics*, trad. por W. H. Johnston (Nova Iorque, 1936), pp. 11, 14.

2. *Scritti ... in onore di Lionello Venturi* (Roma, 1956), I, pp. 429-47.

3. Ver Apêndice, pp. 135-9.

4. K. R. Popper, *The Logic of Scientific Discovery* (Londres e Nova Iorque, 1959).

5. *Le vite...*, ed. G. Milanesi, IV (Florença, 1879), p. 376.

6. *Studies in Seicento Art and Theory* (Londres, 1947).

7. Critiquei essa tendência em minha resenha de *The Social History of Art*, de A. Hauser, reeditada in *Meditations on a Hobby Horse* (Londres, 1963), pp. 86-94.

8. A propósito da justificativa e da limitação desse ponto de vista, ver "A *Madonna della Sedia* de Rafael", p. 83.

9. "A concepção renascentista do progresso artístico e suas conseqüências", p. 1.

10. Cf. Boccaccio, sobre Giotto: "Ele deu nova vida àquela arte que estivera soterrada por muitos séculos, por causa dos erros de alguns, que pintavam mais para atrair os olhos dos ignorantes do que para satisfazer o intelecto dos sábios." *Decameron*, 6º Dia, 5ª História.

11. Cf. o Texto I deste ensaio: "... afugentando a verdadeira rainha da sala do conselho...".

A TEORIA RENASCENTISTA DA ARTE E A ASCENSÃO DA PAISAGEM

1. Edward Norgate, "*Miniatura*" *or the Art of Limning*, ed. por Martin Hardie (Oxford, 1919), pp. 44 s. Com relação a Norgate e a seu contexto, ver H. V. S. e M. S. Ogden, *English Taste in Landscape in the Seventeenth Century*, Ann Arbor (1955), publicado desde que este artigo foi originalmente escrito.

2. Sir Kenneth Clark, *Landscape into Art* (Londres, 1949), M. J. Friedländer, *Essays über die Landschaftsmalerei und andere Bildgattungen* (Haia, 1947), Otto Pächt, "Early Italian Nature Studies and the Early Calendar Landscape", in *Journal of the Warburg and Courtauld Institutes*, XIII (1950), pp. 13-47, e Charles Sterling, *La Nature morte* (Paris, 1952), obra com a qual pode ser comparada minha resenha reeditada in *Meditations on a Hobby Horse* (Londres, 1963), pp. 95-105.

3. Diário, 5 demaio de 1521. Cf. Lange-Fuhse, *Dürers schriftlicher Nachlass* (Halle, 1893), p. 160.

4. Para abordagens resumidas desse desenvolvimento, ver: E. H. Korevaar-Hesseling, *het Landschap in ded Nederlandse en Vlaamse Schilderkunst* (Amsterdam, 1947); cf. também L. v. Baldass, "Die niederländische Landschftsmalerei von Patinir bis Brueghel", *Jahrbuch der Kunsthistorischen Sammlungen des allerh. Kaiserhauses in Wien*, XXXIV (1918); Joseph Alexander Graf Raczyński, *Die flämische Landschaft vor Rubens* (Frankfurt a.M., 1937), e Cornelis van de Wetering, *Die Entwicklung der niederländischen Landschaftsmalerei vom Anfang des 16. Jahrhunderts bis zur Jahrhundertmitte* (Berlim, 1939).

5. Cf. J. Denucé, *Inventare von Kunstsammlungen zu Antwerpen im sechzehn ten und siebzehnten Jahrhundert* (Antuérpia, 1932).

6. E. Tietze-Conrat, "Das erste moderne Landschftsbild", *Pantheon*, XV (1935).

7. M. J. Friedländer, *op. cit.*, pp. 58 s.

8. "Inventar des Kunstebesitzes der Margarete von Oesterreich, 1524-1530", *Jahrbuch der Kunsthist. Sammlunen des allerh. Kaiserhauses in Wien*, III (1885), pp. xciii-cxxiii.

9. *Der Anonimo Morelliano*, ed. Th. Frimmel, in *Quellenschriften zur Kunstgeschichte* (Viena, 1888).

10. *Loc. cit.*, p. 102. Cf. também o inventário do legado de Grimani, redigido em 1528: *Quadretti duo sive tavolette de paesi*. C. A. Levi, *Le collezioni veneziane* (Veneza, 1900), II, p. 3. Grimani tinha, naturalmente, uma predileção especial pelas obras do Norte. Além do Breviário que ainda traz seu nome, ele possuía, por exemplo, dois Patiniers e um Bosch com uma paisagem marítima. (A palavra *Fortuna*, usada pelo Anônimo, significa tempestade, e não a Deusa Fortuna, como Frimmel e outros traduziram).

11. Em geral identificado com Albert Ouwater, de quem, no entanto, não se conhece nenhuma paisagem.

12. *Loc. cit.*, p. 30.

13. *Loc. cit.*, p. 106.

14. Rezio Buscaroli, *La pittura di paesaggio in Italia* (Bolonha, 1935), p. 56.

15. Carta a Benedetto Varchi, a respeito do *paragone* entre pintura e escultura, impresso pela primeira vez in Bottari-Ticozzi, *Raccolta*, I, p. 52, tendo Benvenuto Cellini por destinatário.

16. M. J. Friedländer, *loc. cit.*, p. 80, "In den Niederlanden können wir allenfalls das Keimen und Erblühen der Landschaft als einen geschichtlichen Vorgang verfolgen werden mindestens angeregt, es zu versuchen, vor der süddeutschen Produktion streckt der Historiker die Waffen".

17. Cf. A. Luzio, *La Galleria gonzaga venduta a l'Inghilterra* (Milão, 1913).

18. Cf. Jakob Burckhardt, *Beiträge zur Kunstgeschichte von Italien (Die Sammler)* (Berlim, 1911), pp. 360-74.

19. A. Warburg, *Gesammelte Schriften* (Leipzig/Berlim, 1932), I, pp. 209 s.

20. Livro IX, cap. 4.

21. Tendo em vista a importância do texto, transcrevo o trecho da edição de 1486: "Cumque pictura et poetica varia sit: alia quae maximorum gesta principum dignissima memoratu: alia quae privatorum civium mores: alia quae aratoriam vitam exprimat. Prima ila quae maiestatem habet publicis at praestantissimorum operibus adhibebitur. Ultima hortis maxime conveniet, quod omnium sit ea quidem iucundissima. Hilarescimus maiorem in modum animis cum pictas videmus amoenitates regionum, et portus, et piscationes, et venationes, et natationes, et agrestium ludos, et florida et frondosa."

22. *Treatise on Painting, Codex Urbinas Latinus 1270*, ed. A. P. McMahon, II, fac-símile (Princeton, 1956), fol. 5 r. Cf. a edição do *Paragone*, de Irma A. Richter (Londres, 1949), pp. 51 s.

23. A propósito da aplicação da teoria neoplatônica da música à pintura, cf., de minha autoria, "Icones Symbolicae", *Journal of the Warburg and Courtauld Institutes*, XI (1948).

24. O fato de terem sido rejeitadas por alguns fica evidente a partir da famosa referência de Leonardo às concepções paisagísticas de Botticelli (*ed. cit.*, fol. 33 v). Para o medievalizante Botticelli, as paisagens equivaliam a manchas de cor fortuitas, desprovidas da dignidade de um conteúdo, sem arte, portanto. A insistência de Leonardo sobre a universalidade da pintura teve, incidentalmente, um efeito paradoxal sobre sua escola. De qualquer modo, talvez não seja mera coincidência o fato de que a primeira notícia a nos chegar sobre uma colaboração entre um pintor de figuras e um pintor de paisagens tenha origem no círculo de Leonardo. A história contada por Lomazzo, de que Cesare da Sesto e o misterioso Bernazzano (talvez um artista do Norte) colaboraram em um *Batismo de Cristo*, é confirmada por evidências estilísticas. (Cf. W. Suida, "Leonardo da Vinci und seine Schule", *Monatschefte für Kunstwissenschaft* (1920). Se isso de fato aconteceu antes de 1510, então, com certeza, antecedeu a colaboração entre Patinier e Quentin Massys. Aqueles que viveram à sombra desse gênio universal só podiam esperar satisfazer os padrões dele por meio do trabalho em conjunto.

25. Cf. R. Lee, "Ut pictura poesis", *The Art Bulletin*, XXII (1940).

26. Publicado pela primeira vez por Yriarte in *Gazette des Beaux-Arts*, XVI (1896).

27. *Historia Naturalis*, XXXV, 112.

28. Cf. H. Gerson, *Ausbreitung und Nachwirkung der holländischen Malerei*

des siebzehnten jahrhunderts (Haarlem, 1943), pp. 153 s.

29. Cf. a caracterização de Leonardo, feita por Ugolino Verino in *De illustratione Urbis Florentiae* (Paris, 1790), p. 130.

Et forsan superat Leonardus Vincius
omnes;
Tollere de tabula dextram sed nescit, et
instar
Protogenis, multis unam perficit annis.

A referência é a Plínio, XXXV, 80.

30. Cf. a caracterização de Bosch, feita por Don Felipe de Guevara, citada por Ch. de Tolnay, *Hieronymus Bosch* (Basiléia, 1937), p. 75. Na *Iconographie* de Van Dyck, é A. Brouwer quem é chamado de *Grillorum pictor*.

31. *Historia Naturalis*, XXXV, 116, 117.

32. Impresso in Tiraboschi, *Storia della letteratura italiana* (Florença, 1712), vol. VII, p. 1722. A propósito de Dosso como pintor de paisagens, ver V. Lasareff, "A Dosso problem", *Art in America*, XXIX (1941).

33. "Doxi autem Ferrariensis urbanum probatur ingenium cum in justis operibus, tum maxime in illis, quae parerga vocantur. Amoena namque picturae diverticula voluptuario labore consectatus, praeruptas cautes, viventia nemora, opacas perfluentium ripas, florentes rei rusticae apparatus, agricolarum laetos fervidosque labores, praeterea longissimos terrarum marisque prospectus, classes, aucupia, venationes et cuncta id genus spectatu oculis jucunda, luxurianti ac festiva manu exprimere consuevit."

34. A elaboração final da hierarquia encontra-se in *Conférences de l'Académie Royale de Peinture et de Sculpture pendant l'année 1667* (Paris, 1669), de A. Félibien, onde somente os pintores de frutas e de flores situam-se abaixo do paisagista.

35. *Historia Naturalis*, XXXV, 101.

36. p. d. iii, "... cum gli exquisiti parergi, Aque, fonti, monti, colli, boscheti, animali". Cf. R. Buscaroli, *loc. cit.*, p. 26.

37. "Francisco da Hollanda's Gespräche über die Malerei", ed. J. de Vasconcellos (*Quellen-schriften zur Kunstgeschichte*) (Viena, 1899), p. 29, cf. também Hans Tietze, "F. da Hollandas und Don Giannottis Dialogue...", *Repertorium für Kunstwissenschaft*, XXVIII (1905).

38. Cf. *Lamberti Lombardi apud Eburones pictoris celeberrimi vita* (Bruges, 1565), p. 21, onde a abordagem humanista da pintura é definida com admirável clareza: "Nam de solo corpore humano meritò in hoc quidem argumento loquor, propterea quod ut universae philosophiae est perfecta hominis cognitio, quia in eo tanquam parvo quodam mundo tota rerum universitas continetur: ita graphices et sculpturae finis est hominem ponere, quia homines externa species omnes omnium rerum adspectabilium vel in lineis vel in coloribus formositates complectitur..." ["Refiro-me, nesta discussão, exclusivamente ao corpo humano, uma vez que o perfeito conhecimento do homem é a preocupação de toda filosofia, estando nele contido, em microcosmo, todo o universo das coisas: assim, o objetivo da escultura e da pintura é expor o homem à nossa consideração, pois sua forma exterior contém em si todas as belezas de todas as coisas visíveis, seja em linhas ou em cores. ..."]

39. *Pictorum aliquot celebrium Germanicae inferioris effigies* (Antuérpia, 1572), *De Ioanne Hollando pictore*.

40. Cf. G. J. Hoogewerff, *Vlaamsche Kunst en italiaansche Renaissance* (Amsterdam), S. a. Gerson, *loc. cit.*, e R. A. Peltzer, "Die niederländischvenezianische Landschaftsmalerei", *Münchner Jahrbuch*, N. S. 1 (1924).

41. Paolo Pino, *Dialogo di pittura* (Veneza, 1946), p. 145.

42. Christopher Hussey, *The Picturesque* (Londres, 1927).
43. M. J. Friedländer, *Die altniederländische Malerei*, IX (Berlim, 1931), p. 104.
44. Cf. G. J. Hoogewerff, "Joachim Patinier in Italie", *Onze Kunst*, XLIII (1926).
45. Norgate, *loc. cit.*, pp. 45-6.
46. Cf. N. Pevsner, "Richard Payne Knight", *The Art Bulletin*, XXXI (1949).
47. *Fröhliche Wissenschaft (Scherz, List und Rache*, 55), in *Werke*, V (1900), p. 28.

"Treu die Natur und ganz!" — Wie fängt
er's an:
Wann wäre je Natur im Bilde abgetan?
Unendlich ist das kleinste Stück der Welt!
Er malt zuletzt davon, was ihm gefällt.
Und was gefällt ihm? Was er malen kann!

Ver também, de minha autoria, *Art and Illusion* (Londres, 1962), 3ª ed., cap. II.

48. *Il terzo libro delle lettere* (Veneza, 1546), p. 47.
49. Cf. p. 145. Segundo Vasari e Guicciardini, Lancelotto Brugia, provavelmente Lancelot Blondeel, especializado nessas cenas noturnas.
50. Reeditado agora in *Trattati d'arte del cinquecento*, I, ed. P. Barocchi (Bari, 1960), pp. 271-301.
51. Citado por Eduard von Jan, *Die Landschaft des französischen Menschen* (Weimar, 1935).
52. Cf. "Norma e forma", republicado neste volume, p. 105.
53. Livro VII, cap. 5.
54. *I dieci libri dell'architettura di M. Vitruvio, tradutti e commentati di Monsignor Barbaro* (Veneza, 1556), p. 188. G. P. Lomazzo, *Trattato dell'arte della pittura, scultura ed architettura.* O livro VI, cap. XLIX, defende o uso do grotesco na decoração. A propósito da importância geral desse trecho vitruviano para a estética renascentista, cf. K. Borinski, *Die Antike in Poetik und Kunsttheorie*, I (Leipzig, 1914), pp. 180 s.
55. Sobre a história desse tipo de decoração, cf. Joseph Gramm, *Die Ideale Landschaft* (Friburgo em Breisgau, 1912). p. 238.
56. Kurt Gerstenberg, *Die ideale Landschaftsmalerei* (Halle, 1923).
57. A diferença é bem caracterizada por Mancini, que descreve a mudança de estilo de P. Bril, em sua chegada à Itália: "... lasciando quel modo fiammengo accostandosi più al vero, nonrefacendo l'orizzonte così alto come usa nei fiammenghi, che cosi per il loro paessaggio è piuttosto una Maestà scenica che prospetto di paese", e por Baldinucci, que diz dos flamengos, no mesmo contexto, "onde poteasi lodare in loro piuttosto una bella maniera di far paesi, che una perfetta imitazione de' veri paesi"; cf. R. Buscaroli, *loc. cit.*, pp. 72, 73.
58. A propósito da influência desse trecho sobre a estética renascentista, cf. R. Krautheimer, "Tragic and Comic Scene of the Renaissance", *Gazette des Beaux-Arts*, XXXIII (1948).
59. Sou extremamente grato ao professor Charles Mitchell, que chamou minha atenção para essa relação.
60. Lomazzo, *op. cit.*, Libro VI, cap. LXII.
61. A nomenclatura da paisagem varia um pouco nos séculos XVII e XVIII, mas as distinções principais permanecem as mesmas. O capítulo em Roger de Piles, *Cours de peinture* (Paris, 1708), p. 200 s., dá uma boa idéia de como os métodos de Lomazzo eram levados adiante:

"O estilo heróico é uma composição de objetos, reunindo, da arte e da natureza, tudo que possa resultar num efeito grandioso e extraordinário. Os lugares, ali, são todos aprazíveis e surpreendentes, e as edificações nada mais que templos, pirâmides, túmulos clássicos, altares consagrados aos deuses, ou agradáveis moradias de arquitetura regular. E, se a natureza não for representada da forma como o acaso a apresenta diariamente aos nossos olhos, é preciso ao menos representá-la do jeito como se imagina que ela *deva* parecer.

"O estilo rural é uma representação de uma região que parece menos cultivada e ornamentada, abandonada aos efeitos bizarros da própria natureza. Ela se mostra em toda sua simplcidade, sem pintura, nem artifícios, mas com todos aqueles enfeites muito melhores que ela oferece por si só, quando deixada em liberdade, sem ser violada pela arte... algumas vezes se estende para atrair andarilhos e pastores; outras, selvagem e deserta, torna-se o refúgio seguro das bestas-feras. ..."

Para Gérard de Lairesse, a distinção dá-se, antes, entre os estilos Antigo e Moderno, mas sua enumeração dos "ingredientes" obedece a um padrão semelhante.

62. Elizabeth Wheeler Manwaring, *Italian Landscape in XVIII Century England* (Nova Iorque, 1925), C. Hussey, *loc. cit.*

63. O *Guidebook* de Thomas West (publicado em 1778), citado por C. Hussey, *loc. cit.*, p. 126. Naquela época, de fato, o processo de identificação da paisagem inglesa com a beleza pitoresca estava tão avançado, que testemunhamos uma engraçada repetição do argumento de Pino:

O verbete *Paisagem*, na *Grande Encyclopédie* (publicada em 1765), diz: "Quanto aos artistas da Grã-Bretanha, como nada existe de tão aprazível quanto aos campos da Inglaterra, muitos pintores fazem um uso oportuno das paisagens encantadoras que se apresentam por toda parte. As pinturas de paisagens estão lá muito em voga, e são muito bem pagas, de tal forma que se trata de um *genre* cultivado com grande sucesso. Poucos, dentre os artistas flamengos ou holandeses, são superiores aos pintores de paisagens que, atualmente, desfrutam grande reputação na Inglaterra." Admirável testemunho de um período em que Wilson, segundo se alega, morreu em total desamparo, e Gainsborough se viu forçado a pintar retratos, por não encontrar um público para suas paisagens.

64. Cf. Alexander J. Finberg, *The History of Turner's* "Liber Studiorum" (Londres, 1924).

65. Turner somente aplicou os preceitos estéticos estabelecidos por W. Gilpin em seu poema sobre a pintura de paisagem, que pela última vez sintetiza toda a tradição:

Quem pinta uma paisagem tem de obedecer
a regras,
Tão fixas e rígidas quanto o bardo trágico,
De *unidade do tema*. Se a cena for
Uma floresta, nada ali, além das árvores
e do relvado
Deve impor-se ao olhar... etc.

(Minha citação foi extraída da terceira edição de *Three Essays on Picturesque Beauty* [Londres, 1808], p. 106).

66. As gravuras do *Liber Veritatis*, de Richard Earlom, publicadas por John Boydell (Londres, 1777), p. 8.

67. Desde então, discuti essa questão com maior profundidade no capítulo XI de *Art and Illusion* (Londres, 1962), 3ª ed.

O ESTILO *ALL'ANTICA*: IMITAÇÃO E ASSIMILAÇÃO

1. "Curandum imitatori ut quod scribit simile non idem sit, eamque similitudinem talem esse oportere, non qualis est imaginis ad eum cuius imago est, que quo similior eo maior laus artificis, sed qualis filii ad patrem. In quibus cum magna sepe diversitas sit membrorum, umbra quedam et quem pictores nostri aerem vocant, qui in vultu inque oculis maxime cernitur, similitudinem illam facit, que statim viso filio, patris, in memoriam nos reducat, cum tamen si res ad mensuram redeat, omnia sint diversa; sed est ibi nescio quid occultum quod hanc habeat vim. Sic et nobis providendum ut cum simile aliquid sit, multa sint dissimilia, et id ipsum simile lateat ne deprehendi possit nisi tacita mentis indagine, ut intellegi simile queat potiusquam dici. Utendum igitur ingenio alieno utendumque coloribus, abstinendum verbis; illa enim similitudo latet, hec eminet; illa poetas facit, hec simias."

2. "... es sei nit antikisch Art, dorum sei es nit gut" (a Pirkheimer, 7 de fevereiro de 1506), K. Lange e F. Fuhse, *Dürers schriftlicher Nachlass* (Halle, 1893), p. 22.

3. Sobre a história e o progresso desse empreendimento, ver os Relatórios Anuais do Instituto Warburg, de 1949 até o presente.

4. A. Goldschmidt, *Das Nachleben der antiken Formen im Mittelalter* (Vorträge der Bibliothek Warburg, I, 1921-2); Wilhelm Pinder, "Antike Kampmotive in neuerer Kunst", *Münchner Jahrbuch der bildenden Kunst*, N. S. v (1928), pp. 353-75. Ver também Richard Krautheimer e T. Krautheimer-Hess, *Lorenzo Ghiberti* (Princeton, 1956), cap. VIII e Apêndice; H. W. Janson, *The Sculpture of Donatello* (Princeton, 1957), esp. p. 100; H. Ladendorf, *Antikenstudium und Antikenkopie* (Berlim, 1953).

5. G. Gmelin, "Das Prinzip der Imitatio in den romanischen Literaturen der Renaissance", *Romanische Forschungen*, XLVI (1932); F. Ulivi, *L'imitazione nella poetica del Rinascimento* (Milão, 1959).

6. Sêneca, *Ad Lucilium Spistulae morales*, epístola 84.

7. Para ilustração e discussão, ver J. Pope-Hennessy, *Italian Renaissance Sculpture* (Londres, 1958), p. 101.

8. *Op. cit.*

9. F. Burger, "Das Konfessionstabernakel Sixtus' IV und sein Meister", *Jahrbuch der preussischen Kunstsammlungen* (1907), pp. 95-116, 150-67.

10. F. Saxl, "Die Ausdrucksgebärden der bildenden Kunst", *Bericht über den 12. Kongress der deutschen Gesellschaft für Psychologie in Hamburg von 12.-16. April 1931.*

11. G. Vasari, *Le vite...*, ed. G. Milanesi, v (Florença, 1880), pp. 529-30.

12. F. W. B. Ramdohr, *Ueber Mahlerei und Bildhauerarbeit in Rom* (Leipzig, 1787), II, p. 219. A opinião é endossada por Th. Schreiber, *Die antiken Bildwerke der Villa Ludovisi in Rom* (Leipzig, 1880), nº 138. A propósito do sarcófago e seus correspondentes, ver B. Andreae, *Motvigeschichteliche Untersuchungen zu den römischen Schlachtsarkophagen*, Berlim, 1956.

13. Frederick Hartt, *Giulio Romano* (New Haven, 1958), I, p. 50.

14. Roman Redlich, *Die Amazonensarkophage des 2. und 3. Jahrhunderts* (Berlim, 1942), PL. 12, HI.

15. J. von Schlosser, "Über einige antiken Ghibertis", *Jarhrbuch der kunsthistorischen Sammlungen des allerhöchsten Kaiser hauses*, XXIV (1903), pp. 125 ss.

16. T. Hofmann, *Raffael als Architekt* (Zittau, 1911), IV, pl. XLIX.

17. L. Goldscheider, *Michelangelo Drawings* (Londres, 1951), figs. 143, 146.

18. Hartt, *op. cit.*, II, figs. 184, 221.

19. *Ibid.*, fig. 438.

20. Pietro Aretino, *Il secondo libro delle lettere*, ed. F. Nicolini (Bari, 1916), II, 2, p. 186: "Preponvi il mondo ne la invenzione e ne la vaghezza a qualunche toccò mai compasso e pennello. E ciò direbbe anche Apelle e Vitruvio, s'eglino comprendessero gli edifici e le pitture che avete fatto e ordinato in cotesta città, rimbellita, magnificata da lo spirito dei vostri concetti anticamente moderni e modernamente antichi."

21. Lejaren A. Hiller, Jr., "Computer Music", *Scientific American*, dezembro de 1959.

22. Quintiliano, *Institutio Oratoria*, X, 2, 18.

23. A. Warburg, *Gesammelte Schriften* (Leipzig, 1932). Ver o Índice, especialmente sob *Antike: Wirkungen*, e *Beiwerk, bewegtes*.

TEORIA E PRÁTICA DA IMITAÇÃO DE REYNOLDS

1. Esse é o título com o qual Reynolds expôs a pintura na Exposição da Academia de 1774. Com relação a estes e outros dados, ver A. Graves e W. Cronin, *A History of the Works of Sir Joshua Reynolds* (Londres, 1899), F. Hilles, *Letters of Sir Joshua Reynolds* (Londres, 1929).

2. Horace Walpole, que esteve presente à cerimônia e a descreve com pormenores numa carta a sir Horace Mann, de 10 de setembro, 1761, refere-se a ela como "muita bonita". Três meses depois, escreve a George Montagu: "Reynolds ... acabou de terminar um belo retrato de corpo inteiro de Lady Elizabeth Keppel, em trajes de dama de honra, oferecendo sacrifício a Himeneu." Ver E. K. Waterhouse, *Reynolds* (Londres, 1941), prancha 76.

3. Para apreendermos o exato contexto dessa citação é preciso ter em mente que, em tais ocasiões, a atmosfera reverberava com Himeneus clássicos. Nessa mesma época surgiram os volumes luxuosamente impressos de *Epithalamia Oxoniensia* e *Gratulationes Cantabrigiensis*, repletas de variações desse tema simples:

Himeneu, a ti elevam-se nossas preces
a ti os justos senhores de Albion se inclinam
Tuas rosas fragrantes...

ou, mais ambiciosamente ainda:

Ite felices Hymenis ministri
Regiam dignis cumulate donis!

4. Cf., por exemplo, o retrato de Henriqueta maria, rainha da Inglaterra (Munique, Pinakothek).

5. Cf. F. Saxl, "Pagan Sacrifice in the Italian Renaissance", *Journal of the Warburg Institute*, II (1938-9).

6. A alusão aparece exatamente na primeira menção à pintura. O crítico da exposição da Academia refere-se ao "retrato de corpo inteiro das Graças irlandesas, sra. Gardiner, Lady viscondessa Townshend e srta. Montgomery". Que o próprio mestre não estava acima do uso simbólico de semelhantes adulações nos é mostrado num retrato posterior da viscondessa Townshend, dessa vez sozinha. Ela se apóia a um pedestal onde há um baixo-relevo do *Julgamento de Páris*, que, para os iniciados, deve ter transmitido a clara mensagem de cumprimento a ela própria e a seu marido: "Dentre as três belas deusas tu, Páris, escolheste a mais bela."

7. A hierarquia dos *genres* aceitos por Reynolds em seus discursos foi pela primeira vez descrita em detalhe por A. Félibien, *Conférences de L'Académie Royale ... pendant l'année 1667* (Paris, 1669).

8. O quadro existe em duas versões: uma em Reims (fig. 184) e outra no castelo de Sudeley. Existe um estudo do mesmo em Windsor (I1905).

9. Um desenho de Poussin em Baryonne revela claramente a influência desse motivo, que por sua vez remonta a um relevo clássico. — Reinach, *Rep. Rel. II*, p. 284, mostra um serviçal masculino numa pose semelhante.

10. Sou grato ao dr. Erna Mandowsky por essa observação.

11. Ver E. Wind e F. antal, "The Maenad under the Cross", *Journal of the Warburg Institute*, I (1937-8), e E. wind, "Borrowed Attitudes in Reynolds and Hogarth", *Journal of the Warburg Institute*, II (1938-9).

12. Essa é a linha de defesa que Walpole escolheu para defender Reynolds contra a acusação de plágio, "uma citação ... com um novo emprego do sentido sempre foi admitida como um exemplo de talento e de gosto". *Anecdotes of Painting* ... ed. Warnum I, (Londres, 1849), p. xviii.

O rival de Reynolds, Nataniel Hone, naturalmente foi menos clemente. Em 1775, o ano seguinte à exibição pública do *Três damas*, ele expôs, na Academia, uma paródia de Reynolds, *The Pictorial Conjurer, displaying the whole Art of Optical Deception* (O mago Pictórico revelando toda a arte da impostura ótica). O quadro mostrava Reynolds vestindo alguns modelos com trajes tirados de pinturas famosas, que flutuam pela sala. Ver Leslie e Taylor, *Reynolds*, II (Londres, 1865), p. 122.

13. "O objetivo deste discurso e, na verdade, da maior parte de meus outros discursos, é alertá-los contra a falsa opinião, que reina absoluta entre os artistas, acerca da força imaginativa do gênio nato e de sua eficiência em grandes obras" (*Sexto Discurso*). Ver, também, o início do *Sétimo Discurso* e o *Ironical Discourse* de 1791, publicado, desde que escrevi este ensaio, in *Portraits by Sir Joshua Reynolds*, ed. F. W. Hilles (Londres, 1952), pp. 127-44. É essa oposição à metafísica neoplatônica na teoria da arte que distingue, fundamentalmente, os ensinamentos de Reynolds das doutrinas difundidas pela Academia no século XVII, em especial as de Bellori.

14. Ver E. J. Morley, *Edward Young's Conjectures on Original Composition* (Londres, 1918). Reynolds cita as conjeturas de Young no *Nono Discurso*: "Quem imita a Ilíada, diz o dr. Young, não está imitando Homero". Com relação às tendências filosóficas gerais que compõem a concepção de Reynolds sobre o retrato, em oposição à defendida por Gainsborough, ver E. Wind: "Humanitätsidee und Heroisiertes Porträt in der Englischen Kultur des 18. Jahrhunderts", *Vorträge der Bibliothek Warburg*, 1930-31 (Leipzig/Berlim, 1932).

APÊNDICE

Extratos dos panegíricos de Alamano Rinuccini, de sua época[1]

Ad illustrem principem Federicum Feretranum Urbini comitem. Alamanni Rinuccini in libros Phylostrati de vita Apollonii Tyanei in latinum conversos praefatio incipit.

Cogitanti mihi saepenumero, generosissime princeps Federice, et aetatis nostrae viros cum veteribus conferenti, eorum opinio perabsurda videri solet, quiveterum quaeque dicta factave pro maximis celebrantes, non satis digne ea laudari posse arbitrantur, nisi temporum suorum mores accusent, ingenia damnent, homines deprimant, infortunium denique suum deplorent quod hoc seculonasci contigerit, in quo nulla probitas, nulla industria, nulla (ut ipsi putant) bonarum artium studia celebrantur.

Cuius rei causam plerique in naturam referentes senescentis mundi vitio et iam ad interitum vergentis id ipsum putant evenire. Queruntur enim et etates hominum breviores, et corpora imbecilliora, et ingenia ad res praeclaras hebetiora, nunc a natura proferri, quam olim fuerint cum illi viguerunt, quos tantopere laudant et admirantur. Horum ego sententiam nec penitus falsam dixerim, nec omnino ex parte comprobaverim. Nam quae de priscorum virtutibus opinantur ... sunt in aperto ... quod autem de mundi senectute atque aetatum brevitate queruntur, cum diurno testimonio tum rerum usu et experientia facile confutantur ...[2]

Mihi vero contra gloriari interdum libet qui hac aetate nasci contigerit, quae viros pene innumerabiles tulit, ita variis artium et disciplinarum generibus excellentes, ut putem etiam cum veteribus comparandos.

Atque ut ab inferioribus profecti ad maiora tendem veniamus. Sculpturae picturaeque artes iam antea Cimaboi, Iocti, Taddei Gaddi ingeniis illustratas qui aetate nostra clarueruntpictores, eo magnitudinis bonitatisque perduxere ut cum veteribus conferri merito possint. Nostrae autem aetati proximus Masaccius naturalium quaecumque rerum similitudines ita pingendo expressit ut non rerum imagines sed res ipsas oculis cernere videamur[3]. Quid vero Dominici veneti picturis artificiosius? quid Philippi monaci tabulis admirabilius? quid Iohannis ex predicatorum ordine imaginibus ornatius?[4] Qui omnes varietate quadam inter se dissimiles, certis tamen excellentia et bonitate simillimi putantur[5].

Sculptores autem quamvis multos afferre possim, qui pro summis habiti essent si paulo ante hanc aetatem nasci contigisset[6], adeo tamen omnes Donatellusununs superavit, ut pene solus in hoc genere numeretur. Non contempnendos tamen fuisse Luccam robiniensen, et Laurentium bartolucii praeclara ab eis aedita opera testantur.

Architecturae vero et machinarum cum bellicarum tum quae magnis trahendis ponderibus valeant facultatem ita ad summum perductam arbitror, ut nihil a veteribus nostri superentur.

In qua duo praecipue claruerunt summis ingeniis homines, et ominis antiquitatis indagatatores accuratissimi. Unus quidem Philippus Brunelleschi scribae filius Florentinae basilicae architector, alter autem Baptista Albertus vir et familiae nobilitate et ingenii praestantia clarissimus qui etiam de picturae architecturaeque praeceptis libros aliquot scripsit accuratissime. ...

Iam veteris eloquentiae et incorruptus latinae loquutionis usus paulo ante nostram aetatem exortus aetate nostra adeo excultus et expolitus est, ut nunquam post Lactantii aut divi Ieronimi tempora sic floruerit. Quod facile ex eorum scriptis intelligi licet, qui medii inter has quas diximus aetates[7] multarum magnarumque rerum scientiam consecuti, in scribendo tamen asperiores fuere, quod illis propterea contigisse non miror, quia Ciceronis plerique libri in occulto latentes imitandi facultatem illis adimebant.

Primus autem Coluccius Salutatus paulum se erexit, et elegantius quoddam adumbravit dicendi genus, qui multum profecto laudis meruit, quod tam longis temporibus praeclusum aditum ad eloquentiam patefecerit et posteris viam qua gradiendum esset ostenderit. Hunc secuti Poggius et Leonardus aretinus intermissam et pene abolitam eloquentiam in lucem revocarunt, qui cum epistolis tam orationibus et dialogis scribendis ciceronianum dicendi caracterem egregie sunt imitati.

NOTAS AO APÊNDICE

1. Esse trecho foi extraído do Códice na Biblioteca Nazionale, Fondo Italiano, Magl. II-III-48, que corresponde, em todas as partes essenciais, à versão publicada por F. Fossi em 1791. Há outro MS. na Biblioteca Laurenziana 827 cod. XXI, e uma cópia da Biblioteca Nazionale, II, IX, 14. fol. 139 ss., contendo tanto a data da carta como a da cópia: "Florentiae, iiij kalendis maias 1473, perscriptum florentiae fuit hoc proemium decembri 1474 anno salutis." A bela cópia da dedicatória encontra-se na Biblioteca vaticana, Cod. urb. lat. 441. Uma edição com variantes do texto foi impressa por V. Giustiniani, *Alamanno Rinuccini, Lettere ed orazioni* (Florença, 1953), pp. 104-8.

2. O argumento geral foi extraído da introdução a *Della pittura*, de Alberti, a que o autor se refere subseqüentemente; ele se opõe ao argumento sobre a maior longevidade nos tempos antigos, observando que nem Tales, Pitágoras, Platão ou Aristóteles viveram mais de noventa anos, uma idade que não era incomum entre homens e mulheres da época dele. Para uma discussão de textos semelhantes, ver especialmente *Dialogus de praestantia sui aevi*, de B. Accoltti; cf. também G. Margiotta, *Le origini italiani de la querelle des anciens et des modernes* (Roma, 1953).

3. É típico do caráter puramente literário do panegírico de Rinuccini que seu elogio a Masaccio derive quase que inteiramente do elogio a Giotto por Boccaccio (*Decamerone*, Giornata VI, Novella 5), "niuna cosa dà la natura ... che egli ... non dipignessi si simile a quella che non simile, anzi piuttosto dessa paresse...".

4. A escolha dos três pintores depois de Masaccio merece algum comentário. Como Landino depois dele, Rinuccini não teria mencionado artistas que ainda estavam vivos. Isso pode explicar a exclusão de Uccello, que morreu em 1475. Dos outros candidatos, a ausência mais notável é a de Andrea del Castagno, mas Rinuccini

provavelmente desejava produzir uma trindade também por razões estilísticas (cf. abaixo, nota 5). Vale a pena observar que nosso texto é o terceiro documento do Quattrocento a unir os nomes desses três mestres específicos. O primeiro é a carta do próprio Domenico Veneziano a Piero de Medici, solicitando uma encomenda e explicando que nem Fra Angelico, nem Fra Filippo estariam disponíveis, indicando, assim, que ele via nos dois seus únicos rivais sérios. O segundo é o contrato de Bonfigli, feito em Perugia em 1454, mencionando os nomes desses três mestres como árbitros em caso de divergências. Infelizmente, o estilo literário de Rinuccini não nos permite tirar quaisquer conclusões a partir dos epítetos escolhidos para os três grandes mestres, embora não seja desprovido de significado o fato de ele se referir a Fra Angelico como "ornatus", um termo técnico da retórica que contrasta com a descrição que Landino faz de Masaccio, a quem se refere como "sanza ornato".

5. Essa frase é também uma adaptação de um *topos* literário; foi extraída de *De Oratore* (III, viii, 26), de Cícero. "Una est ars ratioque picturae, dissimilique tamen inter se Zeuxis, Aglaophon, Apelles." Para adaptações subseqüentes dessa frase, cf. também Denis Mahon, "Eclecticism and the Carracci", *Journal of the Warburg and Courtauld Institutes* XVI (1953), p. 312.

6. Trata-se, aqui, de uma elaboração do trecho de Dante citado acima, na nota 5.

7. Essa parece ser uma das referências mais antigas sobre a "Idade Média" de que se tem registro.

NOTA BIBLIOGRÁFICA

Os detalhes da publicação anterior dos ensaios deste volume são os seguintes:

A CONCEPÇÃO RENASCENTISTA DE PROGRESSO ARTÍSTICO E SUAS CONSEQÜÊNCIAS. *Acteas du XVIe Congrès International d'Histoire de l'Art*, Amsterdam, 23-31 de julho de 1952; Haia, 1955, pp. 291-307.

APOLLONIO DI GIOVANNI. UM ATELIÊ FLORENTINO DE *CASSONI* VISTO PELOS OLHOS DE UM POETA HUMANISTA. *Journal of the Warburg and Courtauld Institutes*, XVIII, 1955, pp. 16-34.

RENASCIMENTO E IDADE DE OURO. *Journal of the Warburg and Courtauld Institutes*, XXIV, 3-4, 1961, pp. 306-9.

OS PRIMEIROS MEDICI COMO PROTETORES DAS ARTES. *Italian Renaissance Studies. A Tribute to the late Cecilia M. Ady*, ed. E. F. Jacob; Faber & Faber, Londres, 1960, pp. 279-311.

O MÉTODO DE LEONARDO PARA ESBOÇAR COMPOSIÇÕES. Publicado originalmente em francês como "Conseils de Léonard sur les esquisses de tableaux", in *Actes du Congrès Léonard de Vinci — Études d'Art*, n. 8, 9 e 10, Paris — Argel, 1954, pp. 177-197.

A MADONNA DELLA SEDIA DE RAFAEL. Charlton Lecture, proferida no King's College, na Universidade de Durham, Newcastle-upon-Tyne. Oxford University Press, Londres, 1956.

NORMA E FORMA. Publicado originalmente em italiano como *Norma e forma*, in *Filosofia*, XIV, 1963, pp. 445-464.

MANEIRISMO: OS ANTECEDENTES HISTORIOGRÁFICOS: *Studies in Western Art; Acts of the Twentieth International Congress of the History of Art*, II, Princeton University Press, Princeton, 1963, pp. 163-73.

A TEORIA RENASCENTISTA DA ARTE E A ASCENSÃO DA PAISAGEM. Publicado originalmente como "Renaissance artistic theory and the development of landscape painting", in *Gazette des Beaux-Arts*, 6e Période, XLI, 1953, pp. 335-60.

O ESTILO *ALL'ANTICA:* IMITAÇÃO E ASSIMILAÇÃO. *Studies in Western Art; Acts of the Twentieth International Congress of the History of Art*, II, Princeton University Press, Princeton, 1963, pp. 31-41.

TEORIA E PRÁTICA DA IMITAÇÃO DE REYNOLDS. *The Burlington Magazine*, LXXX, 1942, pp. 40-45.

Em cada caso, fica registrado o agradecimento aos editores originais pela gentil permissão para que esse material fosse reeditado.

LISTA DAS ILUSTRAÇÕES

A CONCEPÇÃO RENASCENTISTA DO PROGRESSO ARTÍSTICO

1. Bonannus: Porta de bronze. Final do século XII. Pisa, Catedral.
2. Andrea Pisano: Porta de bronze. 1330-36. Florença, Batistério.
3. Ghiberti: Primeira porta de bronze. 1403-24. Florença, Batistério.
4. Andrea Pisano: *O batismo de Cristo*. Detalhe da fig. 2.
5. Ghiberti: *O batismo de Cristo*. Detalhe da fig. 3.
6. Ghiberti: *A criação de Eva*. Detalhe da fig. 13.
7. Andrea Pisano: *A criação de Eva*. Cerca de 1340-43. Florença, Campanário.
8. *São João no deserto*. Mosaico. Final do século XIII. Florença, Batistério.
9. Andrea Pisano: *São João Batista no deserto*. Detalhe da fig. 2.
10. Escultor borgonhês: *Virgem e Menino*. Segunda metade do século XIV. Paris, Louvre.
11. Ghiberti: Detalhe da *Caminho do Calvário*. Primeira porta de bronze.
12. Ghiberti: Detalhe da *História de Isaac*. Segunda porta de bronze.
13. Ghiberti: Segunda porta de bronze. 1425-52. Florença, Batistério.
14. Ghiberti: *A história de José*. Detalhe da fig. 13.
15. Leonardo da Vinci: *Virgem e Menino com Santa Ana*. Cerca de 1500-07. Paris, Louvre.

APOLLONIO DI GIOVANNI

16. Detalhe da fig. 18.
17. Ateliê de Apollonio di Giovanni: *O triunfo dos gregos sobre os persas*. Pintura em *cassone*. 1463. Destruída; anteriormente, parte da Coleção E. Wittmann.
18. Ateliê de Apollonio di Giovanni: *A invasão da Grécia por Xerxes*. Pintura em *cassone*. 1463. Oberlin, Ohio, Allen Memorial Art Museum.
19. Apollonio di Giovanni: *Cenas da Eneida de Virgílio*. Pintura em *cassone*. New Haven, Conn., Yale University Art Gallery, Coleção Jarves.
20. Apollonio di Giovanni: *Cenas da Eneida de Virgílio*. Pintura em *cassone*. New Haven, Conn., Yale University Art Gallery, Coleção Jarves.
21. Apollonio di Giovanni: *Juno visita Éolo*. Miniatura do Cód. Ricc. 492, fol. 62r. Florença, Biblioteca Riccardiana.
22. Apollonio di Giovanni: *Dido recebe os troianos*. Miniatura do Cód. Ricc. 492, fol. 72v. Florença, Biblioteca Riccardiana.

23. Apollonio di Giovanni: *O saque de Tróia*. Miniatura do Cód. Ricc. 492, fol. 84r. Florença, Biblioteca Riccardiana.
24. Gentile da Fabriano: *A apresentação no templo*. 1423. Paris, Louvre.
25. Ateliê de Apollonio di Giovanni: *Torneio na Piazza di S. Croce*. Pintura em *cassone*. New Haven, Conn., Yale University Art Gallery, Coleção Jarves.
26. Ateliê de Apollonio di Giovanni: *O encontro de Salomão e da rainha de Sabá*. Pintura em *cassone*. New Haven, Conn., Yale University Art Gallery, Coleção Jarves.
27. Ateliê de Apollonio di Giovanni: *O assassinato de Júlio César*. Pintura em *cassone*. Oxford, Ashmolean Museum.
28. *Os troianos chegam ao Lácio*. Pintura em *cassone*. Anteriormente na Coleção Holford.
29. Apollonio di Giovanni: *Pirro mata Príamo*. Miniatura do Cód. Ricc. 492, fol. 86v. Florença, Biblioteca Riccardiana.
30. Ateliê de Apollonio di Giovanni: *O triunfo de César*. Fragmento de pintura em *cassone*. Anteriormente na Coleção Chamberlin.
31. Apollonio di Giovanni: *Troianos caçando*. Detalhe da fig. 20.
32. Paolo Uccello: *A caçada* (detalhe). Terceiro quartel do século XV. Oxford, Ashmolean Museum.
33. *Breno em Roma*. Detalhe de uma pintura em *cassone*. Londres, Courtauld Institute Galleries.
34. Apollonio di Giovanni: *Enéias embarcando de Tróia*. Miniatura do Cód. Ricc. 492, fol. 91 r. Florença, Biblioteca Riccardiana.
35. *O banquete de Dido*. Detalhe de uma pintura em *cassone*. Hanover, Landesgalerie.
36. *Espectadores*. Detalhe da fig. 25.
37. Apollonio di Giovanni: *Enéias encontra Andrômaca*. Miniatura inacabada do Cód. Ricc. 492, fol. 97r. Florença, Biblioteca Riccardiana.
38. Apollonio di Giovanni: *Anquises vê as quatro Éguas*. Miniatura inacabada do Cód. Ricc. 492, fol. IOIV. Florença, Biblioteca Riccardiana.
39. *Um Torneio*. Miniatura de *Le Roman de roi Meliadus de Leonnoys*. Cerca de 1355-1360. Londres, British Museum, Ms. Add. 12228.
40-41. *O altar de Apolo. — Funeral de César*. Detalhes da fig. 27.
42. *Cassone* com nu feminino na parte interna da tampa. Copenhague, Museu Real de Belas-Artes.
43. *Cassone* com nu masculino na parte interna da tampa. Copenhague, Museu Real de Belas-Artes.
44. Ateliê de Apollonio di Giovanni: *Romanos entretendo as sabinas*. Fragmento de pintura em *cassone*. Oxford, Ashmolean Museum.
45. Ateliê de Apollonio di Giovanni: *O rapto das sabinas*. Fragmento de pintura em *cassone*. Edimburgo, Galeria Nacional da Escócia.
46. *Acrobatas e espectadores*. Detalhe de uma pintura em *cassone* com *O rapto das sabinas*. Coleção do conde de Harewood.
47. Ateliê de Apollonio di Giovanni: *Alexandre e a família de Dario*. Detalhe de uma pintura em *cassone*. Londres, British Museum.
48. Botticelli: *A tentação de Cristo*. 1481/2, Roma, Capela Sistina.

RENASCIMENTO E IDADE DE OURO

49. Giogio Vasari: *Cosimo de' Medici com os filósofos*. Cerca de 1555-58. Florença, Palazzo Vecchio, Sala di Cosimo il Vecchio.

50. Francesco Furini: *Lorenzo il Magnifico e a academia platônica*. Cerca de 1640. Florença, Palazzo Pitti, Sala degli Argenti.
51. Francesco Furini: *A apoteose de Lorenzo il Magnifico*. Cerca de 1640. Florença, Palazzo Pitti, Sala degli Argenti.
52. *Cosimo de' Medici, Pater Patriae*. Medalha, anverso e reverso. Cerca de 1465. Washington, National Gallery of Art, Coleção Samuel H. Kress.

OS PRIMEIROS MEDICI COMO PROTETORES DAS ARTES

53. Brunelleschi: A sacristia de San Lorenzo, Florença. 1418-28.
54. Ghiberti: *São Mateus*, 1419-22. Florença, Or San Michele.
55. Michelozzo: San Francesco al Bosco, Mugello. Cerca de 1427.
56. A *loggia* da abadia de Fiesole. Meados do século XV.
57. Michelozzo: Palazzo Medici Riccardi, Florença. Cerca de 1440.
58. Donatello: *Judite*. Cerca de 1456-57. Florença, Museo Nazionale del Bargello.
59. Giorgio Vasari: *Cosimo de' Medici recebe a maquete para San Lorenzo*. Cerca de 1555-1558. Florença, Palazzo Vecchio.
60. San Lorenzo, Florença. Iniciada em 1418.
61. *S. Croce com o dormitório dos noviços*. Bico-de-pena de Emilio Burci (1811-77). Florença, Galleria degli Uffizi.
62. San Marco, Florença. Gravura de Giuseppe Richa, *Notizie istoriche delle chiese fiorentine*, 1758.
63. Abadia de Fiesole. 1460-67.
64. *O triunfo da fama*. De uma arca redonda, cerca de 1450. Florença, Galleria degli Uffizi.
65. Fra Angelico: *A Virgem e o Menino entronizados com santos e anjos*. Cerca de 1440. Florença, Museo di San Marco.
66. Tabernáculo de San Miniato al Monte. Florença, 1448.
67. Tabernáculo em mármore de SS. Annunziata, Florença. Cerca de 1450.
68. Benozzo Gozzoli: *A viagem dos reis Magos*. 1459-61. Florença, Palazzo Medici Riccardi, Cappella Medici, parede esquerda.
69. Benozzo Gozzoli: *A viagem dos reis Magos*. 1459-61. Florença, Palazzo Medici Riccardi, Cappella Medici, parede central.
70. Benozzo Gozzoli: *A viagem dos reis Magos*. 1459-61. Florença, Palazzo Medici Riccardi, Cappella Medici, parede direita.
71. Benozzo Gozzoli: *O cortejo dos reis Magos*. Detalhe da fig. 70.
72. Cabeça de Cosimo de' Medici in *Opera varia*, Aristóteles. Terceiro quartel do século XV. Florença, Biblioteca Laurenziana, Plut. 84. I, fol. 2r.
73. Bertoldo: Medalha em comemoração à conspiração dos Pazzi, com Lorenzo de' Medici no anverso e Giuliano de' Medici no reverso. 1478. Londres, British Museum.
74. Cabeça de Cosimo de' Medici. Detalhe da fig. 70.
75. *A viagem dos reis Magos*. Miniatura de *Très Riches Heures du Duc de Berri*. Cerca de 1411-15. Chantilly, Musée Condé.
76. Gentile da Fabriano: *Adoração dos Magos*. 1423. Florença, Galleria degli Uffizi.
77. Gentile da Fabriano: *Cabeças de dois reis Magos*. Detalhe da fig. 76.
78-79. Benozzo Gozzoli: *Cabeças de dois reis Magos*. Detalhes das figs. 69 e 70.
80. Detalhe do teto da Cappella Medici. 1459-61. Florença, Palazzo Medici Riccardi.
81. Detalhe da fig. 68.
82. Frontispício de Josephus, *De bello iudaico*. Terceiro quartel do século XV. Florença, Biblioteca Laurenziana, Plut. 66, 8.

83. Frontispicio de Plínio, *Historia Naturalis*. Terceiro quartel do século XV. Florença, Biblioteca Laurenziana, Plut. 82, 3.
84. Página de Aristóteles, *De interpretatione*. Terceiro quartel do século XV. Florença, Biblioteca Laurenziana, Plut. 71, 18.
85. Página de Plutarco, *Vitae*. Terceiro quartel do século XV. Florença, Biblioteca Laurenziana, Plut. 65, 26.
86. Tazza Farnese. Camafeu antigo. Nápoles, Museo Nazionale.
87. Palazzo Strozzi, Florença. Iniciado em 1489.
88. Andrea del Verrocchio: *David*. Anterior a 1476. Florença, Museo Nazionale del Bargello.
89. Andrea del Verrocchio: Modelo para o Monumento Forteguerri. 1476. Londres, Victoria and Albert Museum.
90. Bertoldo di Giovanni (falecido em 1491): *Relevo de batalha*. Florença, Museo Nazionale del Bargello.

O MÉTODO DE LEONARDO PARA ESBOÇAR COMPOSIÇÕES

91. Pisanello (1395-1455/6): *Falcão*. Paris, Louvre, Vallardi 2452, fol. 265.
92. Villard d'Honnecourt: *Cisne*. Meados do século XIII. Paris, Bibliothèque Nationale, MS. Fr. 19093, fol. 7.
93. Artista do norte da Itália. Cerca de 1400: Estudos para uma Anunciação. Paris, Louvre, Cabinet des Dessins, R. F. 1870, fol. 419v.
94. Leonardo da Vinci: *Estudo para a Virgem com Santa Ana*. Cerca de 1500. Londres, British Museum.
95. Leonardo da Vinci: Verso da fig. 94, com traçado da Virgem e Santa Ana.
96. Leonardo da Vinci: *Estudos da Virgem e o Menino*. Cerca de 1478. Londres, British Museum.
97. Rafael: *Estudos da Virgem e o Menino*. Cerca de 1505. Londres, British Museum.
98. Leonardo da Vinci: *A Virgem e o Menino e outros estudos*. Cerca de 1478. Castelode Windsor, Biblioteca Real.
99. Leonardo da Vinci: *São João Batista*. Cerca de 1515. Paris, Louvre.
100. Leonardo da Vinci: *Estudo para a batalha de Anghiari*. Cerca de 1503. Castelo de Windsor, Biblioteca Real.
101. Leonardo da Vinci: *Virgem e Menino com um gato*. Cerca de 1478, Londres, British Museum.
102. Leonardo da Vinci: *Menina com um unicórnio*. Cerca de 1478, Oxford, Ashmolean Museum.
103. Leonardo da Vinci: *Estudo para a batalha de Anghiari*. Cerca de 1503. Veneza, Accademia.
104. Leonardo da Vinci: *Estudo do David de Michelangelo*. Cerca de 1504. Castelo de Windsor, Biblioteca Real.
105. Leonardo da Vinci: *Netuno*. Cerca de 1504. Castelo de Windsor, Biblioteca Real.
106. Leonardo da Vinci: *O Dilúvio*. Cerca de 1514. Castelo de Windsor, Biblioteca Real.

A *MADONNA DELLA SEDIA* DE RAFAEL

107. Rafael: *Madonna della Sedia*. Cerca de 1516. Florença, Palazzo Pitti.
108. August Hopfgarten: *Rafael pintando a Madonna della Sedia*. Litografia, 1839.

109. Aegidius Sadeler: Gravura baseada na *Madonna della Sedia*. Primeiro quartel do século XVII.
110. Perugino: *O arcanjo Rafael e Tobias*. 1499. Londres, National Gallery.
111. Perugino: *Estudo para um arcanjo Rafael e Tobias*. Cerca de 1499. Oxford, Ashmolean Museum.
112. Rafael: *Cabeça de São Tiago*. Cerca de 1503. Londres, British Museum.
113. Rafael: *Estudo para um anjo*. Cerca de 1503. Oxford, Ashmolean Museum.
114. Rafael: *Virgem e Menino*. Cerca de 1052-3. Oxford, Ashmolean Museum.
115. Rafael: *Estudos da Virgem e o Menino*. Cerca de 1505. Viena, Albertina.
116. Leonardo da Vinci: *Cartão para a Virgem e o Menino com Santa Ana*. Cerca de 1500. Londres, National Gallery.
117. Rafael: *La Belle jardinière*. Cerca de 1507. Paris, Louvre.
118. Rafael: *Madonna del Cardellino*. Cerca de 1505-6. Florença, Galleria degli Uffizi.
119. Rafael: *A Virgem no campo*. Cerca de 1505. Viena, Kunsthistorisches Museum.
120. Rafael: *Estudo para a Madonna Alba*. Cerca de 1508. Lille, Musée Wicar.
121. Rafael: *Madonna Alba*. Cerca de 1508-1510. Washington, National Gallery of Art, Coleção Mellon.
122. Rafael: *Estudo para a Madonna Alba*. Cerca de 1508. Lille, Musée Wicar.
123. Giovanni Francesco Rustici: *Virgem e Menino com São João*. Primeiro quartel do século XVI. Relevo em mármore. Florença, Museo Nazionale del Bargello.
124. Rafael: *Madonna della Tenda*. Cerca de 1516. Munique, Alte Pinakothek.
125. Rafael: *Detalhe da missa de Bolsena*. Cerca de 1511-14. Roma, Vaticano.
126. Gravura baseada na *Madonna della Sedia*. The Penny Magazine, 1833.
127. Henrion: Cartaz do Philishave Philips.

NORMA E FORMA

128. Reconstrução da Sala dei Fregi Alati, na Casa di Livia, Roma. De G. E. Rizzo, *Le pitture della Casa di Livia*, 1936. fig. 8.
129. Detalhe de uma gravura baseada em uma pintura mural, já desaparecida, no Tempio di Iside, Pompéia. De F. M. Avellino, *Tempio d'Iside*, 1851, prancha VII, 1.
130. S. Maria della Spina, Pisa. Cerca de 1323.
131. Francesco Borromini: Oratorio dei Filippini, Roma. Cerca de 1638-50.
132. Rafael: *Madona com o peixe*. Cerca de 1513. Madri, Prado.
133. Caravaggio: *Madonna di Loreto*. Cerca de 1604. Roma, S. Agostino.
134. Ticiano: *Vênus*. Cerca de 1538. Florença, Galleria degli Uffizi.
135. Cranach: *Ninfa*. 1518. Leipzig, Museum der bildenden Künste.
136. Jan van Eyck: *Santa Bárbara*. 1437. Antuérpia, Musée des Beaux-Arts.
137. Claude Monet: *Catedral de Rouen, Tour d'Albane, de manhã*. 1894. Boston, Mass., Museum of Fine Arts.
138. Rafael: *A libertação de São Pedro*. Cerca de 1511-14. Vaticano, Stanza dell'Incendio.
139. Rafael: *A batalha de Óstia*. Cerca de 1514-1517. Vaticano, Stanza dell'Incendio.
140. Artista toscano, meados do século XIII: *Virgem e Menino entre São Pedro e São Paulo*. Panzano próximo a Florença, S. Leolino.
141. Piero della Francesca: *Madonna del parto*. Cerca de 1450-60. Monterchi, Município.
142. Benozzo Gozzoli: *O martírio de São Sebastião*. 1466. San Gemignano, Collegiata.
143. Antonio e Piero del Pollaiuolo: *O martírio de São Sebastião*. 1475. Londres, National Gallery.

144. Leonardo da Vinci: *A última ceia*. Cerca de 1497. Milão, S. Maria delle Grazie.

A TEORIA RENASCENTISTA DA ARTE E A ASCENSÃO DA PAISAGEM

145. Hans Jordaens III (falecido em 1643); *Gabinete de um colecionador*. Londres, National Gallery.
146. Augustin Hirschvogel (1503-53): *Paisagem*. Água-forte, B.73.
147. Albrecht Altdorfer (cerca de 1480-1538): *Paisagem*. Água-forte, B.67.
148. Domenico Campagnola: *Paisagem com pastores*. Cerca de 1517-18. Água-forte, B.9.
149. Dosso Dossi (falecido em 1542): *Paisagem mitológica*. Moscou, Museu Puchkin.
150. Joachim Patinier (falecido em 1542): *São Jerônimo numa paisagem rochosa*. Londres, National Gallery.
151. Baldassare Peruzzi: *Panorama*. 1511-18. Roma, Villa Farnesina.
152. J. M. W. Turner: *Cena no campo*. Pastoril elevada, do "Liber Studiorum" (1808-19). Londres, British Museum.
153. J. M. W. Turner: *Jovens pescadores*. Pastoral do "Liber Studiorum" (1808-19). Londres, British Museum.
154. Sebastiano Serlio: *A cena satírica*. Xilogravura de *Il secondo libro di perspettiva*, Veneza, 1560.
155. Pieter Brueghel, o Velho: *Paisagem com Santa Maria Madalena*. Gravura. Cerca de 1555.

O ESTILO *ALL'ANTICA*

156. Bertoldo di Giovanni (falecido em 1491): *Relevo de batalha*. Detalhe. Florença, Museo Nazionale del Bargello. Cf. fig. 90.
157. *Sarcófago de batalha*. Detalhe de um guerreiro caído. Pisa, Camposanto.
158. *Saul e seus filhos tombam diante dos filisteus*. Miniatura francesa. Século XIII. Nova Iorque, Pierpont Morgan Library, MS. 638, fol. 34v.
159. Coluna de Trajano, Roma. Detalhe de um homem caindo.
160. Pietro Paolo de Antonisio: *São Pedro levantando o aleijado*. Detalhe do cibório de Sixto IV. Cerca de 1480. Vaticano, Grotte.
161. Donatello: *O milagre do filho irado*. 1446-50. Pádua, Santo Antonio.
162. Giulio Romano: *A batalha de Constantino e Maxêncio na Ponte Molle*. 1523-1524. Vaticano, Sala di Costantino.
163. Giulio Romano: Detalhe de *A batalha de Constantino e Maxêncio*. Cf. fig. 162.
164. Arco de Constantino. Relevo de batalha trajânico.
165. *Sarcófago de batalha*. Detalhe. Roma, Museo Nazionale.
166. Giulio Romano: Detalhe de *A batalha de Constantino e Maxêncio*. Cf. fig. 162.
167. *Sarcófago de amazonas*. Detalhe. Vaticano, Cortile del Belvedere.
168. Marcantonio Raimondi: Gravura baseada na *Batalha de Cascina*, de Michelangelo (1504), B.488.
169. Giulio Romano: Estudos para *A batalha de Constantino e Maxêncio*. Cerca de 1523. Oxford, Ashmolean Museum.
170. *Sarcófago de batalha naval*. Veneza, Museo Archeologico.
171. Seguidor de Rafael: *O massacre dos inocentes*. Tapeçaria, encomendada em 1524. Museu do Vaticano.
172. Giulio Romano: *A infância de Júpiter*. Cerca de 1533. Londres, National Gallery.

173. *Letto di Policleto*. Relevo em mármore, baseado numa antiga gravura conhecida durante o Renascimento. Roma, Palazzo Mattei.
174. Giulio Romano: *Luna*. Detalhe do afresco no teto da Sala dei Giganti. Cerca de 1532. Mântua, Palazzo del Tè.
175. Giulio Romano: *Baco e Ariadne*. Cerca de 1528. Mântua, Palazzo del Tè, Sala di Psiche.
176. Giulio Romano: *Estudo para um friso com a batalha dos centauros e dos lápitas*. Cerca de 1527. Chatwsorth, Coleção Devonshire.
177. Giulio Romano: Detalhe do afresco na Sala delle Aquile. Cerca de 1527-28. Palazzo del Tè, Mântua.
178. Giulio Romano: *Duas vitórias e um prisioneiro bárbaro*. Cerca de 1532. Modelo para um afresco desaparecido. Paris, École des Beaux-Arts.

TEORIA E PRÁTICA DA IMITAÇÃO DE REYNOLDS

179. Reynolds: *Lady Elizabeth Keppel*. 1755-57. Woburn Abbey, duque de Bedford.
180. Reynolds: *Três damas adornando um Termo de Himeneu*. 1774. Londres, National Gallery.
181. Nicolas Poussin: *Dança das ninfas*. Cerca de 1638-40. Museu de Arte de São Paulo.
182. *Sacrifício a Príapo*. Xilogravura de *Hypnerotomachia Poliphili*. Veneza, 1499.
183. Rubens: *A Natureza adornada pelas Três Graças*. Cerca de 1615. Glasgow, Art Galleries and Museum.
184. Nicolas Poussin: *Bacanal*. Cerca de 1638-1640. Reims, Musée des Beaux-Arts.
185. Giulio Romano: *Ninfa adornando um Termo*. Cerca de 1527-28. Detalhe do afresco no teto da Sala delle Aquile. Mântua, Palazzo del Tè.
186. Reynolds: *Garota colhendo flores*. Do Caderno de Esboços Italiano, 1750-52. Londres, British Museum.

1. Bonannus: Porta de bronze. Final do século XII. Pisa, Catedral.

2. Andrea Pisano: Porta de bronze. 1330-36. Florença, Batistério.

3. Ghiberti: Primeira porta de bronze. 1403-24. Florença, Batistério.

4. Andrea Pisano: *O batismo de Cristo*. Detalhe da fig. 2.

5. Ghiberti: *O batismo de Cristo*. Detalhe da fig. 3.

6. Ghiberti: *A criação de Eva*. Detalhe da fig. 13.

7. Andrea Pisano: *A criação de Eva*. Cerca de 1340-43. Florença, Campanário.

8. *São João no deserto*. Mosaico. Final do século XIII. Florença, Batistério.

9. Andrea Pisano: *São João Batista no deserto*. Detalhe da fig. 2.

10. Escultor borgonhês: *Virgem e Menino*. Segunda metade do século XIV. Paris, Louvre.

11. Ghiberti: Detalhe da *Caminho do Calvário*. Primeira porta de bronze.

12. Ghiberti: Detalhe da *História de Isaac*. Segunda porta de bronze.

13. Ghiberti: Segunda porta de bronze. 1425-52. Florença, Batistério.

14. Ghiberti: *A história de José*. Detalhe da fig. 13.

15. Leonardo da Vinci: *Virgem e Menino com Santa Ana*. Cerca de 1500-07. Paris, Louvre.

APOLLONIO DI GIOVANNI (Figs. 16-48)

16. Detalhe da fig. 18.

17. Ateliê de Apollonio di Giovanni: *O triunfo dos gregos sobre os persas*. Pintura em *cassone*. 1463. Destruída; anteriormente, parte da Coleção E. Wittmann.

18. Ateliê de Apollonio di Giovanni: *A invasão da Grécia por Xerxes*. Pintura em *cassone*. 1463. Oberlin, Ohio, Allen Memorial Art Museum.

19. Apollonio di Giovanni: *Cenas da Eneida de Virgílio*. Pintura em *cassone*.
New Haven, Conn., Yale University Art Gallery, Coleção Jarves.

20. Apollonio di Giovanni: *Cenas da Eneida de Virgílio*. Pintura em *cassone*.
New Haven, Conn., Yale University Art Gallery, Coleção Jarves.

21. Apollonio di Giovanni: *Juno visita Éolo*. Miniatura do Cód. Ricc. 492, fol. 62r. Florença, Biblioteca Riccardiana.

22. Apollonio di Giovanni: *Dido recebe os troianos*. Miniatura do Cód. Ricc. 492, fol. 72v. Florença, Biblioteca Riccardiana.

F it uia ui. rumpunt aditus. primosq trucidant
I mmissi. et late loca milite complent.
N on sic aggeribus ruptis cum spumeus amnis

23. Apollonio di Giovanni: *O saque de Tróia*. Miniatura do Cód. Ricc. 492, fol. 84r. Florença, Biblioteca Riccardiana.

24. Gentile da Fabriano: *A apresentação no templo*. 1423. Paris, Louvre.

25. Ateliê de Apollonio di Giovanni: *Torneio na Piazza di S. Croce*. Pintura em *cassone*.
New Haven, Conn., Yale University Art Gallery, Coleção Jarves.

26. Ateliê de Apollonio di Giovanni: *O encontro de Salomão e da rainha de Sabá*. Pintura em *cassone*.
New Haven, Conn., Yale University Art Gallery, Coleção Jarves.

27. Ateliê de Apollonio di Giovanni: *O assassinato de Júlio César*. Pintura em *cassone*. Oxford, Ashmolean Museum.

28. *Os troianos chegam ao Lácio*. Pintura em *cassone*. Anteriormente na Coleção Holford.

29. Apollonio di Giovanni: *Pirro mata Príamo*. Miniatura do Cód. Ricc. 492, fol. 86v. Florença, Biblioteca Riccardiana.

30. Ateliê de Apollonio di Giovanni: *O triunfo de César*. Fragmento de pintura em *cassone*. Anteriormente na Coleção Chamberlin.

31. Apollonio di Giovanni: *Troianos caçando*. Detalhe da fig. 20.

32. Paolo Uccello: *A caçada* (detalhe). Terceiro quartel do século XV. Oxford, Ashmolean Museum.

33. *Breno em Roma*. Detalhe de uma pintura em *cassone*. Londres, Courtauld Institute Galleries.

34. Apollonio di Giovanni: *Enéias embarcando de Tróia*. Miniatura do Cód. Ricc. 492, fol. 91 r. Florença, Biblioteca Riccardiana.

35. *O banquete de Dido*. Detalhe de uma pintura em *cassone*. Hanover, Landesgalerie.

36. *Espectadores*. Detalhe da fig. 25.

37. Apollonio di Giovanni: *Enéias encontra Andrômaca*. Miniatura inacabada do Cód. Ricc. 492, fol. 97r. Florença, Biblioteca Riccardiana.

38. Apollonio di Giovanni: *Anquises vê as quatro Éguas*. Miniatura inacabada do Cód. Ricc. 492, fol. 101v. Florença, Biblioteca Riccardiana.

39. *Um Torneio*. Miniatura de *Le Roman de roi Meliadus de Leonnoys*. Cerca de 1355-1360. Londres, British Museum, Ms. Add. 12228.

40. *O altar de Apolo*. Detalhe da fig. 27.

41. *Funeral de César*. Detalhe da fig. 27.

42. *Cassone* com nu feminino na parte interna da tampa. Copenhague, Museu Real de Belas-Artes.

43. *Cassone* com nu masculino na parte interna da tampa. Copenhague, Museu Real de Belas-Artes.

44. Ateliê de Apollonio di Giovanni: *Romanos entretendo as sabinas*. Fragmento de pintura em *cassone*. Oxford, Ashmolean Museum.

45. Ateliê de Apollonio di Giovanni: *O rapto das sabinas*. Fragmento de pintura em *cassone*. Edimburgo, Galeria Nacional da Escócia.

46. *Acrobatas e espectadores*. Detalhe de uma pintura em *cassone* com *O rapto das sabinas*. Coleção do conde de Harewood.

47. Ateliê de Apollonio di Giovanni: *Alexandre e a família de Dario*. Detalhe de uma pintura em *cassone*. Londres, British Museum.

48. Botticelli: *A tentação de Cristo*. 1481/2, Roma, Capela Sistina.

49. Giogio Vasari: *Cosimo de' Medici com os filósofos*. Cerca de 1555-58. Florença, Palazzo Vecchio, Sala di Cosimo il Vecchio.

50. Francesco Furini: *Lorenzo il Magnifico e a academia platônica*. Cerca de 1640. Florença, Palazzo Pitti, Sala degli Argenti.

51. Francesco Furini: *A apoteose de Lorenzo il Magnifico*. Cerca de 1640. Florença, Palazzo Pitti, Sala degli Argenti.

52. *Cosimo de' Medici, Pater Patriae*. Medalha, anverso e reverso. Cerca de 1465. Washington, National Gallery of Art, Coleção Samuel H. Kress.

53. Brunelleschi: A sacristia de San Lorenzo, Florença. 1418-28.

54. Ghiberti: *São Mateus*, 1419-22. Florença, Or San Michele.

55. Michelozzo: San Francesco al Bosco, Mugello. Cerca de 1427.

56. A *loggia* da abadia de Fiesole. Meados do século XV.

57. Michelozzo: Palazzo Medici Riccardi, Florença. Cerca de 1440.

58. Donatello: *Judite*. Cerca de 1456-57.
Florença, Museo Nazionale del Bargello.

59. Giorgio Vasari: *Cosimo de' Medici recebe a maquete para San Lorenzo*. Cerca de 1555-1558. Florença, Palazzo Vecchio.

60. San Lorenzo, Florença. Iniciada em 1418.

61. *S. Croce com o dormitório dos noviços*. Bico-de-pena de Emilio Burci (1811-77). Florença, Galleria degli Uffizi.

Veduta della Piazza di S. Marco

62. San Marco, Florença. Gravura de Giuseppe Richa, *Notizie istoriche delle chiese fiorentine*, 1758.

63. Abadia de Fiesole. 1460-67.

64. *O triunfo da fama*. De uma arca redonda, cerca de 1450. Florença, Galleria degli Uffizi.

65. Fra Angelico: *A Virgem e o Menino entronizados com santos e anjos.* Cerca de 1440. Florença, Museo di San Marco.

66. Tabernáculo de San Miniato al Monte. Florença, 1448.

67. Tabernáculo em mármore de SS. Annunziata, Florença. Cerca de 1450.

68. Benozzo Gozzoli: *A viagem dos reis Magos*. 1459-61. Florença, Palazzo Medici Riccardi, Cappella Medici, parede esquerda.

69. Benozzo Gozzoli: *A viagem dos reis Magos*. 1459-61. Florença, Palazzo Medici Riccardi, Cappella Medici, parede central.

70 Benozzo Gozzoli: *A viagem dos reis Magos*. 1459-61. Florença, Palazzo Medici Riccardi, Cappella Medici, parede direita.

71. Benozzo Gozzoli: *O cortejo dos reis Magos*. Detalhe da fig. 70.

72. Cabeça de Cosimo de' Medici in *Opera varia*, Aristóteles. Terceiro quartel do século XV. Florença, Biblioteca Laurenziana, Plut. 84. I, fol. 2r.

73. Bertoldo: Medalha em comemoração à conspiração dos Pazzi, com Lorenzo de' Medici no anverso e Giuliano de' Medici no reverso. 1478. Londres, British Museum.

74. Cabeça de Cosimo de' Medici. Detalhe da fig. 70.

75. *A viagem dos reis Magos*. Miniatura de *Très Riches Heures du Duc de Berri*. Cerca de 1411-15. Chantilly, Musée Condé.

76. Gentile da Fabriano: *Adoração dos Magos*. 1423. Florença, Galleria degli Uffizi.

77. Gentile da Fabriano: *Cabeças de dois reis Magos*. Detalhe da fig. 76.

78-79. Benozzo Gozzoli: *Cabeças de dois reis Magos*. Detalhes das figs. 69 e 70.

80. Detalhe do teto da Cappella Medici. 1459-61.
Florença, Palazzo Medici Riccardi.

81. Detalhe da fig. 68.

INCIPIT PREFATIO
IOSEPHI HISTO
RIOGRAPHI IVD
EORVM IN LIBRV
M DE BELLO IVDA
ICO EX GRECO IN
LATINVM CONV
ERSVM PER RVFINV
M PRESBITERVM

83. Frontispicio de Plínio, *Historia Naturalis*. Terceiro quartel do século XV. Florença, Biblioteca Laurenziana, Plut. 82, 3.

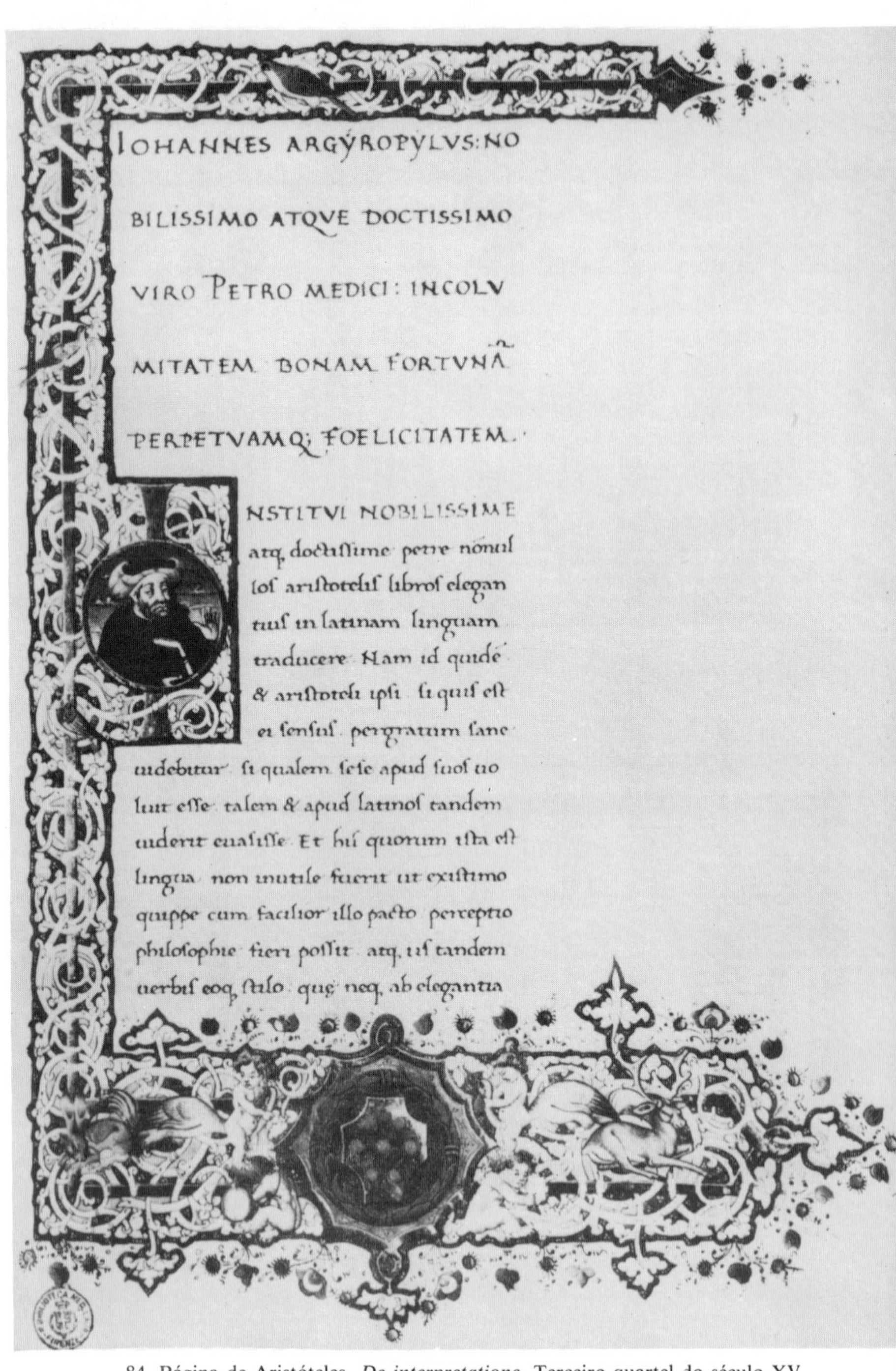

IOHANNES ARGYROPYLVS: NO
BILISSIMO ATQVE DOCTISSIMO
VIRO PETRO MEDICI: INCOLV
MITATEM BONAM FORTVNÃ
PERPETVAMQ; FOELICITATEM.

NSTITVI NOBILISSIME
atq; doctissime petre nonul
los aristotelis libros elegan
tius in latinam linguam
traducere. Nam id quidẽ
& aristoteli ipsi si quis est
ei sensus. pergratum sane
uidebitur si qualem sese apud suos uo
luit esse talem & apud latinos tandem
uiderit euasisse. Et his quorum ista est
lingua non inutile fuerit ut existimo
quippe cum facilior illo pacto perceptio
philosophie fieri possit atq; iis tandem
uerbis eoq; stilo que neq; ab elegantia

84. Página de Aristóteles, *De interpretatione*. Terceiro quartel do século XV. Florença, Biblioteca Laurenziana, Plut. 71, 18.

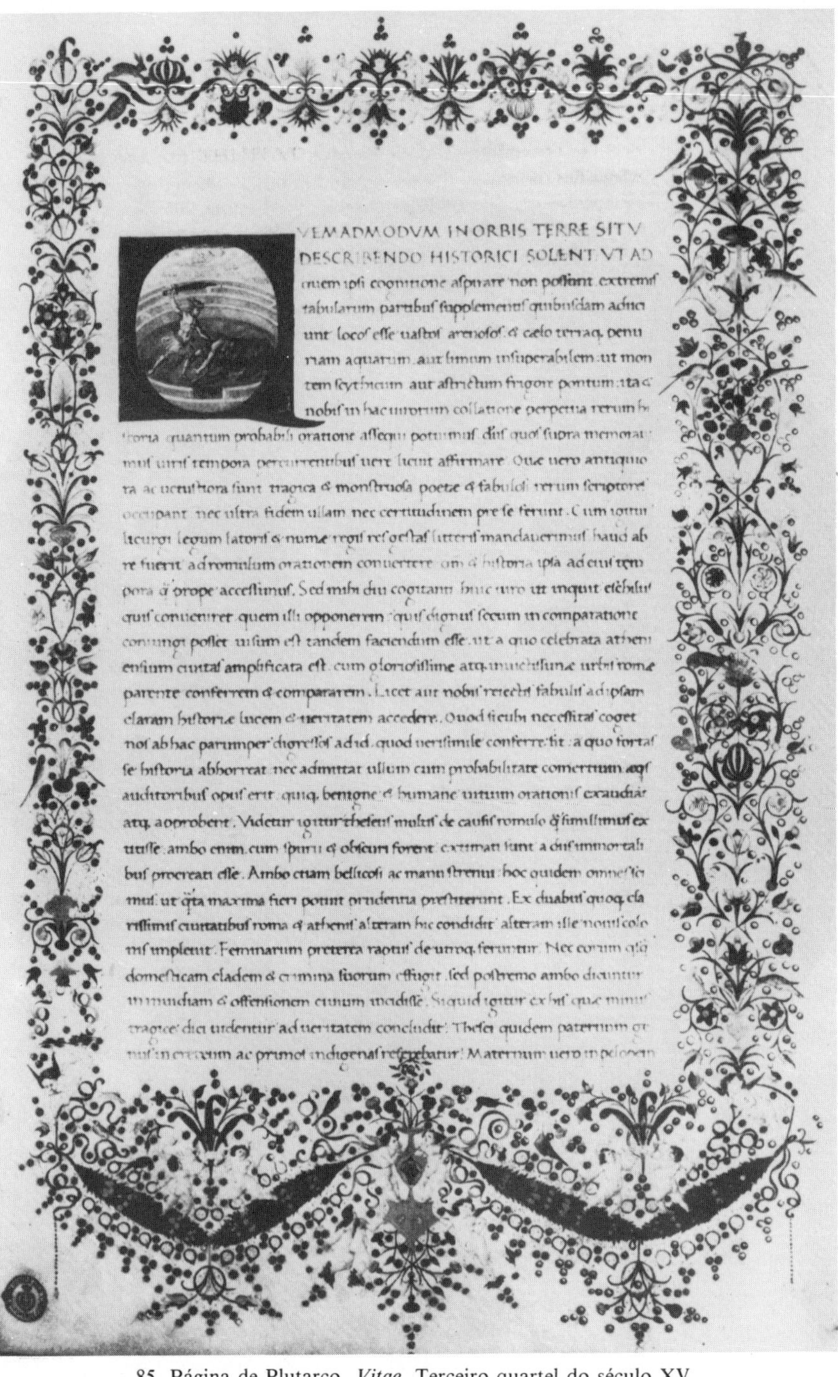

QVEMADMODVM IN ORBIS TERRE SITV
DESCRIBENDO HISTORICI SOLENT VT AD

85. Página de Plutarco, *Vitae*. Terceiro quartel do século XV. Florença, Biblioteca Laurenziana, Plut. 65, 26.

86. Tazza Farnese. Camafeu antigo. Nápoles, Museo Nazionale.

87. Palazzo Strozzi, Florença. Iniciado em 1489.

88. Andrea del Verrocchio: *David*. Anterior a 1476.
Florença, Museo Nazionale del Bargello.

89. Andrea del Verrocchio: Modelo para o Monumento Forteguerri. 1476.
Londres, Victoria and Albert Museum.

90. Bertoldo di Giovanni (falecido em 1491): *Relevo de batalha*. Florença, Museo Nazionale del Bargello.

91. Pisanello (1395-1455/6): *Falcão*. Paris, Louvre, Vallardi 2452, fol. 265.
92. Villard d'Honnecourt: *Cisne*. Meados do século XIII.
Paris, Bibliothèque Nationale, MS. Fr. 19093, fol. 7.

93. Artista do norte da Itália. Cerca de 1400: Estudos para uma Anunciação.
Paris, Louvre, Cabinet des Dessins, R. F. 1870, fol. 419v.

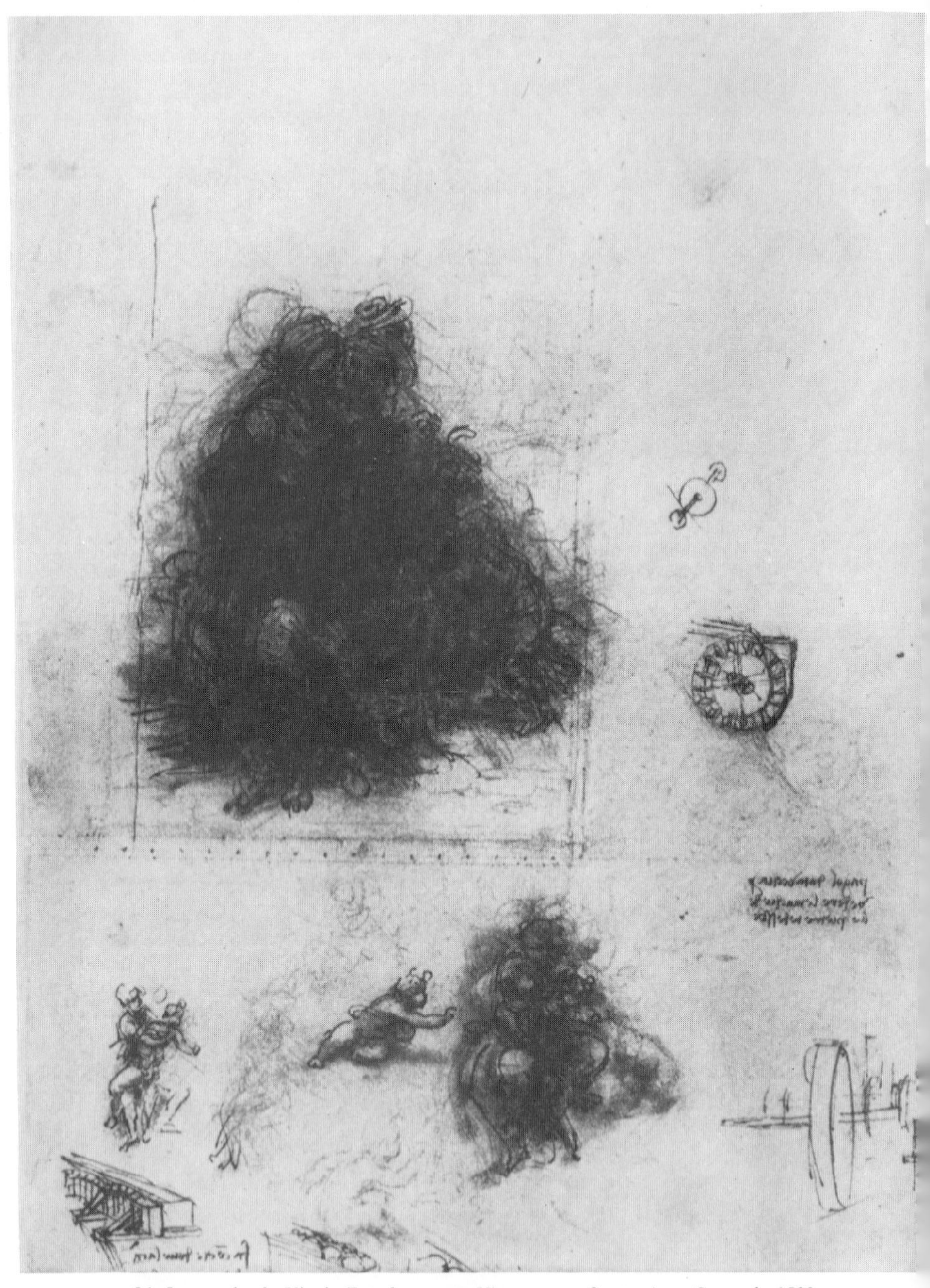

94. Leonardo da Vinci: *Estudo para a Virgem com Santa Ana*. Cerca de 1500. Londres, British Museum.

95. Leonardo da Vinci: Verso da fig. 94, com traçado da Virgem e Santa Ana.

96. Leonardo da Vinci: *Estudos da Virgem e o Menino*. Cerca de 1478. Londres, British Museum.

97. Rafael: *Estudos da Virgem e o Menino*. Cerca de 1505. Londres, British Museum.

98. Leonardo da Vinci: *A Virgem e o Menino e outros estudos.* Cerca de 1478. Castelo de Windsor, Biblioteca Real.

99. Leonardo da Vinci: *São João Batista*. Cerca de 1515. Paris, Louvre.

100. Leonardo da Vinci: *Estudo para a batalha de Anghiari*. Cerca de 1503. Castelo de Windsor, Biblioteca Real.

101. Leonardo da Vinci: *Virgem e Menino com um gato*. Cerca de 1478, Londres, British Museum.

102. Leonardo da Vinci: *Menina com um unicórnio*. Cerca de 1478, Oxford, Ashmolean Museum.

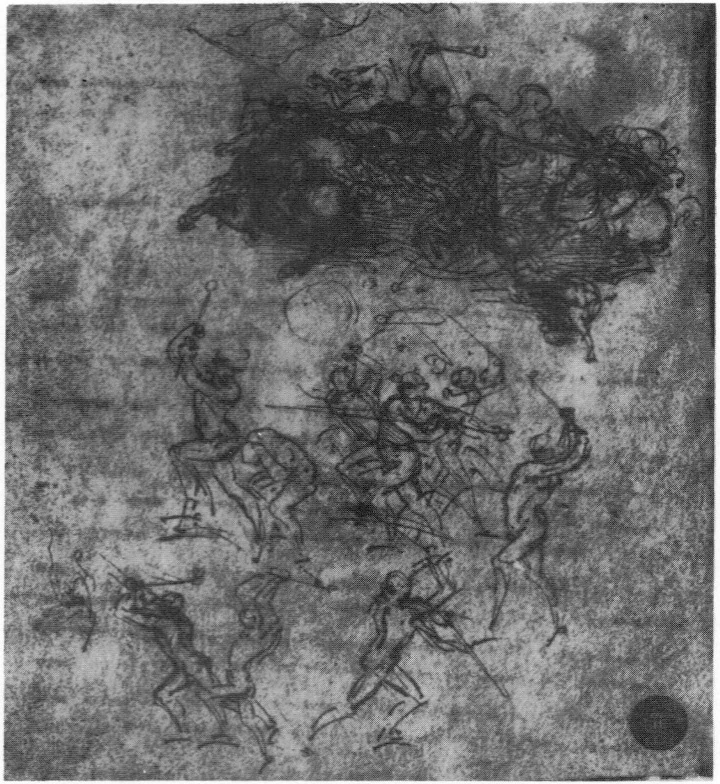

103. Leonardo da Vinci: *Estudo para a batalha de Anghiari*.
Cerca de 1503. Veneza, Accademia.

104. Leonardo da Vinci: *Estudo do David de Michelangelo*.
Cerca de 1504. Castelo de Windsor, Biblioteca Real.

105. Leonardo da Vinci: *Netuno*. Cerca de 1504. Castelo de Windsor, Biblioteca Real.

A *MADONNA DELLA SEDIA* DE RAFAEL (Figs. 107-127)

107. Rafael: *Madonna della Sedia*. Cerca de 1516. Florença, Palazzo Pitti.

108. August Hopfgarten: *Rafael pintando a Madonna della Sedia*. Litografia, 1839.

109. Aegidius Sadeler: Gravura baseada na *Madonna della Sedia*. Primeiro quartel do século XVII.

110. Perugino: *O arcanjo Rafael e Tobias*. 1499. Londres, National Gallery.

1. Perugino: *Estudo para um arcanjo Rafael e Tobias*. Cerca de 1499. Oxford, Ashmolean Museum.

112. Rafael: *Cabeça de São Tiago*. Cerca de 1503.
Londres, British Museum.

113. Rafael: *Estudo para um anjo*. Cerca de 1503.
Oxford, Ashmolean Museum.

114. Rafael: *Virgem e Menino*. Cerca de 1052-3. Oxford, Ashmolean Museum.

115. Rafael: *Estudos da Virgem e o Menino*. Cerca de 1505. Viena, Albertina.

116. Leonardo da Vinci: *Cartão para a Virgem e o Menino com Santa Ana.* Cerca de 1500. Londres, National Gallery.

117. Rafael: *La Belle jardinière*. Cerca de 1507. Paris, Louvre.

118. Rafael: *Madonna del Cardellino*. Cerca de 1505-6. Florença, Galleria degli Uffizi.

119. Rafael: *A Virgem no campo*. Cerca de 1505. Viena, Kunsthistorisches Museum.

120. Rafael: *Estudo para a Madonna Alba*. Cerca de 1508. Lille, Musée Wicar.

121. Rafael: *Madonna Alba*. Cerca de 1508-1510. Washington, National Gallery of Art, Coleção Mellon.

122. Rafael: *Estudo para a Madonna Alba*. Cerca de 1508. Lille, Musée Wicar.

123. Giovanni Francesco Rustici: *Virgem e Menino com São João*. Primeiro quartel do século XVI. Relevo em mármore. Florença, Museo Nazionale del Bargello.

124. Rafael: *Madonna della Tenda*. Cerca de 1516. Munique, Alte Pinakothek.

125. Rafael: *Detalhe da missa de Bolsena*. Cerca de 1511-14. Roma, Vaticano.

Monthly Supplement of
THE PENNY MAGAZINE
OF THE
Society for the Diffusion of Useful Knowledge.

101.] September 30, to October 31, 1833.

THE COMMERCIAL HISTORY OF A PENNY MAGAZINE.—No. II.

WOOD-CUTTING AND TYPE-FOUNDING.

[Virgin and Child: after Raffaelle.]

126. Gravura baseada na *Madonna della Sedia*. The Penny Magazine, 1833.

127. Henrion: Cartaz do Philishave Philips.

128. Reconstrução da Sala dei Fregi Alati, na Casa di Livia, Roma.
De G. E. Rizzo, *Le pitture della Casa di Livia*, 1936. fig. 8.

129. Detalhe de uma gravura baseada em uma pintura mural, já desaparecida, no Tempio di Iside, Pompéia. De F. M. Avellino, *Tempio d'Iside*, 1851, prancha VII, 1.

130. S. Maria della Spina, Pisa. Cerca de 1323.

131. Francesco Borromini: Oratorio dei Filippini, Roma. Cerca de 1638-50.

132. Rafael: *Madona com o peixe*. Cerca de 1513. Madri, Prado.

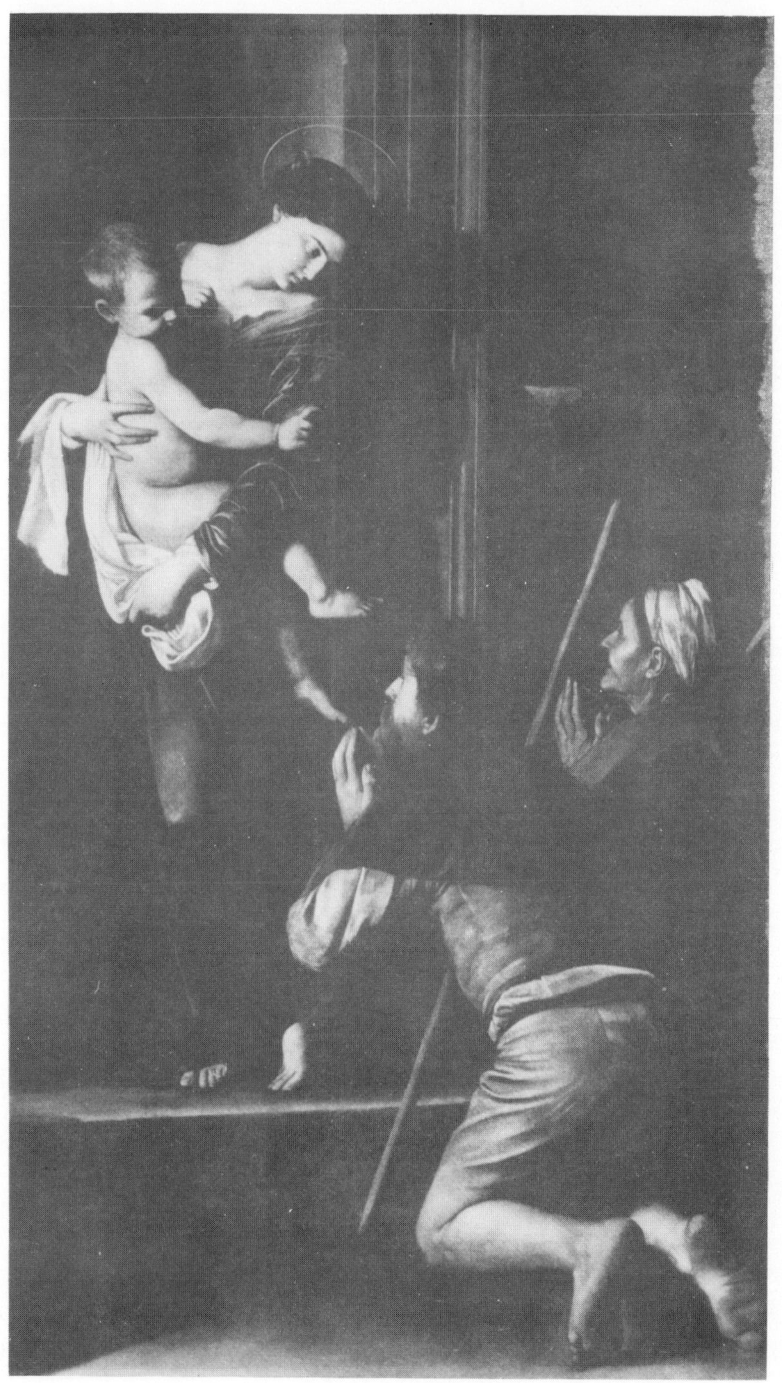

133. Caravaggio: *Madonna di Loreto*. Cerca de 1604. Roma, S. Agostino.

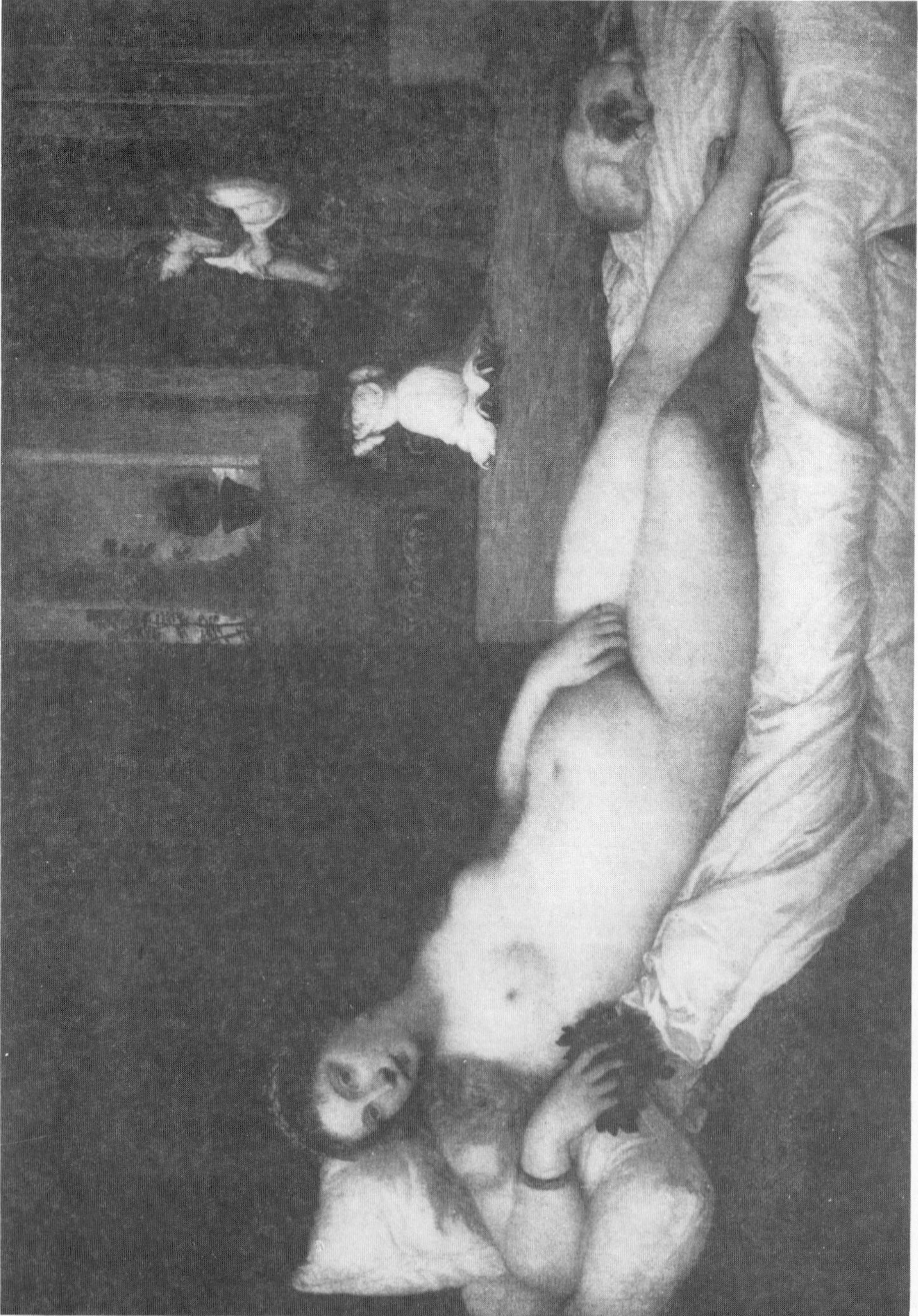

135. Cranach: *Ninfa*. 1518. Leipzig, Museum der bildenden Künste.

136. Jan van Eyck: *Santa Bárbara*. 1437. Antuérpia, Musée des Beaux-Arts.

137. Claude Monet: *Catedral de Rouen, Tour d'Albane, de manhã*. 1894.
Boston, Mass., Museum of Fine Arts.

138. Rafael: *A libertação de São Pedro*. Cerca de 1511-14. Vaticano, Stanza dell'Incendio.

139. Rafael: *A batalha de Óstia*. Cerca de 1514-1517. Vaticano, Stanza dell'Incendio.

140. Artista toscano, meados do século XIII: *Virgem e Menino entre São Pedro e São Paulo*. Panzano próximo a Florença, S. Leolino.

141. Piero della Francesca: *Madonna del parto*. Cerca de 1450-60. Monterchi, Município.

142. Benozzo Gozzoli: *O martírio de São Sebastião*. 1466. San Gemignano, Collegiata.

143. Antonio e Piero del Pollaiuolo: *O martírio de São Sebastião*. 1475. Londres, National Gallery.

144. Leonardo da Vinci: *A última ceia*. Cerca de 1497. Milão, S. Maria delle Grazie.

A TEORIA RENASCENTISTA DA ARTE E A ASCENSÃO DA PAISAGEM (Figs. 145-155)

145. Hans Jordaens III (falecido em 1643); *Gabinete de um colecionador*. Londres, National Gallery.

146. Augustin Hirschvogel (1503-53): *Paisagem*. Água-forte, B.73.

147. Albrecht Altdorfer (cerca de 1480-1538): *Paisagem*. Água-forte, B.67.

148. Domenico Campagnola: *Paisagem com pastores*. Cerca de 1517-18. Água-forte, B.9.

149. Dosso Dossi (falecido em 1542): *Paisagem mitológica*. Moscou, Museu Puchkin.

150. Joachim Patinier (falecido em 1542): *São Jerônimo numa paisagem rochosa.* Londres, National Gallery.

151. Baldassare Peruzzi: *Panorama*. 1511-18. Roma, Villa Farnesina.

153. J. M. W. Turner. [illegible] Pastoril [illegible] do "Liber Studiorum" (1808-10). Londres, British Museum.

153. J. M. W. Turner: *Jovens pescadores*. Pastoral do "Liber Studiorum" (1808-19). Londres, British Museum.

154. Sebastiano Serlio: *A cena satírica*. Xilogravura de *Il secondo libro di perspettiva*, Veneza, 1560.

155. Pieter Brueghel, o Velho: *Paisagem com Santa Maria Madalena*. Gravura. Cerca de 1555.

156. Bertoldo di Giovanni (falecido em 1491): *Relevo de batalha*. Detalhe. Florença, Museo Nazionale del Bargello. Cf. fig. 90.

157. *Sarcófago de batalha*. Detalhe de um guerreiro caído. Pisa, Camposanto.

158. *Saul e seus filhos tombam diante dos filisteus*. Miniatura francesa. Século XIII. Nova Iorque, Pierpont Morgan Library, MS. 638, fol. 34v.

159. Coluna de Trajano, Roma. Detalhe de um homem caindo.

160. Pietro Paolo de Antonisio: *São Pedro levantando o aleijado*. Detalhe do cibório de Sixto IV. Cerca de 1480. Vaticano, Grotte.

161. Donatello: *O milagre do filho irado*. 1446-50. Pádua, Santo Antonio.

162. Giulio Romano: *A batalha de Constantino e Maxêncio na Ponte Molle.* 1523-1524. Vaticano, Sala di Constantino.

163. Giulio Romano: Detalhe de *A batalha de Constantino e Maxêncio*. Cf. fig. 162.

164. Arco de Constantino. Relevo de batalha trajânico.

165. *Sarcófago de batalha*. Detalhe. Roma, Museo Nazionale.

166. Giulio Romano: Detalhe de *A batalha de Constantino e Maxêncio*. Cf. fig. 162.

167. *Sarcófago de amazonas*. Detalhe. Vaticano, Cortile del Belvedere.

168. Marcantonio Raimondi: Gravura baseada na *Batalha de Cascina*, de Michelangelo (1504), B.488.

169. Giulio Romano: Estudos para *A batalha de Constantino e Maxêncio*. Cerca de 1523. Oxford, Ashmolean Museum.

170. *Sarcófago de batalha naval*. Veneza, Museo Archeologico.

171. Seguidor de Rafael: *O massacre dos inocentes*. Tapeçaria, encomendada em 1524. Museu do Vaticano.

172. Giulio Romano: *A infância de Júpiter*. Cerca de 1533. Londres, National Gallery.

173. *Letto di Policleto*. Relevo em mármore, baseado numa antiga gravura conhecida durante o Renascimento. Roma, Palazzo Mattei.

174. Giulio Romano: *Luna*. Detalhe do afresco no teto da Sala dei Giganti. Cerca de 1532. Mântua, Palazzo del Tè.

175. Giulio Romano: *Baco e Ariadne*. Cerca de 1528. Mântua, Palazzo del Tè, Sala di Psiche.

176. Giulio Romano. *Estudo para um friso com a batalha dos centauros e dos lápitas.* Cerca de 1527. Chatsworth. Coleção Devonshire.

177. Giulio Romano: Detalhe do afresco na Sala delle Aquile. Cerca de 1527-28. Palazzo del Tè, Mântua.

178. Giulio Romano: *Duas vitórias e um prisioneiro bárbaro*. Cerca de 1532. Modelo para um afresco desaparecido. Paris, École des Beaux-Arts.

179. Reynolds: *Lady Elizabeth Keppel*. 1755-57. Woburn Abbey, duque de Bedford.

180. Reynolds: Três [illegible]

181. Nicolas Poussin: *Dança das ninfas*. Cerca de 1638-40. Museu de Arte de São Paulo.

182. *Sacrifício a Príapo*. Xilogravura de *Hypnerotomachia Poliphili*. Veneza, 1499.

183. Rubens: *A Natureza adornada pelas Três Graças*. Cerca de 1615. Glasgow, Art Galleries and Museum.

184. Nicolas Poussin: *Bacanal*. Cerca de 1638-1640. Reims, Musée des Beaux-Arts.

185. Giulio Romano: *Ninfa adornando um Termo*. Cerca de 1527-28. Detalhe do afresco no teto da Sala delle Aquile. Mântua, Palazzo del Tè.

186. Reynolds: *Garota colhendo flores*. Do Caderno de Esboços Italiano, 1750-52. Londres, British Museum.

Impresso nas oficinas da
EDITORA PARMA LTDA.
Telefone: (011) 912-7822
Av. Antonio Bardella, 280
Guarulhos - São Paulo - Brasil
Com filmes fornecidos pelo editor